Zaubermenschen

D1784800

Nadine Morgenbrink

Zauber-
menschen

Roman

Für die „verzauberten" Menschen in Tansania, deren Leben zur Hölle wurde, nur weil sie anders geboren wurden…

Prolog

Yaro", sagte er schüchtern. So schüchtern wie es ein Teenager seines Alters normalerweise hierzulande nicht sagen würde. Seine Stimme klang belegt.

Obwohl er hier ja in Sicherheit war, wirkte der Junge vorsichtig. Blickte sich um, sortierte erste Eindrücke. Und stellte fest, dass diese Welt anders war als seine. „Und wie weiter?", wollte der Grenzbeamte am Flughafen wissen. Yaro verstand die Frage nicht. Er hieß Yaro und war der Sohn von Adili und seiner Frau Kamaru. Im Dorf hatten sie ihn früher ab und an *Sohn des Mzungu* genannt. Yaro bedeutete soviel wie Sohn und *Mzungu*, so nannte man zu Hause die Menschen europäischer Herkunft. Die Weißen. Er war der Sohn eines besonderen Weißen. Und wohl auch deshalb war er nun hier. An diesem Flughafen, in einer anderen und so bedrückend fremden Welt. In einer Welt, wo niemand Sandalen aus Autoreifen trug. In der seine Kleidung seltsam schäbig wirkte und in einer Welt, in der ihn niemand richtig verstand. „Also dann ist der Vorname Yaro und der Nachname Mzungu, fertig", sagte der Grenzer in Richtung des deutschen Mannes, der Yaro begleitete. „Und Sie bürgen also für ihn?", fragte der Bundespolizist nach. „Meine Frau und ich haben alles bereits mehrfach mit dem Kreisverwaltungsrefe-

7

rat besprochen." Der Beamte nickte. Yaro verstand kein Wort. Aber er spürte, dass Nikolas ruhig war und wenn Nikolas ruhig war, gab es auch für ihn wenig Grund zur Sorge. Der Polizist hingegen machte keinen allzu freundlichen Eindruck auf ihn. Aber Yaro hatte schon gelernt: In Europa schlägt die Polizei nicht auf Menschen ein, nur weil sie anders sind als andere. In Europa muss man der Polizei auch kein Geld geben, wenn man Schutz und Hilfe sucht. Hier hatte die Polizei die Aufgabe, Verbrechen wirklich aufzuklären. So wie in den Filmen aus Amerika, die im Fernseher bei Onkel Manani liefen. Dann versammelte sich das halbe Dorf auf dem staubigen Platz. Die Männer tranken Bananenbier und die Kinder wurden verscheucht. Etliche Frauen schimpften über die weißen Frauen in den Filmen. *Viel zu viel Sex*, jammerten sie, während die Männer und iungen Burschen wie gebannt auf den krächzenden Kasten gafften um zu sehen, wie mit quietschenden Reifen Gangster durch die Straßen New Yorks gejagt wurden und hübsche Ladys an Bars Gin tranken. Ach, wie herrlich das war! Und nun war er, Yaro, ein Teil dieser neuen Welt. Das machte ihn etwas fröhlicher. Aber sein gewohntes Leben war nun Vergangenheit, verlorene Vergangenheit.

Am Ausgang neben der Passkontrolle standen noch zwei weitere Polizisten. Und sie alle schienen den Jungen aus Afrika anzustarren.

Verwundert nahmen die Zöllner zur Kenntnis, dass der Junge aus Tansania nur einen kleinen Rucksack bei sich trug. Und selbst der schien kaum gefüllt. Das Wappen von Hertha BSC Berlin prangte ausgeblichen auf der Rückseite. „Aufmachen, bitte", meinte der eine zu Yaro. Der verstand nicht und sah den Zöllner fragend an. Nikolas übernahm die Konversation. Und wieder erklärte er die ganze Geschichte. „Und wie haben Sie den Burschen dann da rausgebracht?", fragte der andere Zöllner nun verdutzt nach. „Durch Zufall, ehrlich gesagt", gab Nikolas an. „Meine Frau stammt aus Tansania, sie gehört zu einer angesehenen Diplomatenfamilie. Ihr Vater hat wirklich viel dazu beigetragen, dass wir den Jungen nun mit nach Deutschland nehmen konnten." *Deutschland,* das hatte Yaro verstanden. Das hatten ihm Nikolas und Zuri beigebracht. Es war ein Wort geworden, das viel mehr für ihn bedeutete, als nur dieses fremde Land weit fort von Afrika. Es war für ihn die Verquickung allen Reichtums mit blühenden Blumen, saftigen Wiesen, gepaart mit reich gedeckten Tischen überall. Geldsegen und Freiheit, das war Deutschland. Und dieser herrliche Rucksack mit der blau-weißen Fahne darauf, das war sein erstes Stückchen Deutschland.

Der Zöllner winkte dann doch noch fröhlich beim Gehen und wünschte Yaro alles Gute. Dann schloss sich eine Schranke und vor ihm tat sich die neue Welt auf. „Zuri wird zu Hause schon auf dich warten", meinte Nikolas und Yaro nickte, auch wenn er nichts verstand.

-I-
1951

Sie war nun eine Aussätzige. Entweder verzaubert und verhext, besessen und verrückt, obwohl bei klarem Verstand. Oder aber sie hatte es gewagt, auf der Reise in die Stadt... Daran wollte aber niemand glauben. Ein Weißer? Einer der Missionare am Ende? Reisende gab es noch nicht viele, aber immer mehr von ihnen kamen aus dem fernen Europa um in der Serengeti dem Wunsch nach Weite und Freiheit Aug in Aug gegenüberzutreten. Für Geld? Nicht für einen Shilling, beteuerte sie. Nur Hatari, ihr Mann, er glaubte ihr nicht so recht. Hatari war ein angesehner Mann im Dorf. Ein stolzer Mann, der viel zu sagen hatte. Hatari war ein *chief*. Und Amali brachte ihm nun Kummer.

Das ganze Dorf war gekommen, denn eine Geburt war immer etwas Aufregendes. Die Männer hatten in den Hütten der Frauen nichts verloren. Sie blieben unter sich, aber Hatari war erfreut. Es war die Geburt seines Kindes. Seines dritten Kindes. Würde es ein Junge, so würde er ihn Adili nennen - der Gerechte.

Dann das Wehklagen aus der Hütte Amalis. Die Frauen drängten sich eng um die Schamanin herum. Sie stimmten alle ein in das Klagelied um die Sorge, einem fürchterlichen Fluch erlegen zu sein. Das ganze Dorf heimgesucht von den dunklen Geistern der Ahnen, die auf Rache sannen für längst vergangene Taten. Was auch immer der Grund für ihren Groll war, sie hatten sich nun also Amali und ihr Kind ausgesucht.

Als der Junge das Licht der Welt erblickte, starrten ihn unzählige ungläubige Augenpaare an. Weiß! Das Kind war weiß. Selbst das kleine Büschel Haare, das der Junge auf dem Kopf trug, es war fast weiß. Verwunschen war die Mutter des Kindes! Verwunschen war der Junge selbst und auch die Geburtsstatt!

Amali stimmte anfangs in das Wehklagen mit ein. Es war nicht ihr erstes Kind. Sie hatte Hatari schon eine Tochter geschenkt. Sein anderes Kind stammte von seiner anderen Frau, die am Rande der Siedlung lebte. Amali war Hataris Erstfrau und damit in der glücklichen Lage, viel Einfluss auf ihn nehmen zu können. Er war ein wichtiger Mann, oft tagelang nicht zu Hause. Hatari gehörte zum Ältestenrat und auf ihn hörte das ganze Dorf. Sein Ruf war tadellos. Stark, gerecht. Frei und frei von jedem Makel. Nun wimmerte in der Hütte seiner Frau Amali ein weißes Kind, das rot leuchtende Augen hatte und entweder das Balg eines Weißen oder - und beides kam einer Katastrophe gleich - verwunschen war.

Amali war 1923 zur Welt gekommen. Sie hatte nie das Lesen und Schreiben gelernt. Sie war bei Adilis Geburt schon achtundzwanzig Jahre alt und hatte viel durchgemacht in ihrem Leben. War selbst die Älteste von acht Geschwistern gewesen. Gerne wäre sie in die Schule gegangen. Es gab im Dorf einen Lehrmeister. Aber nur für die Jungen und auch da nicht für alle. Was man zu lernen hatte, lernte man auf dem Acker, bei der Jagd, im Haus oder im Gespräch mit den Älteren. Mädchen gingen ohnehin nicht zur Schule.

Und irgendwann war es für Amali an der Zeit, eine Frau zu werden, so wie es der Ritus vorsah. Sie heiratete den drei Jahre älteren Hatari. Ein stolzer junger Mann. Da war sie vierzehn. Das Leben in der Siedlung war hart und sehr entbehrungsreich.

Die jungen Frauen und Mädchen legten Tag für Tag lange Strecken zurück um Wasser zu holen. Sie wuschen die Kleidung, kochten, hielten die Feuerstellen am Leben und fertigten den bunten Schmuck an. Die Männer hüteten das Vieh und betrieben Landwirtschaft.

Hatari hatte mit der Viehzucht nicht zu viel zu schaffen. Er war viel auf dem weiten Land des Stammes unterwegs um nach dem Rechten zu sehen. Ein Mann wie er hütete das Vieh nicht mehr selbst. Hatari aber war gütig. Er war eingebunden in die traditionellen Anforderungen an das Leben und hielt sich strikt an sie.

Und dieser stolze Mann sah nun, dass das dritte Kind, ein Junge, weiß war. Vierzehn Jahre nach der Heirat und dreizehn Jahre nach dem ersten Kind, das ihm Amali geschenkt hatte, blickte er nun völlig gleichgültig in das Gesicht des Kleinen, den er Adili nannte.

Der schrie das hilflose Schreien eines Neugeborenen und suchte Schutz bei seiner Mutter. Die war aber beschäftigt, das Wehklagen der Nachbarn, Freundinnen und Verwandten zu verstehen. Denn in diesem speziellen Augenblick war sie selbst noch gar nicht in der Lage, ganz und gar zu erfassen, was ihr da widerfuhr. Ihr Körper schmerzte, sie war entsetzlich müde und angeschlagen, wollte nur schlafen. Sie hörte Trommeln und wollte Wasser. Sie musste den Jungen waschen. Sie selbst musste nun etwas trinken. Die Geburt hatte ihr viel Kraft geraubt. Vielleicht - nur ein Gedankenblitz - war dieser weiße Junge ein Erzeugnis ihrer Einbildung, der augenblicklichen Schwäche geschuldet. Aber was sollte dann das Wehklagen der anderen Frauen? Welchen Grund hätten sie gehabt, sich derart in Rage zu schreien, zu stampfen und zu singen, wenn eigentlich alles normal wäre?

Da lag also tatsächlich ein Weißer. Und nur Amali wusste, dass das, was da nun auf sie einprasseln würde, nicht stimmte. Der lange Weg in die Stadt, den sie auf sich genommen hatte, um… ja, warum nur? Es war für die wenigsten verständlich, wie es eine Frau wagen konnte, sich zusammen mit Männern auf die Reise nach Arusha zu machen um dort ihre Waren zu verkaufen. Sie hatte dort das erste Mal eine Zeitung gesehen. Sie war die Frau des stolzen Hatari, durfte daher nicht zurückgewiesen werden. Und Hatari hatte Amali gewähren lassen. Was sollte es schon bedeuten, wenn seine Frau nach Arusha führe um dort Schmuck zu verkaufen. Zusammen mit ihrer älteren Schwester und drei Männern. Allesamt Verwandte. Nun aber dieses Ergebnis! Der weiße Junge musste in der fernen Stadt gezeugt worden sein. Da waren sich die meisten Frauen sicher. Nur Amali wusste genau, dass sie Adili zu dieser Zeit bereits in sich trug, fühlte aber eine derart große Last auf ihren Schultern, dass sie sich nicht getraute, etwas zu sagen. Sie sah die Pfeile aus den Augen auf das Wochenbett schießen. Bitterer Hass, dass da eine ein Kind auf die Welt gebracht hatte, das nicht zu existieren hatte, weil es weiß war. Weiß am Kopf, weiß am Bauch und rot in den Augen.

Hatari drehte sich nach einer kurzen Weile des Verweilens um, brach das Schweigen. „Dies", so sagte er bestimmt und unmissverständlich, „ist nicht mein Sohn und sie ist nicht mehr meine Frau, denn sie ist verhext."

Dieser Ausspruch hätte Amalis Todesurteil sein können und wenn es nach der ein oder anderen Frau gegangen wäre, auch hätte sein müssen. Sie alle hatten bis dahin voller Neid auf Amali geblickt, denn sie war die Erstfrau des Kriegerhäuptlings. Damit waren Neid und Missgunst allüberall. Von diesem einen Moment an aber war alles anders. Dass ein männlicher Gast des herrschenden Mannes in der Hütte der Frau nächtigt, das wurde toleriert. Kinder, die aus so einer Nacht hervorgingen, wurden von den Männern in der Regel anerkannt. Ein Weißer aber und noch dazu in der fernen Stadt - das wäre niemals akzeptiert worden.

Hatari aber glaubte nicht einen Augenblick an die Mär mit dem Weißen aus der Stadt. „Diese roten Augen habe ich noch bei keinem Weißen gesehen!", sagte er. Allzu viele Weiße aber hatte auch er in seinem Leben noch nicht getroffen. Sein Urteil war ein anderes: Amali war verhext worden! Ein böser Fluch der

Ahnen lastete scheinbar auf ihr. Und um sich rein zu waschen, musste Hatari ein klares Zeichen setzen. Amali hatte zu verschwinden! Entweder sie ging freiwillig oder sie würde den Zorn der gesamten dörflichen Gemeinschaft zu spüren bekommen.

Amali aber war eine starke Frau. Nach den ersten Momenten des Leidens und Wehklagens scheuchte sie die aufgebrachten Frauen davon und bat, noch einmal mit Hatari alleine sprechen zu dürfen. Ihr war klar, dass die Entscheidung ihres Mannes unumkehrbar war. Sie musste noch einmal mit ihm sprechen dürfen.

Die Nacht war hereingebrochen, Finsternis senkte sich über die Siedlung. Das Vieh stand ruhig beisammen. Überall herrschte Ruhe. Der kleine Adili schlief tief und fest, denn auch für ihn war der erste Tag auf dieser Welt etwas sehr Anstrengendes gewesen. Draußen kratzten Schritte im weichen Sand. Der Verschlag wurde geöffnet und Hatari stand im Raum. Er wirkte nicht mehr freundlich und beschützend stark. Er erschien Amali in dieser Nacht eher barsch und ablehnend. Seine Stärke machte ihr zum ersten Mal Angst.

„Gib mir dein Versprechen, dass ich am Leben bleibe, wenn ich außerhalb der Siedlung eine neue

Hütte errichte und mit deinem Jungen dort leben werde", sagte Amali mit fester Stimme. Hatari senkte den Blick. „Es ist nicht *mein* Junge", sagte er nun leise, aber ebenso bestimmt. Fügte dann noch an: „Sieh doch seine Haare, diese leuchtend roten Augen, das ist nicht mein Sohn!" Amali, die nicht wusste, wie es mit der Situation umzugehen galt, nickte nur und wiederholte ihr Anliegen. „Bitte versprich mir, dass du deine schützende Hand über diesen Jungen und seine Mutter hältst, wenn wir außerhalb der Siedlung leben und deine Nähe von uns auch nicht mehr suchen werden." Sie versuchte in der Dunkelheit einen Blick in sein Gesicht zu erhaschen. Aber Hatari starrte weiterhin gebannt auf den Boden. Mit einem Blick erhaschte er im Zucken der Flammen einen Blick auf das friedlich schlafende Kind. Mit der Hand signalisierte er stumm Zustimmung, beugte sich dann noch einmal über den Jungen und wiederholte mit aller Härte: „Er ist nicht mein Sohn!"

Amali spürte den Schmerz tief in ihrer Seele. Nicht Hataris Kind. Auch nicht ihr Kind? Sie war nun eine verstoßene Frau, weil dieses Baby offensichtlich verhext war. Aber es war dennoch das Gebot der Stunde, ihm nicht einfach das Leben auszuhauchen um den Fluch zu bannen... Niemand wusste, warum die Ahnen zürnten. Wer weiß, was geschehen würde, wenn man den kleinen Adili - und der hatte ja bereits einen Namen – einfach so umbrachte? Das stand außer Frage! Nur war ebenso klar, dass der verhexte Junge dem ganzen Dorf Unheil bringen würde, wenn er dort aufwuchs. Niemand konnte ganz sicher sein, ob nicht doch bei der kleinsten Kleinigkeit einer aus dem Dorf käme und Amali und Adili töten würde. Amali musste sich auf Hataris Wort verlassen. Er hatte stumm zugestimmt und eingewilligt. Es war ein Geschäft. Amali würde fortan als Aussätzige leben – vor der Siedlung. Sie war dann nicht mehr ein Teil der dörflichen Gesellschaft.

-II-
1954

Das Leben vor der Siedlung war hart und entbehrungsreich. War es ohnehin nicht einfach für die
Menschen in dieser Gegend zu überleben, so musste
eine Verstoßene Tag für Tag einen schier unendlichen
Kampf gegen die Macht allen Übels führen. Brennholz
gegen die Kälte der Nacht und für die Kochstelle. Es
stand Amali nicht zu, das Brennholz zu sammeln, das
der dörflichen Gemeinschaft gehörte. Das Wasser an
der Wasserstelle war nicht mehr ihres. Und wenn sie
dort mit Adili auftauchte, warf man ihr böse Blicke zu.
Mal waren die Leute offen feindselig, mal nur erstaunt
oder verwundert. Dass diese Amali es drei Jahre lang
ausgehalten hat mit dem weißen Kind im Schlepptau?
Ganz auf sich gestellt, vor den Toren des kleinen
Dorfs.

Es gab diese wenigen Tage des Glücks. Da ra-
schelte es nachts vor der Hütte, die kaum gegen Wind
und Wetter geschützt war. Sie lag gut fünf Minuten
Fußmarsch vom Dorf entfernt in Sand und Staub gebaut. Ohne Schutzwall oder Zaun. Oft hörte Amali in
der Dunkelheit wilde Tiere um die hölzerne Hütte
ziehen, deren Hunger sie immer näher an die menschlichen Siedlungen trieb. Und Amalis Hütte war der

Vorposten einer dieser Siedlungen, ein wehrloser Posten, das einfach einzunehmende Fort vor der eigentlichen Burganlage.

Doch die Nächte des Glücks wurden ebenso mit Rascheln eingeläutet. Amali erkannte den Unterschied sofort. Es waren nicht die schnellen Pfoten der Hyänen oder das träge Poltern der Elefanten, vor dem sie sich am meisten fürchtete. Die Elefanten gehörten zum neuen Serengeti Nationalpark. Aber für die wenigen Menschen, die am Rande des Parks ihre Siedlungen hatten, war es oftmals gefährlich, den Dickhäutern zu nahe zu kommen. Und trieb der Hunger sie an, konnten sie hölzerne Zäune wie Spielzeug umtreten und ganze Hütten zertrampeln. Dennoch machte sich Amali wegen der Elefanten weniger Sorgen als sie sich vor den Menschen ängstigte.

Das Rascheln der guten Nächte klang ein wenig dumpf. Es waren menschliche Schritte. Nie war es hell genug, um zu erkennen, wer da um die Behausung schlich. Nie traute sich Amali aus der Hütte um nachzusehen. Aber immer, wenn es nachts so geraschelt hatte, lag am Morgen etwas vor der Hütte. Einmal etwas Kleidung mit der sie den Jungen anziehen konnte. Einmal Lebensmittel. Wenn das Dorf gefeiert hatte - eine Hochzeit zum Beispiel - dann kamen die Schritte mit Gewissheit in der folgenden Nacht zu ihrer Lehmbehausung. Die Person hielt inne, legte etwas ab und verschwand. Amali hatte seit dem Auszug aus dem Dorf keinen tiefen Schlaf mehr. Sie hörte die Schritte immer. Sie waren kräftig. Schritte eines Mannes, da war sie sicher. Sie getraute sich nicht, auf gut Glück Hataris Namen in die Nacht zu flüstern. Zu groß war ihre Angst, dass der Zauber vorüber wäre und die Schritte nicht mehr kämen. Auch befürchtete sie, dass Adili aufwachen konnte und sein Rufen und Weinen den geheimen Gast vertreiben konnten.

Das erste Mal näherten sich die Schritte in einer wolkenverhangenen Nacht etwa vier Wochen nach Adilis Geburt. Amali hatte sich voller Angst in die hinterste Ecke der neuen, wackeligen Hütte verkrochen. Sie hörte das Scharren bedrohlich näher kommen, erspähte aber keine Schatten oder menschlichen Umrisse vor den aus Reisig bestehenden Seitenwänden. Die Wolken verdeckten den Mond und nicht ein Stern funkelte. Amali aber hörte mit jedem Schritt: Dies war kein Tier, das in der Nacht Schutz vor Sturm und Kälte suchte, es war ein Mensch! Sie drückte Adili fest an sich, gewickelt in Tücher. Die Armut war schrecklich genug und die Einsamkeit bitterer Saft dieses fürchterlichen Zaubers, der auf ihrem Sohn lastete. Das Kind konnte sie dafür nicht hassen, das Band zwischen ihr und Adili war viel zu stark. Sie hielt ihn an sich, sie spürte seinen Herzschlag und verglich mit dem ratternden Uhrwerk ihres Herzens, das leidvoll pumpend auf ein baldiges Ende zu warten schien. Beim ersten Besuch war ihr klar, sie kamen um ein Ende zu setzen - dem Zauber des weißen Kindes, das ausgegrenzt mitsamt der Mutter vor der Siedlung hauste und Amalis Leben damit. Aber nichts von dem, was Amali erwartet hatte, geschah. Es wurde nicht die Behausung in Brand gesteckt oder die Tür aufgerissen und mit einem Speer verletzt und getötet. Es herrschte nur kurze Stille vor der Hütte und dann hörte Amali die dumpfen Schritte wieder in die Nacht verschwinden. Sie getraute sich nicht, aufzustehen und draußen nachzusehen, was es war. Aber als sie am Morgen die Kanne frischer Milch entdeckte und die Wolldecke für Adili, wusste sie, diese Schritte bedeuteten ihr kleines Glück und Segen.

Amali hatte gehört, dass Hatari eine weitere Frau heiraten wollte. Die Alte hatte es ihr erzählt. Draußen an der Wasserstelle. Es war dunkel bereits. Sie getraute sich mit dem weißen Kind nur in der Dunkelheit länger vor ihre Wohnstatt. Da waren die anderen Frauen bereits fort. So war die Gefahr geringer, sich ihren hässlichen Blicken aussetzen zu müssen. Da glänzte auch das Weiße der Haut ihres kleinen Sohnes weniger stark. Sie hatte bald nach der Geburt gemerkt, dass es für Adili nicht gut war, wenn sie ihn der Sonne aussetzte. Auch deshalb entdeckte sie die

Dunkelheit für sich. In der Nacht war sie nicht existent. Ein Schatten im Schatten des Dunkel. Kaum wahrnehmbar, die Frau, die mit dem Kind auf dem Rücken und einem Bündel auf den Kopf, die sandigen Wege entlang huschte - auf der Suche nach Brennholz und auf dem Weg zur Wasserstelle. Aus mehr bestand ihr Leben nicht mehr. War sie einst die erste Frau des stolzen Hatari, war sie nun die Mutter des weißen, verzauberten Adili, der man aus dem Weg zu gehen hatte.

Sie sprach so wenig, dass sie alsbald die Wörter schwinden fühlte. Es war zwar bloße Einbildung, aber es schmerzte Amali sehr.

Die Alte, das war eine Frau, der es ähnlich erging, wie Amali selbst. Keiner wusste mehr so recht, weshalb sie nicht wirklich Teil der Gemeinschaft war. Alle wussten, dass *die Alte* etwas seltsam war, dass in ihrer Jugend etwas gewesen war, das sie wahnsinnig gemacht hatte. Sie rastete immer wieder aus, war von Geistern besessen und es galt, sie zu heilen. Aber alle Versuche scheiterten und so machte man besser einen Bogen um die Alte.

Sie hatte an der Wasserstelle gestanden und ihre Wäsche gewaschen als Amali mit dem kleinen Adili im Schlepptau ankam. Sie sah erschrocken zu ihr hoch. „Das Kind, es ist verzaubert, Liebes", sagte sie und wunderte sich, warum dies für Amali nun wirklich nichts Neues mehr war. „Ich weiß, deswegen leben wir ja auch außerhalb der Siedlung." Amali spürte, dass die Frau wirklich etwas verrückt zu sein schien. Die Alte blickte aus runzeligen Augen auf den kleinen Adili. „Aber der Zaubermensch wird niemandem Unglück bringen, meine Liebe", fügte sie dann an. „Das sehe ich in seinen lieben, roten Augen." Sie wagte sich näher heran. Es war fast komplett dunkel, sodass sie sehr nahe an das Gesicht Adilis herantreten musste, um ihre Aussage noch einmal zu überprüfen. Nur ein dumpfer Schein eines kleinen Feuers an der Wasserstelle gab etwas Licht. „Kein Unglück, aber ein Zaubermensch, Glück stattdessen", wisperte sie aus zahnlosem Mund hervor, strich mit knöchernen Fingern sanft über das Gesicht des Kindes. Adili sah sie aufmerksam an, ohne zu weinen und schreien. Er schrie viel, weinte lange und reagierte auf andere Menschen immer sehr ängstlich. Menschen bekam er ja nur selten zu Gesicht. Die Alte aber schien er zu mögen, seine Züge wirkten vollkommen entspannt als sie mit rauher Hand sein Gesicht streichelte.

„Hatari heiratet wieder", sagte sie zu Amali in vollster Klarheit. Diese nickte nur stumm, füllte ihre Kalebasse mit Wasser machte sich auf den Weg zurück zu ihrer Hütte. „Das Feuer darf nicht ausgehen", sagte

25

sie zur Alten - halb als Entschuldigung, warum sie so rasch wieder aufbrach, halb als Erklärung für Hataris erneute Heirat.

Die Alte blieb an der Wasserstelle alleine zurück, drückte Stofffetzen ins Wasser und setzte sich dann an das kleine Feuer. Sie schien hier draußen übernachten zu wollen, dachte sich Amali auf dem Weg zurück zu ihrer Hütte.

Tage später konnte sie im Dorf die Vorbereitungen für die Hochzeit ausmachen. Wer die Braut war, wusste sie nicht. Im Grunde war es ihr auch egal. Es würde die dritte Frau Hataris sein. Sie durfte im Dorf mit ihm leben und das unterschied sie von Amali.

Der Wind trieb das dumpfe Stampfen des springenden Tanzes bis vor die Siedlung. Amali spürte einen stechenden Schmerz in ihrer Seele. Man hörte Frauen singen und Männer rufen. Sie würden alle ihren herrlich ausladenden Halsschmuck tragen und die Männer ihre dünnen Stäbe als Zeichen der Macht. Und in ihrer Mitte Hatari, stolz und mächtig. Amali betrachtete Adili in seine Decke gekuschelt. Er war nun fast ein Jahr alt. Seinen Vater hatte er noch nie gesehen. Er würde nicht einmal wissen dürfen, wer er war. Irgendwann, wenn er sprechen konnte, würde er fragen, warum er zusammen mit seiner Mutter alleine und verlassen vor der Siedlung lebte. Dann würde sie ihm sagen müssen, dass es an der weißen Haut lag, die wie ein Fluch über ihn gespannt worden war. Dann würde Adili sich unschuldig schuldig fühlen und Amali keine Ahnung haben, wie sie das Kind trösten konnte.

Sie wünschte sich, Adili würde nie das Sprechen lernen.

In der Nacht der Hochzeit konnte man sehr lange noch die Gesänge aus dem Dorf hören. In der Lehmhütte von Amali knisterte nur mehr ein kleines Feuer und sie versuchte, Schlaf zu finden.

Es musste sehr spät oder vielleicht schon früher Morgen gewesen sein, als es an der Tür kratzte. Diesmal wollte sie nachsehen, wer vor der Hütte herumschlich. Adili schlief wieder friedlich und so erhob sie sich vorsichtig. „Wer ist das da draußen?“, krächzte sie in die kalte Nacht. Rasch entfernten sich Schritte. Sie öffnete die Tür ihrer Behausung und ging nach draußen. Die Gestalt, die um die Hütte geschlichen war, hatte sich schon so weit entfernt, dass sie fast hinter einer Sandkuppe verschwunden war. Aber trotz Kopfbedeckung und Wolldecke um den gesamten Oberkörper war sich Amali sofort sicher, es musste Hatari selbst gewesen sein. In der Nacht seiner Hochzeit war er zu ihrer Hütte geschlichen und hatte ihr Essen von der Feier vor die Türe gelegt. Es waren

Fleischstücke von einem geschlachteten Rind und Süßigkeiten.

Leise blies Amali ein *Dankeschön* in die Dunkelheit und schlich vorsichtig wieder zurück in die Hütte und legte sich schlafen.

-III-
1957

Sechs Jahre war Adili bereits alt. Er wusste nun, dass er anders war als die anderen. Er bekam es dauerhaft zu spüren. Tag für Tag: Erblickte er sein Gesicht in der Oberfläche der Wasserstelle, erkannte er einen weißen Jungen. Hob er die Arme zur Sonne, waren sie hell und leuchtend, manchmal rot verbrannt. Amali wusste oft nicht, wie sie das Kind aus der Sonne halten konnte. Seine Haut brannte und schuppte sich. „Der Zaubermensch", spotteten die anderen Kinder. Sie ließen Adili nicht mit sich spielen. Er durfte nicht hinter die Steine laufen um mit den anderen Jungs zu tollen. Er durfte nicht mit ihnen zur Wasserstelle. Sie ließen ihn nicht mit sich kommen auf der Suche nach Reisig für die Feuerstellen.

Abends saß er oft alleine vor der Wohnstatt seiner Mutter und haderte mit seinem Schicksal. „Warum bin ich so anders als die anderen Kinder?", fragte er Amali dann ab und an. Sie wusste keine wirkliche Antwort zu geben. „Weil du verzaubert bist und die Ahnen dich auserwählt haben", sagte sie manchmal, wissend, dass Adili diese Antwort nicht gefallen würde. Wer wollte schon von den Ahnen verzaubert werden, war das doch gleichzusetzen mit verhext zu sein oder verwunschen.

Lernen wollte er. Das Lesen und das Schreiben wollte er beherrschen. Seine Mutter konnte nicht lesen. Seinen Vater kannte er nicht; er wusste nicht, ob er es beherrschte. „Wer ist mein Vater?", hatte er gefragt. Ein ums andere Mal. Amali hatte es nicht übers Herz gebracht, zu sagen, dass der stolze Hatari sein Vater war, der Krieger, der sich ab und an nachts an ihre Hütte schlich um ihnen Essen zu bringen. Der Dorfchief, der das Sagen hatte und den alle bewunderten - er war Adilis Vater. Und doch blieb es ihm verborgen. „Dein Vater ist fort", sagte Amali und bat ihren Sohn, nicht mehr zu fragen. Sie selbst litt dabei.

Lesen wollte er lernen und schreiben. Im Sand hatte er eine Seite aus einem Buch oder Magazin gefunden. Amali konnte sich nicht erklären, wie eine Buchseite in diese gottverlassene Gegend gelangen konnte. Es war Text zu erkennen und ein Bild. Es zeigte Männer in der Stadt. Sie trugen Anzüge und Hüte wie sie Adili noch nie gesehen hatte. Auch Amali hatte in ihrem Leben noch nicht viele Gelegenheiten gehabt, auf Menschen der feinen Gesellschaft zu treffen. Die Engländer kamen selten bis in die fernen Winkel des Landes. In Arusha hatte sie ein paar von ihnen gesehen. Aber hier draußen noch nie. Adili starrte wie gebannt auf die Bilder der Menschen auf der Buchseite, die er aus dem Sand ausgegraben hatte. Sie waren weiß. Weiß wie er! Weiß wie das verzauberte Kind, dessen Mutter in einer Lehmhütte außerhalb des Dorfes lebte, weil sie einem Zaubermenschen das Leben geschenkt und damit Leid über die Familie gebracht hatte. „Sind die Männer hier auf dem Bild auch Zaubermenschen?", hatte Adili gefragt. „Nein, das sind Engländer", sagte Amali und wollte dem Jungen die Seite aus dem Buch oder Magazin entreißen. Adili aber hütete das Blatt wie einen Schatz. Er fragte seine Mutter nach der Bedeutung der Schriftzeichen und erntete nur Schulterzucken. Auch sie verstand nichts von den Buchstaben und kannte ihre Bedeutung nicht. Es waren Rätsel und für sie gab es keine Möglichkeit, das Rätsel zu knacken. Aber sie wünschte sich so sehr, dass Adili das Lesen lernen konnte.

War es für die Kinder in diesem Landstrich zu dieser Zeit allgemein kaum möglich, lesen zu lernen, so war es für einen weißen Jungen, der von allen gemieden wurde, unvorstellbar. Adili begann alles aus Amali herauszuquetschen. Was ist eine Schule? Was macht ein Lehrer? Wie lernt man das Lesen? Wo muss ich hingehen, damit ich diese Zeichen zu einem Ganzen zusammensetzen kann? Amali konnte ihrem Sohn auf die wenigsten dieser Fragen zufrieden stellende Antworten geben und hatte fast ein schlechtes Gewissen, weil sie ihn durch die Erzählungen über die Schulen in der Stadt erst richtig neugierig gemacht hatte.

Die Seite mit den Buchstaben und dem Bild von den weißen Männern, die Mama Amali Engländer nannte, wanderte in einen Sack aus Rindsleder. Das war Adilis einziges Eigentum. Der bestickte Sack hatte auch eines Morgens vor der Hütte gelegen und Amali hatte dem Himmel für die Güte gedankt.

Die Buchseite war Adilis ganzer Schatz. Sie war sein Ein und Alles und eines Tages würde er auf dieser Seite erfahren, warum er weiß war und was er zu tun hatte um daraus einen Vorteil zu schlagen.

Amali erkannte in ihrem Sohn die Cleverness ihres Mannes Hatari. Er war flink wie er, ebenso kräftig und intelligent. Nur gab es für sie keine Möglichkeit, dies zu fördern. Sie saß mit ihm vor der Siedlung, ohne eigene Rinder, ohne Aufgabe, ohne Geld und ohne Unterstützung. Es war ein Wunder, dass sie überhaupt all diese Jahre überstanden hatten. Adili war gesund und niemals wirklich krank geworden. Viele Kinder starben hier draußen in der Wildnis bevor sie ein Jahr alt waren. Adili hatte überlebt und das auch noch außerhalb der Gesellschaft. Er half der Mutter bei der Feuerholzsuche. Sie lebte von dem, was ihr vor die Hütte gelegt wurde und von den Almosen der Sippe. Sie durfte ab und an das Vieh der anderen hüten. Dafür gab man ihr Milch und Hirse. Und sie nähte Kleidung aus Stoffen zusammen. Das hatte sie schon vor Adilis Geburt gemacht. Besser und schöner als jede andere im Dorf. Niemand nähte schöner als Amali. Hatari schien auch hier seine Segenshand über seine ehemalige Frau zu halten. Ab und an lagen in Lederhäute geworfene Stoffe vor der Lehmbehausung und dann durfte sie nähen. Tage oder Wochen später kamen dann die alten Frauen aus dem Dorf um die fertigen Schürzen zu holen. Sie sprachen wenig, beäugten still und neugierig den Zaubermenschen, der mittlerweile munter um die Hütte herumsprang und sich nicht scheute, sie anzusprechen. Dann ließen sie etwas Mais oder Milch zurück, manchmal sogar Fleisch. Sie dankten im Namen der anderen. „Hatari schickt uns", sagten sie oft. Und Amali bat die Alten, ihn ebenfalls zu grüßen.

-IV-
1958

Den ganzen Vormittag über war Adili nicht zu sehen gewesen und Amali machte sich Sorgen. Er war in den letzten Wochen immer mal wieder mit anderen Kindern aus dem Dorf unterwegs gewesen. Sie waren neugierig auf das Kind vor der Siedlung. Der Zaubermensch entfaltete eine große Anziehungskraft auf sie. Auch wenn ihre Eltern sie vor den Flüchen der Ahnen gewarnt hatten, sie wollten ihn sehen. Sie wollten mit ihm sprechen und sie erkannten rasch, wie normal Adili im Grunde war. Ein einfacher Junge, der ihre Sprache sprach und der ihr Leben so gerne geteilt hätte. Dies aber blieb ihm weitestgehend verwehrt, weil er nunmal weiß war.

Aber sein Leben hatte sich gebessert. Die Menschen in der Siedlung hatten erfahren, dass es auch in anderen Dörfern Zaubermenschen wie Adili gab. Dass im Dorf seit Adilis Geburt nichts Tragisches geschehen war, sprach nicht unbedingt dafür, dass die Verwünschungen der Ahnen so schlimm sein konnten, als dass man den Jungen vollständig meiden musste. Auch der Bann von Amali als Aussätzige schwand zusehends. Immer häufiger trauten sich nun Frauen aus dem Dorf zu ihr. Ihre Fähigkeit, herrliche Kleidung zu nähen, wurde weiterhin sehr geschätzt und so erfuhr sie allerlei Neues aus dem Dorf und die Leute im Dorf bekamen zu hören, wie normal der weiße Junge doch eigentlich war.

Endlich kam Adili den holprigen Weg herunter gelaufen. Man sah ihn umringt von anderen Kindern. Amali winkte und erkannte schon von weitem, dass die Kinder aufgeregt waren. Dahinter erblickte sie eine Staubwolke. Etwas bahnte sich den Weg durch den Sand. Ein Automobil. Es war das erste Mal, dass ein Wagen in ihre verlassene Gegend kam. Amali hatte in Arusha schon Autos gesehen und war einmal ein Stück auf einem Lastwagen gefahren. Aber in ihrem Dorf war noch nie ein Laster aufgetaucht und ein solches Auto schon gleich dreimal nicht.

Sie rieb sich verdutzt die Augen. Bald kamen die Kinder näher. Großes Geschrei! Der Wagen ratterte heran und aus dem Dorf kamen die ersten Neugierigen. Das Gefährt machte vor Amalis Lehmhütte Halt. Nun war klar, der Zaubermensch war doch etwas ganz Besonderes. Er hatte ein Auto in ihre Siedlung gelockt. Und dieses Automobil machte auch noch just vor der Hütte der Verbannten Halt.

Zwei Weiße stiegen aus dem Wagen aus. *Mzungu*, Weiße! Die Kinder umringten die beiden Männer sofort. Ein Kind zupfte an ihren Kleidern, ein anderes wollte das blonde Haar in die Finger bekommen.

Das ging solange bis der Ältere laut hustete und die Schar erschrocken zurückwich. In einer unverständlichen Sprache redeten die beiden Männer auf die Kinder ein. Ein Missionar und ein Arzt. Der Arzt sprach Englisch und der Missionar verständigte sich alsbald auf Swahili. Es klang seltsam und für die Kinder lustig, was der Mann von sich gab.

Amali verstand sein Swahili, wenngleich der Mann fremd klang. Sie grüßte die Männer und reichte dem Missionar vorsichtig die Hand. Er schüttelte sie kräftig.

Aus dem Dorf waren nun einige Männer gekommen. Unter ihnen auch Hatari. Er begrüßte die beiden nun ebenfalls. Vor der Behausung Amalis hatte sich mittlerweile das halbe Dorf versammelt und ihre Behausung war für einen Augenblick das Zentrum der ganzen Siedlung geworden. Es galt, den Fremden Milch zu bringen und in Erfahrung zu bringen, was ihr Anliegen war.

Der Missionar erklärte etwas von *Education* und Schule, von Hygiene und Gottesfurcht. Hatari ließ sich alles bereitwillig erklären ohne wirklich zu verstehen, was der Mann von ihm wollte. Der Andere war ein Arzt aus England, der im Auftrag der Regierung die Kinder untersuchen sollte. Sie seien nicht krank und wenn es ihnen nicht gut gehe, würden sich darum die Schamanen kümmern oder die alten, weisen Frauen, die Kontakt zur Ahnenwelt halten konnten.

Der Arzt schüttelte heftig den Kopf. „Eure Ahnen haben aber kein Chinin gegen Malaria und wissen auch nicht, wie man eine Lungenentzündung heilt oder Tuberkulose erkennt." Diese Krankheiten kannte man im Dorf nicht und wenn jemand vom Fieber befallen wurde, war es ein Zeichen aus der Welt der Geister.

Dann schob Amali ihren Sohn vor. „Adili ist sehr wohl irgendwie krank", sagte sie zu Hatari. „Frag den Weißen, warum Adili weiß ist, so weiß wie sie." Adili wusste nicht, wie ihm geschah. Er wurde von Hatari, dem Chief des Dorfs, den er bislang noch nie direkt gesehen hatte, an der Schulter gefasst und in Richtung der beiden weißen Männer geschoben. „Was fehlt ihm?", fragte er den Arzt. „Er ist verzaubert und daher weiß wie ihr", fügte Hatari selbst sofort als Erklärung an. Der Arzt nickte, um dann sofort energisch den Kopf zu schütteln. Er sprach mit dem Missionar. Der gab Antwort und erneut erwiderte der Arzt etwas. Niemand im Dorf konnte ihrer englischen Konversation folgen. Dann endlich wandte sich der Missionar an Hatari.

Adili sah den stolzen Krieger aufmerksam an, voller Neid auf dessen Einfluss, dessen Intelligenz und seine Anerkennung. Wenn er gewusst hätte, dass dieser aufrechte Krieger, der stolz seinen Schmuck trug und den Speer als Zeichen der Macht in den blauen Himmel reckte, sein Vater war, er wäre vor Stolz geplatzt. Aber Amali konnte es ihm nicht sagen.

„Es ist Albinismus, aber wie soll ich euch das erklären", sagte der Missionar. Dann verschwand er hinter seinem Automobil. In der Hand hielt er ein Buch. Adili stieß einen Lauten Schrei aus, so freute er sich, dass der Mann auch so ein Schriftstück besaß. Aber das bestand nicht nur aus einer Seite. Es war voller Seiten. Adili war begeistert. Er löste sich kurz aus der Umklammerung Hataris und rannte in seine Hütte um aus dem kleinen Ledersack seine Seite zu holen.

In der Zwischenzeit hatte der Missionar das Wort *Albinismus* nachgeschlagen und sagte mühevoll langsam: „Ulemavu wa ngozi". Aber das rief bei den Dorfbewohnern nur Schulterzucken hervor. Sie blickten sich fragend an. Eine Behinderung des Leders sei es, was Adili da habe. Und weiter sagte der Missionar langsam und mit einem sonderbaren Akzent: „Watoto wengi wanaathirika". Hatari verstand und gab für die

Dorfbewohner weiter: „Viele Kinder haben das."
Aber die ungläubige Reaktion der Menschen machte schnell klar: Der Junge blieb ein Zaubermensch, dem die Ahnen ein Zeichen auf die Haut gebrannt hatten. Es galt vorsichtig mit ihm zu sein, auch wenn die weißen Medizinleute einen Namen für seinen Zustand hatten.

Adili reckte die Seite empor und sagte zu den englischen Gästen: „Seht mal, ich habe auch so etwas." Sie lachten ein wenig. Hatari schob Adili wieder fort von den beiden. Der Arzt aber nahm das Blatt und studierte es. Es war die Seite aus einem Magazin, kaum zusammenhängender Text, da die Seite an einem Ende zerrissen war. „Frage den Jungen bitte, was er sagen wolle", bat er Hatari. Der wandte sich verdutzt an seinen Sohn. „Der Fremde will wissen, was du mit diesem Stück Papier willst?", herrschte er Adili an. Der senkte den Blick und sprach leise. „Ich möchte gerne lesen können, was auf dem Papier steht. Will diese geheimen Zeichen entziffern können." Hatari fühlte einen Stich in seiner Brust. Es war wie eine schwere Last, die ihn befiel. Einerseits war es unmöglich, dass dieser Junge, der so anders war als alle anderen und der außerhalb der Gemeinschaft lebte, lesen lernen konnte. Auf der anderen Seite wusste Hatari, dass es sein Sohn war. Auch wenn es alle totschwiegen. Die geheime Abmachung. *Das ist nicht mein Sohn*, die Worte blieben wie ein nicht notiertes Gesetz gültig - für alle im Dorf -, weil Hatari sie ausgesprochen hatte, als er zum allerersten Mal in die roten Augen dieses Zaubermenschen geblickt hatte. Nun wollte dieser Junge lesen lernen. Hatari spürte, dass Adili voller Neugierde war. Er wollte seine Wissbegierde stillen. Der Durst nach Wissen - er war fast spürbar. Amali wagte nicht, etwas zu sagen. Sie schämte sich ein wenig, dass der kleine Adili es gewagt hatte, offen und ehrlich zu sagen, was sein Anliegen war. Dem Stammesführer Hatari gegenüber so ehrlich zu begegnen, war für ein kleines Kind ungewöhnlich.

Der Missionar sprach wieder mit dem Arzt und beide nickten eifrig. Dann wandte sich der Missionar an Hatari. „Wenn du willst, kann der Junge bei uns das Lesen und Schreiben lernen." Er erklärte, dass er eine Mission in der Nähe von Loliondo betreibe. Dort gebe es eine kleine Krankenstation, eine Kirche und eine Farm. Und natürlich eine Schule für rund zwanzig Kinder. Man lebte von Geldern aus Großbritannien. Hatari sah skeptisch drein. Andererseits konnte man das weiße Kind so aus dem Dorf bekommen und es würde nicht mehr der Fluch der Ahnen auf ihnen liegen. Wenn er zeitgleich etwas Gutes für Adili tat, würde das doch in aller Interesse sein.

Amali aber blickte sorgenvoll in Hataris Richtung. Sie wollte nicht, dass der Sohn ging. Loliondo war wenigstens drei Tagesreisen entfernt. Mit dem Wagen vielleicht nur zwei. Sie selbst war noch nie dort oben im Norden gewesen. Zu lange hatte Amali nun mit ihrem Sohn alleine vor der Siedlung gelebt. Amali und Adili - konnte man diese Verbindung zwischen Mutter und Sohn einfach so trennen? Und wie lange wäre der Sohn fort?

„Es wird ihm gut gehen und wir bringen ihn ins Dorf zurück, sobald er lesen und schreiben kann", sagte der Arzt. Hatari willigte ein, auch wenn er spürte, dass es Amali das Herz brechen konnte.

-V-
1962

Hitze durchflutete den Raum aus Holz. Durch die Fenster drang kaum ein Luftzug. Einen Ventilator gab es hier nicht. Der kleine Generator war der Krankenstation vorbehalten. Dort ratterte auch unaufhörlich der Motor. Drei Ventilatoren in den Zimmern der Kranken und ein Kühlschrank wurden damit betrieben.

Therese war schon vier Tage in ihrem Bett. Ihr Vater hatte sich sofort um sie gesorgt. Er bat Gott um Hilfe und spürte doch, dass es irdischer Hilfe bedurfte, sollte Therese wieder genesen. Das Mädchen war zehn, ein Jahr jünger als Adili. Die beiden waren ein Herz und eine Seele. Der weiße Junge und das weiße Mädchen. Sie, weiß, weil Vater und Mutter Weiße waren, er, weil der Zauber der Ahnen auf ihm lastete. Thereses Mutter Barbara war gestorben - kurz nachdem sich der Vater, Pete Williams auf den Weg in die Kolonie gemacht hatte. Pete war von seiner Kirche entsandt worden, im fernen Afrika eine Missionsstation aufzubauen. Es war eine harte Arbeit dort. Aber er verliebte sich in dieses Stückchen trostloser Erde. Sofort und allumfassend. Er lauschte den Gesängen der Kinder. Er spürte das Trommeln in seinen Adern. Er hörte das Singen der Vögel am frühen Morgen, roch die Würze der Feuer und wusste, er würde bleiben. Zu Hause warteten Barbara und Tochter Therese, gerade zwei Jahre alt. Er schrieb ihnen. Tag um Tag und Woche für Woche sandte er Briefe. Immer, wenn sich ihm die Gelegenheit bot, ließ er von Loliondo oder Arusha aus Briefe nach England schicken. Brachte sie selbst auf die Poststationen der Städte, die er besuchte. Er wünschte sich seine Familie bei sich und hatte alle auf der Mission wahnsinnig gemacht als Barbara endlich schrieb, dass sie eine Schiffspassage gebucht hatte. „Auch wenn mein Vater und deine Mutter mir sagten, dass diese lange Reise nach Afrika für Therese fürchterlich gefährlich ist", hatte sie geschrieben, „halte ich ein Leben ohne dich am Ende nicht aus". Schlussendlich bezahlte sie die Reise mit ihrem Leben und Therese lebte.

Kurz nach der Ankunft in Daressalam wurde Barbara krank. Sie musste auf der Überfahrt eine böse Virusinfektion bekommen haben. Etwas, das man zu Hause in England in einem Krankenhaus sicherlich in den Griff bekommen hätte. Aber so musste die von Schüttelfrost und Gliederschmerzen geplagte junge Frau zusammen mit ihrer kleinen Tochter und einem Haufen Gepäck noch fast tausend Kilometer weit reisen. Zwar hatte ihr Mann einen Wagen geschickt. Der Fahrer hatte Anweisungen, sie in guten Herbergen unterzubringen. Barbara und Therese bekamen warme Decken und gutes Essen. Die junge Frau hatte das Gefühl, ihre Krankheit würde wieder verfliegen, schob alles auf die lange Seereise und freute sich auf das Wiedersehen mit ihrem geliebten Mann, den sie so vermisst hatte. Doch bald schon nach der Ankunft in der kleinen Missionsstation in der Nähe des Dorfes Loliondo ging es ihr wieder schlechter. Hohes Fieber, Glieder- und Kopfschmerzen, rasende Kopfschmerzen, lähmende Kopfschmerzen. Von Tag zu Tag wurde sie schwächer. Doctor Allister gab ihr Chinin und andere Medikamente. Es konnte Malaria sein, die sie sich auf dem Schiff irgendwo vor der afrikanischen Küste eingefangen hatte. Es konnte aber auch eine andere fiese Viruserkrankung sein. „Diese Schiffe sind voller schrecklicher Dinge", sagte er zu Pete. Der hatte nur stumm genickt und seiner geliebten kleinen Tochter über die Haare gestrichen. Er wurde zerfressen von Schuldgefühlen.

Nur neun Tage nach der Ankunft in Tansania läuteten auf der Missionsstation die Glocken der kleinen Kirche zum Abschied von Barbara Williams. Sie begruben sie auf einem kleinen, staubigen Hügel hinter der Missionsstation. Pete ließ einen Stein anfertigen. Darauf stand in wackeligen Lettern: *Her heart died leaving her England: Barbara Williams 1921-1955.* Wann immer er konnte, legte er Blumen auf den Stein oder richtete das kleine Holzkreuz wieder auf, wenn Wind und Wetter ihm zu arg zugesetzt hatten.

Auch Therese kam oft auf den Hügel um ihrer Mutter zu gedenken. Mit den Jahren verblasste allerdings die Erinnerung an sie. Zuerst verschwand die Stimme. Sie hörte ihre Mutter nicht mehr sprechen. Der feine Singsang ihrer liebevollen Stimme verschwand in den Tiefen der Vergangenheit. Dann entschwanden Bewegungen und Bilder. Bald gab es für Therese nur mehr eine wage Vorstellung von ihrer Mutter. Sie lebte fort in den bunten Erzählungen des Vaters. Petes Erinnerungen an die Frau aber speisten sich zumeist aus Erlebnissen vor Thereses Geburt.

Und nun lag die Tochter selbst auf der Krankenstation. Doctor Allister war sich sicher, dass es Malaria war. Diese Bestie, die sich in die kleinsten Mücken schlich und von dort aus ihren unheilvollen Siegeszug antrat. Vor allem Kinder waren ihr Opfer. Mit einem mühelosen Biss in die Knöchel, der ein bisschen juckte, begann es. Dann die ersten Fieberschübe. Der Schweiß rann ihr in Sturzbächen über Gesicht und Nacken. Die Krankenschwester war den ganzen Tag über damit beschäftigt, ihr die Stirn zu tupfen und sie immer wieder aus ihrem durchnässten Tuch zu befreien. Und dann musste man Therese Wasser einflößen. Es strengte das Mädchen an. Adili schmerze der Anblick der leidenden Freundin. Sie war sein Anker geworden. Die Trennung von der Mutter nachdem man ihn auf diese Schule mitgenommen hatte, war hart gewesen. In ihm focht eine bittere Schlacht zwischen Neugierde auf das Lesen und Schreiben und dem Heimweh. Beides hielt sich wacker. Er lernte schnell und begierig, vermisste Mama Amali aber Tag um Tag.

Da nahm den weißen Jungen eines Tages die Tochter des Missionsleiters beiseite. Therese sagte zu ihm: „Du vermisst deine Mom, richtig?" Er nickte nur. In der Zwischenzeit verstand es Adili ganz passabel auf Englisch zu antworten. „Ich vermisse meine Mom auch sehr", entgegnete ihm Therese und erzählte Adili die ganze Geschichte. Mit all dem Leid und der Endgültigkeit. „Weißt du, sie kommt nicht mehr wieder. Meine Erinnerung bleibt dieser Stein und das kleine Kreuz auf dem Hügel. Du kannst deine Mutter wiedersehen, wenn wir sie mal besuchen in deiner Siedlung." Das würde er zu gerne tun: Mit Therese zusammen zurück in sein Dorf fahren, ihr alles zeigen.

Je mehr sich die beiden Kinder anfreundeten umso mehr merkte er, dass er eine Sonderstellung auf der Missionsstation genoss. Alle behandelten ihn freundlich. Aber sie hatten Respekt vor ihm. Die anderen Kinder hielten Adili für einen Zaubermenschen. Er war weiß. Die Erwachsenen hatten Angst vor dem

Einfluss der Ahnen. Wer wusste schon, welche Kräfte in ihm steckten? Die Missionare und Ordensschwestern aus England spürten diese Angst und Scheu der Leute und kümmerten sich daher liebevoll um den Jungen. Es ermangelte ihm an nichts auf der Station. Er bekam immer genug zu essen, trug gute Kleidung und durfte spielen und lernen. Und - für diese Zeit in Afrika sehr ungewöhnlich - sich frei entfalten. Pete Williams hielt schützend die Hand über seinen Schüler. Vom ersten Tag an hatte er gemerkt, dass dieser Junge ausgesprochen intelligent und clever war. Und je enger die Bindung zwischen den beiden wurde, umso deutlicher wurde, dass seine Nähe auch Therese guttat. So ließ er beide gewähren.

„Du musst wieder gesund werden, Therese, hörst du", bat Adili fast flehend. Die Haut des Mädchens war weiß und glänzte. Ihre Augen wirkten tief eingefallen. „Sie hat schon zu viele Tage nichts mehr gegessen", sagte die Krankenschwester besorgt. In ihrer Hand hielt sie einen Napf mit Brei. Den reichte sie Adili. „Gib ihr davon", forderte er den Jungen auf. Der versuchte sein Bestes, aber Thereses Mund öffnete sich kaum. Sie schluckte mühevoll einen winzigen Löffel des gesüßten Breis. Danach drehte sie sich schwach zur Seite und schlief wieder ein. Den Rest des Breis verschlang der immer hungrige Adili selbst.

„Sie hat nichts gewollt. Ich habe es mehrmals versucht."

„Und dann hast du dich erbarmt", lachte die Krankenschwester. Er nickte. Sie schickte ihn fort. „Geh wieder ins Schulgebäude, es ist an der Zeit. Du kannst am Abend wieder nach Therese sehen."

In dieser Zeit konnte sich Adili kaum auf die Buchstaben und Zahlen konzentrieren. Er lernte mit Größeren und Kleineren gemeinsam. Therese war die einzige weiße Schülerin gewesen, die die Schule besuchte. Und nun war außer ihm niemand mehr weiß. Aber die anderen Kinder trauten sich nicht, etwas gegen den weißen Jungen zu sagen, auch wenn er ihnen immer noch suspekt vorkam. Sie wussten, dass er gut mit dem Missionsleiter auskam. Und besonders mit dessen Tochter. Die Jungen taten sich oft schwer mit dieser sonderbaren Konkurrenz. Der verzauberte Junge stand außerhalb ihrer Schulgemeinschaft und war doch ein fester Teil. Adili war anders. Brauchten sie lange um Wort für Wort zu begreifen, eilte er durch die Texte, stellte wissbegierig Fragen und las ganze Bücher binnen weniger Tage.

In den Pausen stand er oft alleine und unterhielt sich mit den Schwestern oder den zwei Lehrern. Die meisten Schüler waren am Anfang ängstlich, noch nie hatten sie einen Schwarzen mit weißer Haut und hellen Haaren gesehen. Alle mussten sie ähnliche Gedanken gehabt haben: Ein verzaubertes Kind!

Seine Freundschaft mit Therese war für Adili so wichtig. Sie spielten auch nach der Schule oft am kleinen Wasserloch oder beobachteten die Tiere. Adili war ein genialer Spurenleser. Etwas, das er eigentlich von seinem Vater hätte lernen müssen. „Aber ich weiß nicht, wer er ist", hatte er einmal zu Therese gesagt. Es war seine Mutter Amali, die ihm gezeigt hatte, wie man die Spuren der Rinder von denen anderer Tiere unterschied. Und so hatte er schon als kleiner Junge abends an der Wasserstelle des Dorfes gesessen und die Spuren gelesen, die dorthin führten und von dort wieder in die Weite der Savanne. Er erkannte das sanfte Trippeln der Antilopen, den flinken Gang der Raubkatzen und die schweren, dröhnenden Schritte der Gnus. Er erkannte die hektischen Bewegungen der Zebras, wenn sie auf der Flucht schienen um rasch in den Norden zu gelangen.

Und nun musste Adili sehen, wie seine Freundin zitternd kaum das Glas halten konnte. Er war am Abend noch einmal zur Krankenstation gekommen um Therese zu besuchen. Er wollte ihr zu trinken geben. Aber es war kaum mehr als das Benetzen der Lippen möglich, Therese war sehr schwach. „Du musst jetzt Wiedersehen sagen, sie braucht viel Schlaf", sagte

Doctor Allister und begleitete Adili aus dem Raum. Dem Jungen liefen Tränen über das Gesicht.

Sie begruben das zarte Mädchen neben ihrer Mutter. Adili hatte geholfen den Spruch in eine Holztafel zu stemmen. *O Lord, much too early, thou decision.* In der Zwischenzeit sprach Adili ganz passabel Englisch und verstand viel von dem, was der Priester an Thereses Grab sprach. Er konnte sich darauf aber nicht konzentrieren. Seine Gedanken waren bei dem kleinen Mädchen. Seine Gefährtin, unvorstellbar weit weg und doch so nahe. Nur ein paar Schritte trennten ihn von ihr und doch die unglaublich riesige Schwelle zwischen Leben und Tod, die so schnell überschritten war und unwiderruflich. Adili wusste, dass Therese und ihr Vater Pete nicht an die Ahnen glaubten. Sie sprachen immer vom Himmel, der den guten Menschen als Paradies offenstand. Aber Therese war für Adili nun ein Teil der Ahnen, die aus einer anderen Welt - verborgen wie durch einen unsichtbaren Vorhang aus Wolken, Luft, Wasser und Feuer - zu den Lebenden sprachen, sie beobachteten und beeinflussten. Adili also wusste Therese immer um sich, auch wenn ihr zarter Körper in diesem Erdloch auf dem Hügel hinter der Missionsstation lag.

-V-
1964

Ein junger Mann stand da am Wegesrand. Adili
war nun dreizehn Jahre alt. Er ließ den Blick schweifen. Weite. Nichts als wüstenhafte Leere. Dazwischen
lagen die Sträucher der Savanne. Hohes Gras in einer
Senke. Dort unten lag die Siedlung. Sein Dorf. Mama
Amali - wie lange hatte er sie nicht mehr gesehen? Es
hatte unzählige gegeben Nächte, in denen er sich gewünscht hätte, seinen Tag mit ihr zu teilen. Er war seiner Mutter unendlich dankbar. Sie hatte ihn einst mit
den beiden Engländern auf die Mission ziehen lassen.
In stillen Nächten oder im Gespräch mit seiner Schul-
gefährtin Therese hatte er anfangs ab und an darüber
nachgedacht, ob Amali ihn vielleicht auch deshalb hatte ziehen lassen, damit sie selbst wieder zurück in die
dörfliche Gemeinschaft konnte. Er kannte bis zu seinem Auszug kein anderes Leben als das der weitestge-
henden Isolation. Für ihn waren lange, stille Abende
normal. Für Adili war es sonnenklar, dass Amali seine
Mutter war und damit das Zentrum seines Kosmos'.
Aber Amali hatte vor der Geburt des Zaubermenschen
ein anderes Leben geführt. Adili wusste dies. Nicht als
ganz kleiner Junge, aber bevor er auszog, um das Lesen
und Schreiben zu lernen, da wusste er es schon. Sie
war Teil der dörflichen Gemeinschaft gewesen. Und

schuldig hatte sich Adili in den stillen Nächten immer wieder gefühlt, denn er wusste, dass es der Zauber war, der auf ihm lastete, der ihr die Teilhabe am Dorfleben verwehrte. Therese hatte ihm gesagt: „Und wenn schon, du Dummkopf... auch wenn deine Mom dich nur hat gehen lassen, damit sie selbst wieder im Dorf leben kann, sie hat dich gehen lassen! Und du hast nun die Möglichkeit, zu lernen, das Leben draußen kennenzulernen." Da hatte Adili damals genickt, sich gefreut und erkannt, dass Therese Recht hatte.

Er nahm sein Bündel. Noch immer hatte er die Seite aus dem Magazin bei sich. Aber mittlerweile auch zwei Bücher. Ein leeres mit vielen unbeschriebenen Seiten und eine Bibel. Die hatte ihm Pete Williams zum Abschied mitgegeben. Er wusste, dass er Adili nicht immer auf der Mission halten würde können. Und er wusste, dass dies auch gut so war. Adili sollte nun in seiner Siedlung das Wissen nutzen. Williams und McAllister aber waren sich nicht ganz sicher, wie man den jungen Burschen aufnehmen würde. Er war zwar nun in der Lage, Texte zu lesen und Briefe zu schreiben. Er konnte den Alten den Lauf der Jahreszeiten erklären, Rechenaufgaben durchführen und hatte ein wenig Ahnung von der Biologie. Er hatte McAllister zugesehen wie man Wunden stillte, was man gegen manch Krankheit tun konnte. Aber er war noch immer der weiße Adili, der Zaubermensch. Würde ihn das nicht weiterhin zum Außenseiter machen? Vielleicht hätte ich mitkommen sollen, hatte Williams gedacht, als er Adili an der Straße absetzte, die dem Dorf am nächsten Lag. Aber der Junge hatte darauf bestanden, die letzten Schritte zurück selbst zu gehen.

Er sah die Hütten und die Zäune aus Dornengestrüpp. Dahinter hielten sie nachts das Vieh, sicher vor wilden Tieren wie Hyänen oder Leoparden. Wie lange war es her, dass er diesen Weg zum letzten Mal hinabgestiegen war. Vor seiner Zeit auf der Missionsstation hatte Adili überhaupt kein Gefühl für Zeit gehabt. Kalender oder Uhren, das waren Errungenschaften, die sie in ihrem kleinen Dorf nicht brauchten. Man richtete sich noch immer nach dem Lauf der Sonne und des Mondes.

Da, wo er die Lehmhütte seiner Mutter vermutet hatte, war ein leerer Platz. Amali war also wieder in die Siedlung zurückgezogen. Adili, der mittlerweile fast erwachsen war und oft dachte wie ein Erwachsener, freute sich für seine Mutter. Es war ihr also gelungen, nach seinem Fortgang wieder Teil der dörflichen Gemeinschaft zu werden.

Kinder spielten vor dem Dorf. Kleine Kinder. Er hatte sie noch nie gesehen. Sechs lange Jahre war er fort gewesen. Ohne Nachricht von seiner Mutter und ohne einen einzigen Besuch im Dorf. Aus dem Kind war ein junger Mann geworden. Und doch, da war sich Adili sicher, würden sie ihn alle erkennen. Sofort und augenblicklich.

Als die spielenden Kinder ihn bemerkten, wie er mit seinem Bündel auf dem Rücken, einen langen Stab in der Hand - so wie es sich für einen Mann gehörte - den Weg entlangkam, rannten sie aufgebracht davon. Er konnte ihr Quieken hören, ihre Aufregung sehen und spüren. Ein Weißer, riefen sie. Aber sie erkannten sofort, dass es kein echter Mzungu war, niemand, der aus England oder sonst wo in Europa stammte. Es war ein weißer Schwarzer.

Adilis Schritte wurden langsamer als er sich den ersten Hütten näherte, wusste er doch von früher, dass er im Dorf eigentlich nichts verloren hatte. Ein von den Ahnen verwunschener Zaubermensch brachte Unglück und stand außerhalb der Gesellschaft. Aber sollte er nun warten, bis man ihn einließ? Und außerdem hatte Williams ihn gelehrt, dass der Unfug mit den Verhexungen nicht wahr war. Adili hatte Selbstvertrauen getankt. Er konnte nun lesen und das, so wusste er von früher, konnten im Dorf nur zwei: der Krieger Hatari und der Dorflehrer.

Aber Adili hatte weit mehr gelernt als nur die Fertigkeit des Lesens und Schreibens. Er wusste um die vielen Dinge, die da draußen geschahen. Was die Engländer in Afrika taten. Er war ein gottesfürchtiger Mensch geworden. Medizin und Pflanzenkunde gehörten ebenso zu seinen Lerngebieten wie die Geographie und die Mathematik. Adili fühlte sich stark genug, den Weg ins Dorf zu wagen.

Und da stand er nun inmitten einer Meute kleiner Kinder, die ihn aufgeregt und neugierig bestaunten. Keines dieser Kinder war sechs Jahre alt oder älter. Aber ein Mädchen rief aufgeregt: „Das ist der Zaubermensch von dem Mama Amali erzählt hatte!" Das Mädchen war etwas älter als die anderen und Adili sprach sie direkt an: „Wo ist Mama Amali?"

Sie zuckte mit den Schultern. Wandte sich dann wieder ab um zu gehen. Es war der Kleinen sichtlich unangenehm, dass sie direkt von Adili angesprochen worden war.

Einige Meter von ihm entfernt, drehte sie sich noch einmal um. „Kommt!", rief sie den anderen Kindern zu, „schnell, schnell, wir müssen die Leute warnen." Dann wandte sie sich an Adili: „Mama Amali ist bei den Ahnen."

Im Dorf war zu dieser Zeit nichts los. Die Frauen waren in den Strohhütten, bereiteten das Essen zu. Manche Frau half beim Hüten des Viehs. Und die Männer waren allesamt draußen unterwegs, das Vieh zu versorgen. Adili stand mit einem Mal wieder alleine auf dem staubigen Platz. Es fühlte sich schrecklich an als der Satz des Mädchens sein Innerstes erreichte. Amali war bei den Ahnen. Seine Mutter hatte die Welt der Ahnen erreicht und war damit von hier gegangen. Gestorben, ohne ihn noch einmal zu Gesicht bekommen zu haben. Er hatte sich nicht von ihr verabschieden können. Wann war es geschehen? Adili musste vieles erfragen, wusste aber nicht, wer bereit war, ihm zu helfen, da er immer noch eine Art Aussätziger war.

Hatari stand plötzlich vor ihm. Er war wie aus dem Nichts heraus erschienen. Der stolze Krieger war alt geworden. Er wirkte schwach und sah verletzlich aus. „Adili", sagte er fast sanft und freundlich. „Du hast den Weg zurück ins Dorf gefunden."

Adili war erschrocken, dass der mächtige Hatari ihn so direkt ansprach. Es erinnerte ihn plötzlich an damals, als die beiden Engländer gekommen waren und um die Erlaubnis baten, den Jungen in die Schule mitnehmen zu dürfen. Wie viel Zeit war doch verstrichen - zumal aus den Augen eines jungen Menschen! Hatari begann ungefragt zu sprechen. „Sie kam ins

Dorf zurück, nachdem du mit dem Missionar gegangen warst. Anfangs dachten wir, sie würde wieder aufblühen. Wir gaben Amali Aufgaben und dennoch war ihr Sohn nicht mehr bei ihr. Viele Leute aus dem Dorf hatten noch immer Angst vor ihr, weil sie dem Zaubermenschen das Leben geschenkt hatte. Ich hatte in der Zwischenzeit noch einmal sehr lange mit dem Missionar gesprochen und verstanden, dass du zwar anders bist als alle anderen, aber dass deine Zauberkraft wohl geringer ist, als wir vermuteten. Daher bemühte ich mich nach Kräften, Amali zu helfen. Adili, was ich dir nun sage, das wirst du vielleicht nicht verstehen. Sie ist gestorben, weil du nicht mehr bei ihr sein konntest. Amali kehrte zurück ins Dorf. Ihr Herz aber war immer bei dir. Eines Tages wurde sie krank, bekam hohes Fieber und starb. Es hat ihr das Herz gebrochen, dass du fort warst."

Adili fühlte sich schuldig am Tod der eigenen Mutter und Hatari erkannte das. Auch wenn die Leute hier im Dorf ihre Trauer anders zeigten als die Engländer und Adili das erste Mal bei Therese' Tod deren Art zu trauern kennengelernt hatte, bemerkte er bei sich diese besondere Art stiller Schwermut, die die Weißen überkam, wenn sie einen geliebten Menschen verloren.

Hatari legte die Hand auf seine Schulter. „Ich weiß, dass das nicht einfach ist für dich, mein Sohn, aber ich habe den anderen immer wieder gesagt, dass du eines Tages zurückkehren wirst und wir dann dafür sorgen müssten, dass du einen Platz in unserer Gemeinschaft finden musst."

Adili blieb wie angewurzelt stehen. Er hatte *mein Sohn* gesagt und das konnte symbolisch gemeint sein, aber auch ehrlich. Sein fragender Blick blieb Hatari nicht verborgen. „Hast du dich als kleines Kind nie gewundert, woher das Essen vor der Hütte deiner Mutter kam? Woher die Milch stammte? Von wem die warmen Decken kamen?", fragte Hatari. Adili nickte einfach nur stumm. „Ich war geschockt vom Anblick des kleinen Jungen, der so weiß vor mir lag, seine roten Augen verquollen in ins Licht lugten. Das konnte nicht mein Sohn sein. Für mich war wie für all die anderen im Dorf auch klar, dass du ein Zaubermensch warst, auf dem ein Fluch der Ahnen lag. Mein Stand als Krieger hätte es niemals zugelassen zu sagen: das ist Adili, mein Sohn. Das ganze Dorf hatte Angst vor dir."

„Was ist dann geschehen?", wollte Adili wissen, obwohl er die Antwort sehr wohl ahnte.

„Deine Mutter wusste, dass man dich getötet hätte - und sie vermutlich damit - wenn sie im Dorf geblieben wäre. Dass sie aus dem Dorf gezogen ist, war ein stillschweigendes Abkommen. Sie war mit dir nicht mehr Teil der Gemeinschaft. Damit war klar, dass der

Fluch der Ahnen nicht auf das ganze Dorf übertragen werden konnte. Im Gegenzug würde man dir das Leben nicht nehmen um sich so vor dem Zauber zu schützen. Amali war damals meine Frau gewesen. Aber diese Verbindung musste ich lösen."

„Warum, Hatari, konntest du damals nicht so frei handeln wie du nun frei redest?"

„Ich war zwar auf einer Dorfschule und habe etwas Lesen und Schreiben gelernt. Ich spreche auch ein drei, vier Wörter Englisch, bin ein ehrfürchtiger Mensch, der an Gott glaubt. Aber, Adili, ich wusste, dass es gegen die Macht der Ahnen keine Möglichkeit gibt. Gehört hatte ich schon von den weißen Zaubermenschen, gesehen hatte ich vor dir noch keinen. Dass mein eigener Sohn ein solches Wesen würde, das war unvorstellbar. Erst das lange Gespräch mit dem Missionar, es öffnete mir die Augen. Er war gekommen, lange nachdem du mit ihnen in die Station gefahren warst. Er hatte mir von deinen Fortschritten und deiner Intelligenz berichtet. Er hatte mir gesagt, dass du eine wunderbare Auffassungsgabe hättest und aus dir ein mächtiger Krieger werden hätte können, wenn der Fluch der Ahnen nicht so schwer auf dir läge. Er hatte mich dann gefragt, vor was für einer Art Rache der Ahnen ich Angst hätte. Und dann haben wir lange gesprochen. Über diese Krankheit, die du hast. Er sagte es sei nichts Schlimmes. Nur eben, dass du anders wärst als wir. Und nicht jeder Weiße wäre eine Art Hexenmensch, den die Ahnen gesandt hätten. Ich wusste dies, sagte ihm, dass du aber auch kein Weißer wärst, wie wir sie kannten. Kein Engländer, sondern eben ein Schwarzer mit weißen Haaren, weißer Haut und diesen rötlichen Augen. Aber auch hier wusste der Missionar Rat und erklärte mir langsam und bedächtig, was es damit auf sich hatte. Adili, ich habe nicht alle seine Worte verstanden. Aber ich weiß heute, dass du nicht von den Ahnen kamst um unser Dorf zu verhexen. Ich habe langsam begriffen, dass mein Sohn immer mein Sohn bleiben würde, auch wenn ich ihn nicht aufwachsen sah und er vor der Siedlung in einer einsamen Reisighütte lebte. Aber ich wusste auch, dass du stark werden würdest. Und wenn ich dich nun hier so sehe, weiß ich, dass du stark bist. Du wirst von nun an als mein Sohn in unserem Dorf leben."

Adili dankte Hatari von Herzen. Dann ging er vor das Dorf, an die Stelle wo einst die Wohnstatt stand, in der er mit Amali lebte. Er setzte sich auf den sandigen Boden und dachte an seine Mutter. „Du hast mich zu dem werden lassen, was ich bin", rief er in den Wind hinaus. Der pfiff an diesem Tag etwas frischer als gewöhnlich und trug die Worte des Jungen in die ferne Unendlichkeit zu den Ahnen und zu seiner geliebten Mutter Amali.

Hatari hielt Wort und öffnete Adili den Weg zurück ins Dorf. Er unterband alle Flüche und Verwünschungen, hielt schützend die Hand des Kriegers über ihn. Aber Hatari war nun auch ein alter Mann geworden. Er hatte die Vaterschaft nach Adilis Geburt geleugnet. Es war für die Älteren im Dorf nicht verständlich, warum der mächtige Mann nun nach der Rückkehr des Zaubermenschen plötzlich dessen Vater sein wollte. Einige gar fürchteten, dass der böse Fluch, den sie auf dem Dorf liegen vermuteten, nun zu wirken begann und die Ahnen Besitz vom Verstand Hataris ergriffen.

Der aber ließ Adili eine Hütte bauen. Er lebte in der dörflichen Gemeinschaft und doch alleine, in der letzten Wohnstatt vor dem Ende des Dorfes. Noch war er zu jung um als Mann Teil der Erwachsenenwelt zu sein. Aber er war groß genug, alleine sein Leben zu meistern. Adili hatte von den Missionaren viel gelernt. Und dieses Wissen brachte er ein. Das brachte ihm einen Stand der Unantastbarkeit im Dorf. Man achtete ihn aus Angst vor seinem Anderssein und man schätzte ihn, weil er soviel wusste. Er las aus der Bibel vor. Er sprach über den Lauf der Sonne. Er konnte Krankheiten bestimmen und half bei der Viehzucht. Und doch lastete immer ein dunkler Schatten auf seiner viel zu hellen Haut. Er blieb der Zaubermensch, den niemand gerufen hatte und den man gut in der Obhut der Missionare wusste.

Einige Frauen machten Adili auch verantwortlich für den Tod seiner Mutter. Sie verstanden nichts von den gefährlichen Krankheiten wie Malaria oder Denguefieber. Für sie kam der Tod als Ruf aus der Welt der Ahnen. Wäre Hatari nicht ein ums andere Mal an Adilis Seite gesprungen, hätte der junge Mann bald schon die Siedlung wieder verlassen und wäre zurück zur Mission von Pete William gegangen. Er hätte sich auf den Hügel gestellt, wo sich das Grab seiner Freundin Therese befand und hätte um sie geweint. Um sie und seine Mutter Amali, für die er keinen Ort zur Trauer fand.

-VI-
1974

Tansania war nun seit einiger Zeit ein unabhängiger Staat und die Engländer hatten das Land lange schon verlassen. Vieles hatte sich in den vergangenen Jahren geändert, aber der Zaubermensch Adili blieb immer noch etwas Besonderes in der dörflichen Gemeinschaft seines kleinen Weilers. Mittlerweile war aus dem jungen Burschen ein erwachsener Mann geworden, der mit seinen dreiundzwanzig Jahren lange schon hätte seine eigene Familie haben müssen. Aber dem weißen Mann blieb dies bislang verwehrt. Es fand sich keine Frau für ihn.

Hatari war in der Zwischenzeit richtig alt geworden, sehr schwach und gebrechlich. Aber seine Macht im Dorf schien ungebrochen. Adili hatte Angst vor dem Tag, an dem sein Vater ins Reich der Ahnen übergehen würde. Er spürte, dass die anderen Dorfbewohner ihm teilweise sehr ablehnend gegenüberstanden. Sie hatten noch immer Angst vor dem Mann mit der seltsamen Krankheit, auch wenn er die schon so viele Male erklärt hatte. „Man nennt das Albinismus, es ist ein Fehler im Bauplan des Menschen." Nur was sollte er erklären, wenn das Verständnis der Leute auf Tradition und Überlieferung basierte und das Anderssein solche Angst einflößte, dass man dafür unter Umständen sogar den Tod anderer Menschen in Kauf genommen hätte.

Adili arbeitete als Lehrer. Es war anfangs ein Kampf, den er zusammen mit Hatari ausgefochten hatte. Die Männer wollten Adili nicht dauerhaft auf die Viehweiden mitnehmen, hatten tatsächlich Angst um das Wohl der Rinder. Oft blieben ihm nur zugeteilte Aufträge, die ihn wenig forderten und die seinen Fähigkeiten niemals gerecht wurden. Hatari spürte das und als der Dorflehrer, ein alter Mann wie er selbst, starb, bat er Adili diese Position zu übernehmen. „Du hast das Lesen gelernt, du schreibst Dinge auf, die wir nicht verstehen, du rechnest schnell, kannst den Lauf des Lebens und der Sonne beschreiben. Wenn einer den Kindern etwas beibringen kann, dann du, mein Sohn!" Aber Adili, der tatsächlich seit der Zeit auf der Missionsstation oft Notizen in seinem Büchlein aufnotierte, hatte Angst vor dieser Aufgabe. Pete Williams' Buch war voll geschrieben mit Zweifeln, Ängsten und Hoffnungen. Mit Beobachtungen und Schelte, aber auch mit den leisen Ansätzen von Gedichten und Merksätzen. Adili war sehr wohl in der Lage, den Kindern etwas zu erklären. Seine Angst hatte einen anderen, tieferen Grund. Er fürchtete Respektlosigkeit und Zweifel der Eltern. Er sah doch ihre Blicke auf den staubigen Wegen zwischen den Lehmhütten. Er merkte doch, dass die Kleinen zwischen Neugier und der Angst, die ihnen ihre Eltern und großen Geschwister eingetrichtert hatten, keinen Ausweg fanden. Sie konnten einerseits ihre Blicke kaum lassen von dem Mann mit dem strohweißen Haar, der hellen Haut und den rötlichen Augen. Andererseits wussten sie um die Flüche, die angeblichen Hexereien und die Verwünschungen, die es mit dem Zaubermenschen auf sich hatte. Irgendwann würde sicherlich etwas Schreckliches geschehen.

Aber Hatari ließ nicht locker. Es war im Juni 1974, so hatte es Adili aufgeschrieben in seinem Buch, da Hatari die Männer und Frauen des Dorfes versammelte. „Mir ist bewusst, dass viele von euch denken, dass Adili nicht geeignet ist, als Lehrer zu arbeiten, weil er verwunschen scheint. Aber euch ist auf der anderen Seite auch klar, dass er klug, intelligent und wissend ist. Wir sollten dies nutzen und ihn die Kinder ausbilden lassen. Ich verspreche euch, er wird alles tun, damit eure Kinder lesen lernen und auch die englische Sprache beherrschen werden." Einer zweifelte, ob dies denn noch nötig sei, da die Engländer doch nun bereits seit dreizehn Jahren die Macht an die eigene Regierung abgegeben hätten. Hatari bekräftigte, dass es wichtiger denn je sei, auch Englisch zu können. Adili stand im Abseits. Hinter den Leuten. Er beobachtete still, was da gesprochen wurde. Seine Zeit auf der Missionsstation hatte ihn gelehrt, dass Sprache das Mittel zu einer anderen Welt war. Und dabei war ihm so klar geworden, dass es um die Sprache der Engländer ebenso ging wie um das eigene Swahili oder die Sprache der Massai, das Maa. Aber es würde nicht leicht sein, denn viele Männer dachten, es machte keinen Sinn, die Kinder auf eine Schule zu schicken, wenn die Arbeit auf den Viehweiden dadurch liegen blieb. Und die Mädchen halfen den Frauen beim Wasserholen und Kochen. Adili hätte am liebsten alle Kinder in eine Schule gesteckt um ihnen Wege zu öffnen, die ihm selbst nicht offen standen, weil er so anders war.

„Hätte der alte Lehrer gewollt, dass Adili sein Nachfolger wird?", fragte eine Frau, die unter einem Baum im Schatten saß, sich mit der Hand an die Stirn fassend um die Sonnenstrahlen abzuschirmen. Hatari hatte nie mit dem alten Lehrer über Adili gesprochen, wusste, dass er nun eine sehr bedachte Antwort wählen musste. Er durfte nicht lügen, sonst würde der alte Lehrer aus dem Reich der Ahnen zürnen. Aber er musste etwas sagen, was die Männer und Frauen überzeugen konnte. „Er wollte einen Nachfolger, der in der Lage ist, Bücher zu lesen und zu verstehen, der den Kindern etwas beibringen kann und der etwas mehr von der Welt gesehen hat als unser Dorf."

Es brach ein wildes Getuschel unter den Frauen aus. Sie schienen größere Vorbehalte zu haben, sie schienen eher zu glauben, dass der Zaubermensch nicht der Richtige war. Die Männer verhielten sich passiv und folgten ruhig den Ausführungen Hataris, der sich auf seinen Stab stützte, der zum Symbol der Macht eines jeden Chiefs gehörte.

*

Adilis erster Tag an der Schule war geprägt von Unsicherheiten auf allen Seiten. Die Kinder kamen aus allen Ecken des Dorfes. Manche Eltern hatten ihren Kindern nicht erlaubt, in die Schule zu gehen. Hatari hatte Adili auf so etwas vorbereitet. „Auch wenn sie beim alten Lehrer waren, werden sie vielleicht nicht zu dir kommen dürfen", hatte er gesagt. „Aber du wirst sie überzeugen, dass es das Richtige ist und zwar durch den Unterricht, den du den anderen Kindern erteilst." Adili hatte zugestimmt. Er war der Lehrer, er bestimmte, was gelehrt wurde und wie. Man sprach ihm ja nicht die Fähigkeit ab, das zu können. Vielmehr schwebte da etwas Magisches im Raum. Diese helle Haut, die roten, kleinen Augen. Das war es, das Ungreifbare und der klare Verdacht, dass dies Verhexungen aus dem Reich der Ahnen sein mussten.

Adili war früh schon aufgestanden und zur Schulhütte am Dorfrand gegangen. Sie war luftiger als die anderen, offener und hatte keine Feuerstelle. An der Wand hing eine vergilbte Karte Ostafrikas. Keiner wusste mehr, woher sie stammte. Die Landkarte war an den Ecken eingerissen und verschlissen. In einer Ecke fand sich die Jahreszahl: 1916 war da zu lesen. Adili wusste, dass sie nicht im geringsten die politischen Verhältnisse der Jetztzeit spiegelte. Es gab *English East Africa* und *German East Africa.* Das war alles. Damals nannten sie Tansania noch Tanganjika. Die Länder Afrikas waren nach den Zugehörigkeiten zu Kolonialmächten benannt. Briten, Franzosen, Portugiesen, Belgier und Deutsche - sie hatten sich das Land aufgeteilt. Davon hatte Adili auf der Missionsstation von den Lehrern erfahren. Und der Arzt, Doktor McAllister, war recht kritisch gewesen. Er hatte mehrfach betont, wie gut es sei, dass die Kolonien nun ihre Eigenständigkeit bekommen hätten. Adili hatte das nicht verstanden und sich erklären lassen. Der Begriff der Freiheit war für ihn ein anderer als für die Engländer. Freiheit hieß für ihn Weite und die fehlende Struktur des Tages, die er als Kind ausleben konnte. *Gehe ich an die Wasserstelle? Spiele ich mit Steinen? Suche ich nach Holz?* Klar, die Aufgaben, die Mama Amali ihm gab, galt es zu erfüllen, aber es blieb unendlich Freiraum. McAllisters Begriff von Freiheit war etwas ganz anderes, etwas Großes. Es betraf nicht nur das alltägliche Leben der einzelnen Menschen, sondern das ganze Land, den ganzen Stamm oder eben alle Afrikaner überhaupt.

Auf der anderen Seite der Wand, die nur aus straff zusammengebundenem Reisig bestand, hing eine Schiefertafel. Sie war krumm und schief. Kein Vergleich zu der schönen Tafel, die auf der Missionsstation zu finden war. Und schon dort hatte der Lehrer immerfort gejammert, dass in London und Manchester viel modernere und neuere Tafeln an den Klassenzimmerwänden hingen.

Nur mit was sollte Adili auf diese Tafel schreiben? Weit und breit fand sich keine Kreide, so wie er das aus der Schule der Mission her kannte.

Die Kinder kamen. Die ersten, zögerlich und ihn beäugend. Der Weiße... Diese roten Augen... Diese helle Haut... Klar, alle im Dorf kannten Adili, war er doch der Zaubermensch. Selten aber kamen ihm die Kinder so nahe wie in der Enge dieser Schulhütte.

*

Der Bus holperte über eine staubige Piste. Immer wieder krachte Adilis Kopf schmerzhaft an die Außenscheibe. Er war kurz eingenickt. Die Hand, zum Schutz zwischen Gesicht und Fensterscheibe gehalten, musste ihm heruntergerutscht sein. Es tat weh und die Blicke der Frauen neben ihm verrieten, dass es auch seltsam ausgesehen haben musste, als der Kopf des jungen Mannes an die Scheibe geprallt war.

Hatari war einverstanden gewesen. „So geht das nicht", hatte Adili gesagt. „Ich kann keinen Unterricht machen, wenn ich in dieser Schule nicht einmal Kreide habe."

Der Dorfälteste hatte versucht, für seinen Sohn Partei zu ergreifen, aber die meisten hatten wenig Verständnis dafür. War er nicht der gepriesene Lehrer? Wieso brauchte der nun Kreide und am Ende gar Bücher und Stifte für die Schüler? Dafür war kein Geld vorhanden. Hatari musste also notgedrungen einen anderen Plan Adilis akzeptieren: Der junge Lehrer würde zur Missionsstation nach Loliondo zurückkehren und seinen alten Lehrer um Hilfe bitten.

„Wohin reist du", fragte ein junges Mädchen neugierig den müden Mitreisenden. Ihre Mutter zischte sie an. Es musste bedeutet haben, dass sie nicht wollte, dass das Kind mit dem fremden Mann sprach -

zudem dieser so fremdartig aussah. Doch Adili hatte sich in der Zwischenzeit an all das gewöhnt, ignorierte das Zischen der Frau und gab dem Mädchen seelenruhig Auskunft. Komme von dort und dort und fahre nach Loliondo um an der Schule der Missionsstation Bücher und Kreide zu bekommen. Er sei Lehrer und wolle den kleinen Kindern in seiner Siedlung das Lesen und Schreiben beibringen.

„Kannst du schon lesen?", fragte er die Kleine. Das Mädchen schüttelte den Kopf. „Aber ich werde es sicherlich einmal lernen", meinte sie. In diesem Moment wurde sie von der Mutter fortgezogen. Sie suchte im Bus nach einem anderen Platz Ausschau.

Der wackelnde Überlandbus war gut gefüllt, aber nicht so voll, dass neben Adili nicht noch ein Platz - der letzte im ganzen Bus - freibleiben hätte können. Doch auch an diese Verhaltensmuster hatte er sich gewöhnt.

In Loliondo angekommen, wuchtete Adili sein schmales Gepäck auf den Rücken und lief die staubige Straße entlang. Es würde ihn einen halben Tagesmarsch kosten, bis er die Missionsstation erreichte, aber er hatte kein Geld für ein Taxi und Busse fuhren nicht zur Mission.

Wenn er hätte einen Brief schreiben können oder ein Telefon gehabt hätte, er hätte Pete Williams sein Anliegen erklärt und vielleicht wäre auch dieser zu ihm in die Siedlung gekommen. So wie damals 1958. Adili musste lächeln bei dem Gedanken. *So lange her...* Zehn Jahre lag nun auch schon seine Rückkehr ins Dorf zurück. Jahre, die die stärksten des Mannes sind. Eine Familie gründen, Nachkommen zeugen, seinen Besitzstand wahren und vergrößern, das wäre seine Aufgabe gewesen. Aber der Zaubermensch blieb zehn lange Jahre ein außenstehender Handlanger, der nur geduldet wurde, weil er das Lesen und Schreiben beherrschte und plötzlich der anerkannte Sohn Hataris war.

Adili rätselte wie es auf der Missionsstation mittlerweile aussehen würde. In der Ferne hinter ihm erkannte er eine Staubwolke und wusste, dass sich ein Gefährt in seine Richtung bewegte und wenn er Glück hatte, würde ihn der Fahrer mitnehmen. Aber er wusste auch, dass beim Anblick des weißen Mannes es viele mit der Angst zu tun bekamen und davon rannten. Adili musste also damit rechnen, dass der Fahrer einfach Gas gab und den Zaubermenschen in einer dicken Staubwolke zurückließ, alleine seines Weges ziehend.

Aber Adili hatte Glück. Es war der Bus der Missionsstation. Derselbe Bus wie einst! Adili freute sich wie ein Kind über die Begegnung mit der Vergangenheit, denn der Fahrer war ein Mann, der ihn noch kannte. Er hatte schon zu Adilis Zeit auf der Mission gelebt und gearbeitet und so war der Empfang herzlich. Der grauhaarige Fahrer schalt die Kinder im Bus, weil sie so einen Krach machten und forderte sie auf, für Adili Platz zu machen. „Wie viele lange Jahre ist das nun her, Adili?", fragte er den Lehrer und forderte ihn sofort auf, alles zu erzählen. Aber da war nicht viel, außer vielleicht diese eine Sache eben: Bin nun der Lehrer an der Dorfschule in meiner Siedlung…

Auf dem staubigen Vorplatz spielten ein paar Jungs Fußball. Fast nichts hatte sich verändert seit Adili das letzte Mal hier gewesen war. Er stieg aus dem Bus, dankte dem Fahrer und wollte ins kleine Haupthaus gehen, um sich bei Pete Williams zu melden. „Warte, Adili, Williams ist nicht mehr unter uns", sagte der Fahrer.

Adili blieb wie angewurzelt stehen. Es schien als verließen ihn reihum die Menschen, die in seinem Leben eine große Rolle spielten. Die geliebte Mutter, die Schulfreundin und nun der Leiter der Missionsstation. „Es war nicht Malaria, nicht wie bei seiner Tochter. Geh zu McAllister. Der wird dir alles erzählen."

73

Es gab immerhin außer dem Fahrer noch eine zweite Person, die sich an ihn erinnern würde. Das stimmte Adili ein wenig zuversichtlich. Er ging an den kickenden Jungs vorbei in Richtung der kleinen Krankenstation. Auf halbem Weg kam ihm ein Mädchen entgegen. Sie blieb wie angewurzelt stehen als sie Adili sah. Ihr Gesicht war hell, ihre Haare fast blendend weiß und ihre Augen funkelten leicht rötlich in der grellen Sonne. Sie lachten einander an. Adili spürte, dass sie noch nie einen anderen Zaubermenschen gesehen hatte und auch Adili freute sich, auf Seinesgleichen zu treffen, denn auch er hatte erst ein einziges Mal in seinem Leben - auch auf der Station - kurz einen zweiten Zaubermenschen getroffen. Der war damals für ein paar Tage auf die Krankenstation gekommen, weil er Malaria zu haben schien. Es war ein älterer Mann und Adili erinnerte sich, dass er damals gedacht hatte, dass man also auch als Zaubermensch älter werden konnte. Das hatte er als recht beruhigend empfunden, auch wenn er damals den Eindruck hatte, dass der Mann keinen wirklich zufriedenen oder gar glücklichen Eindruck gemacht hatte. Vielleicht hatte das aber auch an der Malaria gelegen.

„Schön, dass es noch andere gibt", lächelte das Mädchen Adili an und fügte fast entschuldigend an: „Muss in die Schule, Mister." Adili winkte. „Dann musst du los, denn man darf nicht zu spät zum Unterricht erscheinen." Er war Lehrer und ein Lehrer achtete auf den pünktlichen Beginn der Lehrstunde.

In der Krankenstation fand er alsbald McAllister. Er stand hinter einer ledernen Liege und sprühte Desinfektionsmittel darauf. „Nein, das kann doch nicht sein", rief er aus. „Welch eine Freude, Adili!" Er schüttelte dem Gast freundschaftlich die Hand, entschied sich aber gegen eine allzu herzliche Umarmung. Irgendwas hielt ihn davon ab. Die unsichtbaren Grenzen zwischen den Rassen, zwischen Schwarzen und Weißen, sie waren auch nach Beendigung der britischen Herrschaft noch immer vorhanden. Aber der Doktor ließ sie für sich ohnehin kaum gelten.

„Doktor McAllister, schön Sie zu treffen", sagte Adili.

„Ich habe vom Fahrer der Missionsstation erfahren, dass Williams tot ist. Was ist geschehen?"

McAllister nickte. Er nahm Adili am Oberarm und zog ihn um die Liege herum zum Schreibtisch am hinteren Ende des Behandlungsraums. Der einst so junge Arzt war mittlerweile auch in die Jahre gekommen und die Hitze in dieser gottverlassenen Gegend hatte ihm zugesetzt. Seine Haare wirkten wirr und waren etwas verklebt und grau. Er setzte sich an den Tisch und bedeutete dem Gast aus der Ferne, sich ebenso zu setzen. Dann begann er zu erzählen.

75

„Es war in der Regenzeit vor zwei Jahren. Es war wirklich heftig in dieser Gegend. Ich weiß nicht, ob es bei euch etwas weiter unten auch so schlimm war. Hier verwandelten sich die Straßen und Wege immer wieder in reißende Schlammflüsse. Es gab kaum ein Fortkommen. Aber uns gingen die Vorräte aus und wir hatten ein Mädchen auf der Krankenstation, das dringend eine bestimmte Medizin brauchte. Williams wollte selbst fahren. Ich konnte ihn nicht begleiten, musste bei der jungen Patientin bleiben. Es war - ich erinnere mich genau - ein gewittriger Nachmittag. Pete wollte nach dem Mittagessen losfahren, hatte die Hoffnung, am frühen Abend die B144 zu erreichen und bei einem befreundeten Missionar in der Serengeti zu schlafen. Von dort aus wollte er am darauffolgenden Tag nach Arusha fahren. Alleine diese Strecke war recht lange. Wir brauchten vier Tage, bis wir sein Auto gefunden hatten. Es war abseits der Piste gefunden worden. Lag auf dem Dach, war vollkommen verbeult. Niemand weiß, ob er erst von der Straße abgekommen und dann von Elefanten angegriffen worden war, oder ob die Elefanten durch den Regen und das Gewitter unruhig geworden waren. Du weißt ja, Adili, wenn eine Elefantenkuh ihr Junges nicht sieht, wird sie aggressiv. Wer weiß, ob im strömenden Regen der Wagen in der Schlammpiste feststeckte und ein junger Elefant hinter dem Wagen oder vor dem Wagen stand und die Elefantenkuh das Kleine nicht mehr sah. Massai fanden später das Auto. Da war Pete lange schon tot. Er hatte keine Chance. Wir sind sicher, dass der Wagen im Schlamm festgesteckt hatte. Warum er allerdings nicht ausgestiegen ist und versucht hatte, den Elefanten zu fuß zu entkommen, wissen wir nicht. Vielleicht war er auch von der Straße abgekommen und das Auto umgestürzt. An der Stelle war der Weg etwas abschüssig. Nicht viel, aber bei starkem Regen konnte das schon passiert sein. Pete war immer recht schnell unterwegs - mit Gottes Hilfe, wie er sagte. Es konnte schon dämmerig geworden sein und er mag gefürchtet haben, die Serengeti nicht mehr rechtzeitig zu erreichen. Drei Stunden sollte er brauchen, das war die normale Zeit. Aber bei Starkregen kann das alles viel länger gedauert haben. Wir haben Petes sterbliche Überreste dann hier auf dem kleinen Friedhof der Mission bestattet. Er ruht nun in Frieden neben seiner lieben Frau Barbara und Therese, die du so gemocht hattest, Adili."

Adili nickte und bat, den Ort später aufsuchen zu dürfen. „Aber sicher", entgegnete McAllister ehe er sich nach Adilis Anliegen erkundigte. „Ich nehme an, du hast die lange, weite Reise zu uns nicht auf dich genommen, um uns nach all den Jahren einfach wieder einmal zu besuchen."

„Richtig", sagte Adili und begann nun seine Geschichte zu erzählen.

Während er von seiner Rückkehr ins Dorf erzählte, gingen die beiden Männer hinaus. McAllister, mittlerweile auch faltig und etwas gebückt, wies Adili den Weg in Richtung des kleinen Hügels, so, als ob dieser nach so vielen Jahren nicht mehr gewusst hätte, wo das Grab seiner Schulfreundin und deren Mutter war. Adili sprach während des kleinen Fußmarsches von den Problemen, die ihn im Dorf erwarteten. Die Mutter, die so sehr fehlte. Die Überraschung, dass der starke Krieger Hatari, den er nur ein paar Mal zuvor gesehen hatte, nun plötzlich sagte, er wäre Adilis Vater. „Dieser Wandel erfreut mich ganz außerordentlich", sagte McAllister in seinem steifsten Englisch und lachte. „Er hat begriffen, dass dein Anderssein nicht der Fluch der Ahnen alleine sein kann, er hat begriffen, dass es auch nicht nur Gottes Wille war, sondern auch eine ganze Portion Biologie dahinter steckt." Beide grinsten, aber Adili, auch wenn er dem Vater niemals in den Rücken fallen wollte, brachte Zweifel an. „Ich glaube nicht, dass Hataris Wandlung etwas mit Erkenntnis auf dem Gebiet der Biologie zu tun hat." Doktor McAllister legte dem Lehrer aus dem fernen Dorf die Hand auf die Schulter und fügte an: „Sei es darum, denn das Wichtigste ist, dass Hatari dein Vater ist und dass er dich nun als Sohn anerkennt." Adili nickte.

Bald schon hatten sie die kleine Grabstelle erreicht. Es war noch immer derselbe staubige Hügel und das Holzkreuz darauf. Mittlerweile aber hatte man eine Grabumrandung geschaffen, etwas Grün gepflanzt und für einen frischen Bewuchs gesorgt. „Du fragst dich sicherlich, woher die Blumen kommen", sagte der Arzt, als er Adili am Grab stehend betrachtete. „Wir haben uns zur Aufgabe gemacht, das Leben auf diesem Hügel wach zu halten. Als Barbara starb, so lange es auch schon her sein mag, war ihre Tochter Therese ihr Lebensfunke. Als Therese uns durch die Malaria geraubt wurde, wussten wir immerhin, dass durch Pete die Familie weiterlebte. Er hatte die Erinnerung am Leben gehalten. Aber als er auch noch umgekommen war, blieb nichts mehr von den Williams' an diesem Ort übrig, das lebte. Wir haben dann beschlossen, auch wenn wir kaum Wasser erübrigen können, diesen kleinen Ort mit Blumen zu schmücken."

Adili hielt inne. Er empfand für einen kurzen Moment einen tiefen Schmerz der inneren Leere. Dann aber fasste er sich wieder. Es war nun eben auch seine Aufgabe, das Leben Williams' und seiner Tochter in die Zukunft zu tragen. Und dazu gehörte es, dass er in seiner kleinen Dorfschule dafür sorgte, dass die

Kinder etwas lernten. Dass sie den Blick über die Grenzen ihrer dörflichen Siedlung hinaus wagten.

Doktor McAllister war sofort einverstanden, dem jungen Lehrer Materialien aus der Schule zu überlassen. „Wir werden nachsehen, was wir für dich haben", sagte er und versprach, noch am selben Tag mit den Lehrern zu sprechen. Fast etwas beschämt gab Adili zu bedenken, dass er aber nicht viel bezahlen konnte. Der Arzt winkte ab. „Die Kreide und ein paar Hefte werden wir schon auftreiben können und einmal im Jahr kriegen wir ja eine Lieferung aus England. Da wird die Mutter Kirche doch ein paar Sachen zusätzlich mitschicken können", zwinkerte McAllister Adili zu und wandte sich zum Gehen.

Adili nahm Abschied von der Grabstelle. In Gedanken war er noch einmal zurück in die Vergangenheit gereist. Williams als eine Art Ersatzvater, der ihn nicht hatte spüren lassen, dass er anders war als die anderen. Therese, dieses Energiebündel, die ihm Kraft geschenkt hatte, ihn immer und wieder zum Nachdenken reizte. Solange sie konnte, hatte sie ihm Mut gemacht. Am Ende ihres viel zu kurzen Lebens war es Adili, der mit Späßen und afrikanischer Lockerheit ihren Lebensmut zu erhalten versuchte. McAllister erriet Adilis Gedanken. „Ich habe gerade daran gedacht, dass du ihr immer das Essen geklaut hast, als sie schon krank war. Du hattest immer Hunger." Adili lächelte. „Leider hatte Therese am Ende keine Kraft mehr zu essen und zu trinken." Der Arzt nickte.

Sie stiegen den staubigen Pfad herab. Die Glocken der kleinen Andachtskapelle läuteten. Es zog die Nacht herauf. Schnell senkte sich die Sonne und tauchte den Horizont in tiefrote Farben. „Diese Klarheit", sagte McAllister, „war es, die ich mir in Afrika immer gewünscht habe und dieser Gott verdammte Himmel ist es jeden Abend, der mich dankbar innehalten lässt. Ich verstehe bis heute nicht, warum dieser Kontinent so unwirtlich ist zu seinen Menschen. Reichtum an Kultur und Tradition, die unbeschreiblichen Landschaften, die Artenvielfalt, diese endlosen Weiten und Reichtümer... Auf der anderen Seite: Blutvergießen, Krankheiten, Kindersoldaten, Rassismus, Hunger, Hunger, Hunger und noch mehr davon." Adili nickte. „In meinem Dorf haben wir nur einen kleinen Fernseher. Seit zwei Jahren. Er funktioniert aber nicht richtig. Die Männer sehen sich dort ab und an Fußballspiele an. Wir bekommen nicht viel mit von der Außenwelt", sagte Adili fast entschuldigend. „Aber wir sind arm und wir wissen um den Reichtum anderer und das macht so manchen böse. Aber wir müssen aufhören, uns gegenseitig die Köpfe einzuschlagen, wenn wir uns aus dieser Armut befreien wollen."

„Sehr richtig", erwiderte der Arzt. „Ich bin Teil des Kolonialregimes gewesen. Ich bin mir auch bewusst, dass wir Engländer, ebenso wie die Franzosen, Belgier und Deutschen den Kontinent - absichtlich oder nicht - arm gehalten haben. Aber heute schreiben wir das Jahr 1974 und es muss Schluss sein mit dem Selbstmitleid. Es gibt Schwarze und Weiße in Afrika. Es gibt Reiche und Arme. Aber es gibt kaum Leute, die diese Trennlinien zu durchbrechen in der Lage sind. Die große Masse ist lethargisch und verharrt in Schulterzucken. Viele weiße Afrikaner sind kaum willens, sich auf diese Masse zuzubewegen, sie halten sie für faul, unfähig oder sonst noch was. Es mangelt uns an Verständnis. Und woran liegt das?"

Adili, auch wenn er nie studiert hatte, nie wirklich gereist war und Europäer nur von der Missionsstation her kannte, wusste eine Antwort: „Weil wir Jahrhunderte lang nur nebeneinander gelebt hatten. Unsere Kinder sprechen eure Sprache nicht, wissen nicht, wie ihr tickt und umgekehrt." McAllister nickte. „Wir haben bis heute den Blick auf den Afrikaner als ungebildeten traditionsbewussten armen Kerl, der auf der Postkarte die Safarikutsche umrahmt. Das muss aufhören. Und ich lebe in dem Dilemma, dass ich beides bin. Teil der Ausbeutung und Teil derer, die diese Ausbeutung durchbrechen wollen. Viele Weiße hier nennen uns Verräter - auch wenn es besser geworden ist. Viele wollen nicht, dass wir die schwarzen Kinder aufklären und ihnen lauthals zurufen: euer Land, eure Chancen! Sie wollen sie nicht teilhaben lassen. Aber auf der anderen Seite funktioniert es auch nicht, wenn man einfach nur den Staffelstab übergibt und ruft: Freiheit und Eigenständigkeit sind nun euer! Wir müssen lernen, dass nichts von alleine kommt. Ich denke da an Zaire. Kennst du das Land?"

Adili schüttelte den Kopf, nur davon gehört.

„Siehst du", sagte McAllister, „das meinte ich. Afrikaner müssen wissen, was auf ihrem Kontinent vonstatten geht, um ihr eigenes Schicksal zu begreifen und daran zu arbeiten. Also, in Zaire hat man die belgischen Kolonialherren erfolgreich abgeschüttelt und ist postwendend in eine Art Dauermachtkampf geraten. Keiner der neuen Machthaber kann Demokratie vorleben. Sie alle wollten Freiheit und Selbstständigkeit, aber nun leben sie dort in Bürgerkrieg und die Reichen - jetzt sind sie nicht mehr weiß, sondern schwarz - stopfen sich genauso die Taschen voll wie damals die Weißen. Wer etwas sagt, wird nun nicht mehr nach den Regeln der Europäer bestraft, sondern nach den Regeln der neuen Machthaber. Und diese Regeln, Adili, sind meist noch viel, viel härter. Töten um Recht zu behalten und die Macht nicht teilen zu müssen, das ist die neue Krankheit dieses Kontinents. Wir Engländer haben missioniert, euch den Glauben an Jesus Christus gelehrt, haben eure Bodenschätze ausgebeutet und teuer an euch wieder zurückverkauft.

Wir haben euch an mancher Stelle versklavt und unmündig gemacht. Und ein letzter Fehler war, dass wir trotzig von dannen gegangen sind und gesagt haben: Nun habt ihr eure Freiheit, seht zu, wie ihr damit zurande kommt! Und manche eurer Herrscher haben Blut geleckt. Sie haben sich gegenseitig die Köpfe eingeschlagen und angefangen, die einfachen Menschen wieder zu versklaven. So wird Afrika nicht erwachen und ich fürchte, ich selbst werde nicht mehr lange hier bleiben können um wenigstens noch einen kleinen Teil zum Wandel beizusteuern."

Adili reichte dem Arzt die Hand, schüttelte sie lange und bedächtig. „Danke", sagte er dann unvermittelt. „Danke für diese Ehrlichkeit", fügte er noch einmal an.

*

Adili war noch drei Tage auf der Missionsstation geblieben. Er hatte das Mädchen noch einmal getroffen, das ebenso wie er eine viel zu helle Hautfarbe hatte. McAllister hatte ihn gebeten, ihr Mut zuzusprechen, denn es sei für sie nicht leicht. Sie dürfe nicht länger als ein Schuljahr bleiben. In dieser Zeit sollte sie soviel wie möglich lernen und vor allem Kraft und Selbstbewusstsein tanken. Dazu trug Adili nun ein kleines Stück weit bei und freute sich deswegen.

Der Bus ratterte über die Piste. Adili wandte den Kopf immer wieder zurück durch die Heckscheibe. Er sah die Missionsstation kleiner und kleiner werden. Hinterhalb der Kirche irgendwo lag der Hügel auf dem Pete Williams, seine Frau und Therese nun in trauter Gemeinsamkeit ruhten. Es gab Adili Kraft zu wissen, dass diese Personen eine Ruhestätte hatten, die man immer wieder besuchen konnte. Was ihn aber viel mutiger und froher stimmte war die Tatsache, dass die Lehrer an der Missionsstation und der Arzt ihm Kreiden und Hefte und Stifte geschenkt hatten, die für mindestens drei Jahre reichen würden. Er hatte in seiner Tasche zudem zwei Englischbücher und ein Lesebuch für Swahili, sowie einen Atlas. Damit konnte er nun den Kindern in seiner Siedlung viel mehr beibringen als ohne diese Dinge. Er lächelte in sich hinein, als der Bus die Hauptstraße erreichte und die Missionsstation aus dem Blick verschwand. „Ich komme zurück zu all diesen netten Menschen", das versprach er sich selbst und dem Fahrer der Mission beim Aussteigen.

In seinem Dorf erwartete man ihn bereits voller Neugierde. Was hatte er dabei? Die Enttäuschung bei einigen war groß, denn sie hatten gehofft, dass Adili mehr im Gepäck haben würde, als nur Hefte und Stifte und Schulbücher. Vor allem die Kinder hatten mit Geschenken gerechnet.

Er machte sich an die Arbeit und begann, die Arbeit als Lehrer fortzusetzen. Adili brachte den Kindern das Lesen bei. Das Schreiben. Die Zahlen und das Rechnen. Er lehrte sie, nachzufragen, Mut zu beweisen und Dinge zu hinterfragen. Und damit tat er weit mehr für ihre Bildung, als er nur durch das Lesen und Schreiben erreichen konnte. Und er tat es auch für sich. Eine neue Generation, die lesen und schreiben konnte und die gelernt hatte, die Dinge zu hinterfragen, die würde auch nicht einfach alles glauben. Die Ausbildung der Kinder war ein Schutz für sein eigenes Anderssein. Dachte er anfangs jedenfalls und hatte eine Weile damit auch recht.

-VII-
1977

Es war ein plötzliches Ende. Hatari war lange schon ein schwacher, alter Mann gewesen. Siebenundfünfzig Jahre war er alt geworden. Für die Menschen in den kleinen Dörfern auf dem tansanischen Land ein hohes Alter zur damaligen Zeit.

Das Dorf war in heller Aufregung. Sie hatten ihn in seiner Hütte gefunden. Leblos lag der Körper des stolzen Mannes auf dem Boden neben seiner Schlafstatt. Es wirkte so, als würde er noch schlafen; es war der Schlaf der Unendlichkeit. Die Frauen begannen sogleich mit ihren Trauergesängen. Es dauerte, bis man Adili und seine Geschwister zu ihm ließ. Abschied nehmen. Wieder einmal. Etwas, das Adilis ganzes Leben bislang geprägt hatte. Seine Geschwister standen neben ihm und doch waren sie sich so fremd. All die Jahre seiner frühsten Kindheit wussten sie nicht, dass der seltsame Junge, der mit seiner Mutter vor dem Dorf lebte, ihr Bruder und Halbbruder war. Hatari hatte ja nach der Geburt bekundet: *Das ist nicht mein Sohn!* Das war dann auch etwas, das für die Geschwister galt, die nun auch alle erwachsen waren und Familien hatten. Nie hatten sie die Gelegenheit gehabt, ihren Bruder Adili näher kennenzulernen. Als er isoliert mit Amali vor dem Dorf lebte, wurde er gemieden, als Zaubermensch geschnitten. Die Kinder - und so auch seine Geschwister - hatten Angst, mit ihm zu spielen. Dann ging er auf die Missionsschule weit fort. Man betrachtete den weißhaarigen Jungen nun mit Argwohn und teils auch mit Missgunst. Welcher Junge im Dorf hatte nicht ab und an davon geträumt, etwas zu lernen, auch auf die Schule zu gehen und sich so einen Lebenstraum zu ermöglichen? Warum gerade der Weiße? Warum gerade das Kind, das doch verzaubert war und nicht im Dorf leben durfte? Für manchen im Dorf war es damals ein Schock gewesen, dass Hatari den Burschen plötzlich doch als seinen Sohn anerkannte. Auch bei Adilis Geschwistern sorgte es für Misstrauen. Sie blieben ihm fern und so spielten sie keine Rolle in seinem Leben. Er lehrte an der kleinen Dorfschule. Hatte seinen Platz gefunden, war respektiert und irgendwie anerkannt, aber er war alleine und nicht wirklich Mitglied der dörflichen Gemeinschaft. Und so war es, dass er nun wieder abseits seiner Geschwister stand als diese den Vater betrauerten. Er spürte auch die Blicke der Alten. Waren da noch immer die Zweifel, dass das doch nicht mit rechten Dingen zugehen konnte? Adili hatte Angst, dass nach Hataris Tod nun erneut sein Anderssein zum Problem würde. Musste er um seine Sicherheit fürchten? Würde man am Ende gar ihn verantwortlich machen für den Tod des Vaters. Der Fluch der Ahnen? Wäre er doch nur ein Massai, so würde der Ahnenkult keine Rolle in seinem Leben spielen. Aber in seinem Dorf war der Glaube an die Vorängergenerationen allgegenwärtig.

Sie bestatteten Hatari nach den Bräuchen der Dorfbewohner. Seit Jahrtausenden hatte sich daran nur recht wenig geändert. Adili sah zu, er fühlte sich ein wenig außen vor. Er war nicht wirklich Teilnehmer der Zeremonie. Zwar erkannte man ihn im Dorf als Familienmitglied an, aber alle beäugten ihn seltsam feindselig - fast so, als habe er etwas mit Hataris Tod zu tun. Zudem spürte er, dass der Tod des Vaters nun als Schatten auf seinem eigenen Leben lasten würde.

Die Kinder in der Schule lernten fleißig und gut. Sie liebten es, wenn Adili Späße machte und ihnen mit Witz und Freude das Lesen lehrte. Nur manches Mal musste er Strenge nutzen, um sein Ziel zu erreichen. Immer dann, wenn ein frecher Junge ihn auf seine Krankheit ansprach und seine Autorität dadurch in Frage stellte. *Meine Mutter hat gesagt, dass du ein Zaubermensch bist und wir vorsichtig sein sollen, sonst würde uns der Fluch der Ahnen heimsuchen...* Auf derlei Aussagen antwortete er meist ruhig und bestimmt, selten genervt und nie aggressiv. Er wusste, dass die Kinder nur das sagten, was ihnen die Eltern erzählten und er wusste zudem, dass sein Stand in der Schule nicht besser würde, verscherzte er es sich mit den Eltern.

Adili merkte, je älter er wurde, dass er daran denken musste, eine Familie zu gründen. Aber es war nicht leicht, eine Frau zu finden. Sein Vater, der ihn erst verflucht und dann beschützt hatte, war nicht mehr. Er konnte nicht mehr helfen, für den Sohn eine Frau zu finden. Auch gab es wenige Väter, die ihre Töchter einem Mann wie ihm geben würden. Er war der Verfluchte. Der Zaubermensch. Ihm mangelte es an Normalität. Dass Adilis Kinder ebenso verflucht sein könnten wie er selbst, lag auf der Hand. Und wer wollte schon mit einem Verhexten Kinder bekommen?

Es waren einsame Abende und Nächte, die Adili in seiner Hütte zubrachte. Seine Gedanken kreisten immer wieder um dieselbe Frage: Was für einen Sinn hatte das Leben? Warum war er anders? Was bedeutete das für den Rest seines Lebens? Musste er wirklich alleine bleiben? Diese Fragen stellte er sich, weil er in der Missionsstation vom Pater und den Lehrern gelehrt worden war, kritisch die Dinge zu beleuchten. Für die wenigsten in seinem Dorf spielte es eine Rolle, ob und wie etwas war, es war, wie es war und das galt es zu akzeptieren. Adili wusste, dass es für jemanden, der nicht alles hinterfragte, womöglich einfacher war, durchs Leben zu gehen. *Ich bin weiß im Gesicht und habe helle Haare, ich bin verzaubert,...* so war es und nicht anders. Es galt das zu akzeptieren. Aber hatte er nicht schon so viele Jahre einen Kampf gegen dieses Anderssein geführt? Und dabei war er so erfolgreich gewesen. Erst zusammen mit Mama Amali ein Leben in Isolation zu führen und als eines der wenigen Kinder aus dem Dorf dennoch eine Schule zu besuchen, das war Riesenglück und ein Geschenk. Ebenso ein Gewinn war die Sinneswandlung Hataris, der ihn nach seiner Rückkehr aus der Mission als Sohn anerkannte. Hataris Gespräche mit Williams hatten hinter Adilis Rücken stattgefunden und sie hatten eine so enorme Wirkung gehabt, dass Adili nun Lehrer im Dorf war. Vom Verdammten zum Lehrer. Er hätte eine der angesehensten Personen der Gemeinschaft sein können, wenn er nicht so ganz und gar anders wäre. Das war immer ein Hindernis, das nie Nähe entstehen ließ. Mit Hataris Tod waren die zarten Bande zwischen Dorf und Adili nun in Gefahr. Mancher Schamane hatten nie aufgehört vor dem Zaubermenschen zu warnen. Eine Dürre, die das Dorf heimsuchte und Adili musste um sein Leben bangen. Eine unerklärliche Krankheit, die das Vieh befiel und Adili war sich sicher, er wäre der Verantwortliche. Eine Malaria-Attacke auf die Bewohner und er musste wieder in Isolation fliehen. Er konnte hundert Male die Zusammenhänge erklären, wie man sie ihm selbst auf der Schule beigebracht hatte. Nichts wäre in der Lage, den Glauben an die Geister zu besiegen.

91

Sollte er Kinder bekommen, die Gefahr liefen, alleine leben zu müssen, wie er? Aber musste er nicht zusehen, eine Familie zu gründen? Selbst auf die Gefahr hin, dass seine Kinder auch weiße Haare hatten wie er? Musste er nicht doch irgendwie Spuren hinterlassen? Diese Sinnesgedanken fraßen sich immer tiefer in seine Seele.

Man sah ihm zusehends an, dass er unzufrieden war. In der Schule hatte er einen seltsam abwesenden Blick auf die kleinen Kinder. Den Frauen wagte er kaum zu begegnen. Junge Männer betrachtete er als Konkurrenz. Hochzeiten blieb er fern, auch weil er selten eine Einladung bekam.

Zur gleichen Zeit wuchs auch tatsächlich die Ablehnung wieder. Im Dorf starb eine ganz alte Schamanin. Sie hatte oft mit Hatari geredet, er war ihr ein Freund und Begleiter gewesen. Sie hörten auf einander. Und wenn Hatari sagte, dass Adili zwar besonders sei, aber kein verhexter Zaubermensch, dessen Fluch allen zum Schaden gereichen werde, dann glaubte sie es. Auch wenn sie sich den Ahnen verpflichtet fühlte und mit der Tradition nicht zu brechen bereit war, sie beugte sich dem, was Hatari gesagt hatte. Zwischen ihr und Adili herrschte Jahrelang eine Art Waffenstillstand. Sie sprachen nicht, kritisierten sich aber auch nicht. Adili hatte auf der Missionsstation gelernt, auch die Arbeit der Schamanen zu hinterfragen. Medizin aus der Natur zu gewinnen, das war für die Lehrer in der Mission zwar in Ordnung, aber sie zeigten ihren Schülern die Grenzen dieser Naturmedizin auf. Die Schamanen verbanden körperliche Leiden mit der Seele, auch dagegen stellten sich die Lehrer der Mission nicht immer. Aber sie entzauberten die Kraft der Ahnen, die Flüche und die Hexerei.

Als die alte Medizinfrau gestorben war, wusste Adili, dass ihre Nachfolgerin seine Arbeit in der Schule in Frage stellen würde. Ihre kleine Tochter kam nicht zu ihm. Sie hatte Angst vor dem weißen Mann, der mit den roten, leuchtenden Augen den Kindern die Welt erklärte.

-VIII-

1999

So viele Jahre waren vergangen. Adili war nun selbst nicht mehr wirklich jung. Seine Sehkraft hatte nachgelassen. Die Schüler zu unterrichten fiel ihm schwerer. Nichts belastete ihn mehr als die Angst, das Alter alleine nicht zu meistern. Die dörfliche Gemeinschaft stand in aller Regel eng zusammen. Aber würden sie es bei ihm auch so tun? Seine weiße Haut wurde faltiger und oft schmerzte ihm die Hüfte, wenn er sich morgens vor seiner Hütte ausstreckte.

Der Wunsch zu heiraten, war noch immer da. Er wagte einen letzten Anlauf. Jahre hatte er nicht mehr versucht, eine Frau zu finden. Jahre lang hatte er sich mehr und mehr zurückgezogen, eine für die Gegend völlig ungewöhnliche Rolle gespielt. Er war der Lehrer, der eigentlich großen Einfluss hatte und von allen respektiert wurde. Aber vor Adili hatten sie Angst. Kein Mann würde ihm seine Tochter zur Frau geben. Keine Mutter wollte ihre Tochter in der Hütte des Lehrers leben sehen.

Heimlich traf Adili den Dorfältesten. Spät abends, draußen, in der Nähe der Wasserstelle, da, wo einst - wie lange war das nun her? - die Hütte seiner

Mutter Amali gestanden hatte. Adili bat den neuen Chief um ein kurzes Gespräch. Die beiden Männer, die nur ein paar Jahre Altersunterschied trennten, setzten sich auf einen großen Stein und ließen die Blicke über das weite Land schweifen. Der Chief trug einen großen Stab, Ausdruck seiner Macht. Er sprach von den Rindern und der Sorge, dass die Elefanten oder Löwen aus der Serengeti wiederkehren könnten und die Rinder töteten oder die Zäune niedertrampelten. Adili stimmte zu. Er wusste aber, dass die Sorge vor den Löwen und Elefanten seit Jahren immer unberechtigter wurde, verstand jedoch, dass viele die Geschichten der Alten zum Anlass nahmen, Angst vor den Tieren zu haben. Es war Jahre her, dass ein Elefant aus der Serengeti zu ihnen ins Dorf gekommen war und etwas niedergetrampelt hatte. Auch Löwen hatten sie lange nicht mehr gesehen. Wenn wilde Tiere das Dorf heimsuchten, waren es eher die viel kleineren Hyänen. „Du weißt, Adili", sagte der Dorfälteste, „jeder Löwe, der ein Rind reißt, war verhext und jeder Fluch der Geister wird dir angelastet. Sie sagen, du bist die heimliche Verbindung zwischen dem Dasein der Geister und Ahnen und der Welt, wie wir sie sehen." Adili schwieg eine Weile. „Aber sind nicht die Medizinleute und Schamanen diese Verbindung, wenn sie sich in Trance tanzen und mit den Ahnen in Kontakt treten?" Nun überlegte der Chief eine Weile, was er Adili daraufhin antworten konnte. „Das stimmt schon, aber sie nehmen nur Kontakt mit ihnen auf, um sie zu besänftigen oder ihre Absichten in Erfahrung zu bringen, du, so sagen sie, bist die direkte Verbindung zu ihnen und zu ihren Flüchen. Durch dich sind sie auch Teil unserer sichtbaren Welt geworden. Daher fürchten sich viele. Sie sagen, eine Berührung durch den Zaubermenschen kann dazu führen, dass man krank und verhext wird. Wenn die Ahnen zürnen! Das sagen sie auch ihren Kindern. Sei froh, dass sie überhaupt zu dir in die Schule kommen dürfen."

„Aber die Ahnen haben mein ganzes Leben lang nichts und niemanden verzaubert", entgegnete Adili fast ein wenig verzweifelt. „Ich lebte Zeit meines Lebens am Rande des Dorfs. Jahrelang sogar vor dem Dorf, abgeschnitten und verflucht. Niemand ist wegen eines Zaubers an irgendeiner Krankheit gestorben. Niemand wurde durch mich verhext."

„Du hast schon recht", sagte der Dorfälteste, „weil Hataris Kraft dich schützte."

„Aber mein Vater ist nun seit über zwanzig Jahren nicht mehr am Leben", entgegnete Adili.

„Adili, ich kenne deinen Wunsch, eine Frau zu finden nun so lange", brachte der Chief das Gespräch dann ungefragt auf den Punkt. Dann schwieg er. Er schwieg lange. Dann stand er auf, stützte sich auf den Stab und wandte sich mit dem Rücken zur Sonne. „Kamaru", sagte er dann langsam und bedächtig. Dann noch einmal, leiser. Und ein drittes Mal, fast geflüstert oder gehaucht. „Kamaru." Dann ging er langsam zurück in Richtung Dorf.

Kamaru. Die junge Frau war erst achtzehn Jahre alt. Kamaru war *schon* achtzehn Jahre alt. Adili hatte sie als Schülerin bereits in der Schule unterrichtet, nur ein oder zwei Jahre. Sie war nicht nur schüchtern und zurückhaltend, sie war eingekapselt in ihrer eigenen Welt. Kamaru sprach nicht. Sie öffnete nie ihren Mund um auch nur ein einziges Wort zu formen. Vater und Mutter hatten alles versucht, das Kind zum Reden zu bewegen, aber Kamaru blieb still. Schon als kleines Kind wollte sie keinen Laut von sich geben. Sie schrie nicht, anders als die anderen Kinder in ihrem Dorf. Sie wollte das Sprechen einfach nicht lernen. Kamaru blieb außen vor. Adili hatte immer gewusst, dass sie ihn verstand, dass sie in der Lage war, das Gesagte zu verstehen, aber sie hatte nicht die Kraft zu sprechen.

Adili war ihr Lehrer gewesen. Er hätte ohne Schwierigkeiten ihr Vater sein können. Er selbst war nun bald fünfzig Jahre alt. Sie war so jung im Gegensatz. Die beiden trennten Welten. Und dennoch, das war nun ausgesprochen, würden beide Mann und Frau.

Sie nahm es reglos auf. Hatte gerade die Ziegen gemolken als der Dorfälteste und ihr Vater es verkün-

97

deten. „Du wirst Adilis Frau", hatte der Vater gesagt. Er hatte es geahnt, dass es so enden würde. Adili, das wusste das ganze Dorf, suchte lange schon eine Frau. Und Kamaru würde keinen der stolzen Männer bekommen, die Vieh hatten und Ackerland. Sie war anders, so anders, dass alle Männer fürchteten, Kinder aus dieser Ehe würden auch anders sein. Adili fürchtete das nicht, denn er selbst war Zeit seines Lebens mit dem Anderssein beschäftigt gewesen. Er musste es verteidigen, er musste es erklären, er musste sich erwehren, er musste es verschweigen, er musste es hassen und doch annehmen lernen. Kamaru würde seine Gedanken verstehen, das machte es für ihn leichter.

Und Kamarus Reaktion auf die Ankündigung des Vaters, sie werde Adili heiraten, war so, dass wohl auch sie verstanden hatte, dass Adili sie nicht mit denselben Augen betrachten würde wie all die anderen Männer. Die Männer, die voll Kraft strotzten, ihre Männlichkeit zur Schau stellten bei den Tänzen und an den Trommeln, die suchten nicht nach einer Frau, die keinen Ton sagte und sich scheu wegdrehte, wenn man sie ansprach. Sie suchten keine Ehefrau, die den Kopf immer gesenkt hielt und am liebsten alleine war, weit außerhalb der dörflichen Siedlung.

Kurz vor der vereinbarten Hochzeit ging Adili alleine zu dem Platz, an dem er einst als Kind immer gespielt hatte. Es war ein Stück weit entfernt von der Wasserstelle außerhalb des Dorfs. Da, wo früher einmal die alte Frau gelebt hatte, die alle kannten und niemand wusste, wer so ganz genau sie war. Wie lange musste sie schon tot sein? Adili kickte ein paar Steine aus dem Weg, setzte sich auf einen großen Stein und starrte verloren in die untergehende Abendsonne. Langsam wurde es kühler und der Wind zerrte etwas an seinem Gewand. Die Kinder in der Schule hatten ihn alle gefragt, ob es stimmte, dass man seine Hochzeit vorbereitete. „Du heiratest?", hatten sie alle gefragt. Adili hatte nur stumm zugestimmt. Er wusste, dass es spät war für eine Ehe und er ahnte, dass Kamaru wohl nicht begeistert sein würde von der Vorstellung mit dem Zaubermenschen verheiratet zu werden, zumal dieser in ihren Augen steinalt war.

Adili saß eine Zeitlang stumm auf dem Stein als er hinter sich jemanden bemerkte. Er wandte sich um und sah, dass Kamaru ihn beobachtete - aus sicherer Entfernung. Sie war denselben Weg aus dem Dorf gekommen und hatte sich wohl häufig schon denselben Platz ausgesucht um alleine zu sein. Nun aber war es ihr nicht möglich, denn Adili saß auf dem Stein.

Als Kamaru bemerkte, dass Adili sich umgedreht und sie erkannt hatte, wollte sie davonlaufen. Es schickte sich nicht, wenn man Männer und Frauen zusammen sah, noch dazu alleine und so weit außerhalb des Dorfs, nicht verheiratet. Zudem fühlte sie Beklommenheit. Adili rief ihr zu: „Kamaru, bleib bitte stehen, komm her zu mir." Er machte eine auffordernde Handbewegung. Sie ging dennoch erst einmal weiter. Adili rief ein zweites Mal, lauter und kräftiger: „Kamaru, bitte, ich flehe dich an, laufe nicht schon heute davon."

Irgendetwas ließ sie dann innehalten. Kamaru blieb stehen. Langsam wandte sie sich um, senkte wieder den Kopf und kam näher. Ohne Adili anzublicken, setzte sie sich neben ihn auf den Stein. Er rückte etwas von ihr ab, diese Nähe behagte ihm noch nicht. Zwischen den beiden war nun Platz, eine Lücke, Freiraum, Abstand - aber dieser war spürbar nicht unüberwindbar. Adili fing an zu sprechen, es war ein Monolog, den Kamaru anfangs weder durch Gesten noch durch einen Laut unterbrach.

„Ich weiß, dass du Angst hast vor dieser Hochzeit. Ich auch. Wir sind beide anders als all die Anderen im Dorf. Du sprichst nicht und mich nennen sie den weißen Zaubermenschen. Wenn du Angst hast, weil ich einen Fluch der Ahnen mit mir herumtrage, will ich dich beruhigen. Du erinnerst dich, als du bei mir in der Schule warst? Niemals kam es zu irgendeinem Vorfall, der einen Fluch der Ahnen hätte erkennen lassen. Mach' dir keine Sorgen wegen meiner hellen Haut, den hellen Haaren und den roten Augen. Sie alle sind meine lebenslangen Begleiter. Sie machen mich anders. Aber sie haben nichts mit dir zu tun. Sie werden nicht auf dich übergehen. Du wirst keine hellen Haare bekommen, nur weil du meine Frau wirst. Auch wenn dir das die Schamanin erzählen sollte oder andere Frauen im Dorf. Es wird nicht so sein. Ich war als Kind und Jugendlicher als Schüler auf einer Missionsstation von den Engländern. Da habe ich Lesen und Schreiben gelernt und auch sonst viele praktische Dinge. Und sie haben mir beigebracht, was es ist, das mich so weiß macht. Es ist eine Art Krankheit. Sie ist nicht wirklich schlimm, sie tut nicht weh, sie behindert mich nicht im täglichen Leben. Ich kriege nur schneller Probleme in der Sonne. Ich werde diese Krankheit mit dir nicht teilen. Es wird immer *meine* Krankheit bleiben." Das betonte Adili ganz besonders, ehe er fortfuhr.

„Und ich werde nicht zulassen, dass sie dich nach unserer Hochzeit verbannen, weil du mit dem Zaubermenschen lebst. Du sollst auch wissen, Kamaru, dass deine Stille niemals zu meiner Wut werden wird. Ich habe oft genug erlebt, dass dein Vater wütend wurde, weil du nicht redest. Er schlug dich schon als Kind. Ich wusste das in der Schule, habe es gespürt. Ich werde das nie tun. Deine Stille ist deine Krankheit und ich werde sie nur mit dir teilen, wenn es daran ist, dir zu helfen oder dich zu verteidigen, denn ich kenne das Leid der Ausgegrenzten."

Kurz musste er schlucken, wieder wurde ihm bewusst, um wie viele Jahre er älter war und dass er zu einer Frau sprach, die seine Tochter hätte sein können.

„Als ich ein kleines Kind war lebte ich mit meiner Mutter vor dem Dorf. Wir hatten unsere kleine Lehmhütte zwischen Dorf und Wasserstelle. Ich habe oft hier an diesem Platz gespielt. Der riesige Stein auf dem wir sitzen, der lag schon damals am selben Platz. Die anderen Kinder im Dorf durften nicht mit mir spielen. Ich war der Zaubermensch. Mich galt es zu meiden. Es schmerzte erst viel später, denn als kleines Kind war ich nichts anderes gewöhnt. Für mich gab es nur das ganz begrenzte Leben rund um die Hütte, die Wasserstelle und den kleinen Weg zur Sandpiste. Mein Leben teilte ich mit meiner Mutter Amali. Sie war die Frau von Chief Hatari. Er hatte mich verstoßen. Und sie damit. Immer wieder drohte man damit, uns beide zu töten. Hätte es damals eine schlimme Dürre gegeben, einen Erdstoß, Feuer oder eine Krankheit, ich wäre dafür verantwortlich gemacht worden und sicherlich heute nicht mehr am Leben."

Kamaru wandte sich nun erstmals Adili zu. Sie blickte ihn verstohlen, aber direkt an. Ihr Gesicht schien in der Abendsonne förmlich zu glänzen. Sie formte den Mund, legte den Kopf schräg und lächelte Adili an. Es war die erste offene Geste der jungen Frau, die Adili bewusst wahrnahm. Und es war Freude, keine Tränen der Angst, keine Ablehnung, sie lachte ihn an. Ihr strahlendes Gesicht, belebt durch den kühlenden Wind, ließ Adili sofort aufblühen. Der in die Jahre gekommene Lehrer spürte, dass Kamaru ihn verstand. Sie war nicht ohne Verstand, auch wenn das manche im Dorf wieder und wieder behaupteten. Sie sprach nur nicht. Adili war sich sicher, dass Kamaru jedes Wort genau verstanden hatte. Sie hatte gespürt, dass da ein Mann war, der eine Familie suchte und den sie heiraten sollte. Sie hatte begriffen, dass er zwar alt und anders war als die anderen. Aber auch sie war anders. Und sie wusste nun, dass dieser Adili sie anders behandeln würde. Keine Schläge wie von Vater und Mutter. Sie würde nicht mehr abseits stehen, so wie sie es all die Jahre gewohnt war, wenn die Mädchen spielten oder die Hausarbeit verrichteten. Sie würde eine Familie haben und selbst Mutter werden können. Dann würde man sie nicht mehr ächten als die, die nicht spricht. In diesem einen Moment spürte auch Kamaru zum ersten Mal Mut, richtigen Mut.

*

Die Hochzeit wurde ein sehr bescheidenes Fest. Waren bei den Hochzeiten im Dorf üblicherweise alle in heller Aufregung, hielten sich vor allem die Frauen diesmal sehr zurück. Die Schamanin hatte der Ehe ihren Segen verweigert. Die Dorfältesten aber waren einverstanden, wollten dem Lehrer der Dorfschule nicht im Wege stehen bei seinem Wunsch, endlich eine Familie zu gründen. Es wurde dennoch getanzt und ein Rind geschlachtet. Die Kinder tanzten und Adili stand um das große Feuer, das in der Mitte des Dorfplatzes brannte und starrte auf die flirrenden Flammen, die den Nachthimmel erhellten.

Es hätte ein Tag der Freude sein müssen. Gelassenheit war normalerweise bei den Männern zu spüren, wenn einer von ihnen heiratete. Bei Adili war es anders. Auch am Tag der Heirat war er anders als die anderen, wirkte angespannt und verkrampft. Er wusste, dass die Schamanin bei den Frauen gegen die Ehe zwischen ihm und Kamaru gewettert hatte. Er fürchtete, dass er zusammen mit seiner Frau am Ende aus dem Dorf verjagt würde. Noch einmal würde er nicht vor den Toren der Siedlung leben wollen. Der Weg zur Wasserstelle war für ihn immer ein steiniger Weg gewesen. Zu sehr würde er jeden Tag, Stunde um Stunde, an die Zeit mit seiner Mutter - ach, geliebte Amali! -, an diese schweren Jahre in der Lehmhütte vor dem Dorf erinnert werden. Außerdem hatte er Kamaru versprochen: Meine weiße Haut, meine Krankheit, das ist nicht deine Krankheit. Aber es war ein Trugschluss. Würde es nach der Schamanin gehen, hatte er kein Recht auf ein Leben in der Dorfgemeinschaft.

Warum begann das alles von vorn? Er hatte all die Jahre Aufklärung betrieben. Die Leute hatten doch begriffen, dass Adili einfach nur eine andere Haut hatte als die anderen. Aber sonst war er wie sie. Woher nahm diese Schamanin die Überzeugungskraft, die Frauen im Dorf davon zu überzeugen, dass er verhext sei und die Ahnen ihre Flüche über ihn auf die Erde schicken würden?

Adili hatte die Blicke der Mütter gespürt. Viele von ihnen wollten ihre Kinder nicht mehr in die Schule schicken. Sie hatten Angst, dass die Hochzeit mit Kamaru ein Zeichen der Ahnen aus dem Reich der Geister sein konnte. Er holte sich eine von ihnen, die Schwächste. Auserwählt von den Geistern – um sich nun an der Dorfgemeinschaft zu rächen. Aber auf all seine Fragen, wofür diese Rache denn sein sollte, bekam Adili nicht von einer der Skeptikerinnen eine Antwort.

Die Dorfältesten standen hinter ihm. Als Zeichen ihrer Verbundenheit mit seinem Vater, den sie alle sehr geehrt und geschätzt hatten. Aber die Kraft des Vaters ließ nach. Die Erinnerungen an den stolzen Hatari verblassten Tag für Tag, Mondphase für Mondphase ein wenig mehr. Wer war der Mann gewesen, der diesen Adili erst verstoßen und dann als seinen Sohn anerkannt hatte? Adili selbst konnte nicht um Verständnis werben, indem er seinen Vater ins Spiel brachte, all diese Versuche würden von der Schamanin als ein schwaches Spiel des Betroffenen zunichte gemacht. Seht her, Adili kämpft mit dem Ruf eines Toten um seine eigene Haut zu retten! Seht her, der Zaubermensch begehrt in die Mitte der Gesellschaft eingelassen zu werden um dann Unheil zu bringen!

Die Schamanin malte ein düsteres Bild: Der Zauber im Kind war schwach und wenig ausgeprägt. Je weniger Zeit den Ahnen aber blieb, die Lebenszeit Adilis für ihr Spiel im Dorf zu nutzen, umso mehr mussten sie von dem Zaubermenschen Besitz ergreifen. Sie skizzierte eine in ihren Augen logische Entwicklung: Das Kind wurde vollkommen richtig vom Vater verstoßen und mit ihm die arme Frau, die den Jungen auf die Welt brachte. Zu groß war die Gefahr, dass er Unheil brachte. Krankheit und Tod für Mensch und Vieh, Dürren und Hungersnöte standen auf der Liste der Flüche ganz oben. Adili befreite sich aus dem Würgegriff der dörflichen Isolation mithilfe der englischen Missionare, die keine Ahnung vom Zauber der Geister hatten. Sie faselten von wissenschaftlichen

Erkenntnissen und manipulierten das Kind und am Ende noch viel erfolgreicher den starken Hatari. In Wahrheit war dies aber der Zauber der zürnenden Ahnen, die Besitz ergriffen hatten von Adili und Hatari. Nach der Rückkehr aus der Missionsstation war der Zauber stärker geworden. Hatari machte Adili zum Lehrer im Dorf, ein schrecklicher Fehler! Die Zauberwirkung nahm erneut zu. Adili alterte und die Zeit zum Schlag gegen die Gemeinschaft schwand. Also musste der Zauber stärker werden. Mit der Gründung einer Familie drohte die Gefahr, dass der Zauber nun gar auf eine neue Generation übertragen wurde.

-IX-
2000 bis 2005

Die Nacht brach herein. Langsam senkte sich Kühle über die Weite des Tals. Der Himmel hatte ein beruhigendes, tiefes Orange angenommen und tauchte die sanften Hügel in watteweiches Rot. Das Vieh war von der Weide zurückgekehrt und die Familien saßen nun vor den Feuerstellen und aßen zu Abend.

Adili und Kamaru aber hatten an diesem Juniabend andere Sorgen. Das Kind wollte auf die Welt. Adili spürte die Schmerzen seiner Frau. Sie krümmte und wand sich immer wieder. Aus ihrem Mund drangen Laute des Schmerzes, aber sie sprach nicht. Sie jammerte nicht, sie beklagte sich nicht. Aber ihre Augen suchten die Hilfe ihres Mannes.

Es war gekommen, wie Adili es befürchtet hatte. Die Dorffrauen hatten sich von Kamaru entfernt. Die Medizinfrau hatte ganze Arbeit geleistet und die Frauen der Dorfältesten hatten ihre Männer bearbeitet. Die Verbindung sei der Versuch des Zaubermenschen den Fluch in die nächste Generation zu tragen. Und dass Kamaru nicht sprach, war zwar ein Makel, aber es war ein zusätzliches Problem. Sie konnte nicht zum Ausdruck bringen, wenn Adili ihr die Flüche der

Ahnen übertrug. Sie konnte zu niemandem gehen und sich beklagen. Aber man hätte ihr auch nicht zugehört, denn fortan war sie die Frau von Adili, dem Verzauberten.

Adili hatte seine Stellung an der Schule zwar nicht verloren, aber es schickten nur mehr vier Väter ihre Söhne zu ihm. Und mit sechs Kindern ließ sich keine wirkliche Dorfschule betreiben. Hätte Adili in den wenigen Jahren, in denen er anerkannt und respektiert worden war, nicht eine Kuh, Ziegen und Hühner gekauft, etwas Land zu bestellen begonnen, Kamaru und er müssten nun Hunger leiden.

Zweimal hatte Adili überlegt, ob er seine schwangere Frau mitnehmen und mit ihr zur Missionsstation fahren sollte. Aber es waren so viele Jahre vergangen, niemand würde ihn dort mehr kennen. Und wer garantierte ihm denn, dass er dort als Lehrer gebraucht würde? Adili hatte das Gefühl, die Zukunft habe sich gegen ihn verschworen.

War es üblich, dass bei einer Geburt alle Frauen in der Lehmhütte der werdenden Mutter zusammenkamen um der Frau beizustehen, war Kamaru fast alleine. Eine Alte war gekommen, zusammen mit ihrer fast blinden, jüngeren Schwester. „Ich kannte deinen Vater gut", sagte sie zu Adili. „Er war ein guter

Mensch, er hatte Verstand und er hat sich nicht einschüchtern lassen von einer Schamanin." Adili nickte dankbar, verzog sich hinter das kleine Haus und hackte auf dem lehmigen Boden herum, um die mickrigen Pflanzen besser wässern zu können. Viel Wasser hatten sie nicht übrig für das Gemüse.

Drinnen hörte er die Laute seiner Frau, der es sichtlich schreckliche Schmerzen bereitete, das Kind auf die Welt zu bringen, das sich Adili so sehnlich gewünscht hatte. Fast ein halbes Jahrhundert war er nun alt. Solange warteten die wenigsten Männer auf ihren Nachwuchs, mit neunundvierzig waren viele schon mehrfache Großväter oder gar nicht mehr am Leben. Adili dankte Gott, dass er Vater werden durfte, dass er trotz des Makels der hellen Haut, der weißen Haare und der leuchtend-roten Augen sich einer glänzenden Gesundheit erfreuen durfte. Drinnen wusste er seine Frau bei der Alten in guten Händen und heimlich still und leise erwischte er sich bei dem Gedanken, dass es vielleicht besser war, dass nicht alle Dorffrauen zusammengekommen waren. Sie hätten neugierig ihre Gesichter um die verkrampfende Schwangere geschart, sich nicht zurückhalten können mit gut gemeinten Ratschlägen und Kamaru hätte keine Worte finden können, sie abzuwehren. So standen um sie nur die Alte und deren Schwester, die selbst wusste, dass Anderssein in dieser Gegend immer auch Außenvorsein bedeutete. Auf einem Auge blind zu sein, konnte bedeuten, dass das zweite Auge ins Innere gerichtet war. Die Schamanin hatte so etwas einmal angedeutet. Kamaru sprach heimlich mit den Ahnen, die Schwester der Alten sah die Ahnen und Adili war ihnen direkt entsprungen. Ein Gesandter der Verzauberten aus dem Reich der Geister, gekommen um einen Fluch zu rächen oder Unheil zu säen. Keiner konnte ihm sagen, was der Sinn dessen hätte sein sollen, aber viele glaubten der Medizinfrau.

Kamaru krümmte sich erneut unter einer Wehe. Sie spürte, dass ihr Sohn auf die Welt wollte. Nicht einen Moment hatte sie daran gezweifelt, dass es ein Junge werden würde. Heimlich hatte sie gebetet, dass er nicht dieselbe helle Haut haben würde wie sein Vater. Adili hatte Wort gehalten. Er stand immer hinter ihr, war das Jahr seit ihrer Ehe nicht einmal wütend geworden, weil sie nicht sprach. Sie hatten ihre eigene Sprache entwickelt mit der sie sich verständigten. Adili tat ihr nicht weh und die misstrauischen Blicke der anderen Frauen ignorierte sie. Adili hatte ihr gelehrt, dass Selbstvertrauen und Würde etwas Wichtiges waren, um als vermeintlich Schwacher gegen die angeblich Starken zu bestehen. Stark waren die nur, weil sie viele waren und sich normal nannten. Schwach galten die anderen nur, weil sie wenige waren und eben anders. Wer das abschüttelte, war weder allgemein vollkommen anders noch durch und durch schwach. Das hatte Kamaru verstanden, Adili angelächelt und ihm zu verstehen gegeben, dass sie sich auf das Kind freute und dass sie notfalls bereit war, Adili an einen anderen Ort zu begleiten, wenn die Blicke im Dorf unerträglich wurden.

„Ich werde nicht noch einmal vor dem Dorf leben, ausgeschlossen und ausgegrenzt. Es hat die Seele meiner Mutter Amali gebrochen, es würde deine Seele brechen und mein Herz bluten lassen. Sollten sie uns verjagen, gehen wir zur Missionsstation. Dort wird man uns verstehen. Wir müssen das unserem Kind auch beibringen, sobald es uns verstehen kann. Wenn sie ihm etwas tun wollen und wir - aus welchem Grund auch immer - nicht mehr in der Lage sein sollten ihn zu schützen, dann müssen wir ihm sagen, er soll zur Missionsstation reisen." Kamaru nickte, aber sie nickte nicht aus wirklichem Verständnis heraus. Es war eher der Gehorsam, den sie ihrem Mann gegenüber zeigen wollte. Sie war nie weit aus dem Dorf fortgekommen, kannte die große, ferne Welt - und dazu zählte für sie schon die Stadt Arusha - nur aus Erzählungen der anderen. Die Missionsstation war so viele Tagesreisen entfernt, dass sie keine Vorstellung davon hatte, wie ein Kind diese Einrichtung jemals erreichen konnte. Außerdem wusste sie nicht genau, was eine Missionsstation war. Adili hatte es ihr immer wieder erzählt, die Gebäude beschrieben, von den Menschen dort gesprochen, ihr erklärt, was er dort alles gelernt und wie er dort verstanden hatte, dass sein Zauber einfach nur eine Krankheit war, die ihn nicht besonders einschränkte.

Adili hatte Kamaru vom Leben mit dem weißen Kirchenmann und den Lehrern erzählt, vom Arzt und von allen Dingen, die er dort lernen durfte. Kamaru hatte ihren Mann bewundert, hatte er doch ein so großes Wissen. Schon als sie seine Schülerin war, wusste sie, dass Adili etwas Besonderes war. Aber sie konnte es nicht sagen. Nichts konnte sie sagen. Es war als sei ihre Zunge verknotet.

Nach der Geburt des Kindes wollte Adili mit ihr und dem Kleinen eine Reise nach Arusha unternehmen. Er hatte gespart. Er war sich so sicher, dass ein Arzt in Arusha helfen konnte, Kamaru zum Sprechen zu bewegen.

Es war mittlerweile tiefe Nacht und die seltsamen Geräusche aus dem Innern des kleinen Hauses rissen nicht ab. Adili wusste, dass seine Frau unsagbare Qualen durchlitt. Und er wusste auch, dass etwas nicht stimmte, wenn es so lange dauerte, bis ein Kind auf die Welt fand. Seit nunmehr elf Stunden wand sich Kamaru nun mit den Wehen hin und her. Adili überlegte, ob er einen Arzt herbeirufen konnte. Es gab mittlerweile einen Telefonanschluss im Dorf. Aber bis der Arzt aus Karatu hier draußen war, war es für Kamaru und das Kleine bereits zu spät. Er musste also beten und hoffen.

Dann, nach weiteren gefühlten Momenten der Ewigkeit, hörte er das kraftvolle Schreien eines kleinen Kindes. Die Alte hatte den kleinen Jungen - es war tatsächlich ein Junge! - in eine Decke gewickelt und ihn vor die Türe zu Adili getragen. „Dein Sohn", sagte sie kurz und knapp. Adili war überwältigt. Das Kind lag friedlich auf dem Arm der Alten, eingewickelt und beschützt von der Decke. Er strahlte mit großen Augen in die Dunkelheit der Nacht. „Yaro", sagte Adili, „willkommen kleiner Yaro, mein Sohn", wiederholte er. Dann noch zweimal, leise und voller Zärtlichkeit in Richtung des kleinen neuen Erdenbürgers: „Yaro! Mein kleiner Sohn Yaro." Der Name Yaro bedeutete nichts weiter als *Sohn,* aber er drückte für Adili all die Hoffnung aus, die er vom Leben noch erwartet hatte: einen Sohn.

Adili musterte den Kleinen so gut es in der Dunkelheit der Nacht ging. Er schämte sich fast ein wenig dafür, dass er diese Blicke auf ihn warf, konnte aber nicht anders. Da lag ein Kindchen, das auf den ersten Blick weder weißes Haar, noch helle Haut oder rötlich glänzende Augen hatte. Und das Kraftvolle in seinem Schreien gleich nach der Geburt hatte Adili optimistisch gestimmt, dass Yaro im Gegensatz zu seiner Mutter auch würde eine Stimme entwickeln. Adili konnte sein Glück kaum fassen.

Er gab Yaro der Alten zurück und bat sie, sich um den Jungen zu kümmern, bis seine Frau wieder bei Kräften sei. Kurz sah Adili nach Kamaru und fragte, ob es ihr gut gehe. Er zeigte ihr seine Freude über den gemeinsamen Sohn und auch Kamaru schien sehr glücklich darüber zu sein, dass Yaro weder die weiße Haut des Vaters noch die Stille der Mutter geerbt zu haben schien.

*

Die Wochen und Monate vergingen, Yaro wuchs heran und wurde ein kleines, fröhliches Kindchen. Allerdings blieb ihm die Fürsorge der Dorfgemeinschaft verwehrt, denn noch immer betrachtete man Adili als Zaubermenschen, denn die alte Schamanin leistete weiterhin ganze Arbeit. Adili sprach ein ums andere Mal mit dem Dorfältesten, aber es gab keine Verbesserung. Adili wurde von zahlreichen Frauen wie ein Aussätziger behandelt und auch Kamaru weiterhin geschnitten. Aber sie schien das nicht mehr weiter zu stören. Sie hatte nun eine wichtige Aufgabe:

Sie kümmerte sich um die Entwicklung ihres Sonnenscheins.

Liebevoll pflegte sie den kleinen Yaro. Schon bald entwickelten die beiden eine ganz eigene Art und Weise der Kommunikation. Adili sprach viel mit Yaro, erklärte ihm die Welt mit seiner Sprache. Kamaru fehlten die Worte und so benützte sie Blicke und Zeichen um ihren Yaro auf dies und das aufmerksam zu machen und ihm zu erklären, dass er still sitzen sollte, wenn es zu essen gab.

Bald überkam Adili der Wunsch nach einem weiteren Kind. Hätte er gewusst, dass dies das größte Unglück über die Familie bringen würde, niemals hätte er auch nur einen Gedanken daran verschwendet. Kamaru wurde wieder schwanger und einige Frauen im Dorf machten sich an der Wasserstelle über das Paar lustig. Adili war zu alt für ein zweites Kind und Kamaru war zu stumm um zwei Kinder groß zu ziehen. Die Schamanin war sich sicher, dass Adili nun heimlich noch mehr Einfluss nehmen wollte auf das Schicksal der Dorfgemeinschaft. Je mehr Kinder den Fluch der Ahnen in sich trugen, desto größer waren ihre Möglichkeiten, diese Flüche auch wie messerscharfe Blitze einzusetzen. „Es ist aber seit Adilis Geburt nichts passiert im Dorf, das man auf einen Fluch der Ahnen zurückführen könnte", sagte eine junge Frau trotzig, die

Adilis Tochter hätte sein können und bei ihm vor Jahren selbst zur Schule ging. Die Schamanin zeigte sich uneinsichtig. „Das macht die Sache noch gefährlicher, meine Kleine", sagte sie. „Denn waren sie bislang auch noch nicht in der Lage, sich bemerkbar zu machen, so heißt das doch noch lange nicht, dass sie uns nicht dennoch durch den Zaubermenschen alle verhexen wollen." Die junge Frau blickte in die kleinen Augen der Schamanin und schwieg, denn sie ahnte, dass jede weitere Diskussion zwecklos sein würde. Sie wusste, dass das Ausbleiben der Flüche oder Zaubereien auch der Beweis dafür sein konnten, dass es eben weder Flüche noch Zaubereien gab, vielmehr einfach ein Mann eine Krankheit hatte, die nichts, aber auch nichts mit den anderen zu tun hatte.

Die Schamanin ärgerte sich ein wenig über die Haltung der Leute, die nicht einsehen wollten, dass die Kräfte der Ahnen eine ungeheure Wirkung auf das Leben der Menschen hatte. Sie war dazu da, die Menschen vor Krankheiten und Unheil zu bewahren und zu heilen, sollte ihnen etwas zustoßen. Sie sah sich seit vielen Jahren immer stärker der Konkurrenz der Schulmedizin ausgesetzt, die aus den Häusern der Weißen in die Dörfer getragen wurde. Man versprach rasche Linderung von Schmerz, wenn man nur eine Pille schluckte. Durch Wundermittel in Spritzen sollten ganze Generationen von Kindern ihr Leben lang geschützt werden vor den schlimmsten Krankheiten. Aber dass die Kraft der Geister aus dem Reich der Ahnen auch in die Welt der Lebenden hinüber wirkte, dass diese Kraft die Menschen verzaubern konnte und von den Leuten Macht ergriff, wenn man sie herausforderte, davon hatten die weißen Medizinmänner absolut keine Ahnung.

Zusammen mit einer anderen Medizinfrau aus dem Nachbarort machte sich die Schamanin eines Tages auf den Weg um an einem Treffen teilzunehmen.

In einer Zeit, in der längst auch in Tansania das Flugzeug und das Auto zum einfachsten Fortbewegungsmittel geworden war, wo man anfing, in den großen Firmen Internet zu nutzen und Fernsehen und Radio alle kleinen Dorfgemeinschaften erreicht hatten, wirkte das Treffen der Medizinmänner und -frauen ein wenig wie aus einer anderen Welt. Aber für die Gemeinschaften der abgelegenen Ortschaften weitab waren diese Treffen immer noch wichtig und die Medizinleute genossen noch immer größtes Ansehen und wurden von den Leuten aufgesucht, wenn es um Ratschläge aller Art ging.

Dar Es Salaam, die heimliche Hauptstadt des Landes, war weit entfernt, die wirkliche Hauptstadt Dodoma hatte kaum einer besucht und auch nur wenige der Männer und Frauen aus dem Dorf waren mehr als drei- oder viermal in ihrem Leben in der Provinzstadt Arusha gewesen.

Die Schamanin war in einen klapperigen Bus gestiegen und davon gefahren. Sie würde erst einige Wochen später wiederkommen. Und dann sollte sich Adilis Leben und das seiner kleinen Familie noch einmal radikal ändern.

Adili freute sich sehr über den baldigen Familienzuwachs. Würde Yaro noch einen Bruder bekommen, mit dem er aufwachsen konnte? Oder eine Schwester, die Mama Kamaru im Haus helfen konnte? Ganz egal, es war Adili wichtig, dass er nun eine Familie hatte, die ihm die Einsamkeit nahm. Er hatte so viele einsame Jahre verbracht in seinem Leben, dass es nun an der Zeit schien, dass das Schicksal ihm endlich etwas freundlicher gesonnen schien. Schien!

Yaro lief um die Hütte, ging auf Jagd nach Insekten, half Kamaru beim Wasserholen. Lange mussten sie das nicht mehr machen. Eine Hilfsorganisation aus Deutschland hatte angefangen, einen Brunnen zu graben. Bald würde es direkt im Dorf Wasser geben. Yaro war neugierig um die Männer und Frauen aus dem fernen Land herumgestanden und hatte sie beobachtet. Immer wieder stolperte er den weißen Leuten um die Füße herum. Sie spielten mit ihm und von ihnen hatte er das erste Mal in seinem Leben ein Stück Schokolade bekommen.

Eines Tages hatte Adili ihn mit auf die Baustelle begleitet. Er wollte auch einmal sehen, was die Deutschen dort machten. Er stellte sich als der Vater des kleinen Jungen vor, nickte den Männern und Frauen zu und begann mit einem von ihnen ein kurzes Gespräch. Er wollte wissen, wie der Brunnen genau funktionieren würde, wie weit man das Wasser aus der Tiefe holen musste. Er erzählte, dass er der Lehrer in diesem Dorf sei. Adili erkannte den fragenden Blick seines Gegenübers, der soviel sagte wie: Wie kann eine Bleichnase wie Adili hier Lehrer werden? Sind sie in Afrika doch schon so weit, dass eine Behinderung wie der Albinismus nicht daran hindert, Lehrer in so einem verlassenen Dorf zu werden. „Kommen Sie heute Abend zu uns zum Essen", bat Adili den Mann. „Ich will Ihnen meine Geschichte erzählen." Der junge Ingenieur willigte ein, aber erst, nachdem Adili die Einladung dreimal wiederholt hatte. Er gab dem Deutschen die Hand und sagte: „Ich freue mich auf Ihren Besuch. Mein Name ist Adili und mein Sohn heißt Yaro." Der Deutsche rieb sich mit der Hand den Schweiß aus der Stirn, trocknete sich dann Arm und Hand an seiner beigefarbenen Hose ab und reichte sie Adili. „Freut mich. Ich bin Nikolas."

Adili nahm Yaro an der Hand und ging mit ihm zurück zum Dorf. „Papa, was machen die da?", fragte der Kleine seinen Vater. „Sie bauen einen Brunnen. Das Wasser, das wir von der Wasserstelle holen, das reicht uns ja kaum aus. Und da es im Boden auch Wasser gibt, viele Meter unter der Oberfläche, kann man es durch einen Brunnen herauf befördern."

Yaro hatte das tiefe Loch gesehen, welches die Männer und Frauen aus Deutschland gruben. Es war viele Meter tief und sie benutzten dazu einige laute und seltsame Maschinen.

Adili suchte nach Kamaru. „Du musst heute Abend ein ganz besonderes Essen zubereiten, denn wir bekommen ganz besondere Gäste", sagte er. Seine Frau blickte ihn fragend an. „Draußen graben die Deutschen doch einen Brunnen. Ich war mit Yaro dort. Er spielt schon seit ein paar Tagen immer mal wieder bei den Leuten aus Deutschland. Wir haben uns den Brunnen gemeinsam angeschaut. Er wird sehr tief. Aber dann haben wir das Wasser direkt vor dem Dorf und müssen nicht mehr so weit bis zur Wasserstelle laufen." Erneut sah Kamaru Adili fragend an als wollte sie sagen: *das weiß ich doch schon lange, davon sprechen im Dorf doch alle Leute!* Adili fuhr fort: „Weißt du, ich habe mit einem der Ingenieure gesprochen. Er heißt Nikolas und ich habe ihn heute Abend zum Essen eingeladen. Er wird uns besuchen kommen. Darum möchte ich, dass du ein ganz besonderes Essen zubereitest."

Nun hatte Kamaru verstanden. Sie verließ alsbald das Haus um Besorgungen für das Mahl zu machen. Adili überlegte eine Weile, ob er den Dorfältesten mit einladen musste oder ihn gar fragen hätte sollen, ob er die Fremden einladen durfte. Aber er war der Lehrer im Dorf und vielleicht konnten die Gäste aus Europa einmal einen Vormittag in die Schule kommen und den Schülern etwas über das Wasser und den Brunnen erzählen. Um das herauszufinden hatte er den Fremden eingeladen. Das war eine gute Begründung, sollte der Dorfälteste zürnen. Und Adili fand das wirklich eine gute Idee, die er da gehabt hatte. Nikolas aus Deutschland musste tatsächlich an die Schule kommen und den Schülern alles über den Brunnenbau erzählen. Fast jeder Schüler hatte Adili deswegen schon befragt. *Wer sind die Leute da? Was machen die da genau?*

Nikolas kam mit einer jungen Frau. „Sie ist meine Kollegin", sagte er und fügte an: „Ich hoffe, das ist in Ordnung für Sie." Adili nickte, „selbstverständlich." Die Unterhaltung gestaltete sich schwierig. Yaro war neugierig und plapperte oft dazwischen. Nikolas und seine Kollegin erkannten schnell, dass es nicht

Schüchternheit war, die Kamaru dazu veranlassten, nichts zu sagen, sondern etwas anderes. „Meine Frau kann nicht sprechen", erklärte Adili auch alsbald. Er wusste, dass bei den Weißen Frauen und Männer weitgehend gleichberechtigt waren. So war es ihm auch nicht fremd, dass Nikolas mit einer Kollegin kam, die nicht seine Frau war, sondern nur eine Kollegin. Im Dorf hier draußen im Nichts, da wäre das unmöglich gewesen. „Ist deine Frau immer schon stumm gewesen?", hakte die Kollegin nach. „Ja, selbst als Kind war sie still und hat nichts gesagt." Die junge Deutsche nickte. „Ich heiße übrigens Julia und studiere Medizin", sagte sie. Adili nickte. „Sehr erfreut. Kannst du ihr helfen?", wollte er wissen. Julia bemerkte, dass Adili recht gut Englisch sprach und ein Interesse an den wissenschaftlichen Dingen hatte. „Ich denke, wenn sie wirklich stumm ist, kann man ihr nicht helfen. Manchmal verstummen Menschen nach einem schlimmen Ereignis, aber wenn es bei deiner Frau schon seit der Kindheit so ist, dann wird es wohl nichts geben, das Änderung bringt." Nikolas nickte Kamaru zu und bedankte sich für das gute Essen. Sie hatte ein Huhn besorgt und viel Gemüse gekauft. Es war ein Festmahl für Adili und Kamaru. Das wusste Nikolas sehr zu schätzen. Sie saßen an der offenen Feuerstelle vor dem Haus auf einem herrlichen Teppich und genossen den Sonnenuntergang. Julia hörte aufmerksam zu und Nikolas stellte ab und an ein paar Fragen. Kamaru brachte Yaro ins Bett und Julia bemerkte zum ersten Mal die Wölbung auf ihrem Bauch. „Oh, du bekommst ein weiteres Kind", sagte sie fröhlich. Kamaru verstand kein Englisch. Ihr Lehrer, Adili einst, hatte den Kindern zwar immer wieder Grundlagen beigebracht. Aber viel war nicht geblieben. *My name is, one, two, three, good night...* Zu selten blieben die Kinder konsequent viele Jahre über bei ihm in der Schule. Manche mussten wochenlang helfen, wenn die Eltern sie brauchten. Ab und an fielen Eltern oder Großeltern als Arbeitskraft aus, weil sie krank wurden. Auch dann galt es, zu helfen. Die Schule stand da nicht an erster Stelle. Julia ließ Adili übersetzen. „Die junge Frau aus Deutschland freut sich für dich über das Kind, das wir bekommen werden", sagte Adili zu seiner Frau und nun überkam die schweigende Kamaru ein erstes zaghaftes Lächeln. Julia fragte, ob sie sich das Haus der beiden einmal ansehen dürfte. „Wir arbeiten hier vor eurem Dorf schon so viele Tage, aber so richtig wissen wir immer noch nicht, wie ihr lebt." Adili bedeutete ihr mit einer Geste, sich Kamaru und Yaro auf dem Weg nach drinnen anzuschließen. Und an Kamaru gewandt rief er: „Wenn du Schwierigkeiten hast, sie zu verstehen oder denkst, etwas nicht zu verstehen, komm' raus, wir klären das. Es sind sehr nette Leute. Wir sollten uns mit ihnen anfreunden. Ich denke, sie können uns helfen." Wie recht Adili damit doch haben sollte. Als hätte er eine düstere Ahnung gehabt...

Er begann nun Nikolas seine Geschichte zu erzählen. Es war nicht einfach für den Deutschen, alles zu verstehen, denn Adilis Englisch klang so fremd in seinen Ohren. Aber mit Händen und Füßen fanden sie zusammen und der orangefarbene Abendhimmel und der Duft des gegrillten Huhns umspannte die beiden Männer mit einer friedlichen Grundstimmung, sodass es nichts ausmachte, wenn die völlig unterschiedlichen Welten einander nicht vollständig verstanden.

„Ich bin ein Weißer wie du. Nur ist es bei mir nicht in Ordnung, verstehst du." Adili merkte, dass Nikolas nicht genau verstand. „In deinen Augen bin ich krank. Also nicht richtig krank, aber so ein wenig krank." Nikolas nickte, das verstand er. Zu erklären, was ein Gendefekt ist, war zu kompliziert, wenn beide sich in einer Fremdsprache verständigen mussten. „Ich bin krank, aber nicht richtig krank. Du hast also Recht. Ihr Weißen versteht das so. Ihr habt einen wissenschaftlichen Blick auf die Dinge. Wenn einer Fieber bekommt, sucht ihr die Ursachen, forscht solange, bis ihr unter euren Mikroskopen Viren und Bakterien gefunden habt, die erklären, warum einer Fieber bekommt und daran stirbt. Und ihr habt solange herum geforscht, bis ihr herausgefunden habt, dass ich eine Art Krankheit habe, die mich eben nicht schwarz, sondern weiß gemacht hat. Mit diesen seltsam roten

Augen. Ihr bemüht keinen Zauber oder keinen Fluch der Ahnen zur Erklärung. Das tun wir hier aber. Und dagegen ist nur schwer anzukommen. Mein ganzes Leben hat mich dieses Problem begleitet. Ich hatte das Glück, bei einem Missionar auf einer Missionsstation eine gute Schulbildung genossen zu haben. Manchmal schäme ich mich fast dafür. Es gab im Dorf einst so viele Kinder, die alle hätten eine gute Ausbildung verdient gehabt. Aber der Missionsleiter und der Arzt nahmen mich mit zu ihnen auf die Station. Ich hatte mich für Buchstaben interessiert, war ganz vernarrt in sie. Wollte Bücher lesen, schreiben lernen und war so für die beiden ein geeigneter Kandidat als sie hier ins Dorf kamen. Mir ist, als sei es gestern gewesen als sie ins Dorf kamen. Ich weiß bis heute nicht, nach welchem Kriterium sie mich ausgesucht hatten, ob es Zufall war oder Mitleid mit dem weißen Schwarzen, den sie hier im Dorf Zaubermensch nannten. Ich weiß auch bis heute nicht, warum sie genau in unser Dorf kamen. Aber sie sind gekommen und nahmen mich mit. Zu dieser Zeit lebte ich verstoßen mit meiner Mutter vor der Siedlung. Mein Vater Hatari war der Chief hier im Dorf. Er hatte mich anfangs nicht als seinen Sohn anerkannt. Es war eine heimliche Abmachung zwischen meiner Mutter Amali und ihm: Wir gehen und verlassen das Dorf, dafür würden wir seinen unsichtbaren Schutz genießen. Es hatte damals viele Leute im Dorf gegeben, die mich umbringen lassen wollten. Aus Angst, nicht aus Hass oder Abneigung. Sie waren alle so anfällig für die Geschichten aus dem Reich der Ahnen und dieser Behauptung, die Ahnen zürnten unserem Dorf und hätten mich auserwählt, diesem Zorn nun in Form einer Strafe eine Gestalt zu geben. Nie hatte eine Medizinfrau oder sonst einer gesagt, wie diese Strafe aus dem Reich der Ahnen denn genau auszusehen hätte, aber sie wussten immer, dass es der Zaubermensch war, der für Krankheit, Dürre oder Streit verantwortlich gemacht werden musste. Hatari hat dann wohl gesagt, dass Amali und ich nicht mehr Teil der dörflichen Gesellschaft waren und so auch kein Zorn aus dem Reich der Toten Wirkung zeigen würde. Er wusste es nicht besser, aber er konnte seine einstige Frau Amali nicht leiden sehen. Irgendwann in der Zeit, in der ich auf der Missionsstation unterrichtet wurde, muss der Missionar noch einmal hierher gekommen sein. Als ich zurückkehrte war meine Mutter gestorben. Aber Hatari hatte seine Ansichten geändert. Er erkannte mich nun als seinen Sohn an und erklärte allen, gefragt und ungefragt, dass es keinen Zorn oder Fluch gab, nur eine Krankheit und dass diese auch nicht ansteckend war.

Ich hatte auf der Missionsstation das Lesen und Schreiben gelernt, fand Freunde. Meine weiße Freundin war die Tochter des Missionars. Sie starb bald schon an Malaria. So lange ist das her! Wie gerne würde ich den Hügel wieder einmal besuchen, auf dem ihr Grab ist. Und das ihrer Mutter, die kurz nach der Ankunft in Afrika ebenfalls gestorben war. Alles so lange her, wie gesagt. Mir brachten sie bei, dass sich die Erde um die eigene Achse dreht, dass der Mond sich um die Erde dreht und dass Wasser abgekocht werden muss, wenn man es bedenkenlos trinken will. Sie brachten mir bei, wie man einen Brief an die Regierung schreibt, dass man Krankheiten nicht alleine mit dem Medizinmann bekämpfen sollte, sondern auch mit dem Arzt aus der Stadt.

Als der Lehrer im Dorf starb und ein neuer gesucht wurde, ernannte Hatari mich. Es war eine seltsame Rolle, die ich einnahm. Der junge Mann war lange Zeit außerhalb aller gesellschaftlicher Ordnung zu Hause gewesen. Die Hütte meiner Mutter war vor den Zäunen aus Reisig. Sie war auch viel kleiner und schlichter als die Lehmhütten im Dorf. Wir gingen im Dunkel zur Wasserstelle, damit man mich nicht sah. Ich durfte nicht mit den anderen Kindern spielen. Sie mieden mich und Mama Amali bat mich, immer äußerst vorsichtig zu sein im Umgang mit anderen Menschen.

Nun sollte ich als Lehrer plötzlich eine sehr zentrale Stelle im dörflichen Leben einnehmen. Ich war von einem Tag auf den anderen zu einer Respektsperson geworden. Und das verdanke ich nur meinem Vater, Chief Hatari. Er hatte die anderen Dorfältesten davon überzeugt, dass ich der einzige Mann im Dorf war, der so gut lesen und schreiben und rechnen konnte, dass er auch in der Lage war, es den Kindern beizubringen.

Aber für viele Familien war es anfangs sehr schwer, mich als Lehrer zu akzeptieren. Es dauerte viele Monate, gar Jahre, bis ich endlich bei den meisten einfach der Lehrer war und nicht mehr nur als der Zaubermensch gesehen wurde, um den man einen Bogen macht und dem man nicht seine Kinder anvertraut. Die Medizinfrau hat immer etwas gegen meine Arbeit gehabt, denn sie war nach wie vor überzeugt, dass der Fluch der Ahnen durch meine Person von der einen Welt in die unsere getragen würde.

Der Wunsch eine Familie zu gründen, der blieb mir sehr, sehr lange verwehrt. Sehen Sie, Nikolas, ich bin heute ein alter Mann, der einen kleinen Sohn hat und ein weiteres Kind erwartet. Ein Mann in meinem Alter hat normalerweise in dieser Gegend eine ganze Heerschar Enkelkinder um sich. Meine Frau Kamaru könnte meine Tochter sein. Ich habe sie vor Jahren als Schülerin in der Dorfschule unterrichtet. Sie hatte es nicht leicht. Nicht in der Familie und nicht bei den anderen Mädchen im Dorf. Ich kannte als Kind klare

Grenzen: Du bist nie dabei, denn du giltst als ausgeschlossen! Kamaru kann nicht sprechen, das war seltsam und sie wurde geschnitten, aber sie war nie richtig draußen. Ich glaube, das war für sie noch viel schlimmer.

Die Dorfältesten haben mir den Wunsch nach einer Ehe mit einer Frau lange Zeit verwehrt. Sie fürchteten, dass die Krankheit dann auch auf meine Frau und die Kinder übertragen werden könnte. Nicht im Sinne der Biologie, wie Sie das sehen, Nikolas, im Sinne der Geister und Ahnen! Irgendwann hieß es dann, ich könnte Kamaru heiraten. Wenn, dann nur das schweigende Weib, das stumm und zu nichts nutze ist. Sie tat mir leid, weil Kamaru eine sehr liebevolle Person ist. Ich tat ihr wohl auch leid. Wir erkannten sofort, dass wir zwei am Rande standen, die zwei, die keinen anderen kriegen würden. Wir haben uns arrangiert und für Yaro sind wir immer da. Auch wenn es eigentlich Frauensache ist, sich um Kindererziehung zu kümmern. Als Dorflehrer habe ich da einen etwas anderen Blick, zumal ich auf der Missionsstation gelernt habe, dass es auf viel mehr ankommt als nur auf Gehorsam und das Nachplappern von auswendig gelernten Sätzen."

Nikolas nickte. „Das kann ich sehr gut verstehen. Du hast einen europäischen Blick auf die Sache bekommen, als sie dich auf der Missionsstation nach ihren Vorstellungen erzogen haben." Adili stimmte zu.

„Aber das ist ja nicht in allen Belangen nur schlecht. Eure Werte sind doch nicht falsch oder verwerflich. Sie sind manchmal anders und von grober Nüchternheit geprägt. Euch fehlt in vielen Dingen die Lebensfreude und Lockerheit, die uns Afrikaner prägt. Aber euer Fleiß und eure Disziplin haben uns gezeigt, zu was man es bringen kann. Da können wir nacheifern ohne dass wir gänzlich mit all unseren Traditionen brechen müssten."

Julia und Kamaru kehrten aus dem Inneren des Hauses zurück. Beide lächelten und es hatte den Anschein gehabt, als hätten sich beide auch ohne Worte prächtig verstanden. Julia sprach schnell und viel mit Nikolas, aber auf deutsch, sodass Adili nichts von alldem verstand. Er wiederum fragte Kamaru, was sie Julia drinnen alles gezeigt hatte und sie bedeutete ihm durch Blicke, dass sie Julia gerne hatte.

Bald war es an der Zeit zu gehen und Nikolas versprach, einmal wieder zu kommen. Er lud Adili zudem nach Deutschland ein. Er wusste, dass es ein leeres Versprechen war, denn wie sollte dieser einfache Dorfschullehrer aus der tiefsten Savanne den Weg nach Europa finden? Er hatte zu diesem Zeitpunkt noch keine Vorstellung davon, dass er einige Jahre später wirklich helfen würde, die Familie Adilis zu retten.

Nikolas arbeitete noch zwei Monate in der Gegend, nicht nur am Brunnen vor dem Dorf, sondern auch in anderen Dörfern. Zweimal noch kam er zu Adili und einmal besuchte der die Baustelle mit seinen Schülern.

Der Deutsche reiste nach Arusha und in andere Städte des Landes. Tansania hatte ihn gefesselt. *Aber hauptsächlich das weite Land*, würde er jedem sagen, der ihn fragte, die große Stadt Dar Es Salaam gefiel ihm weniger gut. Aber genau dort sollte er der Liebe seines Lebens begegnen. In Dar Es Salaam lud der deutsche Botschafter zu einem Empfang ein. Nikolas hatte zusammen mit einem Mitarbeiter eine Einladung bekommen. Julia war bereits wieder in Deutschland. Sie wäre bestimmt gerne an seiner Seite gewesen. Julia fand in Tansania ebenfalls alles spannend und aufregend, aber mit einer fröhlichen Kindlichkeit, die Nikolas zuweilen fremd gewesen war. Zudem lag zwischen den beiden auch ein Altersunterschied, der es manchmal schwierig machte, dass sich beide verstanden, wenn sie über dasselbe Thema sprachen und eigentlich dasselbe meinten.

An einem Tisch entdeckte Nikolas seinen Namen auf einer Karte gedruckt. Alles funkelte golden und war ein dramatischer Kontrast zum Leben draußen auf dem Land und auf der Straße. Hier herrschten Reichtum und Wohlstand. Es war die Welt der Diplomaten und Politiker, der Reichen und Schönen. Es war nicht die Welt der Heerscharen von Viehzüchtern und Bauern, die auf offener Flamme kochten oder sich dreimal überlegten, die Kinder in die Schule zu schicken. Nikolas dachte in diesem Moment an Adili. Er wusste auch nicht, wieso er ihm just in diesem Augenblick in den Sinn kam. *Der wäre einer der wenigen, dem ich zutrauen würde, sich hier sicher zu bewegen, auch wenn er bislang niemals einen Schritt in diese Welt gesetzt hatte.* Adili hatte Nikolas beeindruckt. Seine Bildung und sein Wissen hatten ihn in der verlassenen Gegend so weit abseits jeglicher städtischer Siedlung zu etwas Besonderem gemacht. Adili hatte Verständnis für die Welt der Weißen, warb für deren Lebensstil und deren Umgang mit der Naturwissenschaft bei seinen Leuten. Aber er war dennoch auch Zeit seines Lebens ein Teil dieser Kultur gewesen und konnte sie daher den Weißen wunderbar erklären und auch für deren Vorzüge eintreten. Adili, so hatte Nikolas nach den ersten Treffen das Gefühl gehabt, bewegte sich recht sicher zwischen beiden Kulturwelten, auch wenn er nur selten Gelegenheit bekam, sich der europäisch-amerikanischen Kultur zu nähern. Wann schon verirrte sich jemand aus Europa in sein Dorf? Und Adili selbst hatte kaum die Chance, nach draußen zu kommen, nach Arusha etwa.

Nikolas und sein Kollege waren die ersten, die an ihrem Tisch Platz nahmen. Sechs Personen sollten hier sitzen. Nikolas studierte die Namenskarten. Wie zu erwarten war, kannte er niemanden. Der Botschafter hatte den Raum betreten und begann, die anwesenden Gäste zu begrüßen. Er schüttelte Nikolas lange und bedächtig die Hände. Ein älterer Herr, der die Welt gesehen hatte, aber Nikolas war sich nicht sicher, ob er sie auch wirklich kannte. „Sie leisten einen so unbezahlbar wertvollen Beitrag zum Aufbau dieses Landes", sagte er zu Nikolas und seinem Kollegen. Beide waren sich unschlüssig, ob es Phrasen waren oder ernstgemeinte Aussagen, denn dann wäre der Dank wirklich etwas wert gewesen. „Neben Ihnen sitzen ein ehemaliger hochrangiger Direktor des Außenministeriums und seine Tochter. Ich hoffe, Sie verstehen sich gut." Mit diesen Worten ließ der Botschafter wieder von Nikolas und seinem Kollegen ab und wandte sich einem anderen Tisch zu. Dort hatten sich bereits alle Gäste eingefunden. Deutsche, Amerikaner und Tansanier. Sie hatten lebhaft ein Gespräch begonnen. Endlich kamen auch noch Leute für Nikolas' Tisch. Aber es waren nicht der angekündigte Diplomat mit seiner Tochter, sondern der deutsche Leiter einer großen Firma. Er hatte eine aufgemotzte Frau im Schlepptau, die bereits aus fünf Meter Entfernung mehr Schein als Sein verriet, auffällig intensiv nach Parfum roch, viele Jahre jünger war als ihr Mann, aber dennoch zu alt für den kurzen Rock. Man schüttelte kurz Hände. Dann verschwanden beide, weil sie dem *lieben Ernst-Josef* noch *eben schnell Hallo* sagen wollten. Man kannte den Botschafter scheinbar gut.

Das Dinner hatte bereits begonnen, die Suppe war aufgetragen worden, da waren die beiden Plätze neben Nikolas immer noch frei. Ein Gespräch mit den Industriellen vermieden die beiden deutschen Entwicklungshelfer nach Kräften. Sie fanden das Unternehmerpaar irgendwie unsympathisch und die beiden zeigten auch kaum Interesse an den jungen Männern aus Deutschland. Immer wieder drehte sich die Frau um und wandte sich einer anderen Dame am Nachbartisch zu, die sie immer wieder mit *ach, liebe Marianne* ansprach.

Plötzlich tauchte neben Nikolas eine junge Frau auf. Vielleicht Ende zwanzig. Es hätte ihm fast die Sprache verschlagen. Sie war elegant, aber nichts an ihr war übertrieben. Sie trug ein langes, buntes, afrikanisches Kleid. Ihre Haare waren glatt und relativ lang und tiefschwarz. Ihr Gesicht: freundlich und von einem einnehmenden Lächeln gekennzeichnet. Sie trug einfachen Schmuck an den Armen und eine bunte Holzperlenkette um den Hals. Aber sie wirkte nicht so, als wäre dieser einfache Schmuck das einzige was sie sich leisten konnte. Vielmehr schien es als wäre diese Art Schmuck für sie ein Statement an diesem Abend. Sie stellte sich auf deutsch vor und Nikolas musste sie angesehen haben als würde er seine Muttersprache nicht mehr verstehen.

„Hi, ich bin Zuri, und wenn ihr euch jetzt wundert, warum ich deutsch spreche: mein Dad war viele Jahre lang Botschafter in Bonn." Man schüttelte die Hände. „Aber wo ist Ihr Vater?", wollte Nikolas' Kollege wissen. „Ach, der steckt sicherlich noch am Eingang fest, denn bis der es durch eine Ansammlung Menschen schafft, ist das Essen kalt." Sie lachte ein so umwerfendes Lachen, dass Nikolas schon jetzt wusste, dass er dieser Frau entweder noch an diesem Abend einen Heiratsantrag machen musste oder aber sofort das Weite suchen sollte.

Am anderen Ende des Saales, direkt neben dem Eingang, stand ein älterer Herr, etwas untersetzt mit wenigen grauen Haaren. Er wirkte lebensfroh und machte den Eindruck, als wäre er mit allen diplomatischen Wassern gewaschen. Aus den Augen sprach der Schalk eines weisen, älteren Mannes. Die eine Hand hinter dem Rücken haltend, richtete er die andere ausgestreckt einem anderen Herrn hin. Es war der deutsche Botschafter. Sie scherzten miteinander und hielten sich kurz in den Armen. Nikolas beobachtete den fröhlichen Mann kurz und fragte die Tochter dann: „Ist das Ihr Vater?"

„Also, das mit dem *Sie* lassen wir einfach bleiben. Ich bin noch keine fünfzig und ihr schaut mir auch noch nicht aus wie die Lebensweisheit in Person." Zuri griff zu einem Glas, erhob es und bot Nikolas und seinem Kollegen das *Du* an. In genau diesem Augenblick erschienen der Botschafter und Zuris Vater am Tisch. Nikolas erschrak, als er in das Gesicht des vermeintlich so netten älteren Herrn blickte. Es hatte sich augenblicklich verfinstert. Düstere Wolken im Tief der dunklen Augen. Der Schalk war entwichen. Eine tiefe, sonore Stimme brummte etwas missmutig: „Muss ich mich jetzt zu Deutschen an den Tisch setzen, die den ganzen Abend nichts anderes tun werden, als sich von meiner unerzogenen Tochter zum Weintrinken überreden zu lachen." Zuri hatte den skeptischen Blick in Nikolas' Augen entdeckt und hauchte nur ein sanftmütiges: „Paps, verschreck' die Leute nicht." Zuris Vater schien nun noch verärgerter: „Trinken die einfach ohne mich, welch Frechheit!" Er suchte sein Weinglas, ließ sich von Zuri Wein einschenken und schnappte sich mit der anderen Hand das Namensschild vor Nikolas' Teller. „Nikolas, also!" Er stieß mit Nikolas an. „Ich bin der Vater dieser jungen Dame, die sich für mich ständig fremd schämt, weil sie meint, ich würde mich eines Diplomaten unwürdig verhalten. Und wer sind Sie?"

Nikolas erklärte in zwei, drei Sätzen wer er war und was er machte. „Ein Sozialromantiker also", brummte Zuris Vater etwas abfällig. „Jetzt reicht's aber wirklich, Paps", fauchte Zuri nun etwas weniger freundlich. „Das war doch nicht böse gemeint, ich weiß sehr wohl, wie wichtig die Arbeit dieser Leute ist und vor allem meinen die es im Gegensatz zu ihren Regierungen auch wirklich ernst mit ihrer Hilfe." Noch einmal erhob er sein Glas, prostete Nikolas und seinem Kollegen zu. „Nichts für ungut, meine Herren, ich wollte Sie in keiner Weise beleidigen." Beide nickten und Nikolas fügte an: „Das hätten wir auch nicht angenommen."

„Siehst du", triumphierte Zuris Vater. „Der junge Mann hat mehr Humor als du gedacht hast."

Dann wandte er sich Nikolas erneut zu: „Passen Sie auf, junger Freund, bei Zuri wird es bald anstrengend. Sie wird sie erst mit ihrem umwerfenden Charme - den sie von ihrem Vater hat - einwickeln, sie mit ihren betörenden Augen - die sie von ihrer Mutter hat - verführen und am Ende in unendliche und theoretische Diskussionen über die Weltpolitik und den Weltschmerz stürzen und keinen Widerspruch Ihrerseits anerkennen - was sie wiederum ausschließlich von ihrer Mutter hat." Zuri war das Gespräch schon in diesem Augenblick sehr unangenehm. Aber Nikolas gefielen beide: der humorvolle Vater und diese umwerfende junge Frau, an deren Schönheit und Perfektion er sich kaum statt sehen konnte.

Und das Interesse schien von Beginn an auf Gegenseitigkeit zu beruhen. Während Nikolas' Kollege von Minute zu Minute in einem grauen Nichts zu verschwinden schien - was Nikolas insgeheim wenig störte, aber ein Bisschen leid tat - versank er tiefer und tiefer in einem Rausch aus knisterndem Interesse an der schönen Zuri. Ihr Vater hatte das Begehren wohl wahrgenommen, allerdings von der anderen Seite aus und zog sich allmählich aus dem gemeinsamen Gespräch zurück, klopfte seiner Tochter auf die Schultern und sagte etwas auf Swahili, das Nikolas nicht verstand. Zuri lachte scharf auf und entgegnete, diesmal wieder auf deutsch: „Mensch, Paps..." Um was es ging erfuhr Nikolas nicht. Zuris Vater stand auf, nickte Nikolas und seinem Kollegen freundlich zu um sich mit den Worten: „Ich muss mal alte Bekanntschaften pflegen" vom Tisch fortzustehlen.

Nachdem das Dessert - ein Walnussparfait; daran würde sich Nikolas noch in hundert Jahren erinnern - aufgegessen war, war es an der Zeit zu gehen. Er hatte in der vergangenen Stunde so viel über die junge Frau erfahren, dass sie ihm bereits wie eine alte Bekannte vorkam. Aber es war noch etwas anderes. Er spürte, dass er mehr wollte. Romantiker nannten es vielleicht Liebe auf den ersten Blick... Zuri stand auf, rutschte den Stuhl zurecht und bat Nikolas, sie noch bis zur Tür zu begleiten. „Paps möchte fahren, er hat mir gerade am Ausgang gewunken." Nikolas nickte, *gerne* konnte er nicht sagen, denn er wusste, dass der Abschied nahte. Sie ging neben ihm bis zum Ausgang und schwieg ebenso.

Vor der Residenz des Botschafters war es mittlerweile dunkel geworden. Eine angenehme Kühle legte sich um Nikolas und Zuri. Er betrachtete noch einmal von oben bis unten die perfekteste Erscheinung, die er je zu Gesicht bekam um dann fast stotternd ein *Hat mich sehr gefreut* zu hauchen. In diesem Moment trat Zuris Vater zwischen die beiden und Nikolas wusste, dass es zu spät war, nach Zuris Telefonnummer zu fragen. Er war sich sicher, dass der Spitzendiplomat nicht allzu erpicht darauf gewesen sein dürfte, dass der Sozialromantiker aus Deutschland näheres Interesse an seiner wunderhübschen Tochter hatte.

Doch er hatte sich vollkommen getäuscht. Der lustige, ältere Herr rieb sich den grauen Bart und meinte: „Also, mein Freund aus Deutschland, ich habe

Zuri selten so vergnügt gesehen auf lästigen Pflicht-
terminen, die sie mit ihrem alten Herrn Vater absolvieren muss, dass ich mich nun doch einmischen muss:
Hast du Nikolas nach seiner Telefonnummer gefragt?
Ihn zum Essen eingeladen oder ihm schon einen Heiratsantrag gemacht?"

Zuri schwieg ein wenig betreten. Der Vater
kannte seine Tochter lange und gut genug um ihr deut-
liches Interesse an dem klugen Deutschen, der so wenig von der Oberlehrerhaftigkeit anderer Europäer
hatte, sofort zu entlarven. Aber sie war sich nicht sicher, ob Paps Aktion am Ende Nikolas nicht abschre-
cken würde. Sie schwieg noch einen weiteren Moment,
zu lange, als dass es Nikolas nicht aufgefallen wäre.
Auch er wusste keinen Weg aus der Situation. Also
klärte erneut Zuris Vater. „Mein Gott, stellt ihr euch
an. Wir leben doch im 21. Jahrhundert und Dar Es Salaam ist nicht hinter dem Mond. Ich hab' lange genug
in Bonn gelebt um zu wissen, dass Männlein und
Weiblein heute nicht mehr verheiratet werden, weil
zwei Väter kurz nach der Geburt ihrer Kinder ein Versprechen abgeben. Und Nikolas, ich habe meine Tochter in Bonn so erzogen, dass sie selbstständig ist und
der Nebeneffekt - das wirst du selbst bald spüren - ist,
dass sie ein eigensinniges Ding geworden ist." Dann
wandte er sich wieder an seine Tochter. „So, mein
Herz, wir gehen jetzt und ich würde sagen, der junge

Mann kommt in zwei, drei Tagen zu uns zum Essen und ihr könnt euer Herzklopfen da weiter austesten. Wenn es dann noch immer flammt, freut es mich, wenn nicht, ist es euer Schicksal. Meine Güte, was man da mitmacht, bis sich die jungen Menschen von heute endlich trauen..."

Nikolas war verwirrt. Zuris Vater entsprach kein Bisschen dem, was er sich unter einem afrikanischen Patriarchen vorgestellt hatte. Er kannte Zuri seit ein paar Stunden. Sie hatten sich gut unterhalten, lagen auf einer Wellenlänge und ja, er hatte das Gefühl, es hatte schon auch geknistert. Aber das war alles. Dass der tansanische Diplomat ihn nun zum Essen einlud, ehrte ihn sehr, aber dass er seine Tochter bereits als seine Freundin oder gar als künftige Frau sah, das ging doch zu weit. Aber er genoss es, denn er wusste ja um sein Herzklopfen. Und wenn man am Ende nicht Widerstände im Haus der Schwiegereltern brechen musste, war das sicherlich ein großer Vorteil.

„Herzlichen Dank auch", polterte Zuri nun. „Du verschreckst aber auch jeden", sagte sie scharf an ihren Vater gerichtet. „Aber nein", rettete nun Nikolas die Situation. „Ich komme gern und ich finde es sehr nett, dass Sie so fröhlich und offen sind", wandte er sich an Zuris Vater, der ihm daraufhin die Hand reichte und nickte. Er überreichte Nikolas eine Visitenkarte und sagte: „Soll ich Sie abholen lassen? Ich nehme an, Sie haben als Entwicklungshelfer keinen Anzug dabei und vielleicht lässt Sie unser Wachpersonal dann gar nicht ein." Er schüttelte sich vor Lachen und deutete auf Nikolas Kleidung. Dem wurde erst jetzt bewusst, dass er und sein Kollege vermutlich die einzigen Männer im ganzen Saal gewesen waren, die weder einen Anzug trugen noch eine Krawatte um den Hals gebunden hatten.

„Jetzt reicht es aber", herrschte Zuri ihren Vater an, zog ihn von Nikolas weg und richtete an den einen deutlichen Gruß: „Es wäre auch mir eine sehr große Ehre und du musst keine Krawatte anziehen, du gefällst mir so, glaub ich, ohnehin viel besser."

Dann verschwanden Zuri und ihr Vater um die Ecke der Residenz und Nikolas ging wieder nach drinnen. Es galt nun, seinen Kollegen um Verzeihung zu bitten, denn diesen hatte er vollkommen außer Acht gelassen die letzten Stunden.

„Wenn der Saal in Schutt und Asche gelegen hätte, ihr hättet es nicht gemerkt, so wart ihr in euren kleinen Flirt vertieft", sagte der zu Nikolas um sofort noch nachzulegen: „Dich hat's ja mächtig erwischt, mein Lieber. Sie ist aber auch wirklich ziemlich aufregend, würde ich sagen."

143

*

Die Medizinfrau kehrte in das kleine Dorf zurück. Sie rief die Männer und Frauen zusammen und alle folgten ihr auf den Dorfplatz. Sie stellte sich auf einen Holzschemel und überragte so selbst die stehenden großen Männer noch. Ihre Hände ragten in die Höhe, zusätzlich reckte sie einen Stock - Zeichen ihrer Macht und ihres Wissens - weit in die Luft. In Adilis Augen wirkte das Gebaren doch recht bedrohlich. Kamaru und Yaro waren zu Hause geblieben. Das Kind würde nur herumhüpfen und außerdem hatte Adili Angst vor den Blicken. Er traute der Schamanin nicht.

Aber die wirkte ganz verändert. Lächelte Adili sogar an. Sprach freundlich über ihn. Etwas hatte sich verändert. Ihre ganze Haltung war sonderbar verändert. Sie sprach von heiliger Wirkung und deutete auf Adili. Seine helle Haut sei Medizin für die Welt. Alles verändert, alles neu. Galt er nicht als verflucht? Was an ihm sollte nun plötzlich heilig sein? Adili verstand die Welt nicht mehr und er hasste es, wenn er Dinge nicht begreifen konnte. Er wollte immer mit dem Verstand erfassen, was Sache ist. Diese Jahre auf der Missionsstation hatten ihn so sehr geprägt...

-X-
2006

Nikolas fror. Die Nacht war eisig kalt und das Zelt schien nicht überall dicht zu sein. Es war sein dritter Besuch in Tansania innerhalb eines Jahres. Zuri hatte Schuld daran, dass er sich noch mehr in Land und Leute vernarrt hatte. Die beiden waren inzwischen ein Paar und Zuris Vater plante eifrig an einer Hochzeit. „Sei froh, dass Paps so liberal ist und die Welt gesehen hat, viele Väter würden ihre Töchter keinem Weißen aus Europa übergeben - im Wissen, dass diese mit den Frauen alsbald nach Europa übersiedeln werden", hatte Zuri eines Abends auf der Terrasse ihrer Wohnung in Richtung Nikolas geflüstert. Das war für Nikolas die klare Aufforderung, bei Zuris Vater um ihre Hand anzuhalten, ehe er es sich anders überlegen würde oder die Liaison am Ende gar verbieten würde. „Wenn er *nein* sagen würde, würde er dich nicht in meiner Wohnung dulden, mit uns gemeinsam Essen gehen oder mir sicherlich nicht erlauben, mit dir diesen verlassen Flecken Erde da draußen zu besuchen", hatte Zuri vor seiner Abfahrt dann noch nachgeschoben.

Nikolas hatte bei seinen Besuchen bald gespürt, dass Zuri ein unbändiges Interesse daran hatte,

145

einzutauchen in das wirkliche Leben da draußen. Er spürte bei ihr einen feinen Vorwurf den Eltern gegenüber, dass sie aufgrund ihrer hohen gesellschaftlichen Stellung die Tochter eingelullt hatten in einen Kokon aus elterlicher Fürsorge und Abschottung vor den harten Realitäten. Zuri wuchs auf zwischen den Reichen und Schönen, kannte nur ein Leben mit Chauffeur, Hausdame, Koch und Nanny. Pendelte Zeit ihres Lebens zwischen Bonn, London, New York oder Paris und ihrer Heimat hin und her. Das elterliche Anwesen in Dar Es Salaam war alles nur nicht mit einer Durchschnittsunterkunft einer tansanischen Familie vergleichbar. Auch wenn Vater und Mutter Zuri und ihrem größeren Bruder immer und immer wieder einbläuten, sie lebten ein besonderes Leben und es sei alles andere als selbstverständlich, dass man den Reichtum auf dem Silbertablett präsentiert bekam, setzte sich genau dies irgendwie doch fest. So einfühlsam und aufgeschlossen die beiden Kinder auch waren, so schwer war es für sie, sich ein Leben in bitterster Armut in den Hütten vorzustellen, das die meisten ihrer Landsleute ohne viel Geld zu führen hatten.

Als sie mit dem Vater, dem Außenminister und dem Außenminister aus Südkorea einmal ein Massai-Dorf besuchte, da war sie gerade vierzehn Jahre alt, erschien es ihr ebenso fremd wie einem Touristen aus Europa. Denn hatte sie nicht eben noch ein Referat über das Leben der Massai an der Internatinalen Schule in Bonn gehalten? Da hatten alle Mitschüler gedacht, Zuri spreche über *ihre* Heimat. Das tat sie sicherlich, aber sie sprach nicht über *ihr* Leben in *ihrer* Heimat. Dieser Unterschied war unüberbrückbar groß.

Nach der Rückkehr des Vaters aus dem Ausland musste sie erst lernen, dass die hohe Stellung sie auch angreifbar machte. Neider und Menschen, die ihre Missgunst zur Schau stellten, die gab es hier wie da. Aber es gab nun viel mehr Menschen, die einen Bogen um Zuri machten, aus Angst, sie würde nichts mit den Armen und Einfachen zu tun haben wollen. Auf diese Isolation hatte Zuri niemand vorbereitet.

In der Zwischenzeit war Zuris Mutter gestorben. Man hatte die damals achtzehn Jahre alte junge Frau zu lange über den wahren Gesundheitszustand der Mutter im Unklaren gelassen. Sie machte ihrem Vater einige Zeit Vorwürfe deswegen. Als die Mutter eines Tages nach London flog, begleitet von ihrem Mann, der seine Sorgenfalten kaum verbergen konnte, ahnte Zuri nicht, dass es kein Urlaub war, sondern der letzte Versuch, Heilung zu erlangen. Zuris *Paps* kehrte voller Kummer und Trauer einige Wochen später alleine zurück und fand Tochter und Sohn voller Wut. Zuris Bruder hat dem Vater nie wirklich ganz verziehen, war zu diesem Zeitpunkt auch bereits Mitte zwanzig, hatte das Studium in Manchester unterbrochen um seinen Militärdienst zu absolvieren. „Spät, aber noch nicht zu spät", wie der Vater damals schelmisch polterte. Zuris Bruder war sich nicht sicher, ob er bleiben wollte. Er wurde nicht mehr heimisch in Tansania nach all den Jahren im Ausland. Er liebte heimlich eine Frau aus England. Sie war nichts von dem, was sich der Vater vorgestellt hatte. Es war die Friseurin des jungen Diplomatensohnes. Und so blieb die Liebe heimlich bis zu dem Tag an dem Zuris Vater den einzigen großen Fehler seines Lebens machte - wie er selbst immer zu sagen pflegte. Er streifte seinen liberalen Umhang ab, vergaß die gelebte Offenheit aus Europa und erklärte dem Sohn dessen erdachte Zukunft. Heirat mit der Tochter eines reichen Industriellen („Du kennst Mr Boko schon lange und seine Tochter ist eine gute Partie für dich")... Übernahme eines wichtigen Postens in Bokos Firma nach dem Studium und so weiter und so fort. Da platzte Zuris Bruder der Kragen und er schrie den Vater an; etwas, das es in Tansania zwischen Vater und Sohn in dieser Form nicht geben durfte, schon gleich nicht, wenn der Vater eine Persönlichkeit war, die in der Öffentlichkeit stand.

Zuri erinnerte sich gut an den Tag, als der Fahrer den Bruder zum Flughafen brachte. Das Studium werde er abschließen und dann weitersehen. Es herrschte Eiszeit zwischen Vater und Sohn. Zuri wusste von Lisa, der Friseurin, die sie nur liebevoll *deine Haarstylistin* nannte und sagte dem Vater noch am selben Abend, als dieser lustlos sein Abendessen durchpflügte, dass sie nicht denke, der Bruder werde zurückkommen. „Honey", meinte der Vater leise, heiser und traurig, „ich habe deine Mutter an diese verdammte Krankheit verloren und nun meinen Sohn für meine Sturheit geopfert."

Es kostete Zuri einige Mühe, den Bruder zu überreden, Lisa nach Tansania einzuladen. Da waren sie heimlich schon drei Monate verheiratet. Lisa hatte Angst und er wollte dem Vater auch nicht unter die Augen treten. Sorge vor dessen Reaktion - aber das machte es nur noch schlimmer. Wieder vermittelte Zuri, ließ Eis schmelzen und Herzen brechen. Es endete damit, dass Lisa und Zuris Vater sich bestens verstanden und er immer wieder betonte, dass *Hairstylistinnen* eigentlich ja einen ganz wichtigen Beruf hatten. Zuris Bruder arbeitete in der Zwischenzeit als Prokurist in einer Firma in Preston, in der Nähe von Manchester, hatte zwei kleine Töchter und würde nicht mehr nach Hause zurückkommen. Und nun, das war für den analysierenden Diplomaten klar, war es an der Zeit, auch die Tochter zu *verlieren* und zwar an einen deutschen Entwicklungshelfer. Er betrachtete es aber mittlerweile als eine Art Wink des Schicksals, dass er im Alter alleine in Dar Es Salaam bleiben würde. Und so ganz alleine war er ja nicht. Da gab es diese um einige Jahre jüngere Witwe eines Bankiers, die hin und wieder auftauchte, um mit dem ehemaligen Diplomaten einen Scotch zu trinken, ihn zum Essen zu begleiten oder zu einem Sportevent. Zuri war das alles nicht entgangen und anfangs betrachtete sie die Lady mit einiger Skepsis. Sie war jünger, aufgedreht und irgendwie flippig. Zuri kannte sie nicht gut, befürchtete, jemand würde die gesellschaftliche Stellung des Vaters ausnutzen wollen. Aber rasch - die gute Seele des Hauses, die Köchin und Putzfee in einem war, kannte sich aus - war Aufklärung in die Sache gebracht. Lady Zizu war steinreich und sicherlich weder auf Reputation noch auf Geld aus. Vielleicht war es wirklich nur eine Romanze und vielleicht war sie einfach dem Charme von Zuris Vater erlegen. Zuri jedenfalls war zufrieden, dass *Paps* noch einen zweiten Frühling erfahren durfte.

In dieser Nacht lagen zwischen Zuri und ihrem Nikolas viele hundert Kilometer Entfernung, zudem trennte die beiden in dieser sternenklaren Nacht die Kälte und der Komfort. Zuri schlief in ihrem vornehmen Daunenbett in ihrer Wohnung, während Nikolas weit draußen in der Grassavanne in einem Zelt schlotterte. Aber er wusste, sie würde am nächsten Tag kommen, ihn besuchen und seine Arbeit kennenlernen.

Zwei Tage wollte sie mit ihm in einem Zelt verbringen und die Menschen in den Dörfern besuchen. Nikolas wollte unbedingt noch in die kleine Siedlung weit draußen fahren, wo die Familie lebte, die ihn zum Essen eingeladen hatte. Nikolas und Julia hatten das ungleiche Paar als sehr nett empfunden. Er: älter und sehr gebildet; sie: jung, viel zu jung für den Mann und stumm, schweigend, innehaltend. Aber nicht ohne die Ausstrahlung einer intelligenten Frau, wie Julia es empfunden hatte.

In der Zwischenzeit musste die Frau entbunden haben und ihr zweites Kind auf der Welt sein. Nikolas wollte sehen, ob der Brunnen funktionierte und wünschte sich einen Besuch bei genau diesen Leuten. Er war sich aber nicht sicher, wie Zuri damit umgehen würde.

Sie war noch nie mit derart einfachen Verhältnissen konfrontiert worden. Tansania war ihre Heimat, aber sie hatte zu lange im Ausland gelebt, bewegte sich ausschließlich in anderen Kreisen. Es war völlig normal, dass es für sie eine riesige Umstellung sein würde, in einem eisigen Zelt zu schlafen, auf dem harten Boden der Savanne. Aber Nikolas wusste, dass Zuri nicht das Prinzesschen markieren würde, das sich über kaltes Wasser echauffiert oder rasch klagt, weil der Boden den Rücken schmerzen lässt.

Am nächsten Morgen fuhr Nikolas mit dem klapprigen Wagen der Hilfsorganisation zum Flughafen nach Arusha. Nicht zum großen *Kilimanjaro Airport*, wo die Touristen anlanden, die von weit her kommen um den Kibu zu besteigen oder die Artenvielfalt der Serengeti zu bewundern. Er fuhr zum kleinen Stadtflughafen. Dort sollte der Flieger aus Dar Es Salaam gegen Mittag eintreffen. Es war eine kleine Maschine, die wenig vertrauenserweckend aussah, als sie holprig über die Piste schepperte. Aber der Flug war überstanden und nachdem die Tür des Propellerflugzeugs aufgedrückt worden war, spuckte der Flieger eine Handvoll Passagiere aus. Darunter auch die für Nikolas schönste Frau des ganzen Landes: seine Zuri.

Er wollte ihr entgegenrennen, aber ein Zaun trennte ihn vom Flughafengelände und so blieb er geduldig vor dem kleinen Gebäude stehen und wartete auf seine Freundin.

Bald schon schritt Zuri durch das kleine Tor des Flughafens. Auch wenn sie einen Tick schneller wurde, um auf ihren Nikolas zuzulaufen, sie wirkte in all ihren Bewegungen immer stolz und elegant. Nikolas' Herz hüpfte vor Freude. Nach einigen Schritten lagen sie sich in den Armen und beide spürten in diesem kurzen Augenblick, dass alles richtig war. Er würde diese wunderbare junge Frau heiraten, wollten seine

Eltern ihn auch noch so sehr auf die Gefahren hinweisen. Die Kultur. Die Distanz. Die gesellschaftliche Stellung in Tansania. Die Verständigung. Und sein Herz entgegnete nur: Die Liebe! Es mutete fast seltsam an, dass der Widerstand des tansanischen Spitzendiplomaten geringer war, seine Tochter an einen deutschen Entwicklungshelfer zu verlieren, als der der deutschen Eltern, die ihren Sohn in sein vermeintliches Unglück rennen sahen.

All dies zählte hier in Arusha nicht. Es pfiff ein warmer Wind, zerzauste das Haar des jungen Paares. Menschen grüßten einander. Fremde schüttelten Hände, Gepäck wurde verladen und auch Zuris Tasche fand ihren Platz auf der Ladefläche des Pritschenwagens der Hilfsorganisation. Noch einmal blieben die beiden stehen, bevor die Fahrt losging, Nikolas blickte Zuri tief in die Augen. „Du willst das wirklich?", fragte er. Sie nickte. „Zweifelst du?" Er schüttelte den Kopf und schob doch noch nach: „Kein heißes Wasser, du weißt?" Sie nickte erneut. „Keine Toilette wie wir sie kennen und eine Schlafstätte auf Sandboden." Zuri lächelte ihr bezauberndes Unschuldiges-Mädchen-Lächeln, das aber so ganz und gar nicht naiv daherkam. „Du wirst mir zeigen, wie meine Landsleute da draußen leben. Du wirst mich in der Nacht mit einer Decke wärmen und wenn es keine Decke gibt, die mich wärmt, setze ich mich ans Lagerfeuer - du kannst doch eines entzünden?" Nun lachten beide. „Der ganze Busch wird brennen", prustete Nikolas, quetschte den Gang ins Getriebe und ließ den Pritschenwagen laut aufdröhnen. Dann holperten sie in Richtung Serengeti.

Am Abend saßen beide tatsächlich zusammen mit Nikolas' Kollegen vor einem Lagerfeuer und genossen den stillen Blick in einen unendlich weiten Sternenhimmel. Zwischen den beiden bedurfte es keiner Worte. Zuri und Nikolas begriffen ihre Welt schweigend. Ein Blick in die Tiefe der Seele des anderen reichte um dessen Wahrnehmungen und Gefühle zu ergründen. Und in diesem Augenblick war es die Zufriedenheit und die unheimliche Vorfreude auf die gemeinsame Zukunft, die das Paar umgab.

Der nächste Tag war stürmisch. Schon in der Nacht hatte sich das Unwetter angekündigt. Die kleine Zeltkolonie vor dem Dorf war mächtig herum geschüttelt worden. Zuri hatte kaum Schlaf gefunden in ihrem kleinen Zelt. Immer wieder hatte sie damit gerechnet, dass die Plane sogleich aus der Verankerung gerissen würde und sich mit dem Wind aufmachen und in den Nachthimmel verschwinden würde.

Nun stand sie müde und mit zerzaustem Haar vor dem Zelt und lächelte feinfühlig. „Ich hatte etwas

Angst", gestand sie Nikolas' Kollegen, der bereits wach war und Tee gekocht hatte. In Nikolas Zelt rührte sich noch nichts. „Das ist hier draußen so. Wenn das Wetter umschlägt, dann richtig." Zuri blickte in den Himmel. Dort türmten sich tiefgraue und mächtige Gewitterwolken auf. Aber es hatte die Nacht über nur gestürmt, es waren keine Tropfen gefallen und sie hatte nicht einen Donnerhall vernommen. Kurz überlegte sie, was man den ganzen Tag über tun konnte, wenn es hier regnete. Nikolas' Kollege schien Zuris Gedanken erkannt zu haben und meinte: „Es sieht aber nicht danach aus, als würde es jetzt noch viel regnen." Beide schlürften ihren Tee und nickten sich zu. „Das ist gut", sagte Zuri und warf einen fragenden Blick auf Nikolas' Zelt. „Der hat in den letzten Tagen so schlecht geschlafen, weil er so aufgeregt war, dass du endlich hier rauskommst, dass er jetzt wohl Nachholbedarf hat." Beide lachten und von diesem Lachen wurde Nikolas geweckt, zupfte am Reißverschluss der Zeltplane und baumelte dann ins Freie.

Frierend nahm Nikolas seine Tasse Tee in die Hand um sich etwas zu wärmen. „Das ist eine andere Nummer als mein Wolkenkuckucksheim in Dar Es Salaam", gab Zuri zu und schmiegte sich nahe an ihren Freund.

Nach einem spärlichen Frühstück machten sie sich auf den Weg zum Brunnen vor dem Dorf. Es war eine einfache Wasserstelle. Aber sie entsprach den Hygienevorstellungen der Zeit. Nichts konnte von oben in den Brunnen geworfen werden. Niemand war in der Lage durch was auch immer das Trinkwasser zu verunreinigen. Für Zuri eine Selbstverständlichkeit: Man drehe einen Wasserhahn auf und es fließe Wasser. Und auch für Nikolas seit frühester Kindheit ein Gesetz der Moderne... Und für den Fall, dass das Wasser ausblieb, gab es Klempner, die sich um das Problem kümmerten.

Fröhlich plätscherte das Wasser aus dem Hahn. Es spritzte ein wenig durch das Sonnenlicht, das sich nun immer häufiger einen Weg durch die dicken Wolkentürme bahnte. Kinder sprangen umher und tranken von dem eisigen Wasser. „Es ist ihre Lebensversicherung", sagte Nikolas' Kollege zu Zuri. „Aber die Menschen leben in dieser Siedlung doch schon viele Jahrhunderte und sie haben auch ohne den Brunnen überlebt." Nikolas nickte. „Das ist richtig, aber wir helfen so, Krankheiten zu bekämpfen. Und wir machen es den Frauen leichter, die bis letztes Jahr noch einen weiten Weg auf sich nehmen mussten, um vor dem Dorf, da draußen..." - und dabei deutete Nikolas hinter einen Hügel aus Sand und Busch - „an einer offenen Wasserstelle Wasser zu holen. Dort haben sie dann auch ihre Kleidung gewaschen und sind baden gegangen." Zuri nickte. „Also es geht nicht ums Überleben, sondern um eine Verbesserung ihres Lebensstandardas", lächelte Zuri freundlich. Nikolas nickte. Die Beharrlichkeit, mit der sie die Sachen betrachtete, gefiel ihm, auch wenn es in diesem Fall fast kleinlich wirkte, sich am Begriff *Lebensversicherung* festzubeißen.

Um die zwei Deutschen und die hübsche Frau hatten sich ein paar Kinder versammelt, die aufgeregt umhersprangen. Weiße, *mzungu*, traf man hier draußen selten. Yaro hatte den Weißen sofort wiedererkannt und rannte aufgeregt nach Hause.

„Papa, der *mzungu* ist wieder da, der Weiße, der den Brunnen gebaut hat!" Adili saß vor dem Haus auf einem klapprigen Stuhl und hörte Radio. Einen Fernseher, den hätte er gerne gehabt. Dann könnte er die Nachrichten nicht nur hören, sondern auch Bilder dazu sehen. Aber es war viel zu teuer, sich einen Fernseher zu kaufen. Es gab nur einen einzigen im ganzen Dorf. Der hing unter der Veranda von Onkel Mananis Geschäft. Onkel Manani war ein älterer Mann, der Kekse, Cola und allerlei andere Dinge verkaufte und unter anderem einen Fernseher hatte. Dorthin kamen die Männer nachmittags und abends und starrten wie gebannt auf die Flimmerkiste. Die Frauen schimpften sie dann, weil die hellhäutigen Bohnenstangen aus

Amerika ihren Männern die Köpfe verdrehten. „Die sollen erst einmal mit einem Kanister Wasser auf dem Kopf so gerade gehen lernen wie wir", hatte eine ältere Frau geschimpft als sie ihren Mann auf der Veranda bei Onkel Manani entdeckt hatte. Er sah sich zusammen mit den anderen einen Spielfilm aus Hollywood an, der in schlechter Bildqualität und unverständlicher Sprache über den Kasten flimmerte.

„Papa, Papa, der Weiße ist wieder da!", rief Yaro noch einmal. Adili hob langsam den Kopf. Er hatte die Nacht über schlecht geschlafen. Der Gewittersturm ließ ihn nicht zur Ruhe kommen. Das kleine Baby, seine Tochter Therese, hatte die ganze Nacht über gewimmert. Adili fühlte sich zu alt um bei ihrem Bett zu wachen. Es war Aufgabe der Mutter. Auch Kamaru hatte so kaum Schlaf gefunden.

Therese war ein Zaubermensch, wie Adili selbst. Als sie auf die Welt kam, war die Schamanin zugegen. Ihre Einstellung gegenüber Adili hatte sich seit dem Treffen der Medizinmänner und -frauen gewandelt. Nun glaubte sie auf einmal, dass von den Zaubermenschen eine heilende Wirkung ausging, dass sie eine magische Kraft hätten, die Kummer und Sorgen, aber auch Krankheit und Unheil vertreiben könnten. Als Kamaru fast am Ende ihrer Kräfte das junge Mädchen auf die Welt brachte, sah sie leer und müde die rötlichen Augen eines kleinen Mädchens, das kaum sechs Pfund zu wiegen schien und viel zu früh das Licht der Welt erblickt hatte. „Sie ist ein Zaubermensch wie du, Adili", sagte die Schamanin und wickelte das Mädchen in einige Tücher. Adili sah in Kamarus Augen. Sie waren leer und tot. Er hatte ihr immer versprochen, dass seine Krankheit, dass sein Anderssein nicht bedeutete, dass auch die Kinder anders waren. Und Yaro war auch ein normaler Junge. Er war der Sohn des Zaubermenschen, aber er war nicht hellhäutig und hatte keine roten Augen. Aber nun gebar Kamaru ein kleines, schwaches Mädchen, das zart und zerbrechlich in der Decke lag, sich aber ungewöhnlich kraftvoll die Lungen frei schrie. Und dieses Mädchen war weiß. „Ein Zaubermensch", hörte Adili die Medizinfrau noch einmal wiederholen, diesmal an die anderen Frauen gerichtet, die ringsherum standen um die Geburt zu bewachen und zu helfen. Wenn die Stumme und der Zaubermensch ihr zweites Kind bekamen, dann war es etwas Besonderes. Und nachdem der Zauber des Bösen nun auf einmal von Adili gewichen war, trauten sich auf wieder mehrere Leute zu ihnen. Adili war der Lehrer im Dorf und seitdem ein geachteter Mann. Aber zu dieser Zeit wurde er auch nicht mehr gemieden wie früher.

Ihm selbst aber schwanden die Kräfte. Es zehrte an seiner Kondition, morgens früh aufzustehen und in die Schule zu gehen, sich den Tag über seinen Schülern zu widmen und abends hinter dem Haus noch etwas Feldarbeit zu verrichten oder die Ziegen zu hüten. Sein kleiner Sohn Yaro war noch zu klein, die Familie zu beschützen. Er war erst sechs. Und nun hatte er eine kleine Schwester und Adili ein zweites Kind, eine Tochter. Er blickte ihr in die Augen und sagte: „Du erinnerst mich an Therese, meine erste weiße Freundin, die ich hatte, damals in meiner Kindheit und Jugend." Kamaru blickte ihn fragend an. „Ich möchte sie Therese nennen", entschied er. Kamaru war nicht begeistert und auch die Schamanin wollte einen anderen Namen, keinen Namen von den Weißen. Aber Adili setzte sich durch. Das kleine, zerbrechliche Wesen mit der starken Stimme hieß Therese und erinnerte Adili fortan immer wieder an die 1960er Jahre auf der Missionsstation. Er hoffte, dass seine Therese ebenso schlau und gewitzt würde, wie es die Tochter des Missionars Pete Williams gewesen war. Adili dachte an das Steingrab auf dem Hügel hinter der Missionsstation. Er rief sich die Sonnentage dort ins Gedächtnis zurück. Hörte die Gesänge der Kinder und Schwestern in der Kirche, lag in Gedanken noch einmal auf der Pritsche in der Krankenstation bei Doktor McAllister als er sich beim Spielen in der Freizeit auf einem Baum den Fuß blutig gerissen hatte. Adili erinnerte sich an das Klappern der Emaille-Schüsseln im Speisesaal, an die Gespräche mit seinem

Ziehvater Pete Williams. Und an die traurigen Stunden an Therese Krankenbett, wo er dem einst so lustigen Mädchen das Essen weg futterte. Sie war ein halbes Menschenleben lang schon tot. Er war ein Junge gewesen damals. Und nun spürte er, dass er alt wurde. Aber er brauchte noch Kraft, um seiner Frau beizustehen, die Kinder groß zu ziehen. Yaro würde bald soweit sein, die Rolle des Familienoberhaupts zu übernehmen. Er träumte heute schon von einem Motorrad, mit dem er durch den Busch heizen konnte. Yaro würde sein Nachfolger werden, vielleicht auch irgendwann als Lehrer in der Schule arbeiten können.

„Papa, der Weiße ist gleich bei unserem Haus", rief Yaro erneut, als er vor dem Hof neugierig die Gasse entlang lugte.

Adili stand auf und merkte, dass es an der Zeit war, sich beim Gehen auf einen Stock zu stützen. Bald schon erkannte er den deutschen Ingenieur. Er war in Begleitung einer schönen Frau. Sie war von besonderer Anmut und Adili fühlte sich fast ein wenig schäbig in diesem Moment. Nikolas lächelte. „Du erinnerst dich an mich?", fragte er den Dorflehrer. Der lächelte ebenfalls und reichte dem Deutschen freundlich die Hand. „Natürlich, Nikolas!", sagte er.

„Das ist Zuri, meine Freundin."

„Sehr erfreut", meinte Adili auf Englisch.

161

Zuri lächelte den älteren Mann freundlich an. Dann sprach sie Swahili mit ihm. „Mein Freund, wir können uns auf Swahili unterhalten. Ich stamme aus Dar Es. Es freut mich, dass Nikolas und ich heute hier sein können um euer Dorf zu besuchen. Nikolas hat bei euch einen Brunnen gegraben und möchte mir das zeigen."

Yaro schlich die ganze Zeit aufgeregt herum. Er war sich sicher, dass Nikolas ein Geschenk für ihn dabeihaben würde und grinste daher verschmitzt. Adili befahl ihm, ins Haus zu gehen und Mama Kamaru zu holen.

„Ist dein zweites Kind mittlerweile auf der Welt?", wollte Nikolas von Adili wissen. Der nickte, sah dabei aber betrübt aus. „Therese ist ein fröhliches, kleines Mädchen, das schnell wächst, aber..." Da hielt er inne, machte eine kurze Pause und überlegte, wie er weiter sprechen sollte. Er wechselte die Sprache und wandte sich an Zuri.

„Sieh mich an, ich bin weiß und habe diese roten Augen. Mein Leben lang habe ich deswegen gekämpft. Ich war ein Verachteter. Man hat Mama Amali und mich einst vor die Dorfgrenze verbannt. Eigentlich sollte ich gar nicht am Leben bleiben dürfen.

Dann haben mich die Engländer geholt. Und ich danke Gott dafür, dass ich bei ihnen auf der Mission das Lesen und Schreiben lernen durfte. Herrliche Jahre, das sage ich dir, Zuri." Sie lächelte ihn an und versprühte alleine durch dieses Lächeln die größte Zuversicht, die ein völlig Fremder mit einem einzigen Strahlen im Gesicht verbreiten kann. „Und dann?", hakte sie nach.

„Dann kehrte ich zurück, Papa Hatari hatte mich in der Zwischenzeit als Sohn anerkannt, machte mich zum Dorflehrer und das bin ich bis heute. Aber, Zuri, meine Kräfte schwinden und ich weiß nicht, wie lange ich das noch machen kann."

Nikolas zupfte an Zuris Kleid und wollte wissen, was sie sprachen. Sie übersetzte schnell und sanftmütig ins Deutsche. Dann bat sie Adili fortzufahren.

„Meine Tochter ist nun mit dem gleichen Schicksal belastet wie ich. Sie hat weiße Haut und diese Probleme mit den Augen."

Zuri nickte und sagte etwas kaum Verständliches, übersetzte Nikolas, der sich selbst nur *Ach du Scheiße* sagen hörte, was Zuri besser nicht übersetzte.

„Wie geht man damit hier draußen mittlerweile um?", wollte sie von Adili wissen. In diesem Moment kam Kamaru aus dem Haus. Sie lächelte ebenfalls. Therese trug sie in einem Tuch auf den Rücken. Langsam ging sie auf Nikolas zu, gab ihm die Hand und grüßte dann mit einem schweigenden Lächeln auch Zuri. „Kamaru spricht nicht", sagte Adili zu Zuri um die Stille zu erklären. Nikolas' Freundin verstand. „Ich freue mich, euch beide kennenzulernen", sagte sie entwaffnend. In Kamarus Blick aber erkannte man die Verwunderung darüber, dass Nikolas nicht mit seiner Kollegin Julia erschienen war, sondern einer wunderschönen schwarzen Frau.

„Möchtest du Zuri zeigen, wie wir hier leben. Sie kommt aus Dar Es Salaam. Ich denke, sie kennt das Landleben nicht."

Zuri nickte eifrig den Kopf. „Sehr gern!", sagte sie. „Das würde mich wahnsinnig interessieren." Sie empfand Adili als einen sehr klugen Mann. „Aber deine Geschichte muss ich noch schnell hören", bat sie ihn, fortzufahren.

„Gibt nicht mehr viel zu berichten. Sie nannten mich den *Zaubermenschen* und die Schamanin verbreitete die Geschichte, dass ich von den Ahnen aus dem Reich der Geister beeinflusst würde und Unheil über die Dorfgemeinschaft bringen würde."

Zuris Gesicht versteinerte sich für einen kurzen Moment. Sie wusste nicht, ob sie lachen durfte oder ob sie weinen sollte. „Heute noch?"

„Heute nicht mehr", fügte Adili an.

„Aber viel hat sich nicht geändert. Seit ein paar Jahren wird im Dorf behauptet, wir Zaubermenschen wären heilig und könnten Krankheiten heilen. Ich habe immer wieder Angst vor der Schamanin", sagte Adili und zuckte mit der Schulter. „Ich war ein Todgeweihter, ein Unheilsbringer und heute behandelt mich die Medizinfrau ab und an wie einen Heilsbringer aus dem man Medizin machen kann."

Zuri verstand. Sie hatte noch nicht viel über das Albinismusproblem in ihrem Land gelesen, aber einmal während einer Reise nach Deutschland eine Reportage im Fernsehen gesehen. In keinem Land der Erde gab es mehr weiße Schwarze wie in Tansania. Keiner wusste so recht, warum das so war. Und sie hatten es oft nicht leicht. Man sah in ihnen Wesen aus der Geisterwelt, Hassobjekte oder Heilige. Es variierte je Stammesherkunft und Bildungsstand. Die Massai, die keinen Ahnenkult kannten, sahen in den Albinos immerhin keine Boten aus der Welt der Geister.

Kamaru strich Zuri sanft über den Arm und winkte. „Wenn es Schwierigkeiten gibt, holt mich", sagte Adili sanftmütig. „Wir Frauen verstehen uns, auch wenn wir nicht miteinander sprechen können", lachte Zuri und Kamaru nickte heftig. Die beiden hätten unterschiedlicher nicht sein können, auch wenn sie vom Alter her nicht viel trennte. Zuri, die Diplomatentochter, die die halbe Welt kannte und Kamaru, die Verschlossene aus dem kleinen Dorf, deren Lebensradius nicht einmal bis Karatu reichte... Zuri, das perfekte Wesen, deren Schönheit und Anmut Männerherzen öffnete und Blicke auf sich zog, die sie spielerisch absorbierte und ihr Herz an den Deutschen verschenkte. Kamaru, die Übriggebliebene, die man aufgrund ihres Makels mit dem alten Mann - ebenfalls mit einem Makel - verheiratete um beiden nicht ein immerwährendes Dasein ohne Familie zu bescheren... Sie standen nun im Vorhof des Hauses auf einem staubigen Platz und bestaunten Gemüsepflanzen.

Zuri ließ Kamaru vorweg gehen. Neugierig bestaunte die Frau aus besseren Kreisen, die Zeit ihres Lebens Köchin und Haushälterin gehabt hatte, wie einfach man hier lebte. Und sie spürte eine große Herzlichkeit. Diese Herzlichkeit öffnete Tür und Tor. Bald schon kicherte Zuri, sie tauschten sich aus - so gut das eben zwischen Zuri und Kamaru ging. Aber es ging erstaunlich gut.

Adili hatte sich mit Nikolas wieder vor die Hausmauer gesetzt. Yaro war immer noch in der Nähe geblieben, voller Hoffnung auf ein kleines Geschenk.

Dann endlich rief Nikolas nach dem Jungen. Er griff in seine Tasche und zog eine Tüte Gummibärchen hervor. „Aber teile sie mit deinen Freunden."

Adili fügte noch an: „Geh' damit auf den Dorfplatz und gib deinen Freunden auch welche. Und wenn Erwachsene kommen und sie dir wegnehmen wollen, sage, dass sie von einem Weißen sind, der sehr böse wird."

Nikolas hatte von dem nichts verstanden. Er hatte nur die Strenge in Adilis Augen erkannt und fragte auf Englisch nach, ob alles in Ordnung sei. „Manche Erwachsene nehmen den Kindern die Süßigkeiten weg, sagen sie wären nicht gut für sie und essen sie selbst oder verkaufen sie dann an den Händler im Dorfladen. Und der verkauft die Bonbons dann nichtsahnend wieder zurück an die enttäuschten Kinder."

„Das ist nicht nett", meinte Nikolas.

„Ich habe Yaro gesagt, dass er jedem sagen soll, dass der weiße Mann sehr böse wird, wenn man Yaro und den Kindern das Geschenk wieder abnimmt." Jetzt mussten Nikolas und Adili schmunzeln.

„Wie geht es dir?", wollte Nikolas wissen, als wäre man schon ewig gut befreundet. Adili hätte fast sein Vater sein können und sie hatten sich ja auch nur zwei-, dreimal zuvor gesehen. Aber in dieser gottverlassenen Gegend Tansanias bedeuteten Begegnungen viel und man merkte sich Menschen leichter, weil man nur auf wenige traf. Da war es für Adili selbstverständlich auch nach einer einzigen Einladung und einem Treffen in der Schule den weißen Mann aus Deutschland als seinen guten Freund zu sehen. Und für Nikolas war die Familie des weißen Dorflehrers auch etwas Besonderes. Und als er zudem beobachtete, wie gut sich seine Zuri mit Kamaru verstand, wie herzlich ihr Umgang mit der kleinen Therese war, da musste er diese Menschen einfach mögen. Denn nichts machte ihn glücklicher als eine fröhliche und zufriedene Zuri.

„Ich werde alt und spüre, dass meine Kräfte schwinden. Noch schaffe ich es regelmäßig in die Schule um dort die Kinder zu unterrichten. Aber ich weiß nicht, wie lange das noch geht. Für die Arbeit auf unserem kleinen Feld hinter dem Haus muss schon heute Yaro häufig genug herhalten."

Nikolas nickte. Der Begriff Kinderarbeit hatte hier eine tiefere, andere Bedeutung. „Ich will mein Kind auf eine gute Schule schicken, zu ausgebildeten Lehrern in die Stadt. Aber dazu reicht mein Geld nicht. Ich verdiene als Dorflehrer soviel, dass ich überleben und ein paar Schillinge auf die Seite legen kann um ab und an neue Kleidung zu kaufen oder am Haus etwas zu reparieren."

-XI-
2007

Sie wollten Kontakt halten, hatte Nikolas versprochen. Aber wie sollte das gehen? Adili hatte kein Telefon und die Post verirrte sich nicht in diese Gegend Tansanias. Irgendwie ging es dann doch. Denn eines Tages schepperte der vollbeladene Lastwagen aus Karatu nicht sofort zum kleinen Dorfladen, sondern er machte vor der kleinen Schule Halt.

„Adili, den Lehrer, suche ich", rief der Fahrer aus dem Führerhaus heraus. Die Schüler liefen alle aufgeregt nach draußen und wollten sehen, was da los war. Eine kleine Staubwolke war aufgewirbelt worden als der Lastwagen gebremst hatte. „Das bin ich", sagte Adili und bahnte sich einen Weg durch seine Schüler. Sein Gang war schwerfällig geworden. Die Schmerzen zogen von der Hüfte abwärts ins Bein. Seinen Unterricht konnte Adili selten lange im Stehen erteilen. Oft stand er auf einen Stock gestützt im Raum. Zudem wurden die Augen schwach. Wenn er an der Tafel stand und dort etwas schrieb, merkte er, wie sehr es ihn anstrengte, sich auf die Buchstaben zu konzentrieren. Er war alt, aber noch nicht so alt wie die Dorfältesten. In ruhigen Minuten zog er sich alleine zurück, setzte sich vor sein Haus und grübelte lange nach. Wenn er sterben musste, würden Yaro und Therese alleine mit ihrer Mutter bleiben. Kamaru war jung und würde ihnen alles beibringen können. Aber sie war schwach, konnte nicht reden und haderte mit dem Schicksal, dass Therese wie Adili hellhäutig war. Ständig versuchte sie das Mädchen vor den Blicken der anderen zu bewahren. Adili, der das Leben in absoluter Isolation vor dem Dorf ertragen hatte, empfand die Situation mit Therese leichter, war sich aber sicher, dass auch das kleine Mädchen, seine geliebte und ihm so ähnliche Tochter, in Gefahr lebte.

Der Fahrer war aus dem Lastwagen gesprungen und reichte Adili einen zerfetzten Umschlag. „Der ist für dich", sagte er ihm, nickte und sprang wieder in den Laster. Dann schimpfte er mit der Handvoll Kinder, die sich überall an den Seiten des Wagens neugierig zu schaffen machten. Normalerweise fuhr der Laster einmal im Monat zum kleinen Dorfladen und lud dort ein paar Kisten Bier, Cola und Limonade ab. Zudem hatte er meist auch Chips, Mehl und Konservendosen dabei. Und die Bestellungen der Leute aus dem Dorf von vor zwei Monaten - aber nur dann, wenn der Fahrer die Dinge in Arusha auftreiben konnte. Mal waren es Medikamente für die alltäglichen Beschwerden, mal waren es Stoffbahnen für ein Kleid, Baumaterial für die Häuser. Selten Spielzeug für ein Kind. Schuhe. Nadeln oder Werkzeuge.

An diesem Tag war es ein Brief, der zu Adili gebracht werden sollte. Und den gab der Fahrer selbst ab und hinterlegte ihn nicht im Laden. „Nicht, dass ich am Ende Ärger bekomme, wenn er nicht ankommt", hatte er sich gedacht. Auf dem Brief stand als Adressat *Adili, Dorflehrer*. Zudem war der Name des Lastwagenfahrers angegeben. Der Umschlag hatte eine weite Reise hinter sich, das sah Adili auf den ersten Blick. Er kam aus *Germany*. Es musste eine Nachricht von Nikolas sein.

Wie hatte er das nur angestellt, dass der Brief überhaupt soweit kam? Woher kannte er den Fahrer? Hatte da Zuri ihre Hände im Spiel gehabt?

Adili scheuchte die Klasse zurück ins Schulgebäude, hielt den Umschlag fest in der Hand. Im kleinen Schulhaus legte er ihn vorsichtig auf das Lehrerpult und strich ihn zweimal fast sanft mit der flachen Hand glatt.

Die Schüler blickten ihren Lehrer fragend an. Einer traute sich dann zu fragen: „Was ist das für ein Brief?" Und dann der zweite: „Wieso bekommst du Post, Herr Lehrer?" Die dritte: „Sind da Süßigkeiten von den Weißen drin." Gelächter. „Da passen keine Süßigkeiten rein", sagte Adili sanftmütig. Dann schickte er die Schülerinnen und Schüler allesamt nach Hause, denn er brauchte Ruhe. „Wisst ihr, ich muss diesen Brief nun aufmerksam lesen, da kann ich euch hier nicht gebrauchen."

Die Kinder stoben über den kleinen, staubigen Hof davon. Sie waren zwar neugierig, was ihrem Lehrer da für eine Nachricht geschickt worden war, aber sie freuten sich auch an diesem Tag so viel früher nach Hause zu kommen.

Adili ließ sich am Lehrerpult nieder und öffnete den Brief. Er war von Nikolas und Zuri. Zuri hatte ihn geschrieben. Das war gut, denn Adili tat sich leichter den Text auf Swahili zu verstehen.

Lieber Freund, wie geht es dir und deiner Frau Kamaru und den lieben Kindern Yaro und Therese? Wir hoffen, ihr seid alle wohlauf. Wir freuen uns sehr, euch ein paar Bilder unserer Hochzeit in Deutschland schicken zu können. Außerdem sind noch einige Bilder dabei, die Nikolas bei unserem Besuch bei euch gemacht hat. Sicherlich wirst du dich fragen, Adili, wie wir es geschafft haben, den Brief zu dir ins Dorf bringen zu lassen. Mein Vater hat lange telefoniert, bis er herausgefunden hat, wie der Lieferwagenfahrer heißt, der euch jeden Monat die Sachen ins Dorf bringt. Mein Vater möchte dich einladen, einmal nach Dar Es Salaam zu reisen um ihn zu besuchen. Er sagt, dass er in der Stadt einige gute Ärzte kennt, die Kamarus Stimme zum Leben erwecken könnten.

Vielleicht kann man sie auch in Deutschland behandeln. Adili, wenn du für dich oder deine Schule etwas brauchst, lass es uns wissen. Wir werden immer mal wieder bei meinem Vater in Dar Es Salaam sein und haben vor, dann auch einen Abstecher in euer Dorf zu machen. Es grüßen herzlich, Zuri & Nikolas.

Adili las den Brief mehrmals. Er wusste, dass er in Nikolas und Zuri wirkliche Freunde gefunden hatte, die auch über die große Distanz zwischen Deutschland und Tansania den Kontakt halten würden. In Adili wuchs zudem das Gefühl, dass Zuris Vater ihn unterstützen würde, wenn er einmal in Schwierigkeiten stecken sollte. Und Adili war ständig in Sorge, dass etwas passieren konnte. Er hatte nun nicht mehr Angst um sich selbst; er war alt genug geworden um dem Leben mit klarem Verstand, aber müden Augen entgegen zu blicken. Er wusste aber um die Gefahr, die für seine kleine Tochter bestand. Sie war ein schwaches, zartes Wesen, das ebenso wie er selbst belastet war mit dem Zauber der hellen Haut.

Adili hatte mit einem Mal das Gefühl, dass da draußen Menschen lebten, die sich wirklich für ihn und seine Familie interessierten, obgleich ihnen Reichtum und Wohlstand eigentlich den Blick auf das einfache Leben auf dem Land nehmen mussten. Was verstanden denn Nikolas und Zuri schon vom täglichen

Kampf in Adilis dörflicher Umgebung? Aber auch wenn sie es nicht fühlen konnten, welche Entbehrungen das Leben hier abverlangte, so waren sie doch gewillt, sich mit Menschen aus dieser Gegend einzulassen und zwar kompromisslos. Als Freunde. Und das machte Adili stolz.

Adili faltete den Brief vorsichtig zusammen. Er war nun wie eine Art kostbarer Schatz. Sachte führte er ihn wieder in den Umschlag zurück. Dann kramte er die Fotos hervor, die Nikolas geschickt hatte. Auf einem Bild war der stolze Deutsche zu sehen, wie er seine Zuri im Arm hielt. Es muss der Tag der Hochzeit gewesen sein. Im Hintergrund ein großer Fluss, alles aufgeräumt und grün. Dies musste Deutschland sein, war sich Adili sicher. Der Fluss, es war der Rhein, auch wenn Adili davon noch nie etwas gehört hatte...

Nikolas war sehr aufgeregt gewesen. Zuris Vater bewegte sich überall sicher und kannte die Gepflogenheiten auch in Deutschland nur zu gut. Er freute sich auf eine Rückkehr in seine alte Wahlheimat. Dass Nikolas' Familie aus der Gegend um Bonn stammte, das freute ihn besonders. Nur Nikolas' Eltern waren es nicht gewohnt, sich in diesen Kreisen zu bewegen. Nikolas hatte Angst gehabt, dass sie sich nicht wohl fühlen würden, denn Zuris Vater hatte darauf bestanden, alte Freunde einladen zu dürfen. Und diese alten

Freunde waren Diplomaten aus dem Auswärtigen Amt gewesen oder Bundestagsabgeordnete. Auch zwei ehemalige Staatssekretäre aus dem Entwicklungshilfeministerium waren darunter. Alles nette Leute, wie Zuri Nikolas zu beruhigen versucht hatte. Aber für den Ingenieur, dessen Eltern auf dem Land lebten und nie die Luft dieser Gesellschaft geschnuppert hatten, war das alles etwas viel.

Nikolas' Vater saß still in einer Ecke und bestaunte das Treiben. „Der Junge hat das große Los gezogen", staunte seine Mutter. „Will ich hoffen, mein Herz, will ich hoffen", gab sich der Vater skeptischer. „Das ist nich' unsre Gehaltsklasse, mein Herz", fügte er dann noch an. Aber Zuri hatte es geschafft, die beiden sofort um ihren Finger zu wickeln und als ihr Vater dann den obligatorischen Tanz mit der Schwiegermutter forderte, schmolz das Eis auf der Stelle. Nikolas' Mutter zierte sich, sagte, sie könne nicht tanzen. „Das kann ich auch nicht", sagte Zuris Dad Jacob, gespielt verärgert. Dann ging er zur zweiten Band des Abends, einer Gruppe aus Tansania und bat sie etwas aus der Heimat zu spielen. „Passen Sie auf", sagte er dann. „Auf diese Musik kann man nicht tanzen, dazu *muss* man tanzen und es sieht niemals schlimm aus."

Die Musiker aus Afrika warteten das Ende des Songs ab, den die erste Band ‑ alles Freunde und Bekannte von Nikolas - spielte und dann legten sie los und trommelten, sangen und bald schon meinte man im ganzen Festsaal die Wildnis zu spüren, den Geruch des Buschlands zu vernehmen und die leisen Schritte der freien Tiere zu hören, das raue Brüllen der Löwen, den zarten Ruf der Vögel aus der Höhe oder die würzigen Gerüche der Märkte zu atmen.

Alle wippten und tanzten, auch Nikolas' Eltern hatten sich alsbald anstecken lassen. „Ich hatte es Ihnen gesagt", freute sich Zuris Vater.

Adili steckte das Foto in den Umschlag zurück und nahm das nächste. Es zeigte die ganze Hochzeitsgesellschaft am Ufer des großen Flusses. Der Fotograf schien Mühe gehabt zu haben, sie alle auf ein Bild zu bringen. Waren das hundert oder zweihundert Menschen auf dem Foto? Die afrikanischen Frauen in herrlich bunten Gewändern, die Männer in feinen Anzügen. Die deutschen Frauen trugen auch elegante Kleider, so wie Adili das aus den Filmen her kannte, selbst aber noch nie gesehen hatte.

Er steckte die Bilder alle zurück in den Umschlag und ging nach Hause. Dort zeigte er die Fotos Kamaru und Yaro. „Ich glaube, sie sind echte Freunde", bekräftigte er dann. „Mzungu-Freunde", schob er nach. *Weiße Freunde.* Er, der einzige weiße Afrikaner weit und breit - sah man von Therese einmal ab-, hatte nun als einziger einen Weißen zum Freund und der stammte auch noch aus dem fernen Deutschland, aus Germany.

Am späten Nachmittag stoben ein paar Kinder aus dem Dorf vor dem Haus hin und her und riefen den Lehrer. Sie waren in heller Aufregung. Adili hatte sich zum Schlafen gelegt, als Kamaru ihn weckte und aufgeregt auf die Kinderschar vor dem Haus deutete. Adili wollte sie anfangs verscheuchen, denn er glaubte, sie seien nur gekommen um neugierig doch noch die Bilder und den Brief in Augenschein nehmen zu können.

Langsam stand Adili auf. Es fiel ihm schwerer als früher, die Knochen schmerzten heute bei vielen kleinen Bewegungen. In der Ecke stand der Stock, auf den er sich in solchen Situationen stützte. Kamaru betrachtete es immer mit Sorge, wenn sie ihren Mann schwächer werden sah, ließ ihren Blick aber nicht allzu lange auf der Situation ruhen, um zu verhindern, dass Adili ihre Gedanken erahnen konnte. Darin war er gut. Noch einmal deutete sie nach draußen. Adili nickte und schlurfte in Richtung Türe.

Die Sonne fiel bereits hinter dem Horizont in die Tiefe des Abends und hatte für eine angenehme

Kühle gesorgt, die dem Dorflehrer sichtlich guttat. Er trat sicher auf als er den Stock in die Höhe hob um die Kindermeute zu beruhigen. „Was wollt ihr denn alle?", rief er den Kindern zu. Manche waren seine Schüler, manche zu jung, einige kamen nicht mehr in die Schule, weil die Eltern sie auf dem Feld brauchten oder weil sie in einer Werkstatt arbeiten sollten. Es waren gut zwei Dutzend Kinder. „Wer hat euch geschickt?", hakte er noch einmal nach.

Einer der größeren Jungen trat hervor. Er hatte ein besonders dunkles Gesicht, seine Augen standen eng beisammen und alles an ihm wirkte streng und ernst. Es war eines der wenigen Kinder, vor denen man sich fürchtete, obgleich es niemandem bislang etwas getan hatte. Adili ging einen Schritt auf den Jungen zu und hielt in gehörigem Abstand vor ihm inne. Die Kinder kamen näher. Adili hob den Stock an um sie sich so vom Haus fernzuhalten. Er wollte auf keinen Fall, dass die Schar - aus welchen Gründen auch immer - auf sein Grundstück eintrat. Adili war skeptisch geworden nach all den Jahrzehnten, die er als weißer Zaubermensch nun schon zugebracht hatte.

„Die Schamanin ruft nach dir, ihre Tochter ist sehr krank", sagte der kleine Junge. „Sie ist besessen und verrückt geworden. Sie dreht durch."

Adili nicke, bedankte sich bei dem kleinen Jungen dafür, dass er sich getraut hatte, ihm das zu sagen. Er bat die Kinder nach Hause zu gehen. Adili hatte die Gefahr sofort erkannt. Die Schamanin glaubte nicht an die Kraft der Schulmedizin und würde nun ihre Zauberei samt einiger Heilkräuter anwenden. Gegen die Kräuter hatte Adili nichts einzuwenden, aber die Zauberei machte ihm zu schaffen. Er wähnte sich in Gefahr, aber fühlte sich auch gleichzeitig stark genug, sich der Angriffe der Schamanin zu erwehren, aber Therese war zu klein…

„Geht ihr nun alle nach Hause, wir werden sehen, wie wir der Frau helfen können", sagte Adili. Er wedelte mit seinem Stock in der Luft. Die kleineren Kinder bekamen Angst und liefen auf und davon, die etwas Älteren wunderten sich, was der Lehrer denn auf einmal so ungehalten war. Sie kannten ihn als gütigen Lehrmeister und freundlichen Mann. Warum drohte er nun mit dem Stock in der Luft? Sie machten sich auf den Weg. Der Junge, der die Nachricht überbracht hatte, blieb stehen und betrachtete Adili genau. Als der sich abwenden wollte, sagte er zu ihm: „Wenn der Tante etwas passiert, ist es deine Schuld und die deiner verhexten Tochter." Adili wunderte sich kaum über diese Aussage und war doch schockiert. „Was sagst du da?" Am liebsten hätte er den Jungen mit den Schlangenaugen an den Schultern gepackt und zu Boden geworfen, ihm den Stock auf die Brust gedrückt und ihm mächtig Angst eingeflößt. Aber Adili wusste auch, dass das alles noch viel schlimmer machen musste. Also entschied er sich für den Weg, der ihm Zeit seines Lebens immer geholfen hat: den Weg der Rationalität. „Warum sollen Therese und ich Schuld sein an der Krankheit deiner Tante?" Der Kleine hielt inne, drehte sich von Adili weg, dessen hochgereckten Stock er als bedrohlich empfand. Dann sagte er im Gehen: „Großtante sagt, dass nur ihr Zaubermenschen meine Tante wieder heilen könnt, es aber nicht tun werdet, wenn wir euch nicht zwingen." Adili blieb stehen und sagte nichts. Er schwieg und sah dem Jungen nach, der barfuß den staubigen Weg entlang stapfte. Erst als er schon etliche Distanz zwischen sich und das Haus gebracht hatte, entfuhr Adili ein gezischtes *Lass dich hier nicht mehr blicken!*

All seine Drohgebärden würden wenig nützen. Wenn die Schamanin den Jungen zu ihm gesandt hatte, musste er zu ihr gehen, sonst würde sie ihm keine Ruhe lassen. Adili ging ins Haus und suchte Kamaru. „Ich gehe zur Schamanin, da ist etwas mit ihrer Tochter. Diese scheint krank zu sein und hat die Kinder zu mir geschickt. Sie glaubt wohl, ich könnte helfen. Kamaru sah Adili mit großen Augen an. Der Blick verriet auch ihre Sorge sogleich. Sie deutete auf die friedlich schlafende Therese. „Ich weiß, Kamaru, ich weiß", sagte Adili, „sie ist in den Augen der Medizinleute ein Zaubermensch wie ich. Und sie ist in Gefahr, weil man Therese nachsagt, sie könnte Wunder vollbringen und Krankheiten heilen. Aber wir werden gut auf sie aufpassen." Kamaru nickte bedächtig und setzte sich auf den Steinboden neben das schlafende Mädchen, fuhr ihm sanft über die strohigen, weißen Haare. Yaro wollte den Vater zur Schamanin begleiten und war trotzig, als Adili das unterband. „Du bleibst bei Mama Kamaru und deiner Schwester. Es ist zu gefährlich bei der Medizinfrau."

„Warum?", entgegnete der kleine Junge stur.

„Weil die Tochter der Medizinfrau sehr krank ist." Und erneut: „Warum?" Adili hatte weder die Kraft noch die Zeit, seinem wissbegierigen Sohn nun alles zu erklären, zumal er auch keine Ahnung hatte, warum die Tochter der Schamanin krank war und was ihr genau fehlte. Er war der Dorfschullehrer und nicht der Arzt. Die Medizinfrau selbst sollte wissen, was die Tochter hatte. Aber war ihre Diagnose dieselbe, die ein Arzt aus der Stadt stellen würde, einer, der Medizin studiert hatte und die Leiden beim lateinischen Namen nennen konnte?

Adili wusste, dass es Krankheiten gab, die ansteckend waren, aber dann waren dies nicht die Flüche der Ahnen, die den Weg von einem Menschen zum anderen genommen hatten. Daher war es besser, wenn

Yaro bei Kamaru und der kleinen Therese bleiben würde, wenn Adili zur Medizinfrau ging.

Der staubige Weg durchs Dorf hatte sich im Laufe der Jahre immer wieder verändert. Zu Anfang seines Lebens war er nur ein Pfad der Fantasie, den er beschritt, wenn Mama Amali ihm davon erzählt hatte. Selbst war ihm dieser kleine, staubige Pfad durch das Dorf unbekannt. Anfangs durfte er nicht dorthin. Erst nachdem er aus der Schule zurückgekehrt war und als gebildeter junger Mann wieder Teil der Dorfgemeinschaft geworden war, öffnete sich Adili der Weg Stück für Stück. Er war etwas wie seine eigene Lebensader. Von der Hütte zum Dorfplatz, vom Dorfplatz zur Dorfschule und zurück. Immer wieder derselbe sandige und steinige Weg. Mal war er ihm zu kurz, mal war er ihm zu eng, selten eine Herausforderung. Waren es in frühester Kindheit die Träume von diesem Dorfplatz und dem Weg dorthin, die ihn vereinnahmten, so waren es im jungen Erwachsenenalter die großen Städte weit draußen in einer anderen Welt. London oder Paris - davon hatte er eine mehr als vage Vorstellung. Auch auf der Missionsstation konnte man nur Bilder dieser großen Metropolen vermitteln. Glänzende Fassaden, regennasse Straßen, die im Regen glitzernde Lichter warfen und durch die Menschen in langen Mänteln eilten um ihre Besorgungen in ihre Appartements zu tragen. Da war die staubige Dorfstraße

nichts als ein schmerzlich unfertiges Bild vom er-
träumten Leben. Schon das Markttreiben in Arusha
war hingegen etwas Großes und Weites und willkom-
mene Abwechslung. Immer wieder entfloh er dem
kurzen Pfad zwischen Dorfplatz, Einkaufsladen und
Schule um in Arusha in der Markthalle Dinge für die
Schüler zu kaufen. Schon Mama Amali war als junge
Frau in die Stadt geflohen um Sachen dort zu verkaufen. Sie war mutig und für die damalige Zeit sehr ei-
genständig. Hatari hatte sie gewähren lassen. Hatari!
An den Vater dachte er nun häufiger zurück. Jetzt, wo
der Weg durchs Dorf wieder länger wurde, weil er
mehr Energie fraß als früher. Jeder Stein im Weg wurde zum Hindernis. Der Stock, einst vielleicht einzig
Symbol der Macht war nun ein Symbol der Schwäche.
Adili wusste, dass er den Stock brauchte, um sicheren
Halt zu haben. Das Stehenbleiben und Nachluft-
schnappen durfte niemand sehen. Es geschah heimlich, wurde wenn irgendwie möglich kaschiert. Mal
hübsch verpackt in einen Gruß an einen Nachbarn,
der unweit des Pfads wohnte oder dort des Wegs kam.
Mal schlecht getarnt, weil etwas am Bein kratzte oder
ein Hund um die Ecke rannte - dort, wo gar kein Hund
war.

Diesmal beeilte sich Adili, denn er wollte
nicht, dass der Junge viel Vorsprung hatte um seiner
Tante zu erzählen, dass der Dorfschullehrer ihn ge-

scholten hatte. Adili war sich seiner harschen Reaktion auf die Mitteilung durch das Kind bewusst. Der Kleine hatte seine Meinung nicht durch Erfahrung gebildet. Dass Adili und Therese Schuld sein sollten an der schweren Krankheit der jungen Frau, war ihm erzählt worden. Und vermutlich hatte die Schamanin auch gleich noch die Lösung geliefert. Nur die Knochen, das Blut oder sonstige Eingeweide eines Zaubermenschen würden ihre Tochter vom Zauber des Bösen befreien können und sie heilen.

Vor der Hütte der Schamanin saßen zahlreiche Frauen. Vor allem die Älteren waren gekommen. Oft trieb sie die Neugier. Man stand im Dorf zusammen. Und wenn jemand krank geworden war, dann half man überall. Kam ein Kind auf die Welt, standen auch alle Frauen beisammen und kümmerten sich um Mutter und Kind. Das war seit Urzeiten so und änderte sich auch nicht. Nur bei Adili und Kamaru war es anders gewesen. Sie waren anders. Er war anders. Er war der Zaubermensch. Alle hatten damals Angst gehabt, Yaro könnte auch helle Haut haben und verhext sein. Würde man selbst einen Fluch bekommen, wenn man das Kind anfasste? Viele waren verunsichert. Und dies bekam die junge Mutter zu spüren. Eine harte Zeit für Kamaru, die niemandem sagen konnte, wie sie sich fühlte, die alleine durch ihre Blicke zu Adili gesprochen hatte. Als Therese auf die Welt kam war es noch schlimmer, denn das Mädchen war weiß. Sie war ein Zaubermensch wie der Vater. Und die Blicke der Dorfgemeinschaft auf die Kleine schmerzten Kamaru arg. Aber sie schwieg, weil Gott und die Ahnen nicht wollten, dass sie ihre Zunge zu benutzen wusste.

Adili bahnte sich einen Weg durch die Wartenden. Er wolle zur Medizinfrau durchgelassen werden. Im Inneren der Hütte war es dunkel und frisch. Das Feuer hatte sie nicht entfacht. Auf dem Boden lag auf einer Strohmatte die Tochter der Schamanin. Ihre Augen wirkten seltsam entrückt. Ihr Gesicht war fahl und eingefallen, sie sah aus, als habe sie seit Ewigkeiten nichts mehr gegessen und getrunken. „Wann hat sie das letzte Mal etwas getrunken?", wollte Adili denn auch als erstes von der Medizinfrau wissen. „Das ist doch egal. Wir müssen ihr den Fluch austreiben. Sie ist besessen. Und ich brauche deine Hilfe, Adili. Ich habe dich verschont. Bislang. Du weißt, ihr Zaubermenschen habt viel Leid über unser Dorf gebracht..." Weiter ließ Adili die Frau nicht kommen. Er spürte tiefe Wut in sich aufsteigen. „Ich weiß, dass deine Tochter schwer krank ist, aber ich gehe davon aus, dass du selbst bei vollem Verstand bist, Medizinfrau." Sie funkelte ihn an und drehte ihren Kopf rasch zwischen ihm und der leidenden Tochter hin und her. „Was willst du sagen, Adili?", fauchte sie weiter. „Das ist ganz einfach: Weder meine Tochter Therese noch ich haben je Unheil über dieses Dorf gebracht und wenn ich es getan haben sollte, dann nicht, weil ich diese Krankheit habe, die mir weißes Haar und helle Haut beschert." Er fügt ein scharf gezischtes *Hast du mich verstanden!* an und reckte dabei seinen Stab hoch in den Raum, sodass er fast an die Decke des Raumes stieß.

„Du hast keine Ahnung, denn du hast kein Wissen über die Medizin", entgegnete die Schamanin kühl und deutete auf ihre Tochter. „Ihr Lebenswille wird aus ihr gesaugt, weil Ahnen Besitz von ihrer Seele ergreifen wollen", erklärte sie Adili.

„Das ist deine Sicht auf die Dinge. Ich vertraue aber auch auf das, was die Ärzte sagen und du solltest so schnell wie möglich einen Arzt aufsuchen."

„Mzungu-Zauberei, das kostet nur Geld und bringt keine Lösung", trotzte die alte Medizinfrau.

Adili trat einen vorsichtigen Schritt auf die junge Frau am Boden zu, sank vor ihr auf die Knie und beugte sich über sie. Die Tochter der Schamanin war sichtbar schwanger. „Sie erwartet ein Kind", sagte er. „Wenn es die Ahnen nicht schon in ihr Reich bestellt haben, als Pfand", schimpfte die Schamanin. „Sollen wir nicht einen Arzt rufen, der aus Arusha kommen kann und sich deine Tochter ansieht." Die Medizinfrau wehrte ab, wedelte der wimmernden Tochter ein wenig Luft zu, hob einen Becher mit grünem Sud an ihre

Lippen und bat sie, zu trinken. Die Kraftlosigkeit war nicht zu übersehen. Man musste ihr den Kopf stützen, die Schweißperlen - kalt - rannen über die Stirn und die Augen rollten seltsam entrückt, sodass Adili sofort erkannte, viel Zeit würde sie nicht mehr haben.

„Nur wenn wir sofort handeln und einen Arzt rufen, hat sie eine Chance zu überleben."

„Nur wenn du uns deine Tochter opferst, hat sie eine Chance, Adili. Das steht außer Frage und der Dorfrat hat das auch so beschlossen."

Adili durchfuhr ein Schauer. Angst machte sich in ihm breit. Er sortierte die Worte der Medizinfrau noch einmal - langsam, klar und doch voller Adrenalin. Hatte die Schamanin ihm gerade offenbart, dass sie seine kleine, unschuldige Tochter ermorden wollten, um so eine Heilung dieser todkranken Frau zu bewirken? Ein Menschenleben für ein anderes? Es war sonnenklar und für Jedermann ersichtlich, dass die Tochter der Schamanin sterben würde, wenn sie keine Medizin erhielt. Adili hatte keine große Ahnung von Schulmedizin, aber er war soweit in der Lage, die Situation zu beurteilen, dass davon auszugehen war, dass die Frau ein totes Kind im Leib trug. Und dieses Kind vergiftete nun die werdende Mutter. Sie war nicht verrückt, sie hatte starke Schmerzen gehabt, ehe sie in den Dämmerzustand verfallen war, den Adili nun beobachtete.

Was wollte die Medizinfrau mit seiner Tochter machen? Alleine die Vorstellung ließ ihn erschaudern. Waren es die Knochen? Das Blut? Was vom Zaubermenschen würde helfen, eine Krankheit zu heilen? Das Haar konnte es nicht sein, denn Haare konnte man auch einem Lebenden entreißen. Warum wollte die Schamanin nicht ihn? War er zu alt? Sollte er nun bestraft werden für das angebliche *Unheil*, das er über das Dorf und seine Bewohner gebracht haben sollte? Er musste handeln und zwar schnell.

Adili wandte sich an die schwerkranke Frau auf dem Boden und sprach mit ihr, redete ihr Mut zu. Er werde einen Arzt kommen lassen, sagte er zu ihr. Die Mutter aber wehrte ab. „Kein Arzt, der nicht weiß, was in meiner Tochter wirklich vorgeht." Adili war verzweifelt, denn er war sich sicher, dass die Schamanin auch nicht wusste, was in ihrer Tochter vorging.

Der Dorfschullehrer verabschiedete sich rasch und schimpfte deutlich hörbar. Auch wenn Adili wusste, dass die Medizinfrau verzweifelt war, so hatte er sie doch beleidigt, weil er ihre Fähigkeiten anzweifelte. Ihm war klar, dass es über Jahrhunderte hinweg üblich war, dass die Schamanen die Menschen heilten. Mit Kräutern, mit Knochen, durch Tanz und Trance. Man bediente sich der Hilfe der Ahnen aus dem Jenseits. Sie wurden auch allzuoft als die Ursache der Erkrankungen ausgemacht. Manchmal erreichte man eine Linderung, mal sogar wirkliche Heilung, weil die Wirkung von Heilpflanzen seit Jahrtausenden bekannt war. Aber bei manchen Krankheiten war es nicht möglich, auf die Kraft der Natur zu bauen. Da brauchte man einen Arzt aus der Stadt und Medizin. In Arusha, Dar Es Salaam und anderen Orten Tansanias war das der Bevölkerung längst klar. Da gab es höchstens das Problem, dass Ärzte zuviel Geld kosteten oder zu weit weg lebten. Aber in dieser verlassenen Ecke Afrikas galt noch immer das Wort der Medizinfrau als oberstes Gebot und wer sich dem in den Weg stellte, bekam ein Problem.

Krankheiten, die sich in Trance nicht besiegen ließen und gegen die auch kein Kraut gewachsen war, wurden einfach hingenommen. Dann musste der Mensch eben das Reich der Ahnen aufsuchen um Heilung zu erfahren. Eine Heilung im Tod. Etwas, womit sich Adili aber nicht mehr anfreunden wollte. Man konnte der Tochter der Schamanin vielleicht noch helfen, wenn man sie rasch genug ins Krankenhaus brachte. Aber der Stolz der Heilerin verbat ihr, diese Option auch nur in Betracht zu ziehen. Sie glaubte vielmehr an die Kräfte der Zaubermenschen. Irgendwer hatte ihr eingebläut, dass Albinos Heilung bringen konnten.

Kurz hielt Adili inne als er am Dorfladen vorbeikam. Auf dem Fernsehschirm flimmerte ein Film. Menschen eilten durch eine amerikanische Stadt. Kälte war spürbar. Dicke Mäntel, Mützen und Winterstiefel. Das Bild war wackelig und grobkörnig. Einmal, so dachte Adili bei sich, würde er auch gerne diese Winterstimmung erleben wollen. Davon hatten sie auf der Missionsstation früher auch gesprochen. Vom europäischen Schnee, wenn das Fest der Geburt Jesu anstand. Von der klirrenden Kälte und dem eisigen Wind. Sie hatten ihm erzählt, wie man in Europa das Fest der Liebe feierte. Für Adili hatte es kaum eine Bedeutung - vor allem nicht in diesem Augenblick. Er musste nach Hause.

Kamaru stand vor dem Haus und fegte den Platz mit einem Reisigbesen. Sie winkte ihrem Mann, als dieser mit dem Stock in der Hand den Weg entlangkam. Auch er hob die Hand, etwas müde, die letzten Schritte strengten ihn immer besonders an. Eigentlich hätte auch er einen Arzt aufsuchen sollen - schon lange dachte er daran. Aber es fehlte das Geld. „Geh hinein", bat er Kamaru, die sofort zu fegen aufhörte und Adili ins Haus folgte. Kamaru konnte zwar nicht sprechen, hatte aber die Gabe, besonders aufmerksam die Züge der Gesichter der Menschen zu beobachten und bei Adili gelang es ihr immer, die

Stimmung zu erkennen. Es war aber in diesem Augenblick auch keine hohe Kunst gewesen. Er wirkte angespannt und ängstlich. Sie meinte rund um die Augen auch etwas Wut zu erkennen. Kamaru ließ ihn vorgehen. Beide setzten sich auf ein Polster auf dem Boden und Adili fragte sogleich nach Therese. Kamaru deutete ins Schlafzimmer. Sie schlief noch immer oder schon wieder. Dann begann Adili zu sprechen: „Kamaru, die Tochter der Medizinfrau ist schwer krank. Ich bin mir sicher, sie wird sterben, wenn man sie nicht in eine Klinik bringt. Nach Arusha müsste sie, so schnell wie möglich. Das aber lehnt die Schamanin ab. Sie sagt, dass die Tochter besessen und vom Zorn der Ahnen getroffen worden sei. Und sie ist sich sicher, dass nur Zaubermenschen wie Therese und ich Heilung bringen können. Sie hat ganz offen eingestanden, dass ich ihr Therese geben müsste."

Kamarus Blick verfinsterte sich augenblicklich. Die junge Frau legte die Hände aufs Gesicht und berührte langsam ihre Wangen. Sie atmete tief ein, zog die Luft bis tief in die Lunge, atmete aus und stand auf. Sie deutete auf das Zimmer mit dem eisernen Bettgestell auf dem eine abgenutzte Matratze lag und darauf in einem beigefarbenen Leinentuch eingewickelt: Therese. Adili nickte. „Ja, wir dürfen es niemals zulassen, dass unserer Tochter etwas geschieht. Auch Yaro ist in Gefahr, aber er ist nicht weiß wie Therese und ich. Wir dürfen sie beide keine Sekunde mehr aus den Augen lassen, Kamaru. Versprichst du mir, dass du immer auf sie aufpassen wirst?"

Adilis Frau stimmte zu. Sie setzte sich neben das schlafende Mädchen und legte ihr zum Zeichen des Schutzes die Hand über den Kopf. Dann stand sie auf und ging in den Raum, der als Küche diente. Zurück kam sie mit dem einzigen Messer, das in der Küche vorhanden war. Sie hielt es fest in der Hand umklammert, reckte es in die Luft und fuchtelte wild damit herum. Adili verstand: Kamaru hatte den unbedingten mütterlichen Willen, alles zu geben, um Therese zu schützen. Sie würde vor Gewalt nicht zurückschrecken, wenn jemand kam, den kleinen Zaubermenschen zu holen.

-XII-
2008

Das neue Jahr war gerade zwei Tage alt als die Schamanin vor der Tür erschien. Sie wirkte wütend und aufgebracht. „Du hast mir meine Tochter geraubt", schrie sie vor dem Haus. Adili spürte sein Herz schneller schlagen. Die letzten zwei Wochen hatte er immer mit dem angstvollen Gedanken verbracht, die Medizinfrau könnte kommen und Therese holen. Er war nur mehr kurz in die Schule gegangen, hatte die Schüler früher als üblich entlassen. Er erklärte ihnen, dass an Weihnachten die Dorfschule dieses Jahr länger als sonst geschlossen bliebe. Zweimal versuchte er, die Tochter der Medizinfrau zu besuchen. Aber jedes Mal spürte er auf halbem Wege, dass es keine gute Idee gewesen wäre, sich dem Haus zu nähern. Er bekam es mit der Angst zu tun. So ließ er sich von Nachbarn und entfernten Verwandten erzählen, dass die junge Frau kaum mehr bei Bewusstsein war, fantasierte, Wasser aus ihrem Mund lief und ihr Zustand von Stunde zu Stunde hoffnungsloser wurde. Jedem, der ihn fragte, sagte Adili, dass die Frau zu einem Arzt gehen müsste. Manche stimmten ihm zu, manche sagten, dass sie doch die Tochter einer Schamanin sei und diese schon wisse, wie man die Krankheiten heile. Eine alte Frau hatte Kamaru beschimpft als sie im kleinen

Dorfladen etwas einkaufte. „Deine Tochter könnte das Leben retten, sie wird Schuld tragen am Tod der jungen Frau." Kamaru hatte Adili verängstigt versucht zu erklären, was vorgefallen sei. Sie schrieb ihm in einfachen Sätzen die Dinge auf, die sie sagen wollte. So hatten sie in den letzten Jahren eine gute Basis gefunden, miteinander zu kommunizieren.

„Kamaru, sie wollen das Leben von Therese für das Leben der jungen Frau. Das Leben eines Zaubermenschen scheint nichts wert zu sein. Sie wollten damals schon mein Leben beenden um den Fluch der Ahnen zu stoppen. Einen Fluch, den es gar nicht gibt. Und nun glauben sie, dass die Knochen, das Blut oder die Haut - ich weiß es nicht - unserer Tochter die Todgeweihte wieder heilen können. Wir werden das aber nicht zulassen."

Adili hatte den Brief von Nikolas hervorgekramt und auf der Rückseite des Umschlags vorsichtig die Adresse abgeschrieben. Er hatte ein kleines Büchlein, in das er die Namen und Zensuren seiner Schüler schrieb. Und in diesem Büchlein stand nun auch die Adresse des deutschen Freundes. Nikolas hatte auch die Telefonnummer angegeben, das bedeutete, man konnte ihn auch schnell erreichen, wenn es sein musste. Adili hatte Angst, dass man Nikolas' und Zuris Hilfe schneller brauchen könnte, als ihnen lieb war. Zudem sorgte er sich um seine eigene Gesundheit. Adili fühlte sich von Woche zu Woche schwächer. Die Wege im Dorf wurden weiter und weiter und die Schmerzen im ganzen Körper größer und größer. Aber er ignorierte sein eigenes Gebrechen, denn es galt, Therese und Yaro zu schützen. Yaro hatte wenig Verständnis dafür, dass er nicht mehr überall im Dorf herumlaufen durfte. Er tobte so gerne mit den anderen Kindern bis spätabends durch die staubigen Straßen und spielte mit Steinen, Ästen und Zweigen. Nun aber verlangten Adili und Kamaru, dass er nach der Schule an der Hand seines Vaters mit nach Hause kam. Nachmittags durfte er nur mehr im Umkreis des Hauses spielen und Adili wollte immer wissen, wer bei ihm war.

Und nun stand die Medizinfrau vor Adili. In gehörigem Abstand vor dem Haus. Sie wiederholte, was sie eingangs bereits gesagt hatte: „Du hast mir meine Tochter genommen!" Adili senkte den Kopf ein wenig. Er hatte von Anfang an gewusst, dass die junge Frau keine Überlebenschance gehabt hatte. Der Arzt, der nötig gewesen wäre, ihr Leben zu retten, war nicht gerufen worden. „Es tut mir leid", sagte er leise und bedrückt. Es tat ihm wirklich sehr leid, vor allem, weil sie schwanger gewesen war und es das erste Kind gewesen wäre. Der junge werdende Vater hatte sich sehr auf den Nachwuchs gefreut. „Du hast uns deine Tochter nicht gegeben", raunte die Schamanin. Adili trat aus dem Haus um der Medizinfrau etwas näher zu kommen, aber vor allem um sicher zu gehen, dass sie nicht ins Haus hineinkommen würde. „Niemals hätte ich zugesehen, wie du ein unschuldiges Kind für diesen Blödsinn opferst", sagte er leise, aber nun sehr bestimmt. Die Alte stampfte auf. Adili wusste, dass er diesen Satz besser nicht gesagt hätte. „Wie kannst du es wagen, unsere Heilkunst *Blödsinn* zu nennen?", fauchte sie in ihrem Zorn. „Die Ahnen haben uns gelehrt, die Krankheiten zu heilen wie es schon alle Generationen vor uns getan haben und wir haben nicht das Recht, diesen Weg zu verlassen, nur weil uns die Weißen eintrichtern wollen, dass Tabletten und Spritzen die wahre Hilfe wären. Das sind sie nicht. Niemals! Die Weißen mögen den Schmerz lindern, aber sie besiegen ihn nicht, weil sie nicht erkennen, dass der Fluch der Ahnen und Geister die Menschen befällt. Und du, Adili, hast nicht das Recht, das zu leugnen. Du bist ein Zaubermensch und selbst vom Zorn der Ahnen befallen! Dass du auf der Schule der Weißen das Lesen und Schreiben gelernt hast, ist das Eine. Dass sie dir dort beigebracht haben, wie man Jesus anbetet und wieso die heilige Mutter Gottes zu ihrem Kind kam, das erkenne ich an. Aber sie werden dir nicht haben sagen können, wie wir unsere Kranken heilen, denn sie kennen unsere Krankheiten nicht."

Adili war verzweifelt. Er spürte, dass er mit seiner Art zu denken nicht bis zur Medizinfrau durchdringen würde. „Ich will nicht behaupten, dass die Art zu heilen, die du anwendest komplett falsch ist. Ich habe sogar gehört, dass manch weißer Arzt sie kopiert und die weißen Ärzte in Amerika und Europa nutzen unsere Kräuteressenzen heute immer häufiger um Gebrechen zu lindern und Krankheiten zu heilen. Aber bei manchen Krankheiten helfen die weißen Methoden einfach besser. Dann ist es nicht an der Zeit, dass der Fluch der Ahnen ausgetrieben werden sollte, sondern an der Zeit, ein Hospital aufzusuchen. Auch wenn ich dir damit etwas sage, das du mir nicht glauben wirst, Heilerin, deine Tochter und vielleicht auch ihr Kind könnten heute noch leben, wenn du sofort mit ihr nach Arusha ins Hospital gefahren wärest, so wie ich es dir vorgeschlagen hatte.“

Die Medizinfrau blieb unbewegt vor Adili stehen. Sie dachte kurz über eine passende Antwort nach. „Unsere Tradition wird nicht von einem Geblendeten besiegt werden. Und noch einmal lasse ich mich nicht abhalten vom Starrsinn eines Zaubermenschen, das sei gewiss.“ Dann drehte sie sich um und wandte sich zum Gehen. Schwerfällig wie Adili, gestützt auf einen Stock, ging sie den staubigen Pfad zurück ins Dorf.

Adili blieb vor dem Haus stehen und beobachtete sie noch eine Weile. Irgendwie konnte er ihren Zorn auch nachvollziehen. Sie hatte nie etwas anderes gelernt oder verstanden als die Heilung aus den Kräutern zu erlangen oder aus dem Reich der Geister zu erbitten. Nun musste sie ihre eigene Tochter in den unendlichen Raum der Ahnen ziehen lassen und verlor zudem auch noch den ungeborenen Enkel. Für die Schamanin war klar, hätte sie sich der Knochen, der Haut und des Bluts eines Zaubermenschen bedienen können, wäre die Tochter noch am Leben.

Am Abend setzte Adili einen Brief auf. Er wollte seinem Freund in Deutschland schreiben. Lange überlegte er, ob es Sinn machte, Nikolas und Zuri mit seinen Sorgen zu belasten. Er wollte es dann aber doch nicht unerwähnt lassen, dass ihn große Sorgen begleiteten. *...Und daher habe ich Angst um meine Tochter Therese. Mir wird man nichts anhaben, meine Knochen sind alt und schwach. Zeit meines Lebens waren sie überzeugt, ich wäre ein verzauberter Mann, der die Zornigen aus dem Reich der Geister vertritt. Nun denken sie wir Albinos könnten die Menschen heilen. Manchmal wünschte ich, wir hätten ein Auskommen in Dar Es Salaam oder wenigstens in Arusha. Dort könnten wir vielleicht in einer aufgeklärten Umgebung leben und unsere Kinder großziehen - gar nicht an die Möglichkeiten zu denken, die wir in Europa hätten...*

Adili war bewusst, dass Nikolas nun denken musste, er wolle nach Deutschland auswandern. Aber das wollte Adili eigentlich gar nicht. Er liebte seine Heimat und war grundsätzlich glücklich mit den atemberaubenden Weiten, dem feinen Windhauch durch das Gras der Steppe und den kreischenden Lauten der Vögel, wenn man sie aufschreckte und das Vieh an ihnen vorbei trieb. Die Enge der Stadt wäre für ihn eine große Bedrückung gewesen. Aber die geistige Enge dieses Landstrichs machte ihm manchmal sehr zu schaffen und die Sorge, dass seine Kinder hier weniger Chancen haben würden als er es selbst hatte, ließen ihn gelegentlich tatsächlich ans Auswandern denken.

Am nächsten Tag brachte er den Brief in den Dorfladen, kaufte dort einen Umschlag und bat Onkel Manani darum, den Brief rasch nach Arusha zum Postamt zu bringen. Der nickte verschmitzt. „Du bist der einzige Mensch weit und breit, der weiße Freunde hat, Adili. Das liegt bestimmt daran, dass du selbst ein Mzungu bist." Er lachte laut los und auch Adili stimmte hustend ein. „Sicherlich, die Weißen suchen sich ja die Freunde unter ihresgleichen. Da fallen Therese und ich nicht weiter auf." Beim Verlassen des Geschäfts begleitete der Verkäufer den Kunden auf die staubige Straße. „Adili, wir kennen uns so lange. Ich weiß, wie du als Junge nicht mit uns spielen durftest. Dann war ich neidisch, dass du auf das Internat der Engländer durftest, obgleich du doch so anders warst. Und dann hast du uns allen etwas beibringen können. Aber viele haben lange nicht auf dich gehört. Wäre dein Vater nicht so hartnäckig gewesen, wir hätten dir keine Bedeutung beigemessen. Lasst den Weißen in Frieden, aber gebt euch auch nicht zu sehr mit ihm ab, wer weiß, ob er nicht gefährlich ist... Verstehst du, Adili so haben wir damals alle gedacht." Adili nickte und legte Onkel Manani die Hand auf die Schulter. „Ohne Hatari wäre ich heute nicht mehr am Leben, Manani", gab er zu.

„Adili, ich weiß, dass es dir nicht gut geht. Man sieht, dass dich Seelenqualen plagen und ich habe das Gefühl, dass das Leben schwer geworden ist für dich. Kamaru hat so mutig für Therese gekämpft und ich bewundere es, wie ihr zusammen euch gegen alle Widrigkeiten stemmt. Daher betrachte das als Rat eines Freundes: Geht fort von hier!"

Diese Warnung traf Adili mitten ins Mark. Der letzte Satz von Onkel Manani hallte nach. Immer und immer wieder - wie das Zischen einer Schlange oder der harte Knall des Donners bei einem Gewitter. *Geht fort, geht fort von hier! Geht! Geht fort! Fort von hier!*

Adili überlegte kurz, wie er reagieren konnte. Fragte dann aber nur knapp und lapidar: „Warum?"

Der Ladenbesitzer zog Adili etwas beiseite, sodass sie nun halb auf der Straße und halb im Dunkel des düsteren Ladens standen. „Die Medizinfrau wird nicht locker lassen, bis der Tod ihrer Tochter gesühnt ist. Sie ist keine kluge Frau, auch wenn ihr Wissen über die Krankheiten und deren Heilungsmethoden groß ist. Sie ist nicht in der Zeit angekommen, in der wir leben."

Adili verstand nun erst, dass Onkel Manani seine Aussage nicht als gehässige Aufforderung verstanden hatte. Es hätte ihn auch gewundert, hatte er den Besitzer des Kramerladens bislang doch eigentlich immer geschätzt und das Gefühl gehabt, dass auch er ihn nicht mit denselben abschätzigen Blicken bedachte wie manch anderer. Die Schamanin hatte in ihrem Blick etwas Furchterregendes gehabt, als sie sein Haus nach dem Tod der Tochter verlassen hatte. Das war Adili ins Mark gefahren und hatte diese Sorgen ausgelöst. Und scheinbar hatte sie überall im Dorf kundgetan, dass Adili der Einzige gewesen wäre, der Heilung für die Tochter hätte beibringen können - durch, ja durch ein grässliches Menschenopfer.

Der Dorfschullehrer bedankte sich bei Onkel Manani für den Ratschlag und ging ein wenig verwirrt nach Hause.

Seine Sorgen waren durch das Gespräch mit dem Krämer nicht geringer geworden. Als Therese eingeschlafen war und Yaro gedankenverloren vor dem Haus mit einem Stock und den Steinen spielte, die den Rand des Grundstücks einfassten, bat er Kamaru beiseite.

Er erzählte ihr von dem, was Onkel Manani erklärt hatte und beobachtete aufmerksam ihren Blick, denn daraus, das hatte er im Laufe er Zeit gelernt, konnte er so vieles ablesen. Manchmal erkannte er aus einem Zucken um die Augen bereits ihre Reaktion auf sein Gesagtes. Da bedurfte es gar keiner Zeichen oder eines beschriebenen Zettels. Kamaru war in großer Sorge. Sie hatte Angst um ihre Tochter. Und sie trieb die Furcht um, dass sie eines Tages alleine mit den Kindern sein könnte und sich dann irgendwelcher Angriffe kaum mehr erwehren können würde. Auch wenn Adili mittlerweile älter war und seine Kräfte schwanden, er wurde im Dorf doch respektiert. Das lag in der Zwischenzeit auch an der weißen Hautfarbe, denn die machte ihn unnahbar. Seine Bildung und seine Sicht auf die Welt ließ die Menschen ihn mit Respekt betrachten. Er war der Lehrer, dem man seine Kinder anvertraute und das obwohl er ein Zaubermensch war. Noch so viele Jahre nach seinem Tod wirkte hier der Einfluss Hataris. Aber was, wenn Adili nicht mehr war? Kamaru würde mit den Leuten nicht reden können. Nicken oder Kopfschütteln, Schweigen oder die Augen aufreißen... Mehr konnte sie nicht tun um rasch in Kontakt zu treten. Für alles weitere brauchte sie Stift und Zettel. Dass sie lesen und schreiben konnte, war Adilis Verdienst. Aber es nützte bei vielen Erwachsenen im Dorf nichts.

Kamaru war nicht entgangen, dass Adili sich immer weiter zurückzog. Sie merkte, dass er Schmerzen hatte, wenn er sich morgens erhob. Sie hörte das Krächzen, wenn er sich auf den Stock stützte und vernahm das laute Husten ab und an. Auch wenn Adili dreißig Jahre älter war als seine Frau, so war er mit 57 Jahren doch noch kein wahrer Greis. Aber er war schwach geworden.

-XIII-

2009

Im Laufe des letzten Jahres war es Adili immer schlechter gegangen. Anfangs war er noch täglich in die Schule gelaufen und hatte den Kindern etwas beizubringen versucht. Aber immer wieder hatte er sie nach Hause schicken müssen und sich auf der Rückseite des Schulhauses in den Schatten gesetzt. Ihm blieb ab und an die Luft weg und der Husten quälte seine Lungen zusehends. Kamarus Blicke trafen ihn. Seine junge Frau sah ihn an wie einen gebrechlichen Alten, der er doch nicht sein wollte. Adili war zu schwach um zu unterrichten, aber die Familie brauchte seinen Verdienst. Wer würde ihnen etwas geben, wenn ein neuer Dorfschullehrer kam und den Unterricht übernahm? Ende des Jahres ging er zu den Dorfältesten, nur ein wenig älter als er selbst, aber die Chiefs im Ort. Er bat sie, ihn vom Schuldienst zu befreien. „Es ist für eure Kinder das Beste, ich bin zu alt und zu schwach geworden", sagte er offen und ehrlich. Die Alten nickten. Sie schwiegen lange und einer erhob sich: „Adili, wir wissen nicht, wie wir die Schule ohne dich am Leben erhalten sollen. Aber wir wissen, dass du diese Entscheidung nicht leichtfertig getroffen hast. Geh zu einem Arzt und lass' dir helfen." Adili nickte. Er wusste, dass im Dorf einige darauf dringen würden, dass er die Medizinfrau aufsuchen sollte. Aber um die machte er einen großen Bogen seit deren Tochter gestorben war. Das ganze letzte Jahr über hatte sie immer wieder im Dorf erzählt, dass ihre geliebte Tochter samt dem kleinen Ungeborenen nur deshalb umgekommen sei, weil Adili sich geweigert hatte zu *helfen*. *Helfen*, so nannte sie das, was sie von ihm eingefordert hatte.

Adili war sich nicht sicher, ob Kamaru in der Lage war, die Familie zu schützen. Noch zweimal hatte Onkel Manani Warnungen ausgesprochen. Noch zweimal bat er Adili, das Dorf zu verlassen. Zweimal hatte Adili das alles in den Wind geschlagen. Und das Schicksal meinte es wieder einmal gut mit ihm. Denn im Herbst war ein schicker silberfarbener Jeep vorgefahren im Dorf und ein älterer Herr ausgestiegen. Im Schlepptau hatte er einen Weißen und eine bildhübsche Frau. Yaro war es wieder gewesen, der zuerst erkannt hatte, wer da ins Dorf zurückgekehrt war. Nikolas und Zuri und deren Vater statteten Adili einen Besuch ab. Das ganze Dorf war auf den Beinen und als man erfuhr, wer der Mann war, der da aus dem Jeep geklettert kam, erstarrte man fast ein wenig vor Ehrfurcht. Adili kannte also eine wichtige Persönlichkeit. Einen Politiker, einen Diplomaten, der lange in Deutschland gelebt und gearbeitet hatte. Dies alleine ließ Adili wieder ein wenig unangreifbarer werden. Ihm selbst waren die argwöhnischen Blicke der Schamanin und einiger anderer Dorfbewohner nicht entgangen. Es fühlte sich an wie einst, als er mit Mama Amali vor dem Dorf gelebt hatte und die anderen Kinder ihn aus der Ferne abfällig begafft hatten. Der Weiße, der Zaubermensch da draußen vor dem Dorf... Nun aber mischte sich in diese Abfälligkeit auch eine große Portion Neid. Manche Dorfbewohner konnten nicht verstehen, wieso Adili solch wichtige Freunde hatte, wo er doch so anders war. Sie selbst träumten alle vom schicken Leben in der großen Stadt. Und da war Arusha schon eine große Stadt, Dar Es Salaam die größte Stadt und London, Paris oder New York waren unerreichbar weite große Städte einer anderen Welt.

Adili wurde von Nikolas freundschaftlich umarmt und Zuri stellte ihn ihrem Vater vor, der fröhlich Hände schüttelte und Witze riss. Adili genoss den Tag mit seinen Freunden sehr. Seine Schmerzen und die Schwäche vergaß er so für einige Momente. Auch schenkte er den Blicken aus dem Hintergrund keine allzu große Bedeutung. Zeit seines Lebens hatte er sich an derlei Blicke gewöhnt. Er war schließlich ein Zaubermensch, der anders war. Verflucht, verzaubert oder eben *Allheilmittel*. Nur für die wenigsten Menschen in seiner Umgebung war er einfach nur normal. Kamaru war anders. Sie schien ihren Mann in der Zwischenzeit aufrichtig lieben gelernt zu haben. Sie verehrte ihn für sein umfassend großes Wissen.

Vor dem Aufbruch - Nikolas wollte zurück nach Arusha ehe es dunkel wurde - bat Adili seine Freunde in sein Haus. Kamaru bereitete Kaffee zu und buk Brotfladen. Zudem hatte sie bereits Gemüse gekocht. Zuri und Nikolas saßen nebeneinander in einer Ecke, Zuris Vater sprach vor der Tür immer noch mit einem anderen Mann, der sich von dem Fremden eine Art Betriebsanleitung erhoffte, wie man schnell reich werden könne. Adili bedeutete allen, sich zu bedienen. Dann setzte er an. „Nikolas, ich habe dir einen Brief geschrieben, als Antwort auf die schönen Fotos von eurer Hochzeit." Zuri übersetzte ins Deutsche, da Adili es vorzug auf Swahili zu sprechen. „In diesem Brief habe ich meine Sorgen und Ängste ein wenig angesprochen. Ich muss das konkretisieren und auch heute noch einmal ansprechen. Es ist ein herrlicher Tag und meine Freude über euren Besuch kennt kaum eine Grenze. Aber ihr erlebt mich heute schwächer und kränker als beim letzten Mal und schon damals habe ich gespürt, dass etwas nicht stimmt."

Zuris Vater nickte Adili zu. Es sollte Aufmunterung signalisieren, war aber auch das deutliche Anzeichen dafür, dass man dem Dorfschullehrer die Beschwerden deutlich ansah.

„Ich werde nicht mehr zur Schule gehen können. Dann bin ich nicht mehr in der Lage, meine Familie zu ernähren. Wir haben keine Idee, wie wir fortan überleben sollen. Das ist das eine, was mich quält. Das andere ist meine Gesundheit selbst. Ich befürchte, dass mein Ende naht. Was wird aus meiner Familie, wenn ich nicht mehr bin? Nikolas", fuhr er fort, „sie sehen in mir einen Zaubermenschen. Ich bin Albino, das wisst ihr in Europa einzuordnen und könnt damit umgehen. Wir in Tansania haben da oft Schwierigkeiten. Die Schamanen dachten mein halbes Leben lang, ich wäre aus dem Reich der Ahnen gesandt worden um einen Fluch umzusetzen. Dann vollzog die Heilerin eine Kehrtwende und betrachtete die Zaubermenschen fortan als Wundermittel. Ihre Tochter war schwer krank geworden und starb. In ihr ihr ungeborenes Kind."

Zuri wollte das alles nicht hören, setzte sich eng zu Nikolas und blickte dabei immer wieder Kamaru in die Augen, die die Ausführungen ihres Mannes in stoischer Ruhe zu verfolgen schien.

„Man forderte unsere Tochter Therese als Opfer. Wir sollten sie der Schamanin geben. Haare, Haut und Knochen sollten dann der Heilung ihrer Tochter dienen. Meine Freunde, wir alle wissen, dass dieser Humbug keine ernsthaften Krankheiten heilen kann. Aber gegen den unverrückbaren Glauben der Schamanen gibt es kein Mittel."

Adili rückte ein wenig auf dem Boden hin und her, denn ihm schmerzte das Gesäß. „Ich habe der Medizinfrau klar gesagt, sie solle gehen und meine Tochter in Ruhe lassen. Seitdem darf Therese nur noch unter Aufsicht irgendwohin. Kamaru ist ständig um sie herum. Auch Yaro muss immer sagen, wo er ist und wir haben ein Auge auf ihn. Wir wissen nicht, was sie vorhaben. Und ich weiß nicht, was mit meiner Familie geschieht, wenn ich tatsächlich nicht mehr bin."

Kamaru wandte nun das Gesicht ab. Sie stand auf um noch mehr Essen zu holen. Dieses Gespräch setzte ihr zu. Auch Zuri stand auf und folgte der jungen Frau in die Küche.

Zuris Vater nahm sich Adili an. Er flüsterte ihm einige Sätze zu, die Nikolas nicht verstand. Adili nickte und sagte. „Wissen Sie, ich will nicht in Ihrer Schuld stehen, aber ich muss Ihre Hilfe annehmen, wenn ich das Überleben meiner Familie sichern will. Mein Sohn ist noch keine neun Jahre alt." Der Diplomat nickte verständnisvoll und legte den Arm auf die Schulter des Dorflehrers. „Nikolas ist ein guter, junger Mann und er möchte Ihnen helfen. Er hat meine Tochter aus Tansania entführt", sagte er, lächelte dabei und alle wussten, es war ein Scherz. „Aber sie kommen immer wieder zurück nach Dar Es Salaam. Das ist Zuris Heimat. Und Ihr Sohn Yaro und Ihre Tochter Therese sollen auch in ihrer Heimat aufwachsen können. Frei von Angst. Da ist es mir egal, ob mich das ein paar Tausend Schillinge kostet. Es ist mir eine Ehre, Ihnen beiseite zu stehen, Adili."

Adili stand auf, ging an die Tür. Er wollte etwas Luft in seine kranken Lungen saugen. Vor der Tür wandte er sich noch einmal zu seinem Gast. „Vielen Dank, ich kann Ihnen nicht sagen, was das für mich bedeutet." Zuris Vater blickte Adili direkt in die Augen. Er sah müde Augen. Einen älteren Mann, krank und ausgebrannt im Rahmen der Tür seines Hauses. „Ich weiß sehr wohl, was das in Ihnen auslöst. Sie fühlen sich auf der einen Seite erleichtert, weil Sie nun wissen, dass es Leute gibt, die für Yaro, Therese und Ihre Frau Kamaru da sein werden, wenn Sie nicht mehr bei ihnen sind. Auf der anderen Seite, Adili, das weiß ich sehr wohl, haben Sie das seltsame Gefühl der Abhängigkeit. Sie wissen nicht, wie Sie mir das eines Tages zurückzahlen könnten. Sie haben das Gefühl in meiner Schuld zu stehen. Richtig?" Adili nickte beschämt. Der Diplomat hatte seine Gedanken erkannt. „Es sind die Skrupel der Gebildeten, der Leute, die gelernt haben, die Dinge zweimal, dreimal und viermal zu hinterfragen. Seien Sie unbesorgt, Adili, ich mache das für Ihre Familie gerne. Ein wesentlicher Teil meiner Familie ist in Europa, alle sind versorgt. Ich habe genug Geld um für mich und meine Familie alles zu kaufen, was wir uns wünschen. Zuri und ihr Mann würden Ihnen gerne helfen und daher bin auch ich für Sie da."

Als Kamaru in den Raum zurückkam war Adili gerade draußen unterwegs um sich das Angebot noch einmal durch den Kopf gehen zu lassen. Nikolas' Schwiegervater bot ihm finanzielle Unterstützung an. Aber durfte er sie annehmen und wie würde sie die Familie retten? Er müsste solange etwas bezahlen, bis Yaro Geld verdienen konnte. Der Junge war noch keine neun und musste in die Schule. Denn nur, wenn er gut ausgebildet werden würde, konnte er soviel Geld verdienen, dass es zum Leben für alle reichte. Und Therese war ein Mädchen, das brachte traditionell der Familie kein Geld. Sie würde eines Tages verheiratet und zur Familie des Mannes ziehen.

Kamaru sah, dass sich die Gesichtszüge ihres Mannes entspannt hatten als er zurückkam. Sie lächelte sanft und Adili nickte ihr zu. „Zuris Vater wird uns helfen, wenn das Leben es uns nicht gut meint", sagte er freundlich. Dann rief er Yaro und bat ihn, sich bei Nikolas' Schwiegervater zu bedanken. „Der Diplomat wird eines Tages helfen, dass du eine gute Schule besuchen kannst, so wie ich es konnte." Yaro, der noch auf die Dorfschule seines Vaters ging, nickte artig, verstand aber nicht recht, wieso das seinem Vater so wichtig war. Er wollte viel lieber wieder vor der Tür spielen gehen. Dort wartete eine ganze Schar Jungs aus dem Dorf.

Beim Gehen drückte Adili Nikolas nahe an sich heran. „Ein wahrer Freund", sagte er. Nikolas wusste nicht, wie er damit umgehen sollte. Er hatte keine Ahnung, dass er bald beweisen musste, wie ernst ihm diese Freundschaft wirklich war. Er verabschiedete sich von Adili und wünschte ihm alles Gute. Vor dem Einsteigen in den Wagen drehte er sich noch einmal um und winkte dem Dorflehrer zu. Adili hob den Stock, auf den er sich stützte und reckte ihn zum Gruß in die Luft. Adili erkannte in Nikolas' Augen dessen Gedanken. *Ich werde ihn nicht mehr wiedersehen.*

Zuris Vater schüttelte dem Lehrer die Hand und steckte ihm dabei ein kleines Bündel Geldscheine zu. „Ein Anfang, seien Sie stark, lassen Sie sich und Ihre Familie nicht durch die Hexereien bedrohen. Auch wenn die Jahrhunderte alte Tradition wichtig ist und wir sie bewahren sollten, sie darf nicht zum Nachteil unseres Volks werden." Adili nickte, bedankte sich und schob das Geld vorsichtig in die Hosentasche. Dann brauste der Geländewagen davon. Winkende Menschen an den Fenstern freuten sich über das Lächeln von Kamaru und den hinter dem Wagen herlaufenden Yaro.

Abends fischte Adili das Geld vorsichtig hervor und stellte fest, es waren amerikanische Dollar und tansanische Schilling. Viel Geld, sehr viel Geld. Er beschloss, weder Kamaru noch Yaro - Therese war noch viel zu klein - etwas davon zu sagen. Es blieb vorerst sein Geheimnis.

Und dieses Geheimnis hatte es ihm nun etwas leichter gemacht zu den Dorfältesten zu gehen und ihnen seinen Entschluss mitzuteilen, nicht mehr als Lehrer arbeiten zu können.

Auch ihren Rat, zu einem Arzt zu gehen, würde er befolgen. Therese und Yaro zuliebe. Nach dem Gespräch mit dem Rat der Ältesten kehrte er ins Haus zurück und rief nach Kamaru.

„Ich werde nach Arusha fahren und mich im Krankenhaus untersuchen lassen. Es ist eine Chance, dass es mir wieder besser geht", sagte er, wohl wissend, dass es vermutlich nur mehr einen Aufschub gab. „Kamaru, pass auf Yaro und die Kleine auf." Seine Frau nickte stumm wie immer. Ihre Augen verrieten Angst, Bedrücktheit und große, unendliche Sorge.

*

Der Bus ratterte über die staubige Straße und ließ eine lange Staubwolke hinter sich zurück. Immer wieder krachte Adilis müder Körper an die Scheibe. Er hatte niemanden gefunden, der ihn vom Dorf aus den ganzen Weg bis nach Arusha fahren würde. Also musste er den Bus nehmen. Onkel Manani hatte seinen Lieferanten gebeten, ihn mitzunehmen. Der fuhr aber nur bis Karatu und blieb dort für zwei Tage. Als stieg Adili in Karatu in den Bus um.

An Adili zog die weite Landschaft vorbei. Weswegen so viele nach Tansania kamen, Adili schenkte dem Grün und Braun vor der Scheibe kaum Aufmerksamkeit. Die zahlreichen Hügel und bewachsenen Mulden, er nahm sie nicht wahr. Adili war mit sich und seiner knapp bemessenen Zukunft beschäftigt.

Immer wieder hielt der Bus in kleinen Ortschaften an und ließ Leute zusteigen, nur zweimal wollten Frauen aussteigen. Die Fahrgäste schnatterten wild durcheinander. Kinder spielten auf den Sitzen, es herrschte ein herrliches Treiben. Aber auch diesem Treiben folgte Adili nicht. Er fühlte sich müde und erschöpft. Die letzten Nächte hatte er nicht gut geschlafen. Sein Kopf hämmerte und von Zeit zu Zeit nickte er kurz ein.

Nach knapp fünf Stunden Fahrt hielt der Bus plötzlich an. Adili riss die Augen auf. Der Bus stand auf einem großen Platz in der Stadt. Um ihn herum wuselten zahllose Männer und Frauen. Sie wollten entweder etwas zum Kauf anbieten oder harrten bereits seit Stunden aus, um genau mit diesem Bus zurück in die Kleinstadt Karatu zu fahren. Adili war in Arusha angekommen. Arusha! Das war für den jungen Adili einst das Ziel seiner Träume. Dort gab es einen großen Marktplatz. Eine Schule und vielleicht war Arusha das Tor zur großen, weiten Welt. In Arusha konnte man Kontakte knüpfen zu den Urlaubsgästen aus fernen Ländern. Als Adili ein kleiner Junge war und Mama Amali ihm erzählt hatte wie sie als junge Frau heimlich nach Arusha gefahren war um ihr Gemüse oder ihre Handwerkskunst in der Stadt feilzubieten, dann hatte das nach großem Abenteuer geklungen. Aber nun war es das längst nicht mehr. Selbst in die fernsten Winkel des Landes hatten die Fernsehschirme Einzug gehalten und die Abenteuer kamen entweder aus Holly- oder aus Bollywood. Die Märkte Arushas, die Kameras der Touristen aus Frankreich und Deutschland lockten schon lange keinen kleinen Jungen mehr an die Straßenränder. Sie träumten heute von Manhattan und den flachsten Bildschirmen der besten Fernseher. Aber für den mittlerweile alt gewordenen Adili hatte Arusha immer noch etwas Besonderes. In seinem ganzen Leben war er nur ein paar Mal hier gewesen. Sein Mittelpunkt war das Dorf. Die Schule, der Weg von dort zu seinem Haus. Der kleine Dorfladen von Onkel Manani...

Er schnappte sich seine kleine Tasche und mühte sich beim Aufstehen. Es sollte nicht zu gebrechlich aussehen. Vor dem Bus umringte eine Kinderschar die Fahrgäste. Sie sollten Tomaten erstehen oder Kartoffeln oder Uhren und Batterien, Losverkäufer suchten ebenso nach Kundschaft wie die alten Frauen mit den Körben auf dem Kopf. Sie hatten Mais und Zwiebeln im Angebot. Ein Mann streckte einen kleinen Transistorradio empor. Adili schlug alle Angebote aus. Er bahnte sich einen Weg vor den großen Busbahnhof.

Dort war es etwas ruhiger. Adili war es nicht gewohnt, von so vielen Menschen umgeben zu sein. Zwar machte ihm der Trubel nicht allzu viel zu schaffen - und seine Schüler konnten auch einen ordentlichen Radau machen -, aber er war im Moment zu sehr mit seinen Sorgen beschäftigt, als dass er die Kraft gehabt hätte, sich genau umzusehen und das Leben um sich herum wahrzunehmen.

Immer wieder überlegte er, wie es Kamaru und Yaro zu Hause erging. Ob Therese nach ihm fragte? Legte sich die Schamanin schon einen Plan zurecht, wie sie sich nun des Zauberkinds ermächtigen konnte? Das war Adilis größte Sorge. Adili machte ein paar Schritte die Straße entlang. Er wusste nicht, wo er hingehen sollte. Es gab mehrere Krankenhäuser in Arusha. Onkel Manani hatte ihm geraten, nach dem neuen Krankenhaus zu fragen. Er habe gehört, diese Klinik sei erst im vergangenen Jahr feierlich eröffnet worden. Und wenn alles neu war, musste es gut sein. Dann hatte Onkel Manani einen Zettel aus der Zettelbox gefischt und krakelig auf das Papier den Namen der Klinik geschrieben: *Arusha Lutheran Medical Centre*. Diesen Zettel kramte Adili nun aus seiner Tasche. Auf der anderen Straßenseite stand ein Mann, der etwa Adilis Alter haben dürfte. Er ging auf ihn zu und grüßte den Fremden. Dann streckte er dem Mann den Zettel hin: „Weißt du, wie ich da hinkomme?" Der Mann nickte freundlich und offenbarte mit einem freundlichen Lächeln zahlreiche Zahnlücken. „Das ist fast um die Ecke. Geh die Straße geradeaus und bieg einmal rechts ab. Dann siehst du das neue Krankenhaus sofort." Adili bedankte sich und wollte gerade losgehen, da zupfte der Mann ihn noch einmal am Ärmel. „Alles Gute, mein Freund, alles Gute. Gott möge dir Gnade schenken", flüsterte der Fremde und Adili bedankte sich, wenngleich er sich auch irritiert fühlte. Sah er nun wirklich schon so schrecklich krank aus?

Die Strecke zwischen dem Busbahnhof und dem Krankenhaus war tatsächlich keinen halben Kilometer lang und doch musste Adili zweimal stehenbleiben und nach Luft schnappen. Er fühlte ein Stechen in der Brust und ein Kribbeln in den Beinen. Es waren keine guten Anzeichen, dachte er sich. Dann erkannte er auf der rechten Straßenseite das Schild, das den Eingang zur Klinik verriet.

Kurz hielt er vor der breiten Schiebetür aus Glas inne und betrachtete das rote Gebäude. Im Dorf gab es kein einziges Haus, das so massiv erbaut gewesen wäre, so stabil und so modern. Fast hätte sich Adili nicht getraut, in die Klinik hineinzugehen.

*

Yaro spielte vor dem Haus mit einem Stein. Er sah die Männer und Frauen schon von der Ferne aus kommen. Es waren viele. Und er kannte die meisten. Aber sie sahen nicht freundlich aus. Es war ein knappes Dutzend vielleicht. Sie liefen schnurstracks auf ihr Haus zu. Was die wohl wollten? Es sah sehr bedrohlich aus. Wie in den Filmen, die man bei Onkel Manani im Fernsehen sehen konnte. Heimlich, wenn Mama Kamaru dachte, man sei mit den anderen Kindern irgendwo im Dorf spielen. An der Spitze des kleinen Zugs ging die Medizinfrau. Sie hielt einen hölzernen Stab in die Höhe gereckt und rief irgend etwas, das Yaro kaum verstand. Es war ihm aber nun klar geworden, dass der Zug zu seinem Haus wollte, denn die Menge hatte das letzte Haus vor seinem bereits passiert. Der Nachbar stand neugierig vor der Tür und beobachtete aufmerksam, was vor sich ging. Und da die Meute an ihm wortlos vorbeizog und nur mehr ein Haus in der staubigen Straße stand, war es klar, wohin sie wollten. Yaro drehte sich um und raste so schnell er konnte zurück ins Haus. „Mama", rief er laut und schrill. „Mama, Mama", wiederholte er. „Mama, sie kommen!"

Kamaru blickte stumm die Straße entlang. Dann kalkulierte sie die Distanz. Hundert Meter, vielleicht etwas mehr. Kamaru machte kehrt, lief ins Haus und nahm Therese auf den Arm. Dann packte sie Yaro an der Schulter. Sie legte das Mädchen, das weiße Mädchen, auf die Arme ihres Bruders und deutete auf die Hinterseite des Hauses. Dort ging es ins Grasland. Da war nichts. Hügel. Savanne. Busch. Eine Senke, eine Erhebung, Busch und Dornengestrüpp. Sie deutete auf die Ferne und Yaro war sofort klar, er musste los. Therese machte einen verwirrten Eindruck. Yaro hielt die Schwester fest an sich. Sie war schwer für ihn, aber es war an Mama Kamarus Blick zu erkennen: es ging hier um Leben und Tod. Also rannte er. Er rannte aus der hinteren Tür des Hauses. Er rannte, obwohl die Beine brannten. Therese war knapp drei Jahre alt und Yaro noch keine neun. Es war ihm kaum möglich, seine Schwester lange Zeit zu tragen. Aber sie anzufeuern, schnell mit ihm zu laufen, das machte seinen Sinn.

Sie würde nicht genau verstehen, worum es ging. In den letzten Tagen hatte sie immer wieder nach ihrem Vater gefragt. Der Zaubermensch vermisste seinen ebenso verzauberten Vater... „Papa ist in Arusha, damit es ihm bald wieder besser geht", hatte Yaro ihr gesagt.

Jetzt eilte er mit der Schwester auf dem Arm ins Nichts. Die ferne Landschaft - ein Traum für die Urlaubsgäste aus der fernen Welt - war für Yaro nur Ödnis voller Dornbüsche. Er blickte nicht um sich, sondern lief. Was die Leute wollten, war ihm egal. Aber er wusste, dass die Schamanin schon mehr als einmal nach dem Leben seiner kleinen, seiner geliebten Schwester getrachtet hatte. Und das nur, weil sie wie Papa Adili eine helle Haut hatte und ihre Augen so gefährlich rot funkeln konnten.

Yaro sprach sanft zu ihr, so sanft man sprechen konnte, wenn man voller Angst und in großer Eile durch den Busch rannte. „Wir bringen dich in Sicherheit", sagte er immer wieder. „Warum?", fragte die kleine Schwester fortlaufend. Yaro war es nicht möglich, ihr alle Details zu vermitteln. Warum? *Weil du so anders bist*, dachte er bei sich, sagte dann aber nichts. Therese war zu klein um zu verstehen, dass ihr Aussehen, ihre Haare und ihre Haut der Grund waren, warum sie in ständiger Angst leben musste. Sie war insgesamt noch viel zu unschuldig um überhaupt in Angst zu leben. Darum war Adili so froh. Er selbst hatte die ersten Jahre seines Lebens in Verbannung zugebracht. Das blieb Therese erspart. Aber ihr drohte ein ganz anderes Schicksal. War Hatari der Dorfchief und konnte mit dem Heben und Senken seines machtvollen Stabes über das Schicksal entscheiden, so war Adili nur der Lehrer im Dorf. Und er selbst war gebrandmarkt. Ein Zaubermensch hatte keinen Einfluss im Dorf, der Wirkung auf alle anderen gehabt hätte, wenn die Mehrheit das nicht akzeptierte. Freilich war er einer der wenigen, der früh in die Schule gegangen war und das bei den Engländern auf einer Missionsstation. Aber heute zählte das nicht mehr viel. Allerdings schwand auch der Einfluss der Medizinleute zusehends. Das war Adilis Hoffnung für Therese' Zukunft. Wenn die Heilerin sich auf das Brauen von Sud konzentrieren würde, der gegen Koliken bei kleinen Babys half oder auf das Mischen von getrockneten Kräutern gegen Husten und Rückenschmerzen, dann wäre allen geholfen. Solange sie aber sich selbst als die einzige Brücke zwischen dem Reich der Geister und der realen Welt betrachtete, solange war der Aberglaube mächtiger Begleiter des täglichen Lebens.

Vor allem die älteren Frauen im Dorf hingen den Schamanen an den Lippen. Und nur wenige Männer stellten sich offen gegen den Rat der Medizinfrau im Dorf. Dass Adili der Tochter den Gang zum Arzt empfohlen hatte, empfand die traditionelle Bevölkerung im Dorf als zutiefst anmaßend. Wenn die Heilerin Therese als Opfer forderte, dann... und an dieser Stelle endeten alle Diskussionen mit Adili. Denn das Unaussprechliche sprachen sie in seiner Gegenwart nicht aus. Sie schwiegen sich ihre Realität zurecht. Aber hinter seinem Rücken - und das hatte er immer gespürt - war es doch ganz einfach: Gib die Tochter um das Leben der anderen Tochter samt ihrem ungeborenen Leben zu retten! Die Geopferte war ohnehin *nur* ein Zaubermensch, für viele gar nicht wirklich ganz von dieser Welt. Aber, so sagten sie hinter vorgehaltener Hand, wie sollte Adili das verstehen, war er doch selbst ein Zaubermensch?

Yaro spürte den Herzschlag im Hals. Ein stechender Schmerz durchfuhr die Arme, die von Schritt zu Schritt mehr Mühe hatten, das Mädchen an sich zu klammern. Er entschied sich, stehen zu bleiben. „Du musst nun selbst ein Stück laufen", flehte er die Schwester an und hoffte darauf, dass die diesmal auf das übliche *Warum?* verzichten würde. Therese tat ihm den Gefallen und lief dem großen Bruder folgsam und ohne Widerspruch hinterher. Sie waren nun zwar langsamer, aber Yaro konnte wieder Kräfte sammeln. Er drehte sich ein paarmal um. Das Haus war nun schon klein und man konnte kaum mehr als die dunklen Umrisse des Fensterlochs und des hinteren Zugangs ausmachen. Dort in der Ferne tat sich nichts Verdächtiges.

Kamaru hatte die Menschen erwartet. Sie stand mit dem großen Küchenmesser in der Hand vor der Tür. Sonst nichts. Sie fuchtelte nicht herum. Sie machte keine abwehrende Geste. Sie stand still da, das Messer in der Hand. Als Mahnmal ihres Willens, als stummer Zeuge ihrer Überzeugung und ihrer Kraft.

Die Schamanin sah sie giftig an, sprach aber kein Wort mit ihr. Dann drängten sich die Männer an ihr vorbei in den ersten Raum. Sie ignorierten das Messer in Kamarus Hand. Kamaru blieb ruhig. Sie wusste, würde sie das Messer benutzen und einen verletzen, sie selbst wäre am Ende tot und ihre Kinder sich selbst überlassen. Also ließ sie die in ihren Augen Irren gewähren, in der Hoffnung, dass Yaro die kleine Therese weit genug fortgebracht hatte.

Rufen wollte sie: „Traut ihr euch erst jetzt, da Adili nicht im Dorf ist, ihr feigen Hunde!?" Aber sie war zum Schweigen verdammt. Ihre Blicke aber verrieten tiefe Sorge und grässlichen Hass auf die Leute, die sich ihre Tochter greifen wollten - um sie zu töten für ein menschliches Opfer.

Ein junger Mann kehrte aus dem Haus zurück. „Leer", sagte er zur Schamanin. Dann blickte er mitleidvoll in Kamarus Augen als wollte er sagen: *Ich tue das für das Gemeinwohl, dem Zorn der Geister wegen und nicht, weil ich deiner Familie Leid zufügen möchte.* Aber Kamaru hatte oft genug den Worten ihres Mannes gelauscht und es klang so verständlich, was er ihr beigebracht hatte. Nur wer sich dem grausamen Anteil der Traditionen widersetzt, kann frei in die Zukunft blicken und für sich beanspruchen, traditionell *und* zeitgemäß zu leben. Zwang zu erdulden und ihn mit Tradition zu begründen, das machte keinen Sinn, denn die Gebräuche sollten den Menschen dienen und ihnen nicht schaden. Wie recht Adili damit hatte. Kamaru wollte auch dies dem jungen Gefolgsmann der Medizinfrau sagen. Die Zunge schwieg. Kamaru wandte sich ab. Hob beim Gehen das Messer einmal drohend in die Luft, so als könne sie die Menschen damit leichter verscheuchen.

Die Gruppe verschwand hinter der Biegung. Kamaru wusste, dass Therese im Haus nicht mehr sicher war und solange Adili in Arusha war auch nicht mehr ins Dorf zurückkehren konnte. Aber wohin hatte Yaro seine Schwester gebracht? Kamaru konnte nicht einfach nach draußen in den Busch gehen und nach ihrer Tochter suchen. Sie fürchtete, dass die Medizinfrau jemanden postiert hatte, das Haus auszuspionieren. Dann würde sie der Schamanin direkt den Weg zum Zaubermädchen zeigen. Zudem wusste sie selbst gar nicht, wo sich ihre kleine Tochter genau befand.

*

Der Arzt hatte sich die Hände gewaschen bevor er Adili die Hand reichte. Alles wirkte sehr sauber und steril in diesem Gebäude. Die Nacht über hatte Adili gut geschlafen. Das erste Mal seit langem. Wohl gefühlt aber hatte er sich in der Klinik nicht. Ihm fehlten sein Dorf und dort vor allem die Familie. In Gedanken war er bei Kamaru und den Kindern. Er war sich nicht sicher, aber er hatte eine Vermutung, dass die Schamanin seine Abwesenheit nutzten konnte, um an Therese zu kommen.

Doctor Theodore Lesso stand auf dem kleinen Schild, das auf den weißen Kittel gesteckt war. Der Arzt hatte bereits graue Haare und war sicherlich im selben Alter wie Adili. Er setzte sich neben Adilis Bett und legte seine Hand bedeutungsvoll auf den Arm des Patienten.

„Wir haben jetzt viele Untersuchungen gemacht und festgestellt, dass es da einige Baustellen in Ihrem Körper gibt, die uns Sorgen bereiten." Adili nickte und fühlte sich in seiner Angst bestätigt.

„Wie lange noch?", fragte er unvermittelt direkt.

„Das ist eine Frage, auf die ich Ihnen nicht antworten kann", gab der Arzt zurück. „Aber ich will es so erklären: Reiche Menschen, die das Geld für gute Medizin haben, können sich Rettung leisten. Sie vermutlich nicht. Ist das eine Antwort, die Sie erschreckt?" Adili war für die knallharte Ehrlichkeit dankbar. „Nein", sagte Adili, „es erschreckt mich nicht. Ich habe einen guten Freund in Deutschland. Er hat mir Geld gegeben, sodass ich mich untersuchen lassen konnte. Und er wird meine Familie unterstützen. Es ist ein guter Freund. Er würde mir das Geld geben, wenn ich ihn bitten würde. Aber ich will lieber, dass er meinen Sohn, meine Tochter und und meine Frau unterstützt." Der Arzt nickte. „Sie werden dort im Dorf noch eine Zeit auf die Familie Acht geben können. Die Schmerzen in den Beinen und im Rücken sind nicht dramatisch, auch wenn sie Ihnen am meisten Kummer bereiten. Schlimmer steht es um Ihre Lunge. Sie merken ja selbst wie schnell Sie nach Luft schnappen oder wie sehr Sie von Zeit zu Zeit husten müssen." Adili nickte erneut. „Ich werden Ihnen nicht beschreiben, wie es weitergeht mit Ihrer Krankheit, denn ich möchte nicht, dass Sie da draußen in Ihrem Dorf nur damit befasst sind, zu warten, wann die Zeichen kommen, die das Ende einläuten. Ich will, dass Sie so gut es geht am Leben teilnehmen können. Was sind Sie von Beruf?"

„Lehrer, ich war Dorflehrer", sagte Adili. „Ich musste damit aber vor einiger Zeit - es ist noch nicht lange her - aufhören, weil mir die Kraft fehlte, zu unterrichten." Nun nickte der Arzt, hob seine Hand vom Arm des Patienten und machte Anstalten, das Zimmer zu verlassen. Kurz vor dem Gehen drehte er sich noch einmal zu Adili um. „Ihre Krankheit hat nichts mit dem Albinismus zu tun. Das schreibe ich Ihnen auch gerne so auf, falls im Dorf jemand nicht glauben sollte, welchen Ursprungs Ihre Schmerzen sind." Adili war dankbar dafür, dass der Arzt zu wissen schien, mit welchen Problemen er sich herumzuplagen hatten. „Meine Tochter, Therese", sagte Adili, hielt inne und holte tief Luft, „ist auch ein weißer Zaubermensch." Der Arzt kehrte einen Schritt in den Raum zurück. „Und man trachtet ihr nach dem Leben, weil ihre Haare und ihre Knochen heilig sind?", wollte er wissen. Adili nickte stumm. „Diese Medizinleute leisten wirklich Großartiges, aber manchmal endet ihre Hilfe auch an einem Punkt, den wir einfach nicht mehr nachvollziehen können, stimmt's?"

„Ich kehre jetzt ins Dorf zurück und lebe weiter wie bisher?", wollte Adili wissen.

„Nicht ganz. Ich gebe Ihnen einige Medikamente mit, die Sie entweder regelmäßig einnehmen oder wenn Sie Schmerzen haben beziehungsweise keine oder nur schwer Luft bekommen." Adili bedankte sich und stand langsam wieder auf. Er kramte seine Sachen zusammen und machte sich auf den Weg. Von einer netten Krankenschwester bekam er einen Zettel. Darauf standen die Medikamente, die Doktor Lesso ihm mitgeben lassen wollte. Er sollte sie in einem Arzneizimmer bekommen, nachdem er die Rechnung bezahlt hatte. Adili hoffte, dass das Hospital auch amerikanische Dollar akzeptieren würde, denn Zuris Vater hatte ihm Dollar gegeben.

Bepackt mit einer Papiertüte, in der sich Tablettenschachteln befanden, machte sich Adili auf den Weg zurück zum Busbahnhof. Er hatte nun die Gewissheit, dass er sehr krank war und bald nicht mehr sein würde. Es galt die Zeit zu nutzen, seine Familie zu unterstützen.

*

Kamaru hatte die ganze Nacht kein Auge zugemacht. Sie hatte am hinteren Ausgang des Hauses gestanden und in die Ferne geblickt. Zwar vermochte sie keine Laute zu produzieren, aber sehen konnte sie ausgesprochen gut. Nur leider sah sie nichts. Nirgendwo ein Zeichen von Yaro und seiner kleinen Schwester. Die beiden mussten Angst haben im Busch. Und frieren. Die Nächte waren doch so schrecklich kalt.

Irgendwann schlich sie müde und erschöpft in den großen Wohnraum um Wasser zu kochen. Sie musste wenigstens etwas trinken. Plötzlich hörte sie eine Stimme hinter sich. Sie erschrak und fuhr herum. Es war Yaro, ihr Sohn. Er musste sich angeschlichen haben wie ein Leopard im Busch. „Ich bin es nur, Mama", sagte er sanft und nahm seine Mutter kurz in den Arm. Sie wollte fragen: *Und wo ist Therese?* Yaro hatte in der Zwischenzeit gelernt, die Gedanken seiner Mutter zu erkennen. Darin war er mittlerweile beinahe ebensogut wie sein Vater.

„Wir sind am späten Nachmittag fast bis zur großen Straße gelaufen. Dort ist eine kleine Senke neben einer Wasserstelle." Kamaru nickte. Die Wasserstelle kannte sie noch von früher. Die Alten im Dorf kannten sie alle von früher. Und dort befanden sich zahlreiche Senken und Mulden. An diesem Platz konnte man sich gut verstecken. „Ich habe ein kleines Feuer gemacht, sodass uns nicht kalt geworden ist und Therese keine Angst haben musste." Kamarus Blick verriet zwei Fragen. Eine große und drängende: *Wo ist die Schwester jetzt?* Und eine ganz lapidare Frage - so nebenbei: *Wie hast du Feuer gemacht da draußen?*

Yaro hielt kurz inne. „Mama, ich habe von Papas deutschen Freunden ein Feuerzeug bekommen und habe gelernt, wie man Feuer im Busch macht." Kamaru war dankbar, dass ihr Sohn ihre Gedanken gelesen hatte und nahm ihn fest in den Arm. Dann deutete sie nach draußen. „Ich habe Therese gesagt, sie dürfe sich keinen Schritt von der Stelle fortbewegen, ich könne sie erst dann nach Hause bringen, wenn ich wüsste, wie es hier aussieht. Sie ist dort aber in Sicherheit."

Kamaru war da skeptischer. Den Platz an der Wasserstelle kannten viele. Es spielten dort immer wieder Kinder. Und trotz des Brunnens holten manchmal Frauen noch Wasser. Und wenn irgendwer Therese dort fand, konnte das ein schlimmes Ende haben. Yaro sollte sofort loslaufen und seine Schwester wieder ins Haus bringen. Sie zeigte auf die aufgehende Sonne am Horizont und machte eine Handbewegung, die Eile erkennen ließ. Yaro stimmte zu und lief los. Nach ein paar Metern blieb er noch einmal stehen. „Ich bringe sie dir gesund wieder, keine Sorge, Mama." In diesem Moment hätte Kamaru ihren Sohn am liebsten lange und innig umarmt. Aber sie wusste, dass er schnell sein wollte und dass diese Eile auch angebracht war. Sie ging ihm ein paar Schritte nach und wischte sich Tränen aus dem Auge. In diesen Momenten wünschte sich Kamaru sehr, sprechen zu können. Wenn ihre Zunge doch nur Worte formen wollte, sie könnte all ihren Kummer mit den Kindern teilen.

Yaro war bereits in einer ersten kleinen Senke verschwunden. Er erreichte die Wasserstelle bald und rief nach Therese. Das kleine Mädchen hatte sich tatsächlich kein Stück von dem Platz fort bewegt, wo er sie zurückgelassen hatte. „Mama möchte, dass wir zurückkehren ins Haus. Sie meint, du bist hier nicht sicher." Yaro benutzte immer die Worte *Mama möchte*, denn *Mama sagt...* wäre ja gelogen gewesen. Yaro und seine Mutter hatten einen guten Weg gefunden, miteinander zu kommunizieren. Eines Tages, wenn er richtig lesen und viel besser schreiben konnte, würde er ebenso wie sein Vater Mamas Zettel lesen auf denen sie ihre Anweisungen gab oder ihren Kummer teilte.

Therese stand auf und schüttelte sich ein wenig. „Mir ist kalt", sagte sie leise. „Wenn wir laufen, wird es wärmer", versprach der Bruder und wollte sogleich wissen, ob etwas vorgefallen sei in der Zeit seiner Abwesenheit. Ihm war aufgefallen, dass das kleine Feuer, das er entfacht hatte, ausgegangen war. Therese holte tief Luft und pustete auf die Feuerstelle. „Ich hab versucht es wieder zu befeuern, aber es kam nur noch weißer Qualm. Dann hab ich Stimmen gehört. Irgendwo da oben." Sie deutete die Senke hinauf zur Wasserstelle hin. „Es waren wohl mehrere Frauen, die dorthin kamen. Sie tuschelten, sie lachten und ich hatte riesige Angst, dass sie mich finden, Yaro." Der nahm sein kleines Schwesterchen in den Arm und sagte.

„Keiner hat dich hier gefunden." Therese nickte. „Dann habe ich einen großen Stein genommen und vorsichtig über die Reste der Glut gezogen." Yaro nickte. Ihm wäre nie aufgefallen, dass seine Schwester einen gewaltigen Wortschatz hatte für ihr Alter. Für ihn war es normal, mit der Kleinen so zu sprechen. Adili war sehr stolz auf seine Tochter. Er war es, der ihr so viele verschiedene Worte beigebracht hatte. Sie war wissbegierig und sog die Erfahrungen und das Wissen wie einen großen Schluck Wasser ein. Yaro war einst viel langsamer. Vermutlich spürte Therese, dass sie schnell von ihrem Vater lernen musste. Wohl auch deshalb - zusammen mit der kindlichen Neugierde in diesem Alter - war *Warum?* ihr Lieblingswort.

„Das hast du gut gemacht", lobte Yaro die Schwester und zog sie hoch. „Jetzt laufen wir zu Mama zurück ins Haus. Wir passen gut auf dich auf."

„Und Papa?"

„Kommt sicherlich bald wieder nach Hause", versprach Yaro.

„Wirklich?", bohrte das Mädchen nach.

„Versprochen", log der Bruder, der in Wahrheit keine Ahnung hatte, wann Adili kommen würde und selbst voller Angst war, ob der Vater überhaupt noch einmal aus dem Hospital entlassen würde. Ihm war nicht entgangen, wie schnell es dem Vater schlechter ging. Der gebeugte Gang. Die Handbewegungen an die

Hüfte und die Brust. Das quälende Husten und Nach-Luft-Schnappen. Die Entscheidung, nicht mehr als Dorflehrer zu arbeiten. Yaro war alt genug, die Zeichen zu deuten. Er verbarg seine Sorgen aber vor der Schwester. „Papa ist ein starker Mann", sagte er trotzig, „der kommt bald wieder und wird dann auf uns aufpassen."

*

Therese verkroch sich im Haus. Sie wusste längst, dass die Medizinfrau ihr überall auflauern konnte. Im Haus fühlte sie sich halbwegs sicher. Mama Kamaru hatte das große Messer immer griffbereit und Yaro ging auch nicht mehr ohne das Taschenmesser vor die Türe.

Papa Adili war noch am selben Tag nach Hause gekommen als Yaro seine Schwester wieder zurück gebracht hatte. Am späten Nachmittag holperte der Lastwagen über den Dorfplatz zu Onkel Mananis kleinem Laden. Vorne neben dem Fahrer saß der Vater. Yaro hatte ihn sofort entdeckt. Yaro war den ganzen Nachmittag über auf einem großen Stein in der Nähe des Dorfplatzes gehockt. Von dort aus hatte er alles im Blick: das verwaiste Schulhaus, den Laden von Onkel Manani, die Sandstraße aus dem Dorf hinaus, den schmalen Weg zu den Häusern der anderen Dorfbewohnern und den Weg zu seinem eigenen. Wichtig war, dass er die Behausung der Schamanin einsehen konnte. Denn von ihr ging die größte Gefahr aus.

Adili kletterte aus dem Lastwagen. Fast fiel er aus dem Führerhaus. Onkel Manani kam aus dem Laden geeilt um ihm zu helfen. Er stützte ihn. Yaro war gar nicht so schnell vom Stein gerutscht um zu seinem Vater zu kommen, so schnell hatte Manani ihn auch schon gescholten. „Willst du deinem kranken Vater wohl nicht helfen?", polterte er. Yaro kam geknickt herüber und meinte kleinlaut: „Doch, doch, natürlich." Er grüßte seinen Vater und spürte voller Wohlwollen dessen Hand auf seiner Schulter. Sollte er zugeben, dass der Vater so krank aussah, dass Yaro so sehr erschrocken war, dass er gar nicht daran gedacht hatte, vom Felsen zu klettern um ihm zu helfen. Der Anblick hatte ihn versteinert.

„Komm, wir gehen", sagte Adili liebevoll. Er hatte sofort im Gesicht des Sohnes ablesen können, warum dieser so seltsam reagiert hatte. Die tiefen Falten in Adilis Gesicht waren noch ein wenig tiefer geworden in den letzten Tagen seiner Abwesenheit. Die lange Reise nach Arusha hatte den kranken Vater noch zusätzlich geschwächt. „Sie haben mir geholfen und sie haben mir viele Medikamente mitgegeben. Damit wird es noch einige Zeit gut gehen", sagte er zu seinem

Sohn - schonungslos offen in der Hoffnung, dass Yaro damit auch umgehen würde können.

„Du wirst noch nicht sterben", sagte Yaro denn auch. „Erst dann, Yaro, wenn wir sicher sein können, dass niemand Therese etwas antut und wenn klar ist, dass du eine gute Ausbildung bekommst. Ich werde dich alleine zu Hause unterrichten. Wir müssen im Dorf besprechen, wann es wieder einen Lehrer geben wird. Die Regierung muss einen guten Lehrer schicken. Dann kannst du wieder in die Schule gehen. Solange bringe ich dir alles Wichtige bei." Yaro nickte.

Er stützte den Vater beim Gehen. Jeder Schritt fiel mittlerweile schwer und schien eine Qual zu sein. Aber Adili ließ sich - so gut das eben ging - nichts anmerken und lief den Weg hinab in Richtung Haus. Erst jetzt fiel ihm auf, wie weit es eigentlich vom Zentrum des Dorfes entfernt lag. Früher war er das rasch gelaufen, mehrfach am Tag. Forschen Schrittes. Vorbei an den wenigen anderen Häusern an diesem Weg. Vorbei an den Büschen und zerzausten Sträuchern. Jetzt dauerte es.

„Was ist vorgefallen in der Zeit meiner Abwesenheit?", wollte Adili von seinem Sohn wissen. „Sind sie gekommen um Therese zu bedrohen?", hakte er nach. Yaro hielt kurz inne.

„Woher weißt du das?“

„Es war zu vermuten, dass sie meine Abwesenheit nutzen würden. Aber ich hatte keine Wahl, Yaro.“

„Ich verstehe.“

„Und kamen sie?“

„Ja, die Medizinfrau zusammen mit ein paar Männern und Frauen.“

„Was hat Mama gemacht?“

„Sie hat mich mit Therese fortgeschickt. Ich habe die Medizinfrau schon von weitem gesehen und Mama gewarnt. Sie hat ein Messer geholt und sich in die Tür gestellt.“

Jetzt musste Adili fast ein wenig schmunzeln. Seine junge Frau mit einem großen Küchenmesser in der Hand. Das klang bedrohlich.

„Ich habe Therese auf den Arm genommen und bin so schnell es ging losgerannt. Hinter die Wasserstelle und noch ein gutes Stück weiter.“

„Das war mutig von dir.“

Yaro fühlte sich geschmeichelt. Das Lob des Vaters tat gut.

„Mit dem Feuerzeug, das mir Nikolas geschenkt hat...“ Adili unterbrach ihn. „Er hat dir ein Feuerzeug geschenkt?“, hakte der Vater nach. Yaro nickte stumm. „Das habe ich gar nicht mitbekommen. Das war sehr nett von ihm. „Ja, war es und ich konnte es sehr gut gebrauchen, denn mit dem Feuerzeug habe ich dann abends für Therese und mich ein Feuer gemacht."

„Ihr seid nachts draußen geblieben?"

„Die ganze Nacht, ja!" Yaro fühlte sich nun fast wie ein kleiner Held.

„Das war noch mutiger von euch." Adili fasste den Sohn etwas fester an die Schulter. Er war stolz auf Yaro. Der Junge machte sich gut und er machte dem alten Mann das Gehen so etwas leichter.

Kamaru stand vor dem Haus. Sie hatte die beiden bereits den Weg heraufkommen sehen. Auch sie erschrak beim Anblick ihres Mannes. War das der Adili, der erst ein paar Tage zuvor das Dorf verlassen hatte, um sich im Krankenhaus behandeln zu lassen? Das Gesicht schmal, die Knochen noch deutlicher abgezeichnet. Der ganze Mann wirkte schwach und gebrechlich. „Ich weiß, meine Liebe", begrüßte er sie, „ich weiß, ihr hattet alle erwartet, dass die Ärzte in Arusha mich heilen und ein fast junger, gesunder Mann zu euch zurückkehrt. Aber auch wenn ich glaube, dass die Ärzte in der Stadt manche Krankheiten besser heilen können als die Schamanen, so weiß ich doch, dass die Medizin ihre Grenzen hat. Bei mir scheint diese Grenze nun erreicht zu sein." Kamaru legte ihren Kopf sanft an den Oberkörper ihres Mannes. Eine ungewöhnliche Geste, aber sie war Teil der Kommunikation zwischen den beiden Eheleuten.

Dann traten alle ins Haus und Adili scherzte ein wenig mit der kleinen Therese, die im Gegensatz zu den anderen die Veränderungen an ihrem Vater nicht wahrzunehmen schien und auch nicht weiter kommentierte. Sie erzählte Adili sogleich vom spannenden Ausflug in den Busch. Berichtete davon, dass sie ein wenig Angst gehabt, aber Yaro sich wunderbar um sie gekümmert habe. Wollte vom Vater wissen, ob sie immer noch Angst vor der Schamanin und ihren Leuten zu haben brauchte. Adili wusste nicht, was er sagen sollte. Sie war nicht sicherer im Dorf, nur weil er wieder zurück war aus Arusha. Und bald schon würde sie ganz auf ihren Vater verzichten müssen.

*

Die Tage vergingen nun in einem anderen Tempo. Adili stand später auf und war weniger lange wach. Er schlief auch unter Tags viel. Yaro und Mama Kamaru hatten ihm eine Pritsche vor das Haus gezogen, damit er nicht die ganze Zeit im Haus liegen musste. Einmal kam die Heilerin. Ganz alleine, ohne ihre gefährlichen Begleiter. „Dir geht es schlecht, Adili", hatte sie gesagt. Adili stemmte sich in seiner Matratze hoch um wie zum Trotz aufrecht vor ihr zu sitzen. „Daran aber, das weißt du wie ich, würde auch ein Zauberspruch nichts ändern", gab er zurück. „Du warst im Hospital in der Stadt, haben sie mir im Dorf berichtet. Und was hat es dir genützt? Nichts, die Ärzte dort haben dich noch kränker gemacht. Du kannst kaum mehr gehen und das Atmen fällt dir schwer. Adili, deine Seele ist nun vollends besessen von den bösen Geistern aus dem Reich der Ahnen. Wenn du erst dort angekommen sein wirst, wirst du verstehen, was ich gemeint habe." Adili schwieg. Er hatte Schmerzen, die ihm ab und an nicht nur die Luft zum Atmen raubten, sondern auch den Verstand zu blockieren schienen. Nach quälenden Momenten sprach er: „Du magst Recht haben, dass es eine Verbindung zwischen dem Reich der Ahnen und unserer Welt gibt. Aber die Ahnen können nicht jede Krankheit heilen, so wie es auch die Ärzte in den Krankenhäusern nicht können." Er fügte noch bitter lächelnd ein *leider* an.

„Du bist ein Zaubermensch, Adili", sagte die Schamanin. „Na und?", gab Adili trotzig zurück. Es klang kräftiger und klarer als die Worte davor. Etwas Kraft schien in ihn zurückzukehren. Die Auseinandersetzung mit der Medizinfrau weckte augenscheinlich die Lebensgeister in ihm. „Ihr habt eine besondere Kraft, aber auch einen verwunschenen Zauber in euch, seid gefährlich." Adili schüttelte den Kopf und jagte die Heilerin vom Hof. So kräftig es die kratzige Stimme noch zuließ rief er ihr nach: „Ich weiß, dass du meine Tochter Therese opfern willst für deine fixe Idee. Mit ihr willst du alles Übel dieser Welt bekämpfen. Das werde ich nicht zulassen. Und lege dich nicht mit meinen Freunden an."

Adili wusste, dass seine Drohung wenig Wirkung haben würde. Die Medizinfrau wusste genau, dass Adili im Dorf eine seltsame Sonderstellung innehatte. Aber sie wusste auch, dass seine Frau eine stumme Außenseiterin sein würde, war er erst vollends ins Reich der Ahnen gereist. Und bis seine einflussreichen Freunde aus Deutschland und Dar Es Salaam irgendwie etwas unternehmen konnten, würde viel Zeit verstreichen. Außerdem - und da war sie sich sicher - tat sie ja etwas Gutes für die Allgemeinheit.

-XIV-
Später im Jahr 2009

Sie begruben ihn nicht traditionell. Die Angst, dass so ein Zaubermensch noch aus dem Reich der Toten Unheil bringen könnte, war noch immer nicht besiegt.

Kamaru stand abseits und ließ die Männer machen. Sie verarbeitete die letzten Eindrücke der vergangenen Tage, kämpfte mit dem Schmerz. Yaro hatte ihr geholfen, diese schwere Zeit zu überstehen. Die vergangenen Tage waren schwer gewesen. Papa Adili lag nur mehr still und stumm vor dem Haus auf seiner Pritsche herum. Er hatte aufgehört, sich am Leben um sich zu beteiligen. Hatte er anfangs noch Diskussionen geführt und versucht, ab und an zu Onkel Manani in den Laden zu gehen, war er die letzten Tage nur mehr apathisch gewesen. Therese hatte ab und an die Hand des Vaters genommen und gefragt: „Was ist denn, Papa?" Dann hatte Adili schwerfällig geatmet, mühevoll Luft in die schwache Lunge gesogen und etwas kaum Verständliches gestammelt. Therese war dann voller Angst in Mama Kamarus Arme gelaufen. „Papa ist so seltsam", hatte sie gesagt und Kamaru kämpfte mit den Tränen. Achtundfünfzig Jahre ist Adili geworden. Sie selbst war dreißig Jahre und damit fast ein halbes Menschenleben jünger als er. Witwe mit achtundzwanzig Jahren. So hatte sich die junge Frau ihr Leben nicht vorgestellt. Aber sie wusste, dass die fehlende Stimme sie auch ihr Leben lang zu einer Außenseiterin hätte machen können. Es waren ihr immerhin einige Jahre an der Seite ihres Mannes geblieben und die Zeit mit ihm war gut, Adili war gütig und großzügig gewesen. Er war sanft und sehr gebildet, so ganz anders als viele andere Männer im Dorf.

Kamaru nahm Yaro und Therese beiseite. „Euer Vater war schwer krank und das schon eine lange Zeit." Yaro nickte, er wusste das. Therese hatte es gespürt und seit Adili in Arusha war um sich behandeln zu lassen, hatte sie es irgendwie auch gewusst, dass er bald sterben würde. Aber erst als sie ihn an diesem Nachmittag vor zwei Tagen gefunden hatte, war es so bitter-klar. Sie kam vom Spielen aus dem Haus, lief zu ihm an die Pritsche vor dem Haus und sah, dass der Vater starr in die Ferne blickte. So entrückt, so still und ruhig. Kein Rasseln in der Lunge, keine Laute des klaglosen Ertragens der Schmerzen. Therese war zurück ins Haus gelaufen und hatte nach Mama Kamaru gerufen. „Komm schnell, Mama!", mehr hatte sie nicht gesagt. Kamaru hatte sofort gewusst, dass der Moment gekommen war, den sie alle verflucht hatten.

Adili hatte schon einen Tag zuvor Kamaru an ihrem Kleid gezupft. Nur ganz schwach. Er bedeutete ihr, sich zu setzen. Dann hatte er alle Kraft zusammengenommen und zu sprechen begonnen. „Es war ein langes Leben, wenngleich nicht lange genug, meine Tochter in die Schule gehen zu sehen oder die Heirat meines Sohnes zu erleben. Ich habe Zeit meines Lebens damit gekämpft, als weißer Zaubermensch ausgegrenzt zu werden. Sie haben mich mit Mama Amali - bei der ich bald sein werde - aus dem Dorf gejagt. Trotzdem haben mir die Engländer eine Chance gegeben, etwas zu lernen. Und durch die Güte meines Vaters Hatari - auch bei ihm werde ich sein - konnte ich zurück ins Dorf. Dort hatte ich nun all die Jahre einen Platz. Respektiert als Lehrer, gemieden als Mensch und Freund, weil ich weiß war. Onkel Manani meint es gut mit uns, Kamaru, ihm kannst du vertrauen. Aber meide die Heilerin und ihre Freunde. Du weißt, sie will Therese an den Kragen. Ich wünschte, unsere Tochter wäre nicht so weiß geboren wie ich. Habe ein Auge auf deinen Stern!" Dann war Adili wieder eingeschlafen und Kamaru kümmerte sich um die Hausarbeit. Sie wusste, es waren Adilis Abschiedsworte. Danach hatte sich der Dorflehrer nicht mehr bewegt, kein Wort mehr gesprochen und nur mehr ein paar Momente die Augen geöffnet und in die Ferne geblickt. Aber trotz der körperlichen Schwäche war Adili bei weitgehend klarem Verstand. Seine letzten Stunden nutzte er um in Gedanken sein Leben noch einmal an sich vorbeiziehen zu lassen. Es waren wenige Momente, die ihm klar und deutlich vor Augen standen. Die Begegnung mit dem Missionar und seinem Arzt auf der Missionsstation. Wie sie ihn damals ausgesucht hatten. Vermutlich war dies der glücklichste Zufall seines ganzen Lebens. Er, der aussätzige Zaubermensch, dem man immer nachgesagt hatte, dass er den Fluch der Ahnen in die Welt tragen würde. Er war der Auserwählte, der Lesen und Schreiben lernen durfte und noch so vieles mehr. Ein anderer Moment, der sich klar in sein Gedächtnis eingebrannt hatte war die Rückkehr von der Missionsstation. Die Sonne brannte heiß vom Himmel und das gleißende Licht stach auf seiner hellen Haut. Er spürte es fast noch heute auf dieser grässlichen Pritsche vor dem Haus, die ihn so einschränkte und die ihm so sehr seine Endlichkeit vor Augen führte. Damals bei seiner Rückkehr lagen Leid und Freud so nah beisammen wie selten in seinem Leben. Die Lehmhütte der Mutter: abgetragen, Mama Amali nicht mehr unter den Lebenden. Es hatte so sehr geschmerzt. Aber Hatari, der stolze Krieger, der ihn abgelehnt und verstoßen hatte, erkannte plötzlich den verlorenen Sohn an. Er war nun ein gebildeter junger Mann. Geistiger Reichtum, das schätzte Hatari sehr wohl. Nicht nur die Zahl der Rinder zählte, auch das Wissen machte einen Mann aus. Dies bedeutete für Adili großes Glück. Dann die nächste Herausforderung: Adili soll die Dorfschule übernehmen und als Lehrer tätig werden. Ein Albino in einem gottverlassenen Dorf in Tansania soll Lehrer werden und damit in einer herausragenden Stellung im Dorf arbeiten. Adili verdankte es nur dem Einfluss seines Vaters Hatari, dass das möglich geworden war.

Dann die zweite Chance, die er in seinem Leben bekam: die Heirat mit Kamaru, der schweigsamen jungen Frau aus dem Dorf, die einst seine Schülerin war und dann seine Frau wurde. Sohn Yaro. Im siechenden Dämmern erkannte Adili die Bewegungen des Jungen vor dem Haus und wusste, dieser Junge war ein Grund, stolz zu sein. Frech und pfiffig auf der einen Seite, kräftig und wissbegierig auf der anderen. Adilis späte Vaterfreuden wurden noch einmal erfüllt, als ihm Kamaru die Tochter schenkte. Die kleine Therese war mit dem Makel der weißen Haare und der hellen Haut geboren worden. Doch was hieß hier Makel? Es war ein fröhliches kleines Mädchen, das schnell lernte und so rasch das Sprechen beherrschte. Sie würde ihrer Mutter eines Tages zum Sprachrohr werden, denn die beiden hatten einen guten Draht zueinander. Freilich hätte Adili sich gewünscht, die Tochter wäre nicht mit dem Albinismus geboren und dadurch zur Außenseiterin im Dorf verdammt worden. Aber im Gegensatz zu ihm und Mama Amali wurde sie nicht aus dem Ort geworfen. Dafür ist ihr Leben bedroht, weil die Haut und die Knochen der Zaubermenschen heilig sind.

Noch ein dritter Höhepunkt in Adilis Leben... Momentaufnahmen nur, die nun durch die Gedanken blitzten, während träger Schmerz die Stunden lähmte und ihn wie einen wallenden Sog mehr und mehr ins Jenseits zerrte. Die Bekanntschaft mit dem deutschen Entwicklungshelfer. Dass er Nikolas kennengelernt hatte, war Zufall, der Bau des Brunnens vor dem Dorf der Anlass dafür. Niemals hätte Adili zu träumen gewagt, dass dieser Deutsche eines Tages wiederkehren und ihm dann noch seine junge Frau vorstellen würde. Zuri, das Zauberwesen, zu Hause in der Welt, mit dem Verständnis für die traditionellen Lebensweisen der Dorfgemeinschaften und der modernen, schnelllebigen Welt fernab. Sie und ihr gütiger Vater, der sich ebenso auf den Weg ins Dorf gemacht hatte, waren nun Garanten für die Zukunft von Yaro und Therese, würden auch um Kamaru sorgen, wenn diese dringende Hilfe brauchte.

Um die Grabstätte standen nur ein paar Leute. Onkel Manani hatte mit drei, vier Männern Adilis Leichnam vergraben, Yaro darauf bestanden zu helfen. Ein paar Frauen, die Kamaru wohlgesinnt waren, standen nahe bei ihr. Nur unweit von diesem Schauplatz und ihre Neugierde schlecht getarnt, hatte sich eine Menge Frauen und Kinder postiert. Ein kleiner, sandiger Felsvorsprung bot Schutz davor, die Gier nach dem Blick auf den Leichnam und die trauernde Witwe zu deutlich werden zu lassen. In der Mitte der sich reckenden Hälse: die Schamanin. Um sich einige andere Frauen, die Söhne der Heilerin, zahlreiche Alte und ein paar junge Männer. Die Kinder tollten zwischen dem kleinen Zeremoniell und der zweiten Reihe hin und her, verbargen dabei nicht wirklich ihre Neugierde.

Therese hielt still auf dem Arm der Mutter und betrachtete mal ruhig das Geschehnis vor sich und mal mit großer Spannung das flatternde Band ihrer Bluse im Wind. Es war der Wind, an den sie sich alle erinnern würden, dachte Kamaru. Lange schon hatte es nicht mehr so kräftig gewindet wie an diesem Tag. Als wollte der Wind Adilis Seele fortwehen und sich ihrer habhaft machen, fegte er über den Platz. Onkel Manani hatte zweimal bereits seinen schwarzen Hut verloren und es nun aufgegeben, ihn sich noch ein drittes Mal auf den Kopf zu setzen. Vielleicht aber war der Sturm auch der Zorn der Ahnen, dass ihre Verbindung zum Reich der Lebenden durch Adilis Tod nun abgerissen war und die Geister nun ihre Flüche mit dem Sturm säen würden? Kamaru fühlte die warme Luft, die der Wind ins Gesicht pustete und empfand sie eher als wohltuend denn als Bürde. Und der Wind ließ das Band der Bluse ihrer Tochter flattern, was diese vom schaurigen Schauspiel der Beerdigung abhielt.

*

Die Tage vergingen nun in einem neuen Tempo. Kamaru versuchte, den Kindern den Vater zu ersetzen, aber vor allem in einer Sache scheiterte sie dabei kläglich: Während Adili geduldig und mit immer wieder neuen Ansätzen die Dinge erklärte, Worte wiederholte und vor allem Therese so rasch das Sprechen beibrachte, blieb Kamaru stumm. Dass die Kommunikation nun noch schwieriger wurde zwischen ihnen, das machte sie traurig. Ab und an lag sie abends wach auf ihrer Pritsche und starrte die Decke an. Tiefe dunkle Gedanken durchzogen dann ihre Schlaflosigkeit. Da war eine schmerzvolle, dumpfe Zukunftsangst. Wie sollte sie das Geld verdienen, das die Familie brauchte um zu leben? Wie sollte sie dafür sorgen, dass Yaro und Therese eine gute Ausbildung bekommen sollten? Adili hatte behauptet, dass der Vater von Zuri ihm nicht nur Geld für die Behandlung in Arusha gegeben hatte, sondern auch etwas zur Überbrückung und dass er auch in Zukunft helfen werde. Aber Kamaru hatte nichts davon in seinen Habseligkeiten gefunden. In seiner Hosentasche waren sechzig Dollar aufgetaucht, Geld, das von der Fahrt nach Arusha übrig geblieben war. Aber diese sechzig Dollar würden nicht ewig reichen. Und sie konnte auch nicht darauf vertrauen, ihre Kinder ausschließlich von dem Gemüse zu ernähren, das hinter dem Haus wuchs. Zum Verkaufen auf dem Markt war es zu wenig.

Ab und an standen Kinder vor der Türe und wollten wissen, warum es keinen Unterricht mehr in der Schule gab. Yaro musste dann erklären, dass sein Vater gestorben war und auch er selbst nicht mehr zur Schule gehen konnte. Warum überhaupt wussten die Kinder nicht von Adilis Tod? Es war doch überall im Dorf bekannt und er der Lehrer der Kinder gewesen? Oder glaubten sie, dass es die Aufgabe der Familie des verstorbenen Lehrers war, für einen passenden Ersatz zu sorgen? Kamaru konnte nicht unterrichten, weil sie nicht sprechen konnte und auch nicht gebildet genug war. Sie selbst hatte nur ein paar Jahre die Dorfschule besucht - bei ihrem späteren Mann. Das Lesen und Schreiben hatte sie erst viel später so richtig gelernt. Yaro war ein Kind und Therese fast noch ein Baby. *Also schert euch zum Teufel*, wollte Yaro den Kindern sagen, die ihre Neugier so schlecht verpackten und doch irgendwie auch seine Freunde waren.

Ein paar Wochen nach dem Tod Adilis nahm Kamaru ein Blatt Papier aus dem Block, den sie auf Adilis Tisch gefunden hatte. Kratzig und kaum leserlich - das Schreiben fiel ihr schwer - brachte sie unbeholfen Buchstabe für Buchstabe zu Papier. Adili hätte es sicherlich gut lesen können. Sie hatten oft auf diesem Wege kommuniziert. Kamaru konnte kein Englisch, sodass sie hoffen musste, dass der Brief, den sie an den Fremden aus Deutschland schreiben wollte, von Zuri übersetzt werden würde.

Lange hatte sie gebraucht um ihren Mut zusammenzunehmen. Aber sie wusste, wieviel Nikolas und Zuri ihrem Mann bedeutet hatten.

Freunde in Deutschland. So begann sie etwas ungelenk den Brief. *Ich selbst muss heute schreiben, dass Adili nicht mehr lebt. Seine Krankheit war schlimm und am Ende hat sie ihn umgebracht.* Kamaru war sich nicht sicher, ob man das so schrieb. Aber es waren die Worte, die ihr einfielen. *Nikolas und Zuri, ihr seid unsere Freunde und daher ist es meine Aufgabe* - das Wort *Pflicht* fiel ihr nicht ein - *euch nun zu schreiben. Ich will euch danken für das Geld, das ihr uns gegeben habt. Adili konnte zum Arzt gehen und sich Medizin geben lassen. Das hat am Ende etwas geholfen. Noch haben wir ein bisschen Geld.* Kamaru wollte nichts schreiben, was man missverstehen konnte. Sie wollte nicht betteln. Sie wollte sich wirklich ausschließlich für die Hilfe bedanken, aber sie wusste, dass eine Zuwendung durch Zuris Vater das Leben der Kinder leichter machen würde. Sie hatten zu essen, denn Adili hatte hinter dem Haus einen ordentlichen Garten angelegt und der Brunnen im Dorf versorgte sie mit Wasser. Aber Kamaru wollte, dass die Kinder in die Schule gingen. Sie brauchten eine Uniform, wenn sie nicht im Dorf zur Schule gehen sollten, Geld für eine kleine, bescheidene Unterkunft. Das war alles unendlich teuer und so blieb es ein heimlicher Traum in düsteren Nächten. Ein Traum aus dem Dunkel heraus in eine strahlende Zukunft ohne finanzielle Sorgen...

Wir sind dankbar für den kleinen Garten hinter dem Haus. Yaro hilft mir bei der Hausarbeit. Er hat schon einmal nach Nikolas gefragt. Wünschte, ihr würdet uns auch nach Adilis Tod wieder besuchen. Kamaru las sich den Text noch unzählige Male durch. Dann faltete sie den Brief sorgfältig zusammen und suchte nach einem Umschlag. Sie wusste, dass ihr Mann ein paar Briefumschläge besessen hatte. Aber sie hatte keine Ahnung, wo sie waren.

Zusammen mit Yaro durchsuchte sie nun zum ersten Mal genau Adilis Zimmer. Karge Ausstattung. Der Boden aus gestampftem Lehm. Ein Fenster auf die Vorderseite, offen und nur vergittert, eine weitere Öffnung zur Seite. Ein Brett als Schreibtisch unter dieses Fenster geschraubt, genagelt oder irgendwie befestigt. Es war das Arbeitszimmer des Lehrers. Diese Art Pulte hatten sie sonst nicht in den Häusern im Dorf. Adili hatte etwas Ähnliches bei seinen Lehrern auf der Missionsstation gesehen gehabt und es dann selbst angefertigt. Auf dem Pult lagen drei Bücher. An der Wand hingen seine Hemden und die zwei Hosen. Neben der Türöffnung in den zweiten Raum stand Adilis Schlafpritsche. Nicht immer teilte man sich das Schlafzimmer. Adili hatte ein eigenes Bettgestell gehabt. In der Zeit als Kamaru sich um die Kinder kümmern musste, als diese noch ganz klein waren, schlief er oft alleine auf dem Bettgestell. Ein metallischer Rahmen, verzogen und verrostet. Er hatte ihn damals aus der Lehmhütte von Vater Hatari gezogen. Darauf wurde eine hölzerne, in der Zwischenzeit völlig verzogene Sperrholzplatte gelegt, denn die Drähte waren durchgerostet. Auf die Platte hatte Adili eine ausgeleierte und mit den Jahren auch leicht zerfetzte Matratze gelegt. Ein Betttuch gab es nicht. Nur diese Matratze und ein Kissen aus Stoff - mit einem rötlichen Bezug, ausgeblichen und fleckig. Woher es stammte, wusste Kamaru nicht.

Yaro war es, der das Kissen vom Bett warf und die Matratze anhob. Kamaru blickte ihn strafend an als wollte sie sagen: *Was machst du denn da?* Aber Yaro zog und zerrte weiter an der alten Matratze. „Vielleicht ist da etwas drunter, das Papa Adili sicher verstauen wollte", sagte er wie zur Entschuldigung.

Aber unter der Matratze lag nichts. Dafür fand Kamaru im Einband eines der Bücher einen Briefumschlag, der nicht beschrieben war. Es war ein Notizbuch. Es war Adilis Notizbuch, das er seit seiner Kindheit gehütet hatte. Auf der anderen Seite des Einbands kam eine bedruckte Seite zum Vorschein. Yaro starrte auf diese Buchseite, sah Männer und Frauen mit Hüten, der Text wohl auf Englisch. Das Blatt aus einem Buch oder einem Magazin musste sehr alt sein. Er konnte keinen sichtlichen Grund erkennen, warum dieses Blatt Papier im Umschlag des Buchs aufbewahrt wurde, aber Yaro konnte auch den Inhalt nicht verstehen. Er würde die Seite an sich nehmen und sie irgendwann übersetzen können. Vielleicht hatte sie einfach nur einen besonderen Wert für seinen Vater gehabt.

Kamaru nahm den Umschlag und legte umständlich den Brief ein, sie hatte so etwas noch nie gemacht und schämte sich vor ihrem Sohn fast ein wenig dafür, dass ihr das Falten so wenig gerade geriet. Sie deutete auf die Matratze auf den Boden und forderte ihren Sohn auf, diese wieder auf die Pritsche zurückzulegen. Zudem würde sie ihn bitten, die Holzpritsche vor dem Haus wieder ins Haus zu tragen. Sie war nun nicht mehr vonnöten an diesem Platz vor dem Haus und für Kamaru zudem eine unangenehme Erinnerung an die letzten Tage ihres Mannes.

Als Yaro die Matratze wieder hochheben wollte, packte ihn kurz die Neugier und er hob auch die

Holzplatte an, die zwischen Matratze und Drahtgestell lag. *Da!*, sagte er laut und deutete auf die Mitte des Bettes. Dort klemmte ein kleines Bündel zwischen dem verrosteten Draht und dem morschen Brett. Es war ein Beutel aus Stoff, klein und so gut dazwischen gestopft, dass man ihn von oben niemals gesehen hätte.

Er gab den Beutel Mama Kamaru und stellte sich neugierig neben sie. In der Zwischenzeit war auch Therese in den kleinen, dunklen Raum gekommen. Sie strich neugierig zwischen den Beinen ihrer Mutter hindurch, ganz so wie eine anschmiegsame Katze. „Was ist das?", wollte sie wissen. „Das haben wir unter der Matratze von Papas Bett gefunden", sagte Yaro.

Kamaru nahm den Beutel vorsichtig zu sich, griff hinein und kam aus dem Staunen nicht mehr heraus. Darin befanden sich Geldscheine. Schillinge und Dollarnoten, dazwischen vier Bilder. Ein Foto zeigte einen stolzen Mann im besten Alter, der eine traditionelle Tracht trug und einen Speer in den Boden zu rammen schien. Auf der Rückseite stand *1978*. Yaro wollte das Foto haben. „Wer ist das?", wollte er von seiner Mutter wissen. Kamaru zuckte mit den Schultern. Adili war es nicht, denn der Mann auf dem Bild war kein Zaubermensch. Sie gab das Foto ihrem Sohn und deutete an, er solle es gut aufbewahren. Yaro hatte einen Einfall: „Vielleicht weiß Onkel Manani ja, wer der Mann auf dem Bild ist." Kamaru schenkte ihrem Sohn ein breites Lächeln. Sie war stolz auf ihren cleveren Yaro. Das sollte er machen, denn Onkel Manani kannte viele Leute. Ein zweites Foto zeigte einen Jungen, den erkannten sie alle sofort. Es war der verstorbene Ehemann und Vater: Adili. Ein vergilbtes, zerknittertes Schwarzweißfoto. Der kleine Adili, vielleicht elf oder zwölf Jahre alt. In der Hand ein Bündel mit Büchern. Waren da auch Stifte und Hefte in der Hand? Im Hintergrund hell ein Gebäude mit einem hölzernen Türmchen einer Kirche. Das musste die Missionsstation gewesen sein, auf der Adili so viel für sein Leben gelernt hatte. Rechts neben ihm stand ein edler weißer Mann. Einen schwarzen Hut gerade auf den Kopf gesetzt, den Frack über stolz geschwellter Brust zusammengeknöpft, die Hand auf Adilis Schulter gelegt. Der Mann hatte einen Bart und trug eine Brille wie aus früheren Zeiten. „Der sieht aus, wie die Männer in den alten Filmen", sagte Yaro kichernd. Kamaru wollte sagen: *Und woher kennst du denn diese Filme? Warst du bei Onkel Manani vor der Tür und hast dich zu den Männern gesetzt? Trinkt mein Großer da dann auch schon ein Bier?* So nahm sie ihn nur kurz in den Arm und nickte liebevoll. Die Brille mit einem Drahtgestell verlieh dem Engländer zusätzlich etwas Würdevolles und vermittelte Strenge. Kamaru drehte das Foto um, ehe sie es der bettelnden Therese gab, die mehrfach schon eindringlich mahnte, nun auch endlich darauf schauen zu wollen. *From Pete Williams and Doc Allister.* Kamaru deutete auf den Schriftzug, aber weder Therese noch Yaro konnten damit etwas anfangen. Yaro allerdings hatte sofort kapiert, wer auf dem Foto zu sehen war. „Das ist Papa bei den Engländern", sagte er stolz. „Bestimmt sind das die Lehrer, von denen er uns immer erzählt hatte." Tatsächlich war es ein Abschiedsgeschenk der beiden Männer gewesen, die Adili aus dem Dorf auf die Missionsstation geholt hatten. Es zeigte den Dreizehnjährigen einige Tage vor seiner Rückkehr ins Dorf. Kamaru hatte sich bei ihrem ersten Gedanken nur unwesentlich verschätzt.

Die anderen beiden Bilder stammten von Nikolas. Sie waren von seiner Hochzeit mit Zuri. Diese Bilder kannten Kamaru und Yaro. Außerdem war in dem Bündel unter dem Bett noch ein Taschenmesser gewesen. Ein Taschenmesser mit drei Messern, leicht verrostet, aber noch zu gebrauchen. Kamaru gab es Yaro in die Hand und drückte sie fest an seine Brust. *Das ist deines*, sollte dies bedeuten. Yaro bedankte sich. Therese begriff in diesem Moment, dass sie nicht weinen durfte und der Mama ebenfalls ein Geschenk abtrotzen konnte. Das Messer war nichts für das kleine Mädchen. Und das stand zweifelsohne dem Sohn zu.

Noch am selben Nachmittag schickte Kamaru ihre beiden Kinder los, bei Onkel Manani nach dem

Mann auf dem Bild zu fragen, den auch sie nicht erkannt hatte. Sie hatte eine Vermutung, war sich aber nicht ganz sicher. Allerdings wollte sie ihre Kinder für eine kurze Zeit aus dem Haus haben, denn sie musste in Ruhe das Geld zählen, das sich in dem Beutel befunden hatte. Angst hatte sie dennoch, die beiden allein nach draußen zu schicken.

Sie hatte das kleine Bündel vorsichtig in die Tasche unter ihrer Schürze geschoben, sodass es Yaro und Therese kaum bemerkt hatten. Sie wollte vermeiden, dass Yaro beim Spielen mit Freunden von einem Bündel Dollarscheinen sprach, das man bei Adili gefunden hatte. Neider gab es genügend im Dorf und die galt es nicht auf den Plan zu rufen. Aber Kamaru hatte den Eindruck gehabt, als dass es viel Geld gewesen sein musste.

Kurz hatte sie überlegt, ob sie Therese überhaupt mit Yaro außer Haus schicken konnte. Das Mädchen war so lange nicht mehr im Dorfzentrum gewesen. Die Angst, dass Therese von der Schamanin etwas angetan werden könnte, war groß. Aber seit Adilis Tod verhielten sich alle relativ still.

Onkel Manani stand vor seinem Laden und richtete irgendetwas an der Satellitenschüssel, die er an die Lehmwand geschraubt hatte. Kabel hingen herunter und ergaben zusammen mit den Strom- und Telefonleitungen ein wirres Durcheinander. Auch deswegen schien der Alte zu schimpfen und zu fluchen.

„Was wollt ihr denn, Kinder?", fragte er Yaro und seine Schwester genervt. „Wir haben von Mama Kamaru ein paar Schillinge bekommen und dürfen etwas Süßes kaufen", sagte Yaro stolz. Zudem streckte er dem Kaufmann das Foto hin: „Wer ist das, Onkel Manani?", wollte er sofort wissen. Der herrschte den Jungen an, dass er sich schon einen Moment gedulden müsse, weil er erst einmal das Kabel wieder richtig in die Dose stecken müsse, sonst könnten die Männer am Abend nicht das Fußballspiel ansehen. „Welches Fußballspiel?", fragte Therese neugierig. „Ganz schon vorlaut, deine kleine, weiße Schwester", herrschte Onkel Manani Yaro an, ohne sich tatsächlich um Therese zu kümmern. Ihre Frage ignorierte er völlig. Dann kletterte er von seinem Schemel, den er aus dem Laden geholt hatte um besser an die Satellitenschüssel zu kommen, zog ihn zurück in den kleinen Verkaufsraum und kam mit zwei eisgekühlten Limonaden aus dem Laden zurück. „So, setzt euch erst einmal hin, Kinder", sagte er dann wesentlich gütiger als zuvor. Yaro hielt Onkel Manani ein paar Schillinge hin um die Limonade zu bezahlen, der aber schob die Hand zurück. „Ist in Ordnung, ich geb sie euch aus. Aber sagt nichts den anderen Kindern, sonst heißt es, die wollen auch etwas bekommen. Das ist heute eine große Ausnahme, verstanden?" Beide Kinder nickten dankbar.

Yaro und Therese sogen die Limonade aus dem Strohhalm gierig in sich auf. Nur sehr selten bekamen sie etwas Süßes zu trinken. Die Limonade schmeckte nach den nassen Haaren der jungen Frauen aus der Werbung im Fernseher an der Wand. Und sie roch nach der Freiheit, die man dort zu sehen bekam. Yaro streckte Onkel Manani erneut das Foto hin. „Wer ist das?", wollte er wissen. Onkel Manani warf nur einen kurzen Blick auf das Bild, nickte dann und sagte: „Das habt ihr bei den Sachen eures Vaters gefunden, nehme ich an. Es ist ein Foto das euren Großvater, den alten Hatari zeigt. Er war ein weiser Mann und der Chief bei uns im Dorf. Aber er ist schon lange nicht mehr unter uns. Und jetzt ist auch sein Sohn bei ihm." Yaro nickte. „Danke", sagte er schnell, zog Therese hoch und meinte. „Wir gehen wieder zu Mama Kamaru, sie mag es nicht, wenn wir lange fort sind." Onkel Manani winkte den beiden Kindern noch nach. „Ist vielleicht auch besser so, wenn die kleine Therese nicht lange ohne ihre Mama draußen ist", rief er den beiden noch nach. Er hoffte inständig, dass die Medizinfrau ihre Drohungen niemals wahrmachen würde. Aber er hatte auch keine Ahnung, wie er sie davon abhalten sollte, sich das Kind eines Tages zu holen. Er konnte nur wenig ausrichten gegen die Schamanin, die starken Zuspruch in der Dorfgemeinschaft erfuhr. Und seit Adili nun unter der Erde war, nahm ihre Macht im Dorf wieder zu. Viele hörten sich ihre Geschichten an und die klangen so verständlich. Der weiße Zaubermensch Adili wollte sich nicht von ihr heilen lassen, eilte stattdessen ins Hospital in die große Stadt. Von dort kam er noch viel kränker nach Hause und starb einige Zeit darauf. „Habt ihr ihn nicht auch in den letzten Wochen immer wieder auf der Pritsche liegen sehen? Wie ein Häufchen Elend sah er aus", hatte sie dann gesagt. Und dann hatte die Schamanin angefügt: „Habt ihr eine Ahnung, warum Adili so krank geworden ist?" Sie ließ aber niemand zu Wort kommen oder sich eine Antwort überlegen, sondern schob sie selbst sofort nach: „Es war nicht seine böse Frau. Es waren die Ahnen, die ihm zürnten, dass er nicht bereit war, durch seine Tochter vielen Kranken, Schwachen oder Besessenen zu helfen. Er hätte schon meiner Tochter helfen müssen - mit und durch seine Kleine. Aber er hat sich geweigert. Noch einmal soll er nicht Leid über das Dorf bringen können." Dann sandte die Schamanin einige giftige Zischlaute in den Himmel, als wollte sie dem Gesagten dramatisch noch Nachdruck verleihen. Viele im Dorf, gerade die Älteren und die Frauen, die nie eine Schule besucht hatten, glaubten ihr dann. Nur unter den Jüngeren gab es etliche, die den Zauberkram nicht mehr ernst nahmen, aber deren Einfluss war nicht groß genug, als dass sie sich hätten erwehren können. Und Onkel Manani? Der saß in der Zwick-mühle. Er glaubte nicht, was die Medizinfrau sagte. Therese war kein Zaubermensch oder so etwas. Sie war ein kleines Mädchen, das ein Hautproblem hatte. Albinismus, oder so, hatte Adili einst gesagt, heiße diese Art Krankheit. Das war alles. Aber Onkel Mana-ni wollte auch die tratschenden Frauen und die ande-ren Gefolgsleute der Medizinfrau nicht als Kunden verlieren. Daher hielt er sich heraus. Das Einzige, was er tun konnte, war Yaro und seine Mutter immer wie-der zu warnen, dass es im Dorf genügend Leute gab, die immer noch glaubten, mit dem Opfer eines Zau-bermenschen könnte man Leben retten, Krankheiten besiegen oder böse Flüche vertreiben.

Yaro reichte das Foto seiner Mutter. „Es ist Papa Adilis Vater, Hatari, hat Onkel Manani gesagt." Kamaru nickte nur. Sie hatte es gewusst. Zwar war ihr Schwiegervater schon vier Jahre lang unter der Erde gewesen, als sie selbst erst auf die Welt kam, aber der Blick des Mannes auf dem Foto hatte sie sofort an Adi-li erinnert. Sie gab Yaro das Foto zurück und bedeutete ihm, gut darauf aufzupassen.

In der Zwischenzeit hatte die Witwe das Geld gezählt. Kamaru war hinter das Haus gegangen, ein paar Schritte die kleine Böschung hinab. Sie hatte kei-nen Blick für die herrliche Weite der Landschaft. Sie nahm den zarten Duft des Jasmins nicht wahr, der im Garten blühte. Die Blumen waren Adilis Sache gewesen. In einem Garten sollten vor allem Pflanzen wachsen, die sie und ihre Kinder ernähren konnten. Aber Adili war davon überzeugt, dass auch die Pracht von Blüten eine magische Wirkung auf die Menschen habe, die in so einem Garten lebten. Daher fand man rund um das kleine Haus am Ende des Dorfes neben dem Jasmin auch eine Drillingsblume und einen Hibiskus. Kamaru hatte keine Ahnung, woher er die Blumensamen einst hatte oder ob er kleine Setzlinge erstand. Die Blumen wuchsen hier seit Anbeginn ihrer gemeinsamen Zeit. Aber für all das hatte Kamaru nun keinen Blick, denn ihre Finger strichen vorsichtig über das kleine Bündel Geldscheine in der Schürze. Sie hatte das Haus verlassen, damit nicht eine neugierige Nachbarin zufällig etwas davon mitbekommen sollte. Auch wollte sie nicht, dass die Kinder, sollten sie gerade hereinkommen, mitbekämen, wieviel Geld sie da im Haus hatten.

Nach ein paar Metern machte Kamaru Halt und setzte sich auf einen flachen Stein. Hier hatte Adili oft mit Yaro gesessen und ihm die Dinge erklärt, von denen er sicher war, dass der Sohn sie wissen musste. Es war eine Art privater Schulplatz. Auch Therese hatte mit dem Vater ab und an auf diesem Stein gesessen. Aber sie hielt es nur selten länger als ein paar Augenblicke auf dem Stein. Einen Blick für die Weite der Landschaft hatte sie dabei freilich nicht. Für die Begriffe Endlichkeit und Wissen, was Einfluss und Mitbestimmung bedeute, fehlten ihr Erfahrung und das Verständnis. Adili, damals schon von seiner Krankheit gezeichnet, wollte der Tochter aber noch Dinge mit auf den Weg geben, von denen er so überzeugt war, dass er glaubte, sie auch einer Dreijährigen eintrichtern zu müssen. Er nutzte einfache Sätze, sprach in blumigen Beispielen und versicherte sich immer wieder bei Therese, ob sie ja auch alles verstanden hatte. Das Mädchen hatte dann meist nur gekichert und *ja, Papa* gesagt. Aber auch wenn Adili wusste, dass sein Predigen das Kind noch nicht gänzlich erreichte, so war er doch sicher, dass irgendetwas davon ihr Herz berühren würde. Das Mädchen war sein großer Schatz. Yaro war Adilis größter Stolz, aber zwischen ihm und Therese, da gab es eine sichtbare und unsichtbare Verbindung. Dieses Anderssein, die strahlende Helligkeit der Haare und der Haut, das waren ihre gemeinsamen Merkmale. Das schweißte sie auf ewig zusammen. Es war ihre Bande fürs Leben. Er hatte sich so sehr gewünscht, dass Therese die schrägen Blicke eines Tages erspart bleiben würden. Er hatte so gehofft, dass sie irgendwann sicher leben können würde. In diesem Dorf. In ihrer Heimat und nicht fernab an einem anderen Platz, so wie Onkel Manani es empfohlen hatte. Hier! Zu Hause! Dass es im Moment noch nicht an der

Zeit war, das hatte er gespürt und die Schamanin hatte es ihm auch immer und immer wieder klar vor Augen geführt.

Kamaru fühlte die Wärme des Steins als sie sich setzte. Fast hatte sie kurz das Gefühl, an diesem Ort den Lebensgeist ihres Mannes zu erahnen, dann aber wischte sie diesen Geisterglauben beiseite. Einmal blickte sie noch um sich, dann nahm sie das Bündel Geld aus der Schürze und begann zu zählen. Trennte Schillingnoten von amerikanischen Dollar. Zählte, staunte und wusste nicht, wem sie danken sollte. Woher stammte all dieses Geld? Ein Teil davon musste Erspartes gewesen sein. Adili hatte immer wieder versucht, etwas von seinem Gehalt auf die Seite zu legen. Es war nicht viel, aber im Laufe der Zeit war eine stattliche Summe zusammengekommen. Die Dollar waren vermutlich Geld, das Zuris Vater geliehen hatte. Oder wollte der Diplomat aus Dar Es Salaam etwa nichts mehr davon wieder haben?

Es war Kamaru sofort klar, dass sie den Brief an Nikolas und Zuri noch einmal schreiben musste. Die Worte des Dankes, die sie in der ersten Fassung gewählt hatte, waren nicht annähernd ausreichend um ihrer Rührung nun Ausdruck zu verleihen. Sie war froh, dass sie Yaro und Therese vor lauter Aufregung um das Geld nur mit dem Foto losgeschickt und ihnen nicht auch noch den Brief mitgegeben hatte.

Am Abend würde sie sich hinsetzen und noch einmal mit einem schiefen und krakeligen Text an Zuri und ihren Mann Nikolas beginnen.

-XV-
Kurz vor dem Jahreswechsel 2009

Sie wachte plötzlich schweißgebadet auf und fühlte sich elend. Schwerfällig hievte sie sich hoch. Mühevoll hielten die alten knochigen Hände den Oberkörper waagerecht. Ein Blick aus dem Fenster des einfachen Hauses verriet: es war noch stockfinstere Nacht draußen. Sie fühlte sich schwindlig und alles drehte sich um ihren Kopf.

Langsam kehrte der Traum in ihr Gedächtnis zurück. Tausend wilde Krieger hatten sich um ihre Hütte herum versammelt. Sie saß alleine im Innern und hörte die Rufe der Männer. *Heile unsere Leiden! Befreie unsere Kinder vom Schmerz! Liege nicht herum, heile sie!* Sie aber konnte nicht. Ihre Kraft war aus dem Körper gewichen. Nur schwerfällig war es ihr noch möglich, sich selbst fortzubewegen. Auf einen Stock gestützt. So wie Adili bereits zu Beginn des Jahres, so erging es nun auch ihr und sie hasste es noch mehr, da sie sich noch nicht bereit fühlte für das Reich der Ahnen. In der Kirche predigten sie, man wisse weder Tag noch Stunde, aber für sie galt das nicht. Ihr sollten die Ahnen aus dem Jenseits klare Signale senden. Sie fühlte dumpfen Trost, dass dort bei den Ahnen ihre Tochter warten würde.

Die tausend Krieger waren verschwunden. Nun rannten Millionen Rinder auf ihre Hütte zu. Männer standen abseits und lachten sie aus. *Seht die wackelige Bruchbude. Alle haben Häuser aus Stein und Lehm und die Schamanin haust noch immer in einer Hütte aus Holz.* Ja, und darauf war sie bis an ihr Lebensende immer stolz gewesen. Der Jahrtausende währenden Tradition war sie verpflichtet gewesen. Bis heute. Aber nun, da es das Alter so schwer machte, sich zu bewegen, die kleinen Dinge des Alltags zu verrichten, da wäre ein Haus aus Stein oder Lehm schon sehr angenehm gewesen. Sogar der Zaubermensch Adili hatte sich ein Haus aus Stein und Lehm bauen können. Der Dorflehrer, der es zu etwas gebracht hatte, auch wenn ihn alle gemieden hatten...

Schon als sie eine junge Frau war und bei ihrer Mutter das Handwerk der Medizinfrau gelernt hatte war ihr der kleine Junge immer wieder aufgefallen. Er war so anders, so fremd, lebte so abseits und war doch so interessant. Ihre Mutter hatte sie immer gewarnt vor den Kräften der Ahnen. *Meide die Zaubermenschen!* hieß es zu dieser Zeit und in dieser Region. Sie hätten magische Kräfte, die die Flüche aus dem Jenseits ins Leben trügen. Anderswo vergötterten sie die Menschen mit weißer Haut und weißem Haar schon zu dieser Zeit als ein Quell der Heilung und Vorsorge.

Und als sie selbst die Schamanin wurde, setzte sich diese Vorstellung durch. Da hatte sich Adili aber längst aus den Fängen der Jugend befreit. War nicht mehr der isolierte Weiße, um den niemand eine Träne vergossen hätte - außer Mama Amali vielleicht. Er war der Auserwählte der Engländer. Noch heute erinnerte sich die Schamanin an den Tag als der Missionar und sein Doktor ins Dorf gekommen waren. Sie selbst war ein paar Jahre älter gewesen als Adili, hatte als Jugendliche vor dem Dorf voller Neugierde die Europäer bestaunt. Und sie hatte nicht verstanden, warum die beiden einen Zaubermenschen ausgewählt hatten um ihn mit auf die Missionsschule zu nehmen. Hätte nicht sie auch etwas lernen wollen? War nicht der Traum von der fernen und großen Welt auch ihr Traum gewesen? Zeit ihres Lebens waren diese Neidgefühle stumme und traurige Begleiter gewesen.

Adili kehrte heim, wurde Lehrer, durfte am Ende heiraten. Alles das, was einem Zaubermenschen doch eigentlich verwehrt blieb, fiel Adili zu, weil sein Vater der große Chief Hatari war. War er nicht insgeheim auch ihr Vater gewesen? Sie war nie darüber aufgeklärt worden. Es war unausgesprochen geblieben. Es war ein nie gelüftetes Geheimnis, das ihre Mutter ins Grab nahm. Damals übernahm sie die Aufgabe der Dorfheilerin. Aber sie blieb was das Wissen anging im Schatten des Lehrers. Zwar kamen die Menschen zu ihr um Rat zu holen bei Gebrechen und den kleinen Sorgen des Lebens. Aber die Dorfältesten vertrauten oftmals mehr den Ansichten des Lehrers, der auf der Missionsschule bei den Engländern gelernt hatte. Und das, obwohl dieser Lehrer doch mit einem grässlichen Zauber belastet war.

Die Heilerin sank wieder auf ihre Bettstatt zurück und holte einmal tief Luft. Es pfiff im Rachen. Wieder versuchte sie sich an die Details des wirren Traums zu erinnern, der sie in der vergangenen Nacht so verstört hatte. Nachdem die tausend Krieger wieder in den fernen Busch verschwunden waren und ihr widerhallendes Trommeln nur mehr ein kleiner, dumpfer und rhythmischer Schlag war, strahlte der Vorplatz ihrer Hütte in gleißend rotem Licht, als hätte jemand die ganze Lichtkraft der Sonne auf den roten Stein gelenkt. In der Mitte dieses leuchtenden Steines saß ihre Tochter. Gesund sah sie aus. Fröhlich wirkte sie. In den Armen wiegte sie ein kleines Kind, das munter quiekte. War es eine Nachricht aus dem Reich der Ahnen, die sie da erhalten hatte? Aber wieso konnte sie sie nicht deuten? Als Schamanin war es doch ihre Aufgabe, Träume zu deuten und die richtigen Schlüsse daraus zu ziehen. Aber sie fand nichts, was es zu tun galt. Die Krieger hatten sie aufgefordert, die Menschen zu heilen, ihnen ihre Medizin zu brauen. Aber dafür war sie mittlerweile meist zu schwach. Die Zeiten, wo man das alte Wissen an die Kinder weitergab, waren vorüber. Sie war alt geworden und ihr Wissen würde versiegen. Die Tochter, der man die Heilkunde und das Wissen der Schamanen weitergeben konnte, war bereits ins Reich der Ahnen gegangen. Und sie hatte doch schon so vieles gewusst! Ihre drei Söhne kamen für diese Art der Lebensweise nicht in Frage. Die verdienten Geld woanders. Einer als Bauarbeiter in der Stadt, zwei auf dem Feld mit den Rindern. Sie zeigten keinerlei Gespür für die Tradition. Aber sie schätzten sehr, was die Mutter tat. Nur reichte das eben nicht aus um von ihr das Handwerk der Heilkunst zu übernehmen.

Die Alte quälte sich nun damit, dass ihre Fähigkeiten und ihr Wissen nach ihrem Tod verlorengehen würden. Wollte jemand zu einem Medizinmann gehen, musste er ein anderes Dorf suchen. Es war der späte Sieg Adilis, wenngleich dieser selbst niemals eine Art Wettstreit zwischen sich und der Schamanin gesehen hatte. Vielmehr hätte er sich ein Nebeneinander der Schulmedizin und der traditionellen Heilkunst gewünscht. Die Heilerin gab den englischen Missionaren die Schuld, die vor so vielen Jahren Adili aus dem Dorf geholt hatten. Sie hatten in ihm diese fixe Idee geweckt, dass die Medizin der Weißen besser sei und besser helfe als die traditionelle. Wäre sie selbst zu den Missionaren auf die Schule gegangen - und da ging sie wenig selbstkritisch mit sich um – hätte sie zwar das Lesen und Schreiben besser gelernt, könnte jetzt Englisch sprechen und viel besser rechnen, aber sie wäre niemals von der Heilkunst ihrer Mutter abgekommen. Aber weil sei dann eben als gebildete Frau gegolten hätte, die von den Engländern alles über das Leben erfahren hatte, wäre niemand mehr je auf die Idee gekommen, ihr zu widersprechen. Anstatt am Lebensende ihren Frieden zu machen mit der Spannung zwischen moderner Medizin und der Heilkunst der Schamanen, wurde sie verbitterter denn je. Hatte sie nicht genau wegen der Sturheit eines angeblich so gebildeten Mannes ihre eigene Tochter verloren?

Nach einer Weile kämpfte sich die Schamanin wieder auf die Beine. Sie war noch einmal eingeschlafen. In der Zwischenzeit war es heller Tag und vor ihrer Türe riefen zwei Frauen nach ihr. Sie krächzte zurück, dass es noch einen Augenblick zu warten galt, ehe sie vor die Türe kommen würde. Die beiden Frauen schienen sich damit abzufinden, brummelten irgend etwas Unverständliches und fingen dann leise an zu schnattern. Die Medizinfrau richtete sich in ihrer Hütte auf, streckte sich und versuchte, die Schmerzen in den Gliedern und der Brust zu ignorieren.

Sie trank einen Schluck Wasser und trat dann vor die Tür, versuchte sich nicht anmerken zu lassen, dass sie sich schwach fühlte und Schmerzen hatte. Die beiden Frauen aber erkannten sofort, dass es der Schamanin nicht gut ging und sprachen sie darauf an. „Es geht schon", herrschte sie die beiden an und wollte fortan nicht mehr darüber reden. „Wir haben ein großes Problem", sagten die beiden Frauen. Sie waren vielleicht zwanzig Jahre alt und die Heilerin wusste sofort um ihre Sorgen. „Es kommen keine Kinder, stimmt's?", fragte sie sofort. Die beiden blickten sich um, wollten sicherstellen, dass niemand hörte, was sie nun mit der Heilerin zu besprechen gedachten.

Die Schamanin nickte, nahm die beiden jungen Frauen beiseite. „Das ist ein wirkliches Problem. Es muss nicht nur an euch liegen", sagte sie zweimal. „Es gibt eine Lösung, ich werde euch helfen."

Glücklich waren sie, dass die schwache, alte Schamanin den Kinderlosen helfen wollte. Sie hatten ihre ganze Hoffnung in die traditionelle Medizin gesetzt. Ihre Männer waren bereits ungeduldig geworden, denn außer Zweifel war klar, dass die Frauen den Männern keine Kinder gebären konnten. Sie mussten sich um das Problem kümmern. Aber diskret. Einen Arzt in der Stadt aufzusuchen kam für keinen von ihnen in Frage, denn es lag im Grunde kein medizinisches Problem vor. Die Frauen waren entweder verflucht worden oder ein anderer Zauber lag auf ihnen.

Dabei helfen, diesen zu besiegen, konnte nur eine Heilerin. Daher kamen sie zu ihr.

Nur ein paar Minuten nachdem die beiden Frauen die Hütte wieder verlassen hatten, machte sie sich auf den Weg zu einer Bekannten. Sie war so etwas wie die Mitarbeiterin der Schamanin. Mit ihr galt es nun das Vorgehen zu besprechen. Diese eine Mission hatte sie noch zu erfüllen. Und wenn es die späte Genugtuung werden sollte dafür, dass sie zwar ihre eigene Tochter nicht retten konnte, so doch wenigstens zwei Familien zu ihrem Glück verhelfen!

Die beiden Frauen sprachen lange miteinander. Langsam merkte die Schamanin, dass der Tatendrang ihr guttat und sie etwas neuen Lebensmut fasste. Aber gleichzeitig spürte sie auch, dass sie das Sprechen anstrengte, ihr das Gehen ohnehin schwerfiel und die Atmung flach und kurz war. Sie merkte, dass ihr nicht viel Zeit blieb. Ihre Bekannte war wenig angetan vom Plan der Alten.

*

Therese hatte Kamaru gefragt, ob sie mit Yaro zum Spielen gehen dürfe. Kurz hatte die Mutter abgewogen und sie dann gehen lassen. Sie begleitete ihre beiden Kinder vor die Tür und warf Yaro einen eindeutigen Blick zu. Der Sohn konnte ihn auch sofort deuten. „Klar Mama, ich passe auf!", sagte er zur Beruhigung. Die Sonne brannte noch heiß vom Himmel, aber der Nachmittag beugte sich allmählich der Kraft des Abends und der würde mit etwas mehr Kühle für Beruhigung sorgen. *Es ist fast windstill*, dachte Kamaru, als sie wieder ins Haus ging. Gerade in dem Moment, als sie sich umdrehen wollte, erhaschte sie noch einen Blick auf ihre zwei Kinder, die die Staubstraße hinab ins Dorfzentrum liefen. Therese, das weiße Kind, es sprang vor Freude auf und ab. Selten erlebte Mama Kamaru ihre Tochter so gelöst. Es freute sie sehr, dass Therese nun wieder einmal die Möglichkeit hatte, sich auszutoben. Allzuoft hatten Adili und sie die Tochter von allem ferngehalten.

Am Rand der Staubstraße, da wo Steine und Geröll aufgetürmt lagen, der Müll sich manchmal ein trauriges Grab gesucht hatte und die Menschen zwischen Straße und staubigem Graben balancieren konnten, saßen drei oder vier Jugendliche und schienen den Nachmittag zu genießen. *Nichts zu arbeiten in dieser verdammten Einöde,* bilanzierte Kamaru und überlegte, ob sie die Jugendlichen kannte. Vom Sehen her jeden, aber genauer kannte sie nur einen. Es war Moses, der Sohn einer Frau aus dem Dorf, die vielleicht drei, vier Jahre älter war als Kamaru. Moses musste vierzehn Jahre alt gewesen sein, vielleicht auch fünfzehn. Er war ein gutes Stück älter als Yaro und Yaro hielt sich fern von ihm, denn Moses hatte schon oftmals gepöbelt, wenn Yaro und seine Freunde des Wegs kamen. „Du bist der Sohn des weißen Zaubermenschen", hatte er abfällig gesagt. „Du bist nicht wie wir, du darfst nicht mit uns spielen", hatten dann die jüngeren Gefolgsleute Moses' nachgeplappert. Yaro hatte mit Papa Adili über Moses gesprochen. Der sagte, er habe mit ihm in der Schule schon oft Probleme gehabt. Moses wollte nicht lernen und verweigerte gegenüber dem weißen Mann auch jeglichen Gehorsam. Der Vater war nur einmal zu einem Gespräch gekommen und hatte den Sohn in Schutz genommen. Die Mutter war vollkommen dagegen gewesen, den Jungen in die Obhut des Zaubermenschen zu geben. Moses sollte lieber auf dem Feld arbeiten oder später einmal in Karatu zur Schule gehen. „Später, später, das ist zu spät", hatte Adili damals gesagt. Daraufhin willigte Moses' Mutter ein, widerwillig und ohne Adili dabei anzublicken. Sie war eine enge Freundin der Schamanin, das wusste Adili und hatte seinem Sohn Yaro deswegen auch geraten, nicht mit Moses zu spielen. „Es ist gefährlich, sich mit Leuten einzulassen, die einem offensichtlich feindlich gesinnt sind", hatte er zu ihm gesagt und angefügt: „Auch wenn dies furchtbar traurig ist."

Jetzt beobachtete Kamaru, dass Yaro seine Schwester vorsichtig an den Rand des Weges bugsierte, um den ohnehin geringen Abstand vom linken zum rechten Straßenrand zu vergrößern und sich schützend neben seine Schwester zu stellen. Würden Moses und seine Kumpels die beiden Kinder angreifen? Kamaru schätzte die Entfernung zwischen ihrem Haus und dem Ort des Geschehens. Sie überlegte, was sie ausrichten konnte. Das Messer holen, die Kinder verteidigen... In dem Moment flog ein kleiner Ast vom rechten Straßenrand auf die Straße. Das konnte Kamaru gerade noch erkennen. Yaro nahm Therese auf den Arm und lief rasch an den vier - es waren vier! - Jugendlichen vorbei. Kamaru hörte irgendwelche Wortfetzen und hämisches Gelächter. Es schmerzte sie, dass ihre Kinder angefeindet wurden, weil die Tochter so anders aussah. Wäre sie nicht zur Stille verdammt gewesen, hätte sie nun laut aufgeschrien und die Jugendlichen geschimpft.

Kamaru beobachtete die Situation noch eine Weile, ehe sie zurück in ihr Haus ging. Ihre beiden Kinder waren nun bestimmt bei Onkel Mananis Laden und dort in Sicherheit. Sie war stolz auf ihren Sohn, der sich so aufrichtig um die kleine, bedrohte Schwester kümmerte.

Am Abend waren die vier Jungs verschwunden und kurz nachdem es dunkel geworden war, kamen die beiden Kinder nach Hause. Das fahle Licht der letzten

Sonnenstrahlen mühte sich ab, den Raum noch etwas zu erhellen. Strom hatten sie keinen in ihrem Haus, sodass das offene Feuer vor dem Haus die letzte Lichtquelle war, wenn die Nacht hereingebrochen kam. Kamaru machte ein besorgtes Gesicht und bedeutete ihrem Sohn, dass er zu lange draußen war mit seiner kleinen Schwester. Therese hatte einen verschmierten Mund. „Wir haben uns ein Eis geteilt bei Onkel Manani und lange mit Kindern gespielt, die früher auch bei Papa Adili in der Schule waren. Sie wollten alle wissen, wann wieder ein Lehrer ins Dorf kommt", sagte Yaro. Kamaru ärgerte sich ein wenig. Es störte sie, dass man glaubte, sie müsste sich um diese Angelegenheit kümmern. Aber es war Sache der Dorfältesten, der Regierung oder sonst wem, nicht aber ihre Aufgabe. Sie konnte nicht sprechen, sie hatte in jungen Jahren ihren Mann verloren, musste sich um zwei Kinder kümmern, bald vielleicht überlegen, wo sie Arbeit fand. Wo hätte sie da einen Dorfschullehrer auftreiben sollen?

In dieser Nacht schlief sie unruhig. Ein böiger Sturm pfiff ums Haus und immer wieder huschten graue Gestalten durch Kamarus Träume. Es waren die Jugendlichen vom Nachmittag. Einmal spielten sie mit dem Fußball im Vorgarten und riefen *Wir kriegen dein Haus, wir kriegen deinen Hof, wir kriegen deine Tochter!* Dann wieder kamen sie mit klapprigen Fahrrädern die

Straße herauf mit einem riesigen Sack aus Leinen, alt und ausgebeult. *Wir haben einen Sack dabei für deine Tochter. Damit sie sich nicht wehren kann!* Kamaru wachte auf und fühlte sich schrecklich. Sie setzte sich hin um zu sehen, wo Therese war. Das Mädchen lag ruhig atmend auf ihrer Matratze und schlief friedlich. Sie und auch ihr Bruder Yaro bekamen von dem heftigen Sturm nichts mit. Sie schliefen tief und fest. Nur Kamaru haderte mit der Nacht. Nächte waren dunkel. Nächte waren einsam, sie waren elendig still und doch voller Geräusche. Geräusche, die ihr Angst machten. Nicht die wilden Tiere im Busch. Vielmehr das Klirren von Glas, das Klappern von Türen, das Zerren an Holz, das Quietschen von Motoren. All diese Geräusche ließen Kamaru immer wieder hochschrecken. Nicht nur in dieser stürmischen Nacht, seit Adilis Tod immer und immer wieder. Aber in dieser Nacht - wohl auch wegen des Traums von den Jugendlichen - ganz besonders.

*

In der folgenden Nacht wiederholte sich ihr Traum. Die Schamanin sah Scharen von Hilfesuchenden in ihre Hütte strömen. Sie vernahm in der Tiefe des Schlafs den Geruch von Schweiß, spürte das Stampfen der Männer auf dem lehmigen Boden, hörte fern die Klagelaute der Frauen, die ihren Männern keine Kinder zu schenken in der Lage waren. Sie wälzte sich und lag wach. Schwaches Licht vom hell erleuchteten Mond drang durch die Öffnung des Fensters. Sie fror. Und sie dachte nach. Ihre Weisheit und ihre Fähigkeiten hatten etwas mit ihrem von Generation zu Generation weitergereichten Wissen zu tun. Und dieses wollte auch sie weitergeben. Wieder dieser stechende Schmerz in Brust und Bauch. Wieder diese dumpfe Angst, dass ihr Leben enden würde, ohne diese letzten Aufgaben vollzogen zu haben. Zischend nur für das Dunkel der Nacht bestimmt grollte sie ihrer toten Tochter hinterher. *Warum bist du vorausgeeilt?* Und dann noch viel grimmiger und etwas lauter: *Adili, ich verstehe nicht, wieso du nicht zu helfen bereit warst!*

Dann dachte sie nach. Ein Zaubermensch konnte nicht verstehen, dass Zaubermenschen nunmal andere Aufgaben zu erfüllen hatten für die Allgemeinheit als es alle anderen zu tun hatten. Zaubermenschen waren schlussendlich dazu auserkoren, Leben zu retten, das war etwas Wunderbares. Wenn es auch das größte aller Opfer bedeutete.

Dann stand sie auf und kochte Wasser, verfluchte die hässlichen Schmerzen in ihrem Leib und schimpfte auf die Schlaflosigkeit im Alter. In den Tee würde sie Kräuter mischen, die ihr Kraft geben sollten. Sie musste jetzt genau rechnen. Am Ende, das hatte sie schon am Vortag begriffen, würde die Hilfe teuer werden. Ihre Helfer verlangten viel. Sehr viel. Aber sie würde auch viel Geld bekommen. Es gab zahlreiche, denen sie helfen konnte und auch die waren bereit, viel zu zahlen.

Das Feuer knisterte allmählich. Der Kessel stand leicht schief auf den Resten des Holzfeuers vom Vortag, das sie wieder entfacht hatte. Es durfte die Nacht über nie ganz ausgehen. Wie das Feuer des Lebens musste die Glut erhalten bleiben. Sie gab Licht. Sie gab Wärme. Sie half am Morgen das Wasser zu erhitzen. Der erste Schluck Tee schmeckte bitter. Zucker. Der zweite Schluck war heiß. Einige Zeit verstreichen lassen. Der dritte Schluck war wie das Leben im besten Alter. Von allem etwas. Ein wenig bitter, ein wenig süß. Nicht mehr die volle Hitze, aber noch nicht ausgekühlt. Sie erinnerte sich zurück an diese Zeit. Unter einem Bündel Decken kramte sie eine kleine Kiste hervor. Vorsichtig warf sie einen Blick aus dem Fenster. Noch war es fast stockfinstere Nacht. Da war nichts, was Neugierde verriet. Nur ein glotzender Gecko lugte mit schielendem Blick von der Decke. Ihn ignorierend nahm die Alte ein Bündel Geldscheine aus dem hölzernen Kästchen und zählte es. Schein für Schein schob sie die speckigen Schillingnoten von einem Finger in den nächsten. Am Ende rollte sie sie zusammen. Unzufrieden war sie mit der Summe nicht, nippte erneut an ihrem Kräutertee und setzte sich aufrecht hin. Es war viel Geld, dachte sie, aber es würde nur knapp reichen. Sie konnte den Helfern auch versprechen einen Teil im Nachgang zu bezahlen. Wenn deren Arbeit getan war, würde sie viel Geld bekommen. Da war sie sich sicher.

Als die Sonne den Vorplatz vor ihrer Hütte erreichte und den Tag einläutete, hatte sie bereits Vorbereitungen getroffen, saß vor dem Haus und trank einen zweiten Tee. Sie hielt die warme Tasse in beiden Händen um sich zu wärmen. Da tauchte Moses mit zwei Freunden auf. Sie schlichen am Straßenrand entlang. *Diese faulen Nichtsnutze*, dachte die Alte, aber sie wusste, dass diese Jugendlichen ihr helfen konnten und sie hatten die Kraft, die ihr fehlte: körperliche Kraft.

Die Medizinfrau winkte die jungen Burschen zu sich heran und gab auch ihnen Tee. Dann begannen sie leise zu sprechen. Es durfte nicht das gante Dorf von ihrem Plan wissen und so schwor sie die jungen Burschen um Moses auch immer wieder ein, auf keinen Fall zu irgendwem auch nur ein Sterbenswörtchen zu sagen. „Ihr gefährdet nicht nur das ganze Vorhaben, sondern auch eure Zukunft", sagte sie ein ums andere Mal.

Kamaru weckte Yaro. Der Junge schlief seit Adilis Tod immer so lange. Das musste daran liegen, dass er nun auch sehr viel half. Es tat ihr fast schon leid, dass sie ihren Sohn immer wieder unsanft aus dem Schlaf aufschrecken sah. Aber es half nichts, es gab soviel zu erledigen. Heute hielt sie ihm einen Zettel unter die Nase, auf dem sie eine Nachricht aufgeschrieben hatte. Die Art und Weise wie sie mit Adili kommuniziert hatte setzte sie mehr und mehr nun mit Yaro fort. Einfache Sätze beherrschte der Junge. Das hatte er von seinem Vater in der Schule beigebracht bekommen und auch als Adili schon zu schwach war um alle zu unterrichten, hatte Yaro Hausunterricht bekommen. *Wir brauchen Geld. Ich muss Arbeit finden.* Mehr stand nicht auf dem Zettel. „Kazi", sagte Yaro, *kazi* war das Suaheli-Wort für *Arbeit*. Kamaru nickte. „Ich kann auch arbeiten gehen", meinte Yaro aufrichtig. Kamaru nahm ihren Sohn in den Arm. Sie wollte ihm sagen, dass er zu klein für die Arbeiten sei, bei denen man richtig Geld verdiene. Sie wollte ihm sagen, dass er doch schon so viel arbeitete, seit er nicht mehr zur Schule gehen konnte. Sie wollte ihm sagen, dass er ein tapferer Junge sei. Aber sie konnte es nicht. Schwieg ihn liebevoll an. Strich ihm sanft über die Wangen, wo die Tränen sich ihren Weg bahnten. Yaro war so stark, aber ab und an überkam ihn der bittere Schmerz der Trauer. Dass die Zeit alle Wunden heilen könne, davon hatte er mit seinen neuen Jahren noch nie etwas gehört. Die schmerzliche Leere in seinem Leben, die Adili hinterlassen hatte, die ließ sich noch durch nichts füllen. Und er wusste nicht, dass dieser stechende Schmerz sich bald schon als lebenslange Brandwunde in sein Leben einbrennen würde.

Yaro schluckte Tränen und Schmerz hinunter und machte sich auf den Weg, Feuerholz zu suchen. Die Sonne drückte die schwere Dunkelheit an den Horizont und erhob sich selbst über die Nacht. Es gab Yaro Kraft und Mut, die Weite zu sehen und die ersten Sonnenstrahlen auf der Haut zu spüren. Er war glücklich, dass das Haus seiner Eltern das letzte an der kleinen, staubigen Straße war und sie danach nichts als Leere vorfanden. Aber was hieß schon Leere! Dort gab es Steine, mit denen Therese und er spielen konnten. Große Steine, fast wie kleine Felsen, boten Platz um sich darauf zu setzen und die Sonne zu genießen. Der Busch war voller Überraschungen. Kratzige Dornensträucher wuchsen vereinzelt aus dem ausgetrockneten Boden. Wenn man dann durch die Sträucher tobte, konnte es sein, dass man sich den Arm aufkratzte. Yaro musste immer aufpassen, dass seine Schwester sich nicht verletzte. Adili und Mama Kamaru hatten immer Angst um ihre empfindliche, helle Haut.

Die Kinder saßen oft stundenlang in einer kleinen Senke und beobachteten die Tiere der Savanne. Nur unweit der Wasserstelle, die heutzutage niemand mehr brauchte, um das tägliche Wasser zu holen, gab es eine kleine Kolonie Erdmännchen. Die zu observieren war Therese' Lieblingsbeschäftigung. Sie liebte es zu sehen, wie die Tiere sich aufstellten, in alle Richtungen blickten und nervös schnatternd irgendwelche Gefahren anzeigten. Dann verschwanden die anderen rasend schnell in ihrem Bau.

Einmal hatte Yaro eine Schlange gefunden. Sie war tot gewesen und Papa Adili hatte ihn gemahnt, dass man Schlangen nicht anfassen dürfe, auch dann nicht, wenn sie bereits tot waren. Löwen verirrten sich nicht in diese Gegend, auch keine Elefanten. Die gab es nur in der Serengeti. Dorthin würde Yaro eines Tages mit Touristen fahren. Wenn er in der Schule - in *einer* Schule der Stadt - sein Englisch verbessert haben würde, wollte er zurück in die Wildnis und dann Urlauber aus fremden Ländern führen. Dabei, so war Yaro sich sicher, konnten Zuri und Nikolas ihm helfen.

Nachdem Yaro ein paar Minuten ziellos durch den Busch geschlendert war, sich einmal hier, einmal da gebückt und dabei brennbare Zweige und Äste aufgesammelt hatte, ging er zurück in Richtung Haus. Mama Kamaru feuerte an und erklärte ihrem Sohn dann noch einmal mit Händen und Füßen, dass sie nun ins Dorf gehen werde, um mit Onkel Manani über eine Arbeit zu verhandeln. Er wüsste sicherlich einen Job für sie. Yaro nickte. Dann trug sie ihrem Sohn auf, Gemüse im Garten zu ernten. *Am Nachmittag gehst du mit Therese das Gemüse verkaufen,* kritzelte sie auf einen bereits hundertmal beschriebenen Zettel und nickte ihrem Sohn zu.

Dann legte sie ihre beste Kleidung an, band sich ein buntes Tuch ins Haar und ging aus dem Haus. Nur unweit des Hauses fielen ihr die Jugendlichen auf. Es waren die gleichen Nichtsnutze wie am Tag zuvor. Moses hatte einen Stock in der Hand und zog damit Kreise in den staubigen Sand. Er würdigte die stumme Frau keines Blickes, die da so selbstbewusst wie möglich und doch erkennbar verängstigt an den vier jungen Burschen vorbeiging in Richtung Dorfplatz.

Yaro ließ Therese noch schlafen. Sie schlief an diesem Tag ungewöhnlich lange und fest. Er nahm sich die Plastikschüssel aus der Küche um damit im Garten hinter dem Haus das Gemüse zu ernten. Sie hatten genug Tomaten und Okraschoten, um etliche Kilogramm auf dem Markt zu verkaufen. Vielleicht würde Onkel Manani sie ankaufen und dann weiter verkaufen.

Die Tomaten leuchteten rot zwischen dem saftigen Grün ihrer Blätter hervor. Beides hob sich deutlich vom Beige der endlosen Weiten ab. Yaro zupfte eine Tomate vom Strauch und biss kraftvoll hinein. Es war das erste Frühstück des Tages.

Nachdem er ein paar weitere Früchte geerntet hatte und sich die Plastikschüssel allmählich zu füllen begann, bemerkte er einen der Jungen, die am Tag zuvor auf dem Weg herumgelungert hatten. Er kam um das Haus geschlichen, direkt auf Yaro zu. „Hey, Yaro", rief der Junge. Yaro wunderte sich, was der Junge bei ihm wollte. „Was willst du hier?", fragte er abwehrend.

Der Junge schlich ein wenig um Yaro herum. Er hatte eine hässliche Narbe quer über den Arm. Yaro kannte den Burschen vom Sehen her. Aber er gehörte zu Moses' Truppe von der er sich - auch auf Adilis guten Rat hin - immer fern gehalten hatte. „Schöne Tomaten wachsen in eurem Garten", sagte der Junge nach einer Weile, in der er einfach nur beobachtete, was Yaro tat. „Ja, sie sind saftig und wir werden sie verkaufen", antwortete Yaro fast ein wenig stolz auf seine Tomaten.

„Gibst du mir eine?"

„Warum sollte ich das tun?"

„Weil ich dir sonst das Leben zur Hölle machen könnte", grinste der Junge Yaro frech an. Yaro schätzt ihn auf vielleicht zwölf. Drei Jahre Altersunterschied machten viel aus. Und die Tatsache, dass Moses ein Freund von diesem Typ war, machte es Yaro nicht leichter *Nein* zu sagen. Er riss vorsichtig eine kleinere Tomate vom Strauch und reichte sie dem Jungen. Er wusste, dass damit der Anfang gemacht war. Fortan würden Moses und seine Freunde sicherlich immer dann auftauchen, wenn sie wussten, das Mama Kamaru außer Haus war und würden ihren Lohn einfordern. Einen Lohn für ihr Stillhalten. Der Verzicht auf Schläge gegen Essbares. Yaro bereute bereits, dass er dem Burschen so rasch eine Tomate gegeben hatte.

Der fing an belangloses Zeug zu erzählen, schielte dabei immer wieder auf die Straße hinauf. Er schien alleine gekommen zu sein. Yaro konnte keine anderen Kinder entdecken. „Ich habe die Tage etwas weiter unten eine Schlange gefunden", sagte der Junge unvermittelt. „Wollen wir sie suchen gehen?" Yaro stutzte. Mit ihm spielten normal nur wenige Kinder und dass die Truppe um Moses plötzlich Gefallen an Yaro gefunden haben sollte, war sehr unwahrscheinlich und wenn man in den letzten paar Tagen eine Schlange irgendwo im Busch gesichtet hatte, dann war sie sicherlich in der Zwischenzeit weit weg von dem Platz.

In diesem Moment hörte Yaro einen grässlichen Schrei. Es dauerte den Bruchteil einer Sekunde, ehe er kapiert hatte. Ein bitterer Schmerz durchfuhr ihn in Windeseile. Er reagierte schneller als der Junge ihm gegenüber. Der gehörte zu einem ganzen Trupp und seine Aufgabe war es scheinbar, ihn abzulenken. Sie waren bei Therese! *Lasst meine Schwester in Ruhe,* rauschte es durch Yaros Gedanken. *Ich bring' euch alle um!* rief eine innere Stimme den Schmerz heraus. Und ehe der andere Junge Yaro festhalten konnte, traf ihn dessen Faust mit aller Wucht zwischen Nase, Auge und Wangenknochen. Er sank zu Boden, sah die Welt um sich herum in goldenen Farben glänzen und versank in schwarzer Bedingungslosigkeit. Yaro rannte in derselben Zeit, in der der Junge zu Boden gesunken war gefühlte hundert Schritt zum Haus.

Es dauerte aber noch eine Weile, bis er es erreicht hatte. Er riss die hintere Tür auf, rannte durch den ersten Raum in das Zimmer, in dem Therese geschlafen hatte. Eine brutale Wucht warf ihn an die Wand. Es war niemand mehr zu sehen, aber was er sah, raubte ihm Sinn und Verstand. Yaro war erst neun Jahre alt, aber er konnte die Endlichkeit des Lebens mit diesen Bildern sofort zu einer endlosen Leere in seiner Seele verbinden. Nach dem ersten Schock rannte er noch weiter, verließ das Haus wieder in Richtung Staubstraße.

Dort sah er sie verschwinden. Moses musste der letzte von ihnen gewesen sein. Trugen sie seine Schwester in einem Sack fort? War es ein Laken? Es war schon nicht mehr auszumachen. Solange hatten sie doch nicht Zeit gehabt? Lagen zwischen dem Tomatengarten und dem Haus nicht nur fünfzig Meter? Gut, es ging bergauf, aber hatte er diesen Arschlöchern so viel Vorsprung gegeben? Und was machte es schon aus? War ihm nicht beim Anblick von Therese' Bett und dem Zimmer sofort klar gewesen, dass sie seine Schwester umgebracht und dann verschleppt hatten?

Er trat zurück, ging wieder aus dem Haus. Wo lag der andere Kerl? Er stolperte die fünfzig Meter zurück zu dem Platz, an dem er ihn niedergestreckt hatte. Aber da war niemand mehr. Verschwunden. Vom Erdboden verschwunden. *Papa Adili, warum hast du uns nur allein gelassen?* flatterte es durch Yaros rastlose Gedanken der Trauer und Wut.

Einen Augenblick später vernahm er einen grässlichen Laut. Ein menschlicher Schrei, der so seltsam und verstörend klang, dass er sich in Sekundenschnelle für ein ganzes Leben in die Seele einbrannte. Yaros Herz begann erneut zu rasen. Es pochte ihm an den Schläfen, durchschlug seinen Brustkorb und pumpte einen Fluss von Tränen aus seinem verängstigten Körper. Zurück im Haus erkannte er etwas Lebendiges am Boden liegend wimmern. Zusammengekrümmt bebten menschliche Züge in dem Zimmer, in dem sich die Tat noch immer durch ihre eigenen Spuren verewigte. Und wer sollte diese Spuren der brutalen Vernichtung auch beseitigen? Das Häuflein Elend am Boden bildete einen ängstlichen Schatten von Mama Kamaru, die nach ihrer Rückkehr stumm und still die schrecklichsten Bilder ihres Lebens zu begreifen hatte, ehe sie Luft in ihre Lungen einsog um diese zu einem schrillen Ton zu formen. Es war das erste Mal, dass Yaro seine Mutter hatte Laute von sich geben hören und er wünschte sich, dies niemals hätte erleben zu müssen. Vorsichtig legte er die Hand um ihre Schulter und begann zu sprechen. Die Worte quollen aus seinem Mund als sei er nicht er selbst: *Ich war Tomaten ernten. Wie du mir gesagt hattest. Dann kam er. Hatte eine Tomate gewollt. Hatte mir gedroht. Ich hatte Angst. Es war nur eine Ablenkung. Therese musste noch geschlafen haben. Ich hörte den Schrei, lief hinauf zum Haus. Nichts zu sehen außer diesem roten Meer...*

Kamaru blickte ihren Sohn fassungslos an. Die Unbarmherzigkeit dieser nicht enden wollenden Augenblicke machten sie schwach und hilflos. Rache zu nehmen, diese Kraft hätte sie nicht gehabt. Aber sie wusste, dass Gott denjenigen strafen würde, der sich an dem jungen Leben versündigt hatte, das unschuldig seine Zukunft voller Energie und Freude erwartet hatte. Ganz egal, ob dieses Mädchen weiße Haut hatte und rotglänzende Pupillen. Es war ein Verbrechen ihr etwas anzutun. Aber Kamaru war klug genug schon in dem Moment, als sie zusammengekrümmt auf dem Boden lag und Tränen das trocknende Blut wieder befeuchteten, zu begreifen, dass keiner im Dorf ihr beistehen würde. Die einen waren selbst Außenseiter und schwach und die anderen empfanden kein rechtes Unrecht, wenn es darum ging, durch das Opfer eines Zaubermenschen anderen zu helfen.

*

Moses saß lange alleine am Brunnen am Dorfplatz. Er hatte vorsichtig den Wasserhahn aufgedreht und etwas Wasser getrunken. Es tat gut, das feuchte, kühle Wasser die brennende Kehle hinab rinnen zu spüren. Es gab Kraft. Dann wusch er sich das Gesicht und die Hände. Er wusch sich die Hände einmal, zweimal, dreimal. Es war ein guter Tag, er war nun alle Geldsorgen los. Aber sein Herz sagte ihm, dass das Opfer zu groß war. Dann aber legte er sich alles so zurecht, wie es sein musste. *Der Tod dieses kleinen Mädchens stand im Zeichen eines großen Nutzens. Durch die Gebeine des kleinen Zaubermenschen würden nun andere Menschen von ihren Leiden befreit. Ihr Tod war nicht umsonst und die Schamanin hatte doch versprochen, dass es ihm entlohnt werden würde, sich die Hände schmutzig gemacht zu haben.* Moses holte das Bündel Scheine hervor und ließ sie durch die Finger gleiten. Noch nie in seinem Leben hatte der junge Bursche soviel Geld besessen. Sicherlich musste er etwas davon abgeben an seine Freunde. Die hatten ihm schließlich geholfen. Aber den Sack getragen und zur Heilerin gebracht hatte am Ende er allein. Und das Messer aus dem Sack geholt hatte auch er. Und das schlafende Mädchen mit drei - oder waren es vier? - Stichen getötet, das war auch seine Aufgabe gewesen. Aber auch er würde den gellenden Schrei nicht vergessen und die weit aufgerissenen Augen der Hilflosigkeit, all das würde ihn fortan ein Leben lang verfolgen. Gott musste über die Schamanin richten, nicht über ihn, das stand für ihn fest. Er tat, was die Medizinfrau verlangt hatte. Moses trank noch mehr Wasser. Der Hals schmerzte. An seiner Hose entdeckte er einen Blutfleck. Den musste er auswaschen. Bald.

Moses steckte das Geld in die Hosentasche und wischte noch einmal über den roten Fleck an seinem Hosenbein. Er kramte in der Tasche nach einem Päckchen Zigaretten und zündete sich eine an. Die kleineren Jungs sollten das nicht sehen. Nicht, weil es ihm etwas ausgemacht hätte, dass sie ihn beim Rauchen erwischten. Er fürchtete darum, einige Zigaretten abgeben zu müssen. Bislang hatte er kaum Geld für seine kleine Sucht gehabt. Einmal stahl er seinem Vater einige Schillinge und wurde dafür übel zugerichtet. Auch im Laden von Onkel Manani ließ er zweimal eine Schachtel verschwinden. Aber, und das war das Gute an diesem Tag, fortan würde er genug Geld haben, um sich seine Zigaretten kaufen zu können. Und vielleicht auch mal eine Flasche Bier - falls Onkel Manani ihm eines verkaufte. Tief zog Moses den Rauch der Zigarette ein, blickte auf das weite Buschland und spürte die mittägliche Hitze auf seinem Gesicht. In seinen Ohren vernahm er wieder und wieder einen grellen Pfiff. Der hatte ihn erfasst als er mit dem Messer in der Hand das Haus des Dorflehrers betrat und nach dem Mädchen Ausschau hielt. Es war sicherlich eine Verwünschung der Ahnen, aber dagegen konnte ihm die Schamanin nun ein Mittel geben. Moses drückte ein paar Mal gegen das fiepende Ohr, warf die Zigarette auf einen Stein und schlenderte zurück ins Dorf. Irgendetwas hinderte ihn daran, komplett zufrieden zu sein mit diesem Tag.

*

Onkel Manani hatte den Laden wie immer mittags zugesperrt. Er saß hinter dem Haus im Schatten eines Baobab-Baums, der das Grundstück begrenzte und döste. Erst als Yaro schon neben ihm stand, bemerkte er den Jungen. Yaro wirkte so anders als sonst. Seit dem Tod seines Vaters Anfang des Jahres war er erwachsen geworden, half der stummen Kamaru bei allem, was im Haus und im Garten anlag. Er kümmerte sich um seine kleine Schwester wie ein zweiter Vater. Und das mit seinen gerade einmal neun

Jahren. Jetzt aber stand ein kleiner, fast zitternder Junge vor ihm, streckte die Hand aus und sagte mit erstickter Stimme nur zwei Worte: „Bitte, komm."

Onkel Manani raffte sich auf, strich sein Hemd zurecht und folgte dem Jungen schweigend. Er ahnte, dass etwas von großer Tragweite geschehen sein musste, denn der traurig leere Blick von Yaro erfasste sein Herz und ließ ihn erschaudern. Sie schwiegen den ganzen langen Weg bis hinaus zu Adilis Haus, das auf der rechten Seite lag, fast zu einem Drittel in der Senke verschwunden war, wenn man vom Dorf aus kam. *Weit draußen hat er damals gebaut,* dachte sich Onkel Manani.

Im Haus rief er nach Kamaru. Er wusste, sie würde nicht antworten, wollte aber seinen Besuch ankündigen. Es war nicht üblich, dass Männer einfach so in Häuser kamen, in denen sich nur eine Frau aufhielt. „Kamaru, wo bist du?", rief er ein zweites Mal. Nichts rührte sich. Yaro ließ den Kaufmann einfach stehen. „Warte kurz", sagte er, verschwand dann durch die hintere Tür in den weitläufigen Garten. Onkel Manani folgte dem Kind ein paar Schritte. Das Gelände war abschüssig. Der Garten war in die Weite der Senke eingebettet. Dahinter erstreckte sich bis zum Horizont das fast baumlose Buschland. Nur ein paar vereinzelte Büsche säumten das endlose Nichts. Er erkannte in den grünen Blättern der Sträucher eine Gestalt, deren bunte Kleidung zwischen dem statten Grün rot und orange hervor blitzte. Es war Kamaru. Yaro stand neben ihr und sprach mit seiner Mutter, reichte ihr die Hand, ja, zerrte gar daran.

„Komm, Mama, komm, ich habe Onkel Manani geholt, er ist der Einzige, der uns helfen kann. Papa hat immer gesagt, wir könnten am Ende auf Onkel Manani zählen." Kamaru schwieg. Leere, tote Augen starrten ihren Sohn an. *Wie um alles in der Welt soll der Dorfkrämer helfen? Das Kleine ist tot! Tot! Bis in alle Ewigkeit verdammt zum Schweigen! Ausgelöscht, verstehst du das nicht, Yaro? All unsere Liebe zu ihr hat sie nicht retten können. Ihr Vater hat sie verlassen, weil er zu schwach war. Wir haben sie nicht retten können, weil wir zu dumm waren, jede Sekunde auf sie aufzupassen. Therese wurde ermordet! Und du denkst dir, ich hole Onkel Manani, der kann uns helfen! Wie denn, mein Sohn? Soll er ihr das Leben wieder einhauchen, die Wunden vernähen und das Blut in Wallung setzen, das ein für alle Mal aus ihrem Körper wich, wie die Luft und das Wasser und der fröhliche Blick und das surrende Lachen und diese unendliche Neugierde? Yaro, begreife, mein Sohn, Therese wird nie wieder kommen, egal, was wir nun tun. Ob wir still unser Schicksal ertragen oder uns auflehnen, die Polizei wird uns Therese nicht mehr bringen. Sie wird niemanden verhaften, sie wird sich für den Sohn eines Zaubermenschen und seine stumme Mutter nicht interessieren. Onkel Manani wird auch nur warme Worte finden für uns, seine Wut wird er uns zeigen und dann sagen, dass er helfen möchte. Aber er wird es nicht tun, Yaro. Denn, mein Junge, er wird Angst haben, dass diejenigen, die Therese umgebracht haben, am Ende auch ihm Schaden zufügen. Die Heilerin hat noch immer Macht und Einfluss. Obwohl sie krank und schwach ist. Auch Adili hatte bis zuletzt die Kraft, andere zu beeinflussen, sonst wären sie schon früher gekommen. Yaro, Onkel Manani wird uns nicht helfen.*

All das wollte Kamaru ihrem Sohn sagen, es ging aber nicht und so folgte sie dem an ihrer Hand zerrenden Kind ins Haus, die Tränen als salzige Warnung auf ihrer Wange spürend.

Dann stand sie auf zitternden Beinen Onkel Manani gegenüber, der in der Zwischenzeit begriffen hatte, was vorgefallen war. Er sah den Boden, das Zimmer, in dem die kleine Therese gewesen sein musste als es passierte. „Diese Hexe", sagte er gepresst. „Diese verdammte Hexe", wiederholte er mit zischender Stimme. Dann schickte er wie zur Entschuldigung noch hinterher: „Ich hatte Adili gewarnt. Hatte ihn gebeten, zu gehen, das Dorf zu verlassen. Ich bin so machtlos. Sie darf nicht ohne Strafe davonkommen."

Kamaru zerrte den Kramer nun aus dem Zimmer, denn sie konnte den Anblick nicht mehr ertragen. Dort klebte das Blut ihrer Tochter auf dem Boden. Es war wie eine unausgesprochene Warnung. *Wir haben es getan, tatsächlich, unwiderruflich und brutal.* Dieser Blutspur folgte bis zur Tür und über die Schwelle hinaus, bis ans Ende der Staubstraße und darüber hinaus, bis weit an die Grenzen des Dorfes diese eine schreckliche Frage: *Warum? Warum Therese? Warum an diesem Ort? Warum noch in einer Zeit, in der anderswo auf der Welt der Glaube an Hexerei längst überwunden war?* Diese Gedanken musste Onkel Manani sofort unterdrücken. Es stiegen bittere Wut und giftiger Ekel in ihm auf. Er wollte dieser stummen Kreatur helfen, die vor einigen Monaten erst den Mann begraben musste. Nun würde sie aber nicht einmal die Möglichkeit haben, die tote Tochter zu beerdigen. Da war kein Ort des Gedenkens. Therese' Leichnam war verschwunden. Mit dem Leben war auch der Körper gegangen. In einem Leinensack davongetragen. Ausgelöscht und verarbeitet für vermeintlich höhere Zwecke. „Wenn ich denjenigen erwische, der das getan hat...", sagte Onkel Manani kräftig. Kamaru wiegelte ab, verbarg das Gesicht hinter ihren Händen, als wollte sie sagen: *Versündige dich nicht, Dorfkrämer, denn ein Mord aus Rache macht Therese nicht lebendig, aber du bist dann selbst voller Sünde.* Kamaru würde in Demut und im Vertrauen auf die göttliche Gnade darauf bauen, dass dem Mörder eine gerechte Strafe zuteil würde. Manani aber konnte darauf nicht mehr vertrauen. Er ging hart ins Gericht. Auch mit sich selbst. Zu lange zugesehen. Den Freund

Adili nur gewarnt und nicht selbst aktiv etwas gegen all das unternommen, was er im Hintergrund mitbekommen hatte. Zu sehr gehofft, dass das Schlimmste nicht passieren würde. Zu große Furcht gehabt, durch klare Stellungnahme Kunden zu verlieren. Aber damit war nun Schluss.

„Wenn ich euch helfen kann, sagt es mir", gab er zu verstehen. Kamaru dankte ihm durch eine sanft angedeutete Verbeugung, Yaro begleitete ihn nach draußen. „Pass' auf deine Mutter auf", sagte Onkel Manani, der vom Alter her auch Kamarus Vater hätte sein können. „Ich schicke euch meine Tochter und meine Frau vorbei. Sie sollen euch helfen, das Blut aus dem Zimmer zu wischen." Yaro bedankte sich. Dann ging er zurück ins Haus und schloss die Tür.

Manani öffnete den Laden diesmal etwas später als sonst. Noch hatte sich der Tod der kleinen Therese nicht herumgesprochen. Kamaru und Yaro hatten kaum Kontakt zu anderen Familien im Dorf und ihr Haus lag soweit ab vom Zentrum, dass man nicht sofort alles mitbekam, was in Adilis Haus vor sich ging.

Die Schamanin wusste, dass sie vorsichtig sein musste. Sie hatte das Geld an Moses ausbezahlt und ihn um größte Vorsicht gebeten. Er und seine Freunde riskierten am meisten. Sie hatten gegen die Gesetze des Landes verstoßen, auch wenn sie sich im Recht fühlten, denn ihre Absicht war es gewesen, etwas Gutes für andere zu tun. Dass man dafür reich entlohnt wurde und gutes Geld bekommen hatte, war eine sehr angenehme Nebensache. Die Medizinfrau wusste, dass ihre Tage gezählt waren. Ihre Schmerzen nahmen Tag für Tag zu. Ihr Lebenswille war gezähmt. Nun war sie zudem am Ziel. Es gab eine Art Sühne des sinnlosen Todes ihrer Tochter. Adili, der ihr damals nicht helfen wollte, hatte aus dem Reich der Ahnen heraus nichts dagegen unternommen, dass nun Therese auserwählt worden war, anderen Menschen zu helfen. Sie würde Kontakt zu den anderen Schamanen aufnehmen um ihnen zu berichten, dass sie die Knochen und die Haut eines Zaubermenschen besaß. Damit ließen sich viele Krankheiten heilen und die Unfruchtbarkeit besiegen.

Nur auf Moses musste sie aufpassen, ihm traute sie nicht. Er war dumm genug, sich zu verplappern. Dann würde er dafür bezahlen. Durch die ganze Härte des Gesetzes. Ihr würde nichts geschehen. Davon war sie überzeugt. Sie war eine alte, schwache Frau geworden, derer man nicht mehr habhaft werden konnte. Und wenn schon? Sollte sie die letzten paar Atemzüge eben anstatt auf dem staubigen Lehmboden ihrer Hütte auf einer Pritsche in einer Gefängniszelle machen.

Am Abend begann sie mit ihrer Arbeit. Die heimliche Arbeit. Die Arbeit, von der niemand wissen durfte. Für den nächsten Morgen waren die jungen Frauen einbestellt, die bislang keine Kinder bekommen hatten. Und auch den Medizinfrauen aus der Umgebung hatte sie Bescheid gegeben. Sie brauchte das Geld von ihnen, denn sie war bei Moses und seinen Kumpels bis ans finanzielle Limit gegangen.

*

Yaro fand keinen Schlaf. Immer wieder kehrten die Bilder des vergangenen Tages vor sein geistiges Auge zurück. Auch Mama Kamaru saß wach auf einem Stuhl und blickte ins Leere. Diese Teilnahmslosigkeit machte ihrem Sohn zu schaffen. Er empfand Angst, wenn er sie so sah, wie eine Statue, die unbeweglich auf dem Stuhl saß, als warte sie auf irgendetwas. Am späten Nachmittag waren Frauen gekommen. Aus dem Dorf. Onkel Manani hatte sie geschickt. Sie hatten geweint und wehgeklagt. Sie hatten das tote Mädchen betrauert und Yaro bekundet, wie grässlich es doch sei, sich ein Mädchen zu holen um daraus angeblich Medizin zu machen. Kamaru hatte schon zu dieser Zeit einfach nur auf dem Stuhl gesessen und alles beobachtet. Entrückt und fernab der Realität. Die Frauen halfen Yaro, das Haus zu putzen. Die Spuren der Unmenschlichkeit wurden mit Wasser und Lappen Stück für

Stück aus dem Haus vertrieben. Es herrschte ein frischer Duft nach Zitrone und das passte so ganz und gar nicht zu der depressiven Stimmung im Haus. Als die Frauen merkten, dass die stumme Kamaru nun auch noch stumme Augen hatte und den Kopf trotz der regen Betriebsamkeit im Haus meist gesenkt hielt, beendeten sie ihr Wehklagen und huschten auf leisen Sohlen durch die Räume. Yaro half ihnen, so gut er konnte. Was sollte ein kleiner Junge schon tun können in so einem Fall? Blutspuren vom Boden kratzen war eine schreckliche Aufgabe. Er war ihr nicht gewachsen. Aber er konnte den Frauen Wasser bringen. Und so war er am späten Nachmittag noch einmal zum Brunnen im Dorf gelaufen, hatte einen Eimer bei sich um Wasser zu holen. Das ganze Dorf schien ausgestorben zu sein. Die Jugendlichen waren nicht zu sehen. Moses und seine Kumpel, die die letzten Tage immer an der Staubstraße gesessen hatten, waren nirgendwo zu finden. Yaro hatte eine Riesenwut im Bauch und dennoch obsiegte schon beim Gedanken an Rache die Angst vor Moses' Reaktion.

Als er an Onkel Mananis Laden vorbeikam, merkte er, dass die Tür bereits verschlossen war. Onkel Manani war nicht da. Vielleicht war er zu Hause. Schließlich hatte er seine Frau zu Mama Kamaru geschickt. Er musste sicherlich auf die Enkelkinder aufpassen oder auf das Vieh, dachte Yaro. Dann ging er zum Brunnen und drehte das Wasser auf. Die kühle Erfrischung brachte ihm etwas Klarheit. Er ließ den Eimer halbvoll werden, ehe er mit aller Kraft den Hahn wieder zudrehte. Dann machte er sich auf den Weg zurück zu seinem Haus. In dem Moment sah er, wie ein Lastwagen aus der Ferne auf das Dorf zusteuerte. Es war Onkel Mananis Lieferant. Mit diesem Lastwagen war Papa Adili Anfang des Jahres Richtung Arusha verschwunden. Und kam als Halbtoter wieder. Obwohl Ärzte doch heilen sollen!

Die Nacht wurde lang und die Schlaflosigkeit zerrte an Yaros kleiner, unschuldiger Seele. Er drehte sich bald hierum, bald darum. Dann stand er auf und suchte Mama Kamaru. Sie saß noch immer stumm auf dem Stuhl hinter dem Haus. „Mama, ist dir nicht kalt?", riss Yaro sie aus schrecklicher Lethargie. Sie blickte ihm stumm in sein nun wieder tränenüberströmtes Gesicht. Er wusste nicht, was schrecklicher war, der Blick in Mamas leeres Gesicht oder die Erinnerung an den bitteren Schrei, den sie losließ, als sie am Vortag nach Hause gekommen war oder dieses verdammte Bild, dessen er gewahr wurde, als er zurück ins Haus kam. Eine Blutspur durch die Seele. Ein Schrei ins Innerste. Eine Leere für die Ewigkeit. „Mama, komm rein, du frierst", wiederholte er fast trotzig und zerrte an Kamarus Kleid. Sie stand auf, legte ihrem Sohn die Hand kurz auf die Schulter und schob ihn zurück ins Haus.

Vor kurzem hatten sie hier noch zu viert gewohnt. Sie waren anders als die anderen Leute im Dorf, aber sie waren glücklich. Da war Adili, der angesehene Lehrer. Es hatte Yaro immer stolz gemacht, dass sein Vater so klug war und viele auf ihn hörten, auch wenn er ein Zaubermensch war. Und Mama Kamaru war eine so sanftmütige Person. Trotz ihrer zur Stille verdammten Stimme hatte er immer einen Weg zu ihr gefunden. Das war nun auf einmal anders. Zur Stille kam Leere hinzu und diese Leere war so unnahbar fern, dass Yaro Kälte wahrnahm und Angst spürte. Selbst in dem Moment, als Mama Kamaru ihm liebevoll den Arm um die Schulter legte um wieder ins Haus zu gehen, spürte er einen eisigen Windhauch, den seine Mutter umgab. Man hatte ihr das Kind genommen. Und es waren nicht die Ahnen aus dem Reich der Vorfahren, die eine böse Krankheit oder einen Fluch geschickt hatten! Alles Dinge, an die Adili ohnehin nicht geglaubt hatte und auch seine Frau davon überzeugt hatte, dass Medizin und Wissenschaft bessere Erklärungen für viele Krankheiten boten als die Schamanen. Es waren rohe, menschliche Kräfte, die Therese' Leben beendeten. Und wieder und wieder erschienen die Bilder in Yaros Kopf.

Am nächsten Morgen wachte Yaro mit Schmerzen am Rücken auf. Er hatte den Rest der Nacht neben Mama Kamaru an der Wand gelehnt und war erst kurz vor dem Morgengrauen wieder eingeschlafen. Die Sonne drängte sich hell und wärmend durch das Fenster in den Raum. Sie kitzelte Yaro und machte ihn wach. Sofort blickte er zur Seite um seine Mutter zu suchen. Kamaru saß noch immer stumm auf der Erde, den Blick ins Nichts gerichtet. „Mama, bitte tu doch etwas", flüsterte Yaro, doch Kamaru schien ihn überhaupt nicht zu bemerken. Es dauerte eine gefühlte Ewigkeit, bis sie den Kopf zur Seite drehte. *Yaro, mein Sohn*, sagte ihr leerer Blick. Nichts weiter als diese drei Worte erkannte der Sohn in ihren Augen. *Yaro, mein Sohn*. Dann legte sie ihre Hand wieder auf seine Schulter. Zu mehr war sie in diesem Augenblick nicht in der Lage. *Yaro, mein Sohn*, wiederholte sie in ihren Gedanken und ließ den Kopf hängen. In diesem Moment kullerten bereits wieder kräftige Tränen die Wangen des Jungen hinab. Er suchte in Gedanken nach seiner Schwester. Sie würde nicht durchs Zimmer huschen, keine Fragen nach *Warum* und *Wieso* stellen, nicht den Maniok-Brei auf den Boden kleckern. Er hatte nicht genau begriffen, warum seine Schwester nicht mehr am Leben sein durfte. Nur, dass Papa Adili einmal gesagt hatte, dass Therese in Gefahr sei, weil sie ein Zaubermensch war und dass die Medizinfrau es auf sie abgesehen hatte. Daraufhin hatte sich Yaro eine kindlich einfache Rechnung erdacht: Die Schamanin wollte Medizin aus Therese machen. Und nach dem brutalen Mord an der kleinen Schwester stand für ihn nun fest: Therese war nun Medizin für andere Leute. Der Gedanke daran war grässlich und kaum auszuhalten. Und seine Fantasie war nicht fernab der Realität.

Yaro stand auf. Er hielt es nicht mehr aus, die schweigende Mutter in noch mehr Stille versinken zu sehen. Sie glitt in eine ferne Welt hinaus, die sie vom Leid und Schmerz des doppelten Verlustes befreite. „Ich hole Wasser", sagte er zu Kamaru und wollte bereits zur Tür gehen. Da bemerkte er, dass seine Mutter ihm etwas sagen wollte. Er drehte sich nach ihr um. Sie stand nun auf. Es wirkte so als wäre sie über Nacht zu einer alten, gebrechlichen Frau geworden. Sie wirkte müde, schwach und gebrochen.

In Adilis Zimmer fischte sie einen Geldschein aus dem Beutel und bedeutete Yaro mit Zeichen, dass er Brot oder etwas anderes zu essen kaufen sollte. Yaro war froh, dass Kamaru wieder mit ihm kommunizierte. Er hatte bereits befürchtet, dass seine Mutter nun nicht nur stumm sein würde, sondern auch keine anderen Mittel mehr kannte, um mit ihm zu sprechen.

„Ich beeile mich, Mama", sagte er und wie ein Vater zu seinem Kind spricht, fügte der rasch erwachsen gewordene Junge an: „Pass auf, dass dir nichts passiert." Kamaru nickte still und auch ihr liefen nun die Tränen über die trockene Haut ihres Gesichts. Sie wandte sich von Yaro ab, wollte nicht so von ihm gesehen werden. *Der Junge ist so groß und stark geworden, obgleich er zerbrechlich und klein wirkt,* dachte sie sich, setzte sich dann wieder auf den Stuhl im Zimmer und versank erneut in stiller Trauer.

Yaro lief den Weg ins Dorf. Seine Blicke aber schweiften nach links und rechts. Aufmerksam nahm er alles wahr. Er versuchte, die Gefahr auszumachen, von der er ahnte, dass sie auf ihn lauerte. Die Gefahr: das waren Moses und seine Freunde. Er war sich sicher, dass er vor ihnen nicht sicher war. Auch wenn Moses sich stark fühlte, er musste Angst haben, dass Yaro irgendwie versuchen würde, sich an ihm zu rächen. Aus Wut, aus Trauer, aus Zorn... Und um das zu verhindern, so war Yaros Logik, würde Moses den ersten Stein werfen. Yaro hatte Angst vor den Jungen und wusste, was er zu tun hatte: Vermeidung jeden Kontakts. Er würde der Bande um Moses aus dem Weg gehen, wo immer er sie erahnte.

Schon von weitem erkannte Yaro, dass vor Onkel Mananis Laden viele Menschen um ein Auto herumstanden. Sie alle beäugten das Fahrzeug aufmerksam. Yaro erkannte seine Freunde und auch die Kinder, von denen er sich eben lieber fern hielt.

*

Sie lag auf ihrer Pritsche als es an der Tür klopfte. Die Nacht über hatte sie gearbeitet und ihr scheußliches Werk erst früh morgens vollbracht. Einem jungen Burschen gab sie eine Tüte mit der Medizin und bat ihn, so schnell es ging, zu den anderen Schamanen in den umliegenden Dörfern zu gehen, dort den Inhalt der Tüte abzuliefern, Geld zu kassieren und dann zurückzukehren. Sie gab ihm etwas Geld. „Das ist deines", sagte sie streng. „Das Geld, das dir die Medizinleute geben werden, das legst du in diese Stofftüte zurück." Sie deutete auf den Beutel mit dem verbotenen Inhalt. „Dann legst du den Beutel unter den flachen Stein neben dem großen Strauch am Ende der Straße. Weißt du, wo ich meine?" Der Junge nickte. Am Ende des kleinen Dorfs gab es einen Strauch. Dort nisteten ab und an Vögel. Man traf sich dort zu einem abendlichen Plausch oder Kinder sausten herum. Dort lag ein großer Stein. Er diente einigen als Sitzgelegenheit. Hier hielt der klapprige Bus, wenn er denn überhaupt bis ins Dorf kam. Niemand würde sich wundern, wenn ein Jugendlicher an diesem Platz herumstand. Niemand würde stehen bleiben und fragen: „Was machst du hier draußen?" Jeder kannte diesen Platz. Wenigstens fünf Stunden brauchte der Junge in die Nachbarweiler und zurück. Dann war es Mittag.

Gegen Mittag also musste sie Moses losschicken, das Geld zu holen. Sie selbst war zu schwach um den Weg bis zum besagten Strauch zu schaffen. Sie hatte überlegt, ob sie Moses losschicken sollte, die Medizin auszuliefern, ließ es aber bleiben. Sie wusste, wie viel Geld in der Tasche zu sein hatte. Aber sie hatte Sorge, dass Moses einen Teil der Medizin einbehalten und selbst verkauft hätte. Vom Geld würde er nichts nehmen, zumal er ohnehin noch einmal einen kleinen Anteil bekommen sollte. Der andere Junge war zuverlässig, er würde nichts beiseite schaffen. Er war jünger als Moses und hatte großen Respekt vor der alten Schamanin.

Es klopfte wieder. „Aufmachen", rief eine kräftige Stimme vor der Tür. *Wer das wohl sein mag?*, dachte sich die Medizinfrau und setzte sich mühevoll aufrecht hin. Sie spürte, dass ihr schwindelig wurde. Sie fing fürchterlich an zu husten. Der Mann vor der Hütte sagte abfällig etwas von „die krepiert uns hier noch, bevor sie die Tür erreicht" und klopfte erneut an der Tür. „Ich komme ja schon", herrschte die Schamanin den Mann hustend und krächzend an. „Eine alte Frau sollte man nicht hetzen", schimpfte sie hinterher.

Die beiden Polizeibeamten warteten bestimmt weitere fünf Minuten in der Hitze des Vormittags auf die Schamanin. Ihr Klopfen war in der Zwischenzeit etwas ungeduldiger geworden. Der Beamte hatte noch ein paar Mal gerufen, sie möge nun endlich zum Eingang kommen.

Als die Alte dort erschien, erkannten die beiden Polizeibeamten ein jämmerlich verkrümmtes, altes Weib, das kaum mehr aufrecht stehen konnte. Sie stützte sich auf einen Stock mit einer geschnitzten Figur am oberen Ende. Solch einen Stock trugen normal nur die Chiefs in den Dörfern oder eben die Schamanen zur Anrufung der Ahnen. Als sie die Uniformierten erkannte, tat sie sehr erschrocken. „Was wollt ihr denn vor meiner Hütte. Bei mir gibt's nichts zu holen, ich braue nur Medizin aus Kräutern." Der ältere der beiden Beamten brummte etwas Unverständliches mit seiner tiefen Stimme und fasste die Alte an der Schulter an um sie aus dem Haus zu bewegen. Ihr Blick verriet, dass ihr das ganz und gar nicht behagte. Mit der freien Hand wischte sie den Arm des Polizisten fort. „Wir würden dir gern ein paar Fragen stellen", sagte der Polizist dann. „Schaffst du es bis zum Laden im Dorf?", wollte der andere Beamte nun wissen. Was sollte das? Wieso sollte sie zum Laden von Onkel Manani kommen? „Wenn ihr mir Fragen stellen wollt, dann macht das doch hier. In meinem Alter ist der Weg ins Dorfzentrum nicht mehr ohne Weiteres machbar", gab sie zur Antwort.

„Wir fahren dich", herrschte der Ältere sie an und zog sie wieder fort.

„Lass das", forderte sie ihn auf, riss sich los und wirkte dabei ganz und gar nicht so schwach wie eben im Türrahmen. Langsam setzte sie Schritt vor Schritt. Dabei wirkte die dünne Frau zwar recht klapprig, aber nicht mehr so gebrechlich, als dass sie Hilfe gebraucht hätte. Die Beamten rahmten sie links und rechts ein und begleiteten sie nun zu ihrem Jeep. Der Polizeiwagen selbst war nicht mehr das neueste Modell und hatte seine besten Zeiten bereits hinter sich. Das Blinklicht auf dem Dach und die aufgeklebten Hinweisschilder machten ihn dann aber doch deutlich zu einem Einsatzfahrzeug. Der Jüngere öffnete der Medizinfrau die Tür und schob sie vorsichtig auf die Rücksitzbank. Es war ihm unangenehm. Die Schamanin war eine Respektsperson und er hatte gelernt, dass die Alten zu achten waren. Der Vorwurf, der im Raum stand, wog schwer und es war für den jungen Mann kaum vorstellbar, dass diese zarte, alte Person auch nur ansatzweise in der Lage gewesen sein sollte... weiter wollte er lieber gar nicht denken.

Sein älterer Kollege startete den Motor und fuhr los. Beide schwiegen während der kurzen Fahrt ins Dorfzentrum. Auch die Alte schwieg. Sie war noch nicht häufig in ihrem langen Leben in einem Auto mitgefahren. Das war etwas Besonderes für sie.

Der Streifenwagen stoppte halb seitlich neben Onkel Mananis Laden. Der Krämer wartete dort bereits auf die Gruppe. Die Schamanin stieg langsam aus dem Wagen aus und stakste auf wackeligen Beinen in Richtung des kleinen Ladens. Am liebsten hätte der Krämer sie angeschrien oder ihr Gehässigkeiten an den Kopf geworfen. Aber es geziemte sich nicht, der Heilerin des Dorfes so zu begegnen und außerdem hatte er die Polizei nicht gerufen, um dann Selbstjustiz zu üben. „Du hast uns gerufen", sagte der Beamte, „weil es in eurem Dorf zu einem schlimmen Todesfall gekommen ist", fuhr er fort. „Ein kleines Mädchen mit weißer Haut und hellen Haaren, aber keine Weiße, wurde brutal ermordet. In seinem eigenen Haus erstochen." Die Schamanin tat als wüsste sie zwar von dem Mord, aber als sei es eine schreckliche Neuigkeit. Sie spielte den Beamten ein schauriges Spiel vor. Das konnte sie besser als es irgendwer im Dorf jemals vermutet hätte. „Davon habe ich gestern auch gehört. Dieser Lümmel, Moses, hat es mir erzählt", sagte sie Mitleid vortäuschend. „Tu nicht so", fauchte Manani. „Du steckst hinter diesem Mord." Sie zuckte zusammen. „Ich?", fragte sie unschuldig. „Was hast du damit zu schaffen?", fragte nun auch der Polizeibeamte nach.

Sie zögerte kurz. „Nichts, natürlich", entgegnete sie entrüstet. „Ich weiß, dass man uns Schamanen nachsagt, wir würden die Haut und die Haare und die

Knochen der Zaubermenschen nutzen um Heilungen zu erreichen, aber..." Weiter ließ der Polizist sie nicht kommen. „Ja, dieses *Aber* musst du uns nun sehr gut erklären, denn das, was du sagst, ist der Grund, warum wir dich hier sprechen wollen." Sie nickte, nickte erneut, schluckte. „Also, Adili, der Vater von diesem Mädchen, sollte einst seine Tochter opfern um meine Tochter vor dem Tod zu bewahren. Ich gebe zu, damals habe ich gehofft, sie so retten zu können. Aber in der Zwischenzeit hat sich so vieles geändert", log sie.

„Was hat sich geändert", übernahm Onkel Manani die Verhandlung. „Es ist so, dass ich mittlerweile weiß, dass diese Zauberkinder auch keine Heilung bringen können", wandte sie sich. „Warum hättest du sie aber dann töten lassen?", wollte der Polizeibeamte wissen. „Ich möchte mich setzen und brauche etwas zu trinken", bat die Heilerin um etwas Geduld. Onkel Manani schenkte ihr einen Becher Wasser ein und man schob ihr einen Stuhl in den Verkaufsraum. Sie ließ sich fast schon auf den klapperigen Stuhl fallen um den Eindruck von Schwäche noch zu verstärken.

„Ich habe das Mädchen doch gar nicht töten lassen", schob sie nun nach. „Wer behauptet denn sowas?", tat sie bewusst unschuldig. „Der Besitzer des Ladens hier hat uns von der Bedrohung erzählt. Jeder im Dorf wisse, dass du es auf das kleine Albinomädchen abgesehen hattest. Gestern stand ihr Bruder in seinem Laden und bat ihn, mitzukommen. Er war im Gemüsegarten als ein Junge kam und ihn ablenkte, dann hörte er einen Schrei und dann sah er das Blut."

„Hat er mich gesehen", hakte die Medizinfrau nach. „Hat er nicht", fauchte Onkel Manani. „Du hast das Mädchen vermutlich auch nicht selbst umgebracht, sondern irgendwelche anderen Leute vorgeschickt", sagte der Beamte nun bestimmt. „So schwach wie du Gerippe bist, wäre dir das Messer beim Anblick der Kleinen vermutlich aus der Hand gerutscht", empörte sich nun auch der junge Beamte.

„Der Bruder der Getöteten hat gesagt, dass er schon länger von anderen Jungs belagert worden wäre, vermutlich sind das deine Handlanger. Und das herauszufinden, wird ein Leichtes sein." Die Schamanin zuckte mit den Schultern, dachte bei sich aber, dass Moses tatsächlich in der Lage war, alles zu erzählen. Er war stark, egoistisch und herrschsüchtig, aber im Grunde eben auch sehr naiv. Irgendwie musste sie ihn aus dem Verkehr ziehen. Sie wusste nur nicht wie, aber sie wusste, dass es rasch geschehen musste.

In der Zwischenzeit hatten sich vor Onkel Mananis Laden zahlreiche Dorfbewohner versammelt, angezogen vom ungewöhnlichen Gast im Ort: dem Polizeifahrzeug. Kinder reckten neugierig ihre Hälse ins Innere des Streifenwagens, denn vielleicht gab es dort ja etwas Spannendes zu entdecken. Der Schamanin, die zusammengefallen auf dem Stuhl vor dem Laden saß, war der Menschenauflauf alles andere als angenehm. Aber auf der anderen Seite, so dachte sie sich, konnte man diesen vielleicht auch nutzen. Wohl so gut wie jeder im Dorf hatte seit dem Vortag mitbekommen, dass mit dem Zauberkind etwas geschehen war. Nur reichten die Gerüchte von einer Entführung bis hin zum Tod durch Ertrinken in der Wasserstelle vor dem Dorf. Hartnäckig aber hielt sich die Behauptung, die Schamanin habe etwas mit der Sache zu tun. Und sie war daran nicht unschuldig, denn sie hatte in der Vergangenheit immer wieder gesagt, dass es Adilis Pflicht gewesen wäre, seine Tochter für die höhere Sache zu opfern.

Die Polizeibeamten glaubten der Alten kein Wort. Sie waren sich zwar aufgrund ihres Gesundheitszustands sicher, dass sie nicht selbst Hand angelegt hatte, aber dass sie die Drahtzieherin hinter dem Mord war, stand für sie außer Frage. Sie hatten die Aussage von Onkel Manani schon am Vortag notiert. Er hatte auf der Polizeiwache in Karatu ausgesagt, nachdem er den kleinen Yaro in seinem Laden gesehen hatte. Diese leeren Augen, dieser schreckliche Schmerz! Nachdem er mit ihm zu Adilis Haus gekommen war und erkannt hatte, was dort passiert war, gab es für Onkel Manani kein Stillhalten mehr. Er wusste, dass am Ende die Wahrheit obsiegen würde und er machte sich dann als Mitwisser schuldig. Es peinigte ihn, dass er vor Monaten noch Adili, seinem Freund, geraten hatte, die Ortschaft zu verlassen und mit seiner Familie woanders hinzuziehen. Warum sollte derjenige gehen müssen, der bedroht wird, wenn man auch die Bedrohung stoppen hätte können? Es war zum Äußersten gekommen und er, Onkel Manani, hatte es nicht verhindert. Grausame Vorwürfe durchfuhren seine Gedanken als er am Vortag mit dem Lieferanten bis Karatu gefahren war. Dann aber sagte er der Polizei alles, was er wusste. Adili, einst der außenstehende Zaubermensch, ein Albino, den im Dorf niemand haben wollte. Dann ging er zur Schule bei den Briten, erwarb sich Wissen und Anerkennung. *Weiter Sir, das interessiert uns hier nicht, was ist vorgefallen in Ihrem Dorf?* Er kehrte zurück, wurde Lehrer, lebte trotzdem immer irgendwie am Rande des Dorfs. Baute auch sein Haus ganz am Ende der Staubstraße. *Sir, denken Sie daran zum Punkt zu kommen!* Heiratet eine junge Frau, die keine Stimme hat. Das Paar wird mit Neid und Missgunst betrachtet, weil sie trotz der Beeinträchtigungen glücklich sind. Sie bekommen einen Sohn, Yaro. *Was hat das mit dem Vorfall zu tun, den Sie beschreiben wollen, Sir?* Das Paar bekommt eine Tochter, sie nennen sie Therese wie Adilis Freundin auf der Missionsstation der Engländer. *Wir haben nun wirklich genug gehört, Sir, das ist alles uninteressant.* Sie ist auch weiß wie Adili. Irgendwann wird die Tochter der Schamanin krank. Sie verlangt Therese' Leben um aus ihr Medizin zu machen. *Grausam, Sir, von derartigen Praktiken haben wir gehört. Fahren Sie fort.* Adili aber verweigert sich. Selbstverständlich! Ohne zu zögern, lässt er die Medizinfrau abblitzen. Sie ist verärgert. Ihre Tochter stirbt samt ihrer Enkeltochter in ihrem Körper. *Das ist schrecklich, wäre aber durch ein bestialisches Menschenopfer auch nicht zu verhindern gewesen oder sehen Sie das anders, Sir?* Adili wird krank, schwächer und schwächer. Er stirbt. Es ist erst ein paar Monate her. Sein Sohn übernimmt die Rolle des Mannes im Haus. Aber Yaro ist erst neun. *Und nun Sir?* Die Schamanin hat immer wieder erzählt, dass Adili die Schuld am Tod ihrer Tochter trägt, dass sie mit dem Opfer des Zaubermädchens viele andere Menschen hätte retten können. Die Leute im Dorf haben sich immer wieder davon erzählt, dass die Schamanin hätte helfen können, wenn man sie gelassen hätte. Sie ist so sehr auf die Traditionen festgelegt. *Das ist keine Tradition, Sir!* Ich weiß, meine Herren, heute Morgen habe ich in Adilis Haus die Spuren des Todes gesehen. Blut überall. Yaro hatte mich geholt. Seine Mutter sei kurz außer Haus gewesen. Er war im Garten. Es waren Jugendliche, die gekommen waren, das Mädchen zu töten. Yaro selbst habe gesehen, wie sie in einem Sack die Schwester davongetragen hatten. *War er es sicher nicht selbst, der seine Schwester umgebracht hatte, Sir?* Meine Herren, ich bitte Sie, warum sollte er seine drei Jahre alte Schwester töten und dann die Leiche aus dem Haus zerren. Die Spuren des Wahns waren noch Meter vor dem Haus sichtbar. Es war ein Auftragsmord! Die Heilerin hat sich Handlanger gesucht, ihr Ansinnen umzusetzen. Sie hat sie sicherlich bezahlt dafür. Sie selbst ist schwach geworden. Man sieht sie nur mehr selten im Dorf. Ein paar Frauen, die sie immer wieder aufsuchen, sprachen davon, dass sie krank und müde sei, davon gefaselt habe, bald das Reich der Ahnen kennenlernen zu dürfen. *Gut, Sir, wir kommen morgen in Ihr Dorf!*

Nun sah die Menge an Neugierigen zu, wie man die Schamanin befragte. So entwickelte jeder seine eigene Theorie - je nachdem, welch Seite man besser nachempfinden konnte. Einmal war es offensichtlich, dass die arme Heilerin um die Früchte ihrer ehrlichen und ehrenwerten Arbeit gebracht werden sollte. Ein anderes mal war doch sonnenklar, dass das arme Mädchen sterben musste, weil eine Medizinfrau sich profilieren wollte. Und dazwischen war Platz für wilde Spekulationen. Wie hat sie es angestellt, dass niemand etwas merkte? Wie konnte sie die Kleine aus dem Weg schaffen? Warum hat niemand im Vorfeld gehandelt, wo sie doch wieder und wieder im Dorf herumerzählt hatte, dass ihre Tochter noch am Leben wäre, hätte Adili sein weißes Mädchen nur bereitwillig geopfert? Warum hatten sich damals nicht mehr Leute von ihr abgewandt und zwar nicht stillschweigend sondern lautstark? Andere wunderten sich, warum wegen des Zauberkindes so ein Aufstand gemacht wurde. Gleich die Polizei aus der Stadt zu rufen, war das nicht übertrieben? Der ganze Aufruhr... die Umstände, die durch eine Befragung für die Heilerin entstanden...

Die Alte saß zusammengekauert auf ihrem Holzstuhl, starrte den Beamten lange und seltsam entrückt in die Augen. Mal dem Älteren, mal dem Jüngeren. *Sie spielt ihnen etwas vor,* dachte sich Onkel Manani. Und er hatte Recht damit. Ihre Schwäche war unübersehbar, aber ihr Geist war klar und rege. Sie handelte wohl überlegt. Sie nutzte ihre Gebrechen in diesem Fall geschickt aus um die Beamten zu blenden. Die aber ließen sich nur wenig beeindrucken. In der Stadt war der Beruf der Schamanin weniger hoch angesehen als hier in der Wildnis, fernab dessen, was man bei den Weißen *Zivilisation* nannte. Adili hatte trefflich über diesen Begriff zu diskutieren gewusst. Fortschritt und Tradition. Das waren Begriffe, die man so herrlich missbrauchen konnte. Für alle Parolen hielten sie etwas parat und waren doch beide in ihrer Reinform so gefährlich leer und missverständlich. Es gab immer diejenigen, die für Macht, Anerkennung oder Geld Moderne und Fortschritt gegen Tradition und den scheinbaren Stillstand aufwogen, das jeweils andere als das Böse bekämpften und das meist dem eigenen Wohl unterworfen. Adili hätte vor seinem Tod so gerne darüber noch einmal ein ausführliches Gespräch mit seinem deutschen Freund Nikolas geführt oder mit dessen Frau Zuri oder deren weisen Vater, dem Diplomaten.

Die Schamanin wurde gestützt als sie in den Streifenwagen stieg. *Wird sie nun wirklich abgeführt?* dachten sich viele. *Das ist kein gutes Zeichen!* glaubten andere und einer dachte sich: *Es wird ernst, ich muss zusehen, dass ich hier fortkomme.*

Moses beobachtete die Szene aus gehöriger Entfernung. Er machte etwas abseits des Geschehens Yaro aus und wandte seinen Blick kaum von ihm. Hatte Yaro ihn genau erkannt als er mit dessen Schwester in dem Sack die Straße entlanglief? Schnellen Schrittes, so ohne Gewissen im Leib? Das kam nun und meldete sich brutal. Er würgte und musste sich fast übergeben. Die Erinnerung an den Vortag war brutal. *Ich!* schrie es in seinem Inneren, *ich hab sie getötet.* Für das bisschen Geld der Alten hatte er ein Leben ausgehaucht. Mit einem Messer aus dem Haus seiner Eltern, es sauber gewaschen an der Wasserstelle. Sich selbst gereinigt am Brunnen. Dann so getan, als wäre nichts geschehen. Seinen Kumpels hatte er nur am Rande gesagt, worum es ging. Nun spürte er die ganze Verlogenheit des Vorgefallenen. Und er merkte, dass der

Preis so hoch sein konnte, dass sein Leben, sein noch so junges Leben, ruiniert sein würde. Die Alte, sie würde das Maul aufmachen, um ihre eigene ruinierte Seele zu retten. Moses war sich so sicher. Auf der Polizeistation würden sie einen Stock nehmen und ihr die dreckige Wahrheit aus dem schmalen Körper prügeln. Sie würde Moses' Namen nennen, wenn sie es nicht schon getan hatte und dann wäre er fällig. Sie würden sie laufen lassen nach ein paar Wochen, sie hatte das Zauberkind ja nicht auf dem Gewissen. Aber er, Moses, hatte für ein paar Schillinge ein Kind ermordet. Er war ein Mörder! *Mör-der* hämmerte es. Wie im Film liefen die Szenen vor seinem inneren Auge ab. Die neugierige Menge, die Alte dazwischen. Der Streifenwagen. Die zwei Polizisten. Wie sie sie hochheben. Wie sie ihr in den Wagen helfen. Wie die Menge der Staubwolke nachsieht. Wie sie sich alle wundern. Wie sie angstvoll rätseln, wie es soweit hat kommen können. Wie ein wenig abseits der kleine Yaro alles traurig beäugte.

Mör-der! sang eine schrille Stimme in Moses' Innerem. Als würde das kleine, unschuldige Mädchen aus dem Reich der Ahnen zu ihm sprechen. Das Weiß ihrer Haare schien in den Gedanken des Killers zu strahlen wie die Heiligenscheine in den Kirchen. Sie wirkte auf ihn in seiner Vorstellung nun noch unschuldiger und zerbrechlicher als sie es am Vortag getan hatte, als er sein hässliches Geschäft vollführte. *Schweig doch endlich!* hatte er ihr da zurufen wollen und *Schweig, bitte, du Gör!* wollte er auch jetzt der inneren Stimme seines Gewissens sagen.

Er saß auf einem Stein abseits des Geschehens und ließ den Blick hin und her streifen. Onkel Manani schien ab und an in seine Richtung zu schauen, hatte ihn aber nicht gesehen. Wenn ihn einer gesehen hatte, dann war es Yaro gewesen. Und zwar als er mit dem Sack aus dem Haus gerannt war! Da hatte Moses es nicht gewagt, sich umzudrehen. Aber Yaro musste ihn gesehen haben. Er war dann ein Zeuge. Jemand, der ihm den Mord so wie die Alte anhängen konnte, war gefährlich. Aber die Hexe war selbst in Gefahr und sie war nun aus dem Verkehr gezogen. Yaro war gefährlicher, weil er die Aussage der Alten bestätigen konnte. Wenn der polizeiliche Holzstock rotfleckig auf der brennenden Haut der Schamanin dafür sorgte, dass sie auspackte, dann würden sie weitersuchen im Dorf. Und sie würden die Stumme befragen und die würde aufschreiben, dass sie im Dorf war. Er war ja nicht blöd gewesen. Moses ließ sich nichts vormachen. Aber Yaro hatte ihn gesehen. Der würde auch das Maul aufmachen, mit Vorliebe, denn er hasste ihn, so wie Moses auch Yaro nicht ausstehen konnte. Gründe für diese kindliche Abneigung gab es keine ersichtlichen, aber es war so. Vielleicht war der Lehrer schuld. Respekt vor Lehrer Adili hatte er wenig gehabt und gemocht hatte er den alten Kerl nie. Ganz egal, es war sonnenklar, dass Yaro sofort den Polizisten sagen würde, was vorgefallen war. *Moses war's*, würde er überall herumerzählen. Das schlechte Gewissen von eben, es verschwand allmählich wieder. Der Drang, die eigene Haut zu retten, war stärker geworden. Es gab nur eine Möglichkeit, er musste Yaro zum Schweigen bringen. Nur wie? Noch einen Mord wollte er nicht begehen. Das stand in diesem Augenblick fest. Jedenfalls war sich Moses nicht sicher, ob er dazu noch ein zweites Mal in der Lage war und würde es daher lieber anders versuchen.

-XVI-

Silvester 2009

Die Leute im Dorf bereiteten sich auf den Jahreswechsel vor. Mancher hatte sein Haus mit einer weihnachtlichen Dekoration versehen. Das war in den letzten Jahren immer mehr in Mode gekommen. Die großen Geschäfte in Dar Es Salaam oder Arusha hatten ihre Auslagen mit Weihnachtsbäumen aus Plastik geschmückt und weiße Schneesterne aus Kunststoff zierten Restaurants und Hotels im ganzen Land. Die Touristen sollten sich wie zu Hause fühlen und die Einheimischen hatten oftmals das Gefühl, mit dem kitschigen Dekorieren ein wenig in das Leben der Europäer und Amerikaner einzutauchen. Das schicke Leben aus Übersee, das wurde doch allüberall im Fernsehen gezeigt. Dort klapperten die Menschen an Weihnachten mit den Zähnen, denn es war bitterkalt. In New York funkelten die Weihnachtslichter an allen Straßenecken und die schicken Ladies zogen sich die Krägen ihrer Pelzmäntel tief ins Gesicht. Dazu rieselte sanfter Schnee aus dem Himmel auf die glitzernden Straßen. Man schleppte schwere Einkaufstaschen zu den gelben Taxis und ließ sich in ein nobles Restaurant chauffieren. Ach, das Leben der Welt da draußen war so anders und so spannend, so voller Reichtum. Im Dorf konnte man davon nur einen Eindruck erha-

323

schen, wenn man sich bei Onkel Manani im Laden traf, sich neben das Haus setzte - bei einem Bier, einer Cola oder einem Tee - und den Fernsehapparat anstarrte. Die Frauen schimpften noch immer ab und an, wenn ihre Männer dort allzu hübsche, blonde Damen zu Gesicht bekamen. Das Blond betöre nur unnötig, war die einhellige Meinung. *Aber lasst sie nur*, sagten sie sich dann, das treiben wir ihnen schon wieder aus.

Onkel Manani würde ein letztes Mal in diesem Jahr den Laden absperren und sich dann mit seiner Familie zusammensetzen. Seine Frau wartete sicherlich schon mit dem Essen. Während er im Laden aufräumte, überlegte er, ob 2010 besser werden konnte als das abgelaufene Jahr. Immerhin konnte er seinen Umsatz deutlich steigern. Es lief ganz gut. Aber im Dorf herrschte Unruhe. Das musste sich wieder ändern. Seit Adili nicht mehr unter ihnen war, war der ganze Ort irgendwie aus den Fugen geraten. Die Gespräche mit dem klugen Zaubermenschen fehlten ihm schon sehr. Yaro, sein Sohn, war so clever, dachte sich Onkel Manani und wünschte sich, seine eigenen Enkelkinder wären ebenso klug.

Als er vor die Tür trat um den Laden zu verriegeln, erkannte er einen Polizeiwagen auf der Straße. *Nicht schon wieder*, dachte er bei sich. Dann überlegte er, ob es gut war, wenn sie die Heilerin nun wieder zurück ins Dorf bringen würden. Der Wagen hielt vor dem Kramerladen auf dem staubigen Platz an. Es stiegen zwei Polizisten aus. Der Ältere war schon vor ein beim letzten Besuch dabei gewesen als sie die Schamanin vernommen und dann mitgenommen hatten. Der andere war diesmal nicht uniformiert und sah recht wichtig aus. Sie schritten beide strammen Schrittes auf Onkel Manani zu. „Warte, bevor du abschließt", sagte der Anzugträger barsch. „Wir würden gerne mit dir reden", ergänzte er dann etwas freundlicher. Onkel Manani versuchte, einen Blick ins Innere des Streifenwagens zu erhaschen. Aber er konnte aufgrund der getönten Scheiben nicht erkennen, ob sich auf der Rücksitzbank die Rückkehrerin befand. Er wäre nicht böse gewesen, wenn sie sie noch ein Weilchen hinter Schloss und Riegel behalten hätten. Die Medizinfrau war verantwortlich für den Tod des kleinen Mädchens. Und da gab es nichts zu entschuldigen. Auch wenn Therese weiß war und ihre strohigen Haare hell in der Sonne glänzten, so waren die Zeiten lange vorbei, dass man Zaubermenschen verfolgte, dachte Onkel Manani. Dachte das halbe Dorf. Aber die andere Hälfte sah es anders und nahm es dem Krämer übel, dass er die Polizei eingeschaltet hatte. *Vielleicht kostet mich das dann 2010 doch Umsatz*, überlegte er noch einmal bei sich, als er die Tür des Ladens wieder öffnete und die beiden Polizeibeamten bat, einzutreten.

Der Anzugträger stützte sich auf den kleinen Verkaufstresen und begann seine Ausführungen mit einer Bemerkung, die gar nichts mit dem eigentlichen Besuch zu tun haben konnte: „Ein eiskaltes Bier hernach, das wäre eine feine Sache!" Onkel Manani hatte verstanden und ging zum Eisschrank. „Warum sind Sie wieder in unser Dorf gekommen?", wollte er wissen. „Die Hexe ist tot", sagte der Ältere nun relativ kurz und schmerzlos an Onkel Manani gerichtet. Der blieb mit der Bierflasche in der Hand stehen. „Zu viele Tote an diesem Ort", sagte er dann knapp. „Ja, sie starb heute Morgen in ihrer Zelle auf der Pritsche", erklärte sich der Anzugträger und bemühte sich, sogleich noch nachzulegen: „Gestern haben wir sie noch einmal zwei Stunden befragt. War wohl zu viel des Guten."

„Woran ist sie gestorben?", wollte Onkel Manani wissen.

„Das Weib war alt und schwach", sagte der Beamte abfällig. Er machte keinen Hehl daraus, dass er keinen Zweifel an der Schuldfrage hatte.

„Hat sie gestanden?", wollte Onkel Manani wissen und drückte sich die Brille auf der Nase fester.

„Nicht direkt, sie hatte gestern Abend nur mehr wirres Zeug gefaselt", erklärte der Anzugträger nun.

Weil ihr der Alten den Verstand aus dem Leib geprügelt habt, dachte sich Onkel Manani, obgleich er sich bei den beiden Polizisten nicht vorstellen konnte, dass sie eine Schamanin foltern würden.

„Es war ihr wohl zu viel geworden", erklärte der andere Beamte. „Aber ihre letzten Worte, bevor sie in ihrer Zeller verschwand, waren irgendetwas mit *Moses wird euch den Weg weisen*. Kannst du etwas damit anfangen?", wollte der Uniformierte wissen. „Wissen Sie", fügte der Zivilpolizist an, „wir sind uns nicht sicher, ob es ein religiöser Spruch war, ob sie schon weggetreten war oder ob es hier einen Moses gibt, der etwas mit der Sache zu tun haben könnte."

„Moses, das ist ein Bursche hier im Dorf", gab Onkel Manani sofort Auskunft, weil er wusste, dass sie es ohnehin bald herausfinden würden und er Angst hatte, dass es Ärger gab, den Jungen zu schützen. Außerdem traute er dem Kerl eh nicht über den Weg. Er hatte schon mit zehn geraucht und Bier getrunken. Im Laden hatte er schon mit zwölf Bierflaschen mitgehen lassen. So einen Kerl musste man nicht decken. Aber war Moses fähig, einen Mord zu begehen, nur weil die Schamanin mit ein paar Dollar-Scheinen gewedelt hatte? Er war verwirrt. „Moses?", wiederholte er fragend. „Wirklich Moses?" Die beiden Polizisten nickten. „Würden den jungen Mann dann gerne mal sprechen. Weißt du, wo man ihn findet?", wollte der Uniformträger wissen und Onkel Manani nickte.

Dann setzte er doch noch nach, auch wenn er wusste, dass diese Frage vielleicht Ärger bringen würde: „Bringt ihr die Tote ins Dorf? Sie hat hier noch Angehörige und etliche Freunde. Sie war ja die Medizinfrau am Ort." Die Polizisten schauten sich kurz an. Dann sprach der Anzugträger: „Sie wird derzeit noch untersucht. Dann könnt ihr sie holen."

Onkel Manani begleitete die beiden Beamten nach draußen und zeigte ihnen den Weg zum Haus von Moses' Familie. Während er den Beamten nachsah, wie sie die Straße hinuntergingen, dachte er noch einmal darüber nach, was diese eben gesagt hatten. *Dann könnt ihr sie holen...* Wie sich die Polizei das wohl vorstellte?

Sie klopften. Niemand öffnete. „Polizei", rief der Ältere. Wieder öffnete niemand. Sie gingen um das Haus herum und sahen im Innenhof Menschen um ein Feuer sitzen und reden. Ein Mann sprang sofort auf, als er den Uniformierten erblickte und lief auf die Polizisten zu. „Bitte?", fragte er verdutzt als die beiden nach einer kurzen Begrüßung sagten, dass sie wegen der Mordangelegenheit im Dorf einen gewissen Moses sprechen müssten. „Unser Sohn ist nicht hier", rief eine Frau, vielleicht Mitte, Ende dreißig von der Feuerstelle aus, ohne sich zu erheben. „Wer bist du?", raunzte der Beamte die Frau an. „Moses' Mutter", gab sie schmallippig zurück. „Wie alt ist dein Sohn?", wollte der Beamte nun wissen. „Wird bald fünfzehn", sagte nun der Mann, der sich dann als Moses' Vater vorstellte. „Und wo ist Moses?", fragte nun der ältere Beamte wieder etwas freundlicher. „Keine Ahnung, wo der sich rumtreibt", fegte die Frau genervt zurück, was die Stimmung der Beamten wieder sinken ließ. Es war der letzte Tag des Jahres, alle waren mit ihren Familien zusammen. Es war bereits dämmrig geworden und sie hatten noch eine lange Fahrt zurück in die Stadt vor sich. Wenn der Kerl nicht bald auftauchte, würde man am nächsten oder übernächsten Tag noch einmal in dieses Kaff fahren müssen und dann hatten alle diesen Moses längst gewarnt. Wenn er nicht ohnehin schon aus dem Verkehr gezogen worden war. „Du weißt nicht, wo dein Sohn ist?", herrschte der Anzugträger die Frau nun an. Die schüttelte nur den Kopf, zog die Schultern hoch und fuhrwerkte mit einem riesigen Löffel in einem Topf herum. „Lass gut sein", wandte sich der Uniformierte an seinen Kollegen. „Wir kommen hier so nicht weiter." Dann sagte er zu Moses' Vater: „Wir sind übermorgen wieder hier und dann ist Moses auch da, verstanden?" Es machte Eindruck auf den Mann, denn Ärger mit der Polizei wollte er wahrlich keinen haben. Machte der älteste Sohn schon Ärger genug, wollte er nun nicht auch selbst noch Stress mit der Polizei bekommen. Wie oft schon hatte er abends bei Onkel Manani ein Bier mehr bezahlen müssen, weil Moses eines geklaut hatte?

Kaum hatten sich die beiden Beamten mürrisch verabschiedet und die Tür lautstark ins Schloss knallen lassen, stand Moses Vater auf und wütete herum. „Wo ist dieser unfähige Kerl, der sich mein Sohn nennt?", fauchte er. „Ich weiß es wirklich nicht", log die Mutter. Ihr war klar, dass Moses etwas mit dem Tod der kleinen Therese zu tun gehabt hatte. Sie war eine gute Freundin der Schamanin und hatte neulich mitansehen müssen, wie die Polizei das alte Weib, schwach wie sie war, abgeführt hatte. Eine Schande sei das, hatte sie damals zu den anderen Frauen gesagt. Sie habe doch nur helfen wollen. Kinder wollte sie ermöglichen, Nachwuchs für kinderlose Familien sollte es geben. Was konnte daran ein Verbrechen sein. Ein Leben für viele. Und es war das Leben eines Zaubermenschen. Sie sah keinen Grund, der Polizei ihren Sohn auszuliefern. Aber welche Rolle er genau gespielt hatte in dieser schaurigen Tragödie, das wusste Moses' Mutter Gott sei Dank nicht. Sie wollte es auch nicht wissen. Er war anders gewesen die Tage seit man die Heilerin abgeholt hatte. Darauf bedacht, was er sagte. Weniger impulsiv. Traf sich nicht mit seinen Kumpels. Er hatte der Mutter Geld gegeben. „Das ist ein Teil dessen, was du mir im Laufe der letzten zwei Jahre geliehen hast", hatte er zu ihr gesagt. Und die Mutter hatte erwidert: „Eher ein Teil dessen, was du mir gestohlen hast."

Nun war ihr Sohn abgetaucht. Sie hatte ihn schon den ganzen Tag nicht gesehen. Früh morgens war er außer Haus gegangen und dann verschwunden. Hatte nicht gesagt, mit wem er sich trifft. Hatte nicht gesagt, wohin er geht. Aber daran war seine Mutter gewöhnt. Moses war nicht leicht zu erziehen. Das übernahm er selbst und seine Erziehung holte er sich auf dem Dorfplatz.

*

Mama Kamaru saß wie die letzten Tage auch auf dem Stuhl vor dem Haus, den Blick starr in die Ferne gerichtet. Hätte sie sich auf die Landschaft konzentriert, hätte Kamaru einen wunderbaren Sonnenuntergang gesehen. Ein kräftiges Orange, das noch ein letztes Mal in diesem Jahr den Himmel in ein Feuer tauchte, das alle Kraft des Lebens an den Horizont malte. Davor hätte sie wie mit einem scharfen Messer gezogen klar und deutlich die tiefschwarzen Büsche erkannt und das Rauschen des Windes im Geäst der drei, vier Bäume gehört, die sich in die Weite hinaus lehnten. Sanft fiel das Terrain hier ab. Wie oft hatten die Kinder dort gespielt? Sich versteckt. Gebalgt. Einander geärgert. Eidechsen und Spinnen gefunden.

Steine aufeinander gestapelt. Lieder in die Unendlichkeit dieser Landschaft geträllert. So aber schwieg alles. Es schien für Kamaru als habe die Landschaft den Atem angehalten, als sei alles Leben zu einem Stillstand gekommen. Yaro war der kümmerliche Rest Leben um sie herum. Ihr Körper fühlte sich rastlos an und dennoch unbeweglich und schlaff. Ihre Gedanken kreisten um die Fragen aus der Vergangenheit. Dinge, die sie nicht mehr berührten, die aber ihr Ein und Alles waren. Sie hatte alles verloren - abgesehen von ihrem einzigen Sohn. Dieses Jahresende war an Brutalität für die junge Frau nicht zu überbieten. Ihre Hände lagen verkrampft ineinander als wollte sie beten. Nur hatte sie keinen Glauben mehr an eine göttliche Kraft, die Heilung, Segen oder Erleuchtung bringen würde. Denn welcher Gott, den man auf Erden seiner Gerechtigkeit wegen pries, hätte es zugelassen, dass der klügste Mann im Dorf stirbt und man ihr danach augenblicklich das zweite Kind raubt? Sie zweifelte an allem. Mit jeder Faser ihres Körpers schien sie an Sinnlosigkeit zu stoßen. Essen wollte sie nicht zubereiten, es kostete sie zu viel Energie. Schlafen konnte sie nicht, denn sie sah im Traum aus dem Reich der Ahnen ihre weiße, strahlende Tochter zu ihr sprechen. Vorwurfsvoll. Aber mit der ganzen Liebe eines jungen Mädchens, das seine Mama vermisst. *Warum hast du mich gehen lassen?* Und ganz pragmatisch wunderte sich Kamaru, ob Therese ihren Vater im Reich der Ahnen wohl gefunden habe. Dann fiel sie in einen sanften, unruhigen Schlaf. *Mama, warum? Ich werde auf dich auf passen, bald, Liebling.*

Als Yaro von draußen zurückkehrte, saß seine Mutter schlafend auf dem Stuhl und er legte ihr vorsichtig eine Decke um den Schoß, damit sie nicht frieren musste. Yaro machte sich Sorgen. Sicherlich hatte seine Mutter wieder nichts gegessen und getrunken. Sie sah so schlecht aus, wehrte alles ab, was man ihr anbot. Onkel Mananis Frau war am Nachmittag kurz bei ihr gewesen, half ein wenig im Haus, brachte Essen mit und lud Yaro zum Essen in ihr Haus ein. *Geh nur*, hatte ihm die Mutter bedeutet, im Wissen, dass der Junge nur draußen zum Leben zurückfinden konnte. Nur bei den anderen Kindern, bei Familien, die ihn auffangen würden. Seine kraftlose Mutter machte ihm Angst und sie wusste das. Er war noch zu jung, um sich schon um sie kümmern zu können.

Yaro legte sich schlafen. Er träumte von einem bunten Leben in weiter Ferne. Durch das Bild seiner Träume huschten Nikolas und seine Frau Zuri. Den Film seines nächtlichen Traums gestalteten die Werbespots des Fernsehens, die er bei Onkel Manani gesehen hatte. Dunkle Limousinen, eisgekühlte Getränke, viel Geld und all der elegante Schnickschnack des Lebens der Reichen war vorhanden. Mittendrin er, der kleine Junge aus dem kleinen Weiler am Rande der Serengeti. Würde er den deutschen Freund seines Vaters jemals wieder treffen? Zu diesem Zeitpunkt hatte er keine Vorstellung von Zukunft. Von seiner ganz persönlichen schon überhaupt nicht. Niemand sprach mit ihm über eine Art Lebensplan. Papa Adili hätte das gemacht. *Lerne etwas!* hätte er zu seinem Sohn gesagt. *Lerne etwas, damit du einen guten Beruf ergreifen kannst.* Vielleicht hätte ihm der Vater auch dazu geraten, für eine Weile in die große Stadt zu gehen. Nach Dar Es Salaam, nach Dodoma oder wenigstens nach Arusha. Oder Papa Adili hätte ihm empfohlen, das Ausland kennenzulernen. *Geh zu Nikolas nach Deutschland!* hätte er ihm vielleicht zugerufen. Dort kannst du soviel mehr tun als hier. Im Augenblick aber war Yaros Leben im Dorf zu einem Stillstand gekommen. Er ging nicht zur Schule, weil es im Dorf keine Schule mehr gab. Er hatte keine rechte Aufgabe. Er fühlte sich leer und vieles erschien so sinnlos. Das spürte er schon in seinem Alter. Die Schwester ermordet, aber keine Gerechtigkeit in Sicht. Die Mutter nahe dran, ihren Verstand zu verlieren, aber niemand da, der Heilung versprach. Das Dorf in Aufruhr und nur die Wenigsten sahen Yaros Familie in diesem Drama vollkommen schuldlos.

Der Traum dieser Silvesternacht würde Yaro noch lange begleiten. Er sah sich an der Hand einer weißen Frau durch eine fremde Stadt spazieren. Es war alles so ganz anders als in Afrika. Yaro fühlte, dass es dort Freiheit gab und er keine Angst zu haben brauchte - vor nichts und niemandem. Er fühlte sich in diesem Traum, der 2009 fort fegte und 2010 sanft einschweben ließ, federleicht und fast so als könnte er fliegen.

-XVI-
1. und 2. Januar 2010

Es war eine kalte Nacht gewesen. Eine Decke hatte es draußen im Freien nicht gegeben, die sich Moses über die Ohren hätte ziehen können. Er hatte entsetzlich gefroren. Die ganze Nacht über hatte er nachgedacht und kaum Schlaf gefunden. Er musste irgendwie dafür sorgen, dass Yaro verschwand. Am besten mitsamt seiner schweigsamen Mutter. Aber wie nur? Es war klar, das hatte er schon zuvor beschlossen, noch einmal würde er keinen Menschen umbringen. Auch wenn Moses selbst noch ein unreifer Jugendlicher war, hatte er doch begriffen, dass die gräßlichen Bilder ihn bis ans Ende seiner Tage verfolgen würden. Und er wusste auch, dass er selbst verantwortlich für diesen Wahnsinn war. Er hätte es ablehnen können, als die Schamanin ihm den Auftrag zum Mord erteilte. Dann würde Therese vielleicht noch leben. Andererseits, Moses war sich eigentlich ganz sicher, dann hätte ein anderer Hand angelegt und das Geld eingestrichen. Jetzt war es außerdem zu spät, sich Gedanken über diesen Irrsinn zu machen. Das Zaubermädchen war tot und irgendwas an ihr nutzte jetzt anderen Menschen. So hatte es die Medizinfrau klar beschrieben. Sie war verschwunden. Als er am Vortag aus der Ferne den Polizeiwagen hatte kommen sehen, war ihm klar, die Beamten kamen wegen ihm. Er konnte nicht zurück ins Dorf. Sein Vater würde ihn tot prügeln, da war er sich sicher und der Mutter machte er ohnehin nur Kummer. Sein Vater war im Stande, die Polizei anzurufen und zu sagen: *Kommt wieder ins Dorf, der Nichtsnutz ist wieder aufgetaucht! Holt ihn hier ab!* Moses hatte kein gutes Verhältnis zu seinem Vater. Als Moses ein kleiner Junge war, war der Vater nie da. Er hatte einen Job in einer Diamantenmine gehabt. Fast siebenhundert Kilometer weiter im Westen des Dorfs. Er war nie da. Moses hatte keinen Vater. Er wuchs bei seiner Mutter, seiner Tante und Großmutter auf. Der Onkel war der Vater. In allen Belangen übernahm der Bruder des Vaters dessen Rolle. Er selbst hatte seine Frau verloren. Sie war von einem Lastwagen erdrückt worden, als sie auf dessen Ladefläche saß um in die Stadt zu fahren. Bei starkem Regen kam der Lastwagen von der Straße ab, schlitterte in den Graben und stürzte um. Unter sich begrub er drei Frauen und damit die Liebe so vieler Menschen im Dorf. Der Fahrer lief schreiend in den Busch nachdem er sich aus dem Führerhaus befreit hatte. Er weinte mehr um die Ladung Obst, Gemüse, das teure Baumaterial und vor allem um seinen geliebten Lastwagen. Im Schockzustand verstand er es nicht, die Frauen zu bergen. Sie hatten keine Chance. So wurde Moses' Onkel Witwer und Moses' Mutter zu einer treu sorgenden Schwägerin, die sich aufopfe-

337

rungsvoll zu allen Tages- und Nachtzeiten um den Bruder ihres Mannes kümmerte. Und der war weit fort. Was sollte sie tun, sie brauchte Hilfe? Sie gab, was sie zu geben bereit war. Moses hasste seinen Onkel. Er war jähzornig. Er schlug. Wütete. Schrie und war unberechenbar. Nachts, wenn er getrunken hatte, klopfte er an der Hütte. Er hörte wie er den Weg in Mutters Zimmer suchte. Moses wusste die Geräusche als kleines Kind nicht zu deuten, aber er erkannte am sorgenvollen Blick seiner Mutter am nächsten Tag, dass es nichts Gutes war, was ihr des Nächtens widerfuhr. Moses selbst wurde vom Onkel nicht geliebt wie ein Neffe. Er war der Sohn des Bruders. Mehr nicht. Ein aufmüpfiges Kind, das sich nichts sagen lassen wollte, das den Jähzorn der Alten mit eigenem Trotz beantwortete. Moses schreckte nicht davor zurück, im Streit Steine nach dem Onkel zu werfen. Wenn sein Vater zurückkehrte, meist nur für ein paar Tage, herrschte immer eine seltsame Stille. Der Onkel tauchte dann oft lange Zeit vollkommen ab. Mutter und Vater fanden keine liebevollen Worte für Moses. Vater war ihm fremd geworden. Er hatte keinen Zugang zu ihm. Wenn Mutter sich beklagte, dass der Sohn sich daneben benahm und sogar Steine nach dem Onkel geworfen hatte, setzte es ein drittes Mal Prügel dafür. Die erste Strafe hatte es gesetzt, als der Onkel sich sicher war, dass kein Stein mehr in der Nähe war, der ihn hätte am Kopf treffen können. Mit einer blutenden Nase war Moses dann zu seiner Mutter gelaufen und hatte ihr erzählt, dass der Onkel ihn so zugerichtet hatte. Nichts hätte er sich dann mehr gewünscht, als dass sich die Mutter zu ihm bekannte, dem Schwager die Meinung gesagt hätte. Aber dies passierte nie. Sie holte aus, ohrfeigte Moses einmal, zweimal, dreimal. Er mache ihr nur Kummer und bringe Schande über die Familie. Und dann noch eine dritte Tracht Prügel als der Vater viele Wochen später von Moses' Missetaten erfuhr.

Irgendwann kehrte der Vater ganz zurück. Man sagte, er habe seine Arbeit in der Mine verloren. Aber irgendwie schien es so, als habe der eigene Bruder etwas damit zu tun. Moses' Vater saß viel zu Hause herum, wich der Mutter kaum von der Seite und gewährte ihr wenig Freiheiten. Es vergingen viele Wochen, bis er sich im Dorf wieder um Arbeit kümmerte. Und diese Zeit nutzte er, sich oft zu betrinken. Einmal hatte Moses ihn mit seinem Bruder streiten hören. Sie beschimpften sich in einer rüden Sprache, die Moses, damals noch kleines Kind, wehtat und sehr gewalttätig erschien. Ein paar Tage drauf, stand der Onkel vor der Tür, ein Bündel in der Hand. Er herrschte seine Schwägerin an, ihrem Mann, dem Dreckskerl, auszurichten, dass er nicht länger behaupten dürfe, sein Bruder zu sein. Dann verschwand er für immer. Niemand bekam den Mann je mehr zu Gesicht. Moses hatte auch nicht mehr nach ihm gefragt, da der Onkel ohnehin nicht zu den Menschen zählte, deren Anwesenheit der Junge sehr schätzte - aus verständlichen Gründen. Manche sagten, er hätte sich in seine Schwägerin verliebt und gehofft, sie würde ihren Mann in den Wind schießen, da dieser ja ohnehin andauernd in der Diamantenmine schuftete und sich nicht um die Familie scherte. Aber sie tat es nicht. Andere sagten, er war einfach nur ein einsamer Witwer, der sein Verlangen nach Frauen bei der schutzlosen Schwägerin stillte, weil die zu Hause saß und er wusste, dass kein Mann plötzlich heimkehren würde. Und auch um sein weiteres Leben rankten sich zahlreiche Legenden im Dorf. Er habe in der Stadt geheiratet und einen kleinen Laden eröffnet. Ein anderer behauptete sogar, er sei nach Südafrika ausgewandert, habe dort in einem Diamantenladen ausgeholfen, bis dieser geschlossen werden musste, weil der Chef in den Knast wanderte. Wieder andere wussten zu berichten, dass man weit im Süden einen toten Mann neben der Straße entdeckt hätte, der Moses' Onkel so unglaublich ähnlich sehe...

Moses fror in der Früh als er so an seinen Onkel dachte. Vor allem die Geschichte mit dem Toten hatte ihn doch immer wieder getroffen. Sein Vater war zurückkehrt und hatte dennoch nie wirklich zur Familie gehört. Mama, Moses und die zwei kleinen Geschwister, das war eine Einheit, auch wenn es keine

Harmonie gab. Aber der Vater war fremd. Böse Zungen im Dorf hatten immer wieder behauptet, die kleinen Geschwister seien entweder Geschenke des Onkels gewesen oder aber der verzweifelte Versuch des Vaters, die Mutter an sich zu ketten. Moses hatte sich über derlei Dinge nie Gedanken gemacht, denn er war viel zu sehr damit beschäftigt, sein eigenes Leben auf die Reihe zu bekommen. Er hatte keine Lust auf Schule gehabt. Der Moralapostel dort ging ihm gewaltig auf die Nerven. Immer wieder regte sich der Junge über Adili auf, wenn dieser an die Kinder appellierte, wie wichtig Bildung doch sei und eine gute Erziehung. Draußen tobte das Leben, draußen konnte man viel erleben und das harte Leben auf der Straße lehrte einem genug! Auch wenn es für das geklaute Bier bei Onkel Manani meist einen Satz Prügel setzte.

Jetzt aber sah alles etwas anders aus. Jetzt galt es, der Polizei nicht in die Falle zu gehen. Diesmal war er zu weit gegangen. Seine Gier nach Geld hatte ihn zum Mörder werden lassen. Was nutzten ihm die Schillinge in der Tasche, wenn er den Rest seines Lebens hinter Gittern verbringen würde? In diesem Moment hasste er die Schamanin dafür, dass sie ihn angestiftet hatte, dem Zauberkind das Leben auszuhauchen.

*

Die beiden Frauen standen vor der Hütte der Schamanin und überlegten. Sie hatten sich immer wieder umgeblickt, wollten überprüfen, ob ihnen jemand gefolgt war. Im Dorf hatte es sich am Vorabend bereits herumgesprochen. Die Heilerin würde nicht mehr zurückkehren und wenn einer das Geld hatte, sie zurückzuholen, dann waren es ihre sterblichen Überreste. Wer würde nun ihnen helfen, Kinder zu bekommen? Sie waren sich sicher, dass das alte Weib nicht fortgegangen war, ohne die Medizin noch hergestellt zu haben. Aber wenn sie nun in die Hütte einbrachen, was nicht allzu schwierig gewesen wäre, machten sie sich dann nicht auch schuldig an Therese' Tod?

Sie waren doch auch ein wenig verärgert. Hatten sie der Alten nicht viel Geld gegeben, damit sie ein Mittel herstellen konnte, das die Kinderlosigkeit überwinden sollte? Nun war die Schamanin tot und ihr Geld fort. Sie konnten nur wenig dagegen tun, denn sie waren sich sicher, dass die Geschichte stimmte, wonach die Alte Therese' hatte ermorden lassen.Ein paarmal noch kreisten sie wie hungrige Aasgeier um den kleinen Hüttenbau der Heilerin und entschieden sich dann, wieder zu gehen. Unverrichteter Dinge, diesmal. Irgendwann würden die Dorfältesten - vielleicht zusammen mit der Polizei - entscheiden, dass die Hütte geöffnet werden durfte und dann wären sie die Ersten, die nachforschen würden, wo ihr Heilmittel abgeblieben war.

Moses hatte sich in der Zwischenzeit draußen vor dem Dorf einen Plan geschmiedet. Er musste nur Verbündete finden. Er wusste, dass die Alte noch andere losgeschickt hatte, um ihr zu helfen und er war sicher, dass auch diese Burschen Angst hatten, nun gefasst zu werden. Die Schamanin hatte ihn nicht damit betraut, die Medizin zu den anderen Heilerinnen zu bringen. Er wusste, dass sie ihm nicht getraut hatte. Sie wusste, dass er tatsächlich einen Teil des Geldes einfach eingestrichen hätte. Und Moses wusste nun, dass das Geld irgendwo anders war, er aber keine Ahnung hatte, wo genau es lag und wer davon wusste. Moses wusste nicht, dass die Heilerin ihn noch als Boten gebraucht hätte. An dem Tag, an dem die Polizei kam, um sie zu holen, wollte sie ihn mittags zum Platz vor dem Dorf schicken und ihm sagen, dass dort ein Stoffbeutel unter dem flachen Stein läge. Sie hatte ihm sagen wollen, dass sie genau wüsste, wie viele Scheine dort in dem Beutel zu sein hätten. Sie hätte ihm dann eine kleine Summe genannt, die er behalten hätte können. Aber soweit kam es nicht mehr. Er hatte mitbekommen, dass sie die Alte geholt hatten und er war nicht mehr bei ihr gewesen.

Nun musste er den Verdacht von sich auf andere lenken und das würde am leichtesten gehen, wenn er seine *Geschichte* so vielen Leuten wie möglich erzählte und darauf hoffte, dass die rasche Verbreitung von Gerüchten im Dorf seine Mär so schnell als möglich in jede Hütte tragen würde.

Aber es war gefährlich für ihn im Dorf. Er war sich sicher, dass die Polizei nach ihm suchte und seine Mutter war nicht zurechenbar, von seinem Vater ganz zu schweigen.

So harrte Moses den Rest des Tages in seinem Versteck vor dem Dorf aus und wartete, bis es fast dunkel wurde. Dann schlich er sich durch das weite Dornfeld zurück ins Dorf, immer im gehörigen Abstand zu den Wegen und der größeren Staubstraße. Kurz vor dem Dorf, an dem Platz, wo der flache Stein lag, erkannte er ein paar Kameraden. Lauter junge Burschen in seinem Alter. Auch die beiden Kumpels waren dabei, die mit ihm zusammen waren, als sie zu Yaros Haus gingen. Er pfiff zweimal laut. Die Beiden erkannten den Pfiff und blickten angestrengt in die Richtung, aus der sie ihn vernommen hatten. Er winkte aus dem Dickicht, fast aus der Dunkelheit heraus. Kaum wahrnehmbar war die Bewegung, aber für die geschulten jungen Augen der Kinder gerade noch zu erkennen. Sie liefen auf den Punkt zu und waren dabei angespannt still. Sie wussten, dass es gefährlich war, sich mit Moses zu zeigen. Gemeinsam rannten sie noch ein wenig tiefer ins Dickicht. Dann setzten sie sich unter einen Busch und Moses sprach. Leise, fast flüsternd. „Ich weiß, dass die Polizei nach mir sucht. Ich weiß auch, dass sie euch ebenfalls suchen. Hört ihr! Ihr seid in großer Gefahr!" In Wahrheit hatte Moses keine Ahnung, ob die beiden Komplizen überhaupt verdächtigt wurden. Es war ihm auch egal, aber er brauchte die beiden Kumpels um sich selbst zu retten. Sie waren noch Kinder und hatten jede Menge Schiss im Knast zu landen. „In Arusha, im Knast", sagte er auch sofort, „werden sie euch verprügeln. Es gibt nur dreimal in der Woche etwas zu essen." Die Beiden lauschten voller Angst dem Großen. „Also, passt auf, wenn euch jemand nach Moses fragt, ihr habt mich nicht gesehen. Ihr habt aber gehört, dass die alte Medizinfrau viel Geld für Therese geboten hat. Viel Geld, sehr viel Geld." Sie wunderten sich. „Das hat sie doch auch, warum sollen wir das zugeben?", fragte einer der beiden Burschen. „Hör zu, du Trottel", fauchte Moses leise. „Ihr habt außerdem gehört, dass Yaro seine Schwester eines Morgens selbst zur Hütte der Schamanin gebracht hatte. In einem Sack. Tot. Versteht ihr?" Die beiden nickten stumm. „Der Kerl will doch unbedingt etwas Besseres sein, wie sein seltsamer, weißer Vater es zu sein glaubte. Und für die Schule in Arusha braucht der Vollidiot Geld. Viel Geld." Jetzt nickten die beiden Jungen noch mehr. Einer ergänzte. „Und das Geld kommt von der Schamanin, richtig?" Moses nickte. „Ihr habt die Geschichte also verstanden?" Sie bestätigten das. Yaro habe also Therese selbst getötet, dann zur Medizinfrau gebracht und die Kohle eingeschoben um damit in Arusha auf eine Schule gehen zu können. Um sich dieses Vorhaben, basierend auf einem brutalen Mord an der eigenen Schwester, nicht verderben zu lassen, sollte nun der Mord in die Schuhe völlig Unbeteiligter geschoben werden. Frei nach dem Motto: Moses macht immer Blödsinn und stellt schlimme Dinge an, da kann man ihn auch für einen brutalen Mord verantwortlich machen. „Und eines sage ich", schob Moses hinterher, „wenn ihr mich verpfeift, sagt, dass diese Story von mir kommt, dann werde ich der Polizei sagen, dass ihr beide mit mir beim Haus von Lehrer Adili wart. Dann wandert ihr mit mir ins Gefängnis in Arusha. Ohne eure Mamas und Papas. Dort werdet ihr verprügelt und wie Hunde gehalten, ohne Essen, den Rest eures Lebens." Die beiden bekräftigten kleinlaut, dass sie das auf keinen Fall wollten und sich rasch an die Arbeit machen wollten, die Geschichte vom Geschwistermord zu verbreiten. Einem der beiden fiel aber der Haken auf. „Was, wenn einer wissen will, woher wir das wüssten?", fragte er. „Dann sagt ihr, es habe euch ein alter Mann gesagt, den ihr am flachen Stein gesehen hättet, den ihr im Dorf aber noch nie gesehen hät-

346

tet. Ein Fremder, der aus dem Haus der Schamanin gekommen war! Die hatte doch immer wieder Besuch von Fremden! Und es würde sich zudem mit dem decken, was ihr selbst erlebt hattet am Tag des Mordes. Ihr wart doch draußen beim Spielen? Mit Moses..." Sie nickten. „Also, ihr wart mit mir unterwegs und wir alle haben Yaro mit dem Sack gesehen. Aber uns nichts dabei gedacht. Der Kerl hätte ja sonst was in dem Sack haben können. Aber es passt nun so wunderbar zu der Geschichte, die der alte Mann erzählt hat. Verstanden?" Nicht ganz überzeugt, dass dieses Lügenmärchen niemandem als solches auffallen würde, aber voller Angst, von Moses verpfiffen zu werden, liefen die beiden Buben zurück ins Dorf. Sie würden noch sagen, dass sie Moses schon ein paar Tage nicht mehr gesehen hatten, vermuteten aber, dass er aus Angst vor der Polizei, die ihn völlig zu unrecht des Mordes verdächtigte, in den Dornbusch geflohen sei.

Moses bat die beiden am folgenden Tag wieder zu kommen, ihm etwas zu essen und zu trinken zu geben und ihm zu erzählen, wie es ihnen ergangen sei.

Sie erreichten bald das Dorf und gingen zu ihren Familien. Dort war der Mord an der kleinen weißen Therese immer noch das wichtigste Gesprächsthema. Die beiden Jungs begannen ihren Eltern nun zu erzählen, was ihnen aufgetragen worden war. „Ich glaube nicht, dass es Moses war", sagte einer. Sein Vater sah ihn verwundert an und fragte barsch: „Warum? Weil er dein Freund ist, dieser Nichtsnutz?" „Nein, nein", wiegelte der Junge geschickt ab. Und dann erzählte er von dem alten Mann, der aus der Hütte der Schamanin gekommen sei und der dann am flachen Stein vorbei wanderte. Dort habe er den Kindern beim Spielen erzählt, dass er gesehen habe, wie ein anderer Junge in die Hütte gegangen sei und einen Sack auf dem Rücken getragen habe. Sie fragten, wie der Junge ausgesehen habe und der alte Mann habe dann Yaro beschrieben. Daher seien die Kinder überzeugt, Yaro habe seine eigene Schwester geopfert. „Vielleicht wollte Yaro ja in Arusha auf die Schule und das Geld fehlte nach Adilis Tod", mutmaßte der Bursch nach Moses' Vorgabe. Die Eltern zweifelten das an, schimpften mit dem Sohn, er habe eine blühende Fantasie und solle nun schlafen gehen.

Auch sein Kumpel erzählte die Geschichte vom alten Mann und der Beobachtung von Yaro und dem Sack auf dessen Rücken. Auch ihm schenkten die Eltern erst einmal wenig Glauben.

Am nächsten Tag setzten die beiden aus Angst vor Moses ihren Feldzug durchs Dorf fort. Allen Kindern, die sie trafen erzählten sie, dass ein alter Mann, der bei der Schamanin zu Gast gewesen sei, einen Jungen gesehen habe, der einen Sack auf dem Rück trug und der aussah wie Yaro. Und sie selbst hätten beim Spielen vor dem Dorf Yaro auch mit einem Sack gesehen. Aber in diesem Sack hätte ja sonst was sein können. „Dass da die tote Schwester drin war, auf sowas kommt doch niemand!" Die beiden Kinder fühlten sich schlecht als sie ihre Freunde so anlogen und sie wussten auch, dass der arme Yaro, der Vater und Schwester verloren hatte, nun noch mehr Schwierigkeiten bekommen würde. Aber was sollten sie tun? Sie fürchteten sich furchtbar vor dem Gefängnis, das ihnen Moses angedroht hatte.

Am Nachmittag lungerten sie vor dem Laden von Onkel Manani herum. Die Sonne brannte nicht mehr so arg vom Himmel und Sand und Staub waren in ein kräftiges Rot getaucht. Sie saßen auf einem rostigen Gestell, das unweit des Ladens vor sich hin gammelte und von dem niemand mehr wusste, was es einmal war. Sie ließen ihre Füße baumeln und beobachteten das gemächliche Treiben auf dem Dorfplatz. Onkel Manani kam von Zeit zu Zeit aus seinem Laden, richtete sich auf, streckte sich, tratschte mit den Leuten, ordnete das Gemüse, das er in der Auslage liegen hatte. Sie belauschten angestrengt die Gespräche, die sie aufschnappen konnten. Und tatsächlich, Moses' Plan schien aufzugehen. Die Tante eines der beiden Kinder kam zu Onkel Manani, kaufte ein paar Kleinigkeiten und begann dann mit der Geschichte, die sie den Tag über so oder so ähnlich schon zweimal aufgeschnappt hatte. „Und Moses traut sich nun nicht mehr ins Dorf, weil die Polizei davon ausgeht, er wäre der Mörder. Dabei war es vielleicht der Bruder selbst." Onkel Manani sah die Frau verdutzt an, hielt inne und begann dann streng seine Antwort: „Ich bitte dich, der Bursch war kurz nach dem Mord bei mir, vollkommen aufgelöst. Er rief mich zu sich ins Haus. Ich habe dort selbst gesehen, welch grausame Spuren der Mörder hinterlassen hat." Die Frau fuhr fort: „Und was hat dir Yaro erzählt?"

„...dass zwei Kinder ihn abgelenkt hatten. Im Gemüsegarten. Dann habe er einen Schrei vernommen und..."

„Dafür gibt es aber keine Zeugen, oder?"

„Worauf willst du hinaus, Tantchen?", fragte Onkel Manani streng.

„Es könnte doch sein, dass Yaro seine Schwester abgestochen hatte um das Geld der Schamanin zu bekommen. Dann ist er über seine Tat so sehr erschrocken, dass er es mit der Angst zu tun bekam."

„Das ist absurd", bekräftigte Onkel Manani und scheuchte die Frau fort.

Aber als er die Geschichte am selben Tag noch ein zweites und drittes Mal von anderen Kunden zu hören bekam, befielen auch ihn Zweifel. Tat man Moses Unrecht? War Yaro wirklich der Mörder, der seine Schwester erstochen hatte um an Geld zu kommen? Nur warum hatte die Alte gesagt *Moses wird euch den Weg weisen* kurz bevor sie starb?

Onkel Manani verdrängte den Gedanken, dass Yaro aus Geldgier seine eigene Schwester ermordet haben könnte, sofort wieder. Aber hatten die Menschen den alten Mann vor dem Haus der Schamanin einfach nur erfunden? Wer sollte so ein Gerücht in die Welt setzen? Sicherlich, Moses musste ein Interesse daran haben, die vermeintliche Schuld auf einen anderen möglichen Täter zu lenken. Onkel Manani hielt Moses für unbedarft und dumm. Er war leicht manipulierbar und würde für Geld auch vieles tun. Daher traute er Moses den Mord an Therese im Grunde schon zu. Nicht aber Yaro. Moses war aber dennoch zu einfältig, als dass er ein solches Märchen erfinden würde um von sich selbst abzulenken. Auch da war sich der Dorfladenbesitzer eigentlich ziemlich sicher. Und dies nährte seine kleinen Zweifel.

Hin- und hergerissen verließ er am späten Nachmittag seinen Laden und erzählte seiner Frau von den Geschichten über Yaros angeblichen Schwestermord. Sie fiel ihm fast ins Wort. „Du kannst den Jungen nicht länger in Schutz nehmen", sagte sie barsch. „Wenn wir einen Mörder unterstützen...", fuhr sie fort.

„Dann?", unterbrach Onkel Manani sie mit klarer Stimme. „Es geht um unsere Ehre." Er nickte. „Aber ich gehe davon aus, dass Yaro vollkommen unschuldig ist und irgendwer aus dem Dorf - und im Verdacht habe ich da weiterhin Moses, immerhin ist er auch untergetaucht - diese Behauptungen über den Jungen verbreitet."

Seine Frau aber ließ sich kaum mehr von Moses Schuld überzeugen. Viermal, so beteuerte sie, habe sie dieselbe Geschichte von Freundinnen, Nachbarinnen und deren Töchtern den Tag über gehört. Immer wieder war es der alte Mann, der Yaro beschrieben hat wie er mit einem Sack... Onkel Manani aber blieb hart.

„Wenn es ein Fremder war, wie soll er dann so gut Yaro beschreiben können?"

„Na diese grüne Hose, die er immer an hat?"

„Haben andere Burschen in diesem Dorf nicht auch grüne Hosen?"

„Nur er hat diese eine."

„Hör auf", sagte Onkel Manani nun bestimmt und fügte noch hinzu: „Wir werden Yaro weiterhin helfen, das bin ich Adili schuldig." Damit hatte sich Onkel Manani entschieden. Das Geschwätz der Frauen hatte geholfen, seine eigenen Zweifel wieder zu beseitigen.

-XVII-
Mitte Januar 2010

Die Leute waren so schrecklich abweisend. Yaro hatte die letzten zwei Wochen über dauernd gespürt, dass ihn viele argwöhnisch betrachteten. Viermal hatten Jugendliche hinter ihm abfällig in den Sand gespuckt. Gleich nach dem Jahreswechsel zischten Frauen plötzlich *Mörder* hinter ihm her. Er hatte nicht verstanden, was das alles bedeuten sollte. Aber es machte ihm Angst. Er war zu Onkel Manani in den Laden gegangen, um etwas zu Essen zu kaufen. Mama Kamaru hatte ihm Geld gegeben. Das war vor nunmehr fast zehn Tagen. Dort stand eine ältere Frau, die Yaro als gute Freundin der Heilerin kannte. Sie funkelte ihn mit ihren Augen an. „Der arme Moses sitzt draußen im Busch", sagte sie zu Onkel Manani. „Und der wahre Mörder läuft hier ungeniert in deinen Laden um für seine Mutter einzukaufen. Man müsste die Polizei rufen und ihn sofort festnehmen lassen." Onkel Manani erwiderte nichts. Yaro zuckte zusammen, als er das hörte. Er verstand noch immer nicht, was vorgefallen war, aber er begriff immer deutlicher, dass sie ihn nun des Mordes an seiner Schwester verdächtigten. „Nimm es dir nicht zu sehr zu Herzen", sagte Onkel Manani, der sich schämte anfangs selbst an Yaros Unschuld gezweifelt zu haben. In diesem Augenblick aber, als die Frau ihn so angiftete, da sah er tief in die Kinderseele und erkannte einen zu tiefst erschrockenen, unschuldigen Jungen.

„Moses ist der Mörder!", sagte Yaro mit klarer Stimme. „Seine Freunde haben mich im Gemüsegarten abgelenkt, Mama Kamaru war im Dorf. Als ich ins Haus bin, war da nur noch Blut."

„Das kannst du hundertmal behaupten", sagte die Alte trotzig.

„Wer sagt, dass ich meine Schwester umgebracht habe? Warum sollte ich Therese überhaupt getötet haben?" Yaro wirkte in diesem Moment so erwachsen.

„Weil du Geld wolltest um in Arusha auf die Schule zu gehen, so wie es dein Vater bestimmt hatte. Und du wusstest genau, dass die Schamanin dir Geld für deine Schwester geben würde."

Yaro liefen die Tränen über die Wangen. Es schmerzte so sehr, zu hören, zu was die Menschen fähig waren. War sein Leben nicht schon tragisch genug in diesen Wochen? Er hatte Vater und Schwester verloren. Seine Mutter war am Rande des Wahnsinns. Immer wieder musste er mit ansehen, wie sie sich seltsam benahm, apathisch in einer Ecke saß, dann wieder auf und ab ging, schnell, hektisch und ohne Ruhe. Er war noch zu klein um dies alles auszuhalten. „Geh aus meinem Laden", fauchte Onkel Manani die Frau nun an und wies ihr den Weg zur Tür. Dann legte er väterlich die Hand auf Yaros Schulter. „Lass die Leute reden, ich glaube dir. Aber wir müssen Moses finden. Nur wenn er endlich gesteht, dass er deine Schwester umgebracht hat, findest du wieder Ruhe in diesem Dorf."

Yaro nickte stumm und rannte dann ebenfalls aus dem Geschäft. Sein Herz schlug heftig gegen den Hals, schrie nach Freiheit und er sog die kühle Luft ein, die ihn umgab. Er wünschte sich so sehr, dass alles würde wie früher. Als Papa Adili noch am Leben war und trotz seiner seltsam weißen Hautfarbe auf ihn und seine Familie aufpassen konnte. Als Mama Kamaru trotz der Stille, die sie einhüllte, Fröhlichkeit ausstrahlte. Als die kleine Schwester trotz ihrer strohigen weißen Haare dauernd lachte und wissbegierig alle neuen Wörter in sich aufsog. Als der Deutsche und seine Frau zu Besuch kamen und Yaro die begehrten Süßigkeiten aus dem fernen Europa verteilen konnte. Als Adili den Kindern das Lesen und Schreiben beibrachte und sie lernten wie man rechnete.

Nach einer Weile, Yaro hatte gar nicht bemerkt, dass er in Richtung seines Hauses gelaufen war, erreichte er sein Zuhause. Es war still. Mama Kamaru saß bestimmt wieder stumm auf ihrem Stuhl und starrte in die Weite der Landschaft.

Er fand sie diesmal aber hinter dem Haus. Stehend. Sie blickte angestrengt in den Busch. „Was siehst du da draußen?", fragte er seine Mutter. Sie konnte nicht antworten. „Sie sind nicht dort", sagte der Junge, als er zu erraten glaubte, dass Mama Kamaru dort in der Ferne ihren geliebten Mann Adili und die so schmerzlich vermisste Tochter Therese vermutete. Sie legte nun den Arm auf die Schulter ihres Sohnes und hielt ihn fest. Yaro schlang seinen Arm um die Hüfte seiner Mutter und beide vergossen wieder einmal Tränen. „Mama", schluchzte er plötzlich los, „sie denken, ich hätte meine Schwester umgebracht." Kamaru ließ ihren Sohn los, sank vor ihm auf die Knie und starrte ihn entsetzt an. „Was sagst du da?", wollte sie ihn fragen. „Im ganzen Dorf erzählen sie sich die Geschichte, dass ich Therese getötet und sie an die Schamanin verkauft hätte, um in Arusha zur Schule gehen zu können." Er setzte sich. Fast hätte er sich an den Tränen verschluckt, die ihm nun in Sturzbächen die Wangen herabbrannten. „Mama", sagte er, „das ist so gemein." Sie wischte ihm zum Trost sanft die Tränen aus dem Gesicht. Dann setzte sie sich kerzengerade auf den Boden und blickte ihm lange ins Gesicht. „Rede endlich mit mir", rief Yaro unvermittelt. „Sprich endlich!", schrie er sie an. Yaro wurde laut. „Rede! Mach deinen Mund auf! Alle Mütter müssen mit ihren Kindern reden!" Sie schwieg. „Rede, Mama, rede, bitte." Aber Kamaru schwieg. Ihre Augen wirkten leer und müde. Ihre Hand zitterte. Das Herz wollte aus ihrem Körper drängen. *Mein Kind! Ich liebe dich so sehr. Ich spüre, dass ich vor Trauer den Verstand zu verlieren drohe. Yaro, mein Liebling, ich habe alles verloren außer dir. Bitte steh mir bei auch in diesen Zeiten, in denen wir weder ein noch aus wissen. Yaro, mein Sohn, verzeih' mir, dass Gott mir keine Sprache geschenkt hat!* Das wollte sie ihm sagen, aber es blieb nur dieser liebevolle, traurige und schmerzhafte Blick. Yaro aber verstand in ihrem Gesicht zu lesen. „Entschuldige, Mama, es tut mir unendlich Leid", sagte er, bat sie um Verzeihung und versuchte Hoffnung zu schöpfen. „Onkel Manani hat die Frau aus dem Laden geworfen, die gesagt hat, dass ich der Mörder meiner Schwester sei." Mama Kamaru wischte nun auch sich die Tränen von ihrer Wange und stand auf. Sie ging zu Adilis Tisch im Haus, nahm das Notizbuch und kritzelte darauf den einfachen Satz: *Onkel Manani ist ein guter Mensch.* Das verstand Yaro schon. Auch wenn er noch nicht alles lesen konnte.

An diesem Abend konnte Yaro lange nicht einschlafen. Onkel Manani hatte gesagt, es gelte Moses zu finden um ihm ein Geständnis zu entlocken. Aber Moses war zu allem fähig. Er würde sicher auch nicht davor zurückschrecken, Yaro etwas anzutun, wenn er ihn fand. Yaro wollte sich, ganz den Rat seines Vaters befolgend, von Moses fern halten. Doch war er sich ganz sicher, dass Moses all die Gerüchte um den Geschwistermord in die Welt gesetzt hatte. Nur wie sollte er das beweisen?

*

Ein dumpfer Schlag. Yaro schreckte aus dem Schlaf hoch. Ein weiterer dumpfer Schlag. Als er sich nach einer Schrecksekunde endlich traute, aufzustehen, sah er, dass Mama Kamaru ebenfalls auf den Beinen war. „War war das?", wollte er wissen. Sie zuckte mit den Schultern, so wie es die Weißen taten. Das hatte ihr Adili beigebracht, der es von den Missionaren gelernt hatte. Sie schlichen vorsichtig zur Türe. Es war stockfinstere Nacht. Draußen war nichts zu erkennen. Aber man hörte das dumpfe Scharren von Schritten auf dem staubigen Weg, ein Stück weit weg bereits. „Da", schrie Yaro alsbald und deutete den Weg in Richtung Dorfmitte. „Da läuft jemand." Aber es war dunkel, zu dunkel. Man konnte die Umrisse eines Menschen erkennen. War es Moses? Waren es mehrere gewesen, die da liefen? Yaro war sich nicht sicher. „Sie sind zu weit fort", sagte er dann und drehte sich zu seiner Mutter um. Die stand starr vor Schreck neben der Türe. Erst da sah Yaro auf was sie deutete. Auf dem Boden lag der abgetrennte Kopf einer Ziege. Das Blut quoll auf den staubigen Vorplatz und vermischte sich mit dem Sand. Es war nur schwer zu erkennen, denn das erste Licht im Haus war weit hinter der Tür in der

Mitte des Raumes. Adili hatte zwei Lampen installiert. Mehr hatte er sich damals nicht leisten können. Eine schummrige Lampe leuchtete in seinem Zimmer, eine andere im Hauptzimmer bei der Kochstelle. Das Licht aber schaffte es bei der Dunkelheit nur schwer vor die Tür und so dauerte es eine Weile, bis sich die Augen an die Finsternis gewöhnt hatten. Aber dann erkannte auch Yaro den Ziegenkopf. Ekel überkam ihn. Er würgte und hatte das Gefühl, er müsse sich übergeben. War das nicht schon alles genug gewesen? Kamaru drängte ihren Sohn wieder ins Haus, rasch schloss sie die Türe ab, stellte einen Stuhl an die Tür und setzte sich darauf. Sie wollte das Haus so vor Einbrechern schützen. Sie hatte Angst, die Kerle kämen wieder, um Yaro zu holen. Sie hatten ihr die kleine Tochter geraubt. Sie würden nun auch nicht Halt machen, wenn sie Yaro wirklich haben wollten.

Im Dorf sprach sich schnell herum, dass bei einer Familie eine junge Ziege gestohlen worden war. Sie hatte neben den anderen drei jungen Zicklein gestanden, war angepflockt gewesen. Und am Morgen war sie fort. Eines der Kinder hatte am Morgen behauptet, in der Nacht Geräusche gehört zu haben. Aber das konnte auch der Wind gewesen sein, der im seichten Schlaf die Geschichte eines einbrechenden Menschen schrieb. Aber als am Morgen dann tatsächlich ein Zicklein fehlte, war die Aufregung groß. Im

Dorf stahl man sich nichts. Es war bislang alles so friedfertig, sieht man Moses' kleinen Missetaten in Onkel Mananis Laden einmal ab. Aber seit einiger Zeit war das Dorf in heller Aufregung und es kam nicht mehr zur Ruhe. Erst starb das Zaubermädchen durch ein Messer. Dann die Medizinfrau. Und seitdem herrschte eine fast greifbare Anspannung. Einige im Weiler waren der Ansicht, dass die Schamanin nur Gutes tun wollte. Und diese Leute glaubten dann meist auch, dass Yaro seine verhexte Schwester selbst ermordet hatte. Er wollte helfen, mit dem Tod seiner Schwester zum Glück Anderer beizutragen. Was war daran verwerflich? Wieder andere glaubten zwar auch, dass Yaro der Mörder seiner Schwester war. Aber sie sahen das als schlimmes Verbrechen. Er habe die Schwester erstochen, um Geld zu bekommen. Davon stehlen wollte er sich dann. In die Schule gehen. Seine arme, stumme Mutter alleine lassen. Einige andere, sie waren aber nicht in der Mehrheit, glaubten, dass die Polizei mit der ursprünglichen Fährte zu Moses ganz richtig lag. Schließlich hatte im Dorf bislang so gut wie niemand richtig gute Erfahrungen mit dem schwierigen Jungen gemacht. Man erzählte sich, dass die Polizisten berichtet hatten, dass die Schamanin kurz vor ihrem Tod gesagt haben solle, Moses wüsste alles über den Mord an Therese. Warum sollte die alte Hexerin kurz vor dem letzten Atemzug noch gelogen haben?

Bei Onkel Manani im Laden liefen schon am Morgen wieder die Drähte heiß. Mütter und Großmütter, Schwestern und Nichten kamen und man erzählte sich sofort die Geschichte von der gestohlenen Ziege. Und eine Alte wusste sofort zu berichten, dass sie am frühen Morgen einen Ziegenkopf vor Adilis Haus habe liegen sehen. Yaro stahl also bereits aus den Ställen der anderen, weil er nicht mehr wusste, wie er sich und seine Mutter ernähren sollte. Onkel Manani fuhr barsch dazwischen. „Merkt ihr eigentlich nicht, was für einen Blödsinn ihr redet", herrschte er die Frauen an. „Erst unterstellt ihr dem Jungen, er habe seine Schwester umgebracht. Für viel Geld! Dieses Geld müsste er ja hernehmen können, um sich und Kamaru Essen und Kleidung und weiß der Teufel noch was zu kaufen." Sie schwiegen, gegen Onkel Mananis Logik kamen sie nicht an. „Warum sollte er sonst eine Ziege klauen?", fragte eine junge Frau. „Wer sagt denn, dass Yaro sie überhaupt geklaut hat?", hakte Onkel Manani genervt nach. „Weil ich einen Ziegenkopf vor seinem Haus gesehen habe", wiederholte die Alte. „Wenn Yaro also eine Ziege klaut, dann wird er sie wohl kaum sofort töten und den Kopf auch noch als Beweismittel vor sein Haustür legen, oder?" Diesmal wollten die meisten Kundinnen dem Krämer keinen Glauben schenken. „Du glaubst zu sehr an das Gute in diesem seltsamen Kind. Vergiss nicht, er ist der Sohn eines Zaubermenschen! Seine Schwester ist auch ein

Zaubermensch gewesen. Vielleicht schicken beide ihre Flüche aus dem Reich der Ahnen herüber und Yaro muss so seltsame Dinge tun, ob er will oder nicht." Onkel Manani schüttelte entsetzt den Kopf. „Wir leben im 21. Jahrhundert und ihr glaubt das wirklich?" Dann schmiss er die Frauen mal wieder aus seinem Laden und begann wieder zu grübeln. Wie sehr würde es am Ende seinem Geschäft schaden, wenn er die Frauen immer so barsch zurechtwies? Aber sie konnten kaum woanders hin, um die kleinen Dinge des Alltags einzukaufen. Es gab nur seinen Laden. Also musste er Yaro verteidigen.

Kamaru stand vor dem Haus. Die Sonne stand nun hoch am Himmel. Yaro hatte lange geschlafen. Die nächtliche Unruhe hatte ihn ordentlich durcheinander gebracht. „Mama, was machst du vor dem Haus?", fragte er sie. Mama Kamaru zeigte nur auf den Ziegenkopf. „Ich weiß, wir müssen den irgendwie loswerden." Sie nickte stumm. Yaro, ein Kind, das spielen sollte, sich im Wettkampf mit anderen messen müsste, zur Schule gehen sollte, war gezwungen, sich zu überlegen, wie man einen Ziegenkopf entsorgt. Er ekelte sich vor dem Ding. Kamaru verschwand im Inneren des Hauses und kam mit einer Tüte aus Plastik wieder. Adili hatte sie einst mitgebracht, als er aus der Klinik in Arusha zurückkehrte. Sie war fast zu klein für den toten Tierkopf. Aber mit vereinten Kräften, gemeinsam gegen die Abscheu kämpfend, gelang es Mutter und Sohn, den Schädel der Ziege in dem schwarzen Plastikbeutel zu verstauen. „Und wo soll ich ihn nun hinbringen?", fragte Yaro seine Mutter. Kamaru hatte keine Idee, wohin man einen abgetrennten Ziegenkopf bringen konnte, ohne dass es auffällt. Wieder kramte sie das Büchlein Adilis hervor um eine kurze Nachricht für ihren Sohn aufzuschreiben. *Onkel Manani* schrieb sie auf. Yaro verstand. „Ich gehe ihn fragen und nehme die schwarze Tüte gleich mit."

Während Yaro schnellen Schrittes die Staubstraße in Richtung Dorfmitte lief, hörte er den dumpfen Schlag der vergangenen Nacht ein ums andere Mal. Nun wissend, dass es eine ekelhafte Trophäe war, wurde ihm noch einmal fast übel. Es konnte nur Moses sein, der so etwas fertig brachte. Yaro war sich sicher, dass der ihn zermürben wollte. In einiger Entfernung entdeckte Yaro ein paar Kinder. Sie saßen auf Steinen und spielten mit einem alten Reifen. Als sie Yaro sahen, sprangen sie auf und liefen in Yaros Richtung. Einer rief: „Mörder, Mörder, Schwestermörder!" Dann machten sie kehrt und verschwanden wieder zwischen den Hütten. Yaro spürte wie sein Herz schneller schlug. Eine fürchterliche Wut stieg in ihm auf. Papa Adili hatte ihn gelehrt, dass man Konflikte niemals mit Gewalt lösen sollte. Aber diese Kinder hätte er am liebsten einfach nur verprügelt. Er wusste allerdings auch, dass sie Freunde von Moses waren und sie würden zu ihm laufen. Und dann würde sich Moses noch viel mehr schlimme Dinge ausdenken, die Yaro zu erdulden hatte.

Neben Onkel Mananis Laden standen ein paar Frauen, sie duckten sich unter den Schatten eines ausladender Akazie und schnatterten. Je näher Yaro kam, desto leiser schien ihr Gespräch zu werden. Yaro erkannte in ihren Blicken Feindseligkeit und fühlte sich mit einem Mal fürchterlich. „Habari, guten Tag“, grüßte er die Frauen, aber sie schienen ihn gar nicht zu beachten.

„Einen Jungen wie diesen zum Sohn haben zu müssen, wäre eine schreckliche Strafe Gottes“, stieß eine der Frauen plötzlich so laut hervor, dass es Yaro klar verstand. Und nun fielen auch die anderen in einen Klagechor ein, der Yaros Seele schwer kränkte. „Dass der Mörder noch frei herumlaufen darf, ist mir ein Rätsel“, die eine. „Und am Ende hat der Sohn des Zaubermenschen auch noch die Schamanin auf dem Gewissen. Hätte er sie nicht auf die Idee gebracht, seine Schwester als Opfergabe anzunehmen, wäre sie niemals in Verlegenheit gekommen und hätte nicht an gebrochenem Herzen jämmerlich in Polizeigewahrsam sterben müssen.“ Yaro spürte erneut schreckliche Wut in sich hochsteigen, wollte die Frauen anschreien, ob sie noch alle Sinne beisammen hätten. Er litt schreckliche Qualen. Er schmeckte die salzigen Tränen auf der Wange und rannte so schnell er konnte in Onkel Mananis Laden. „Bald wird dir der alte Krämer auch nicht mehr beistehen", fauchte ein Weib und die Jüngste unter den Klageweibern ergänzte: „Und dann auch noch Ziegen stehlen, man sollte ihn in einen Kerker werfen und darben lassen, bis der Herr über ihn richtet!"

Yaro verdrückte sich rasch in das dunkle Loch am Eingang des Ladens. Hier war es angenehm frisch. Die Kühle tat der pulsierenden Haut gut. Fast schon kam es ihm so vor, als sei Onkel Manani eine Art neuer Vater für ihn geworden. Ihm vertraute Yaro. Er stand ihm und Mama Kamaru bei. Er hatte seine Frau geschickt, als das Schrecklichste passierte, das nun das ganze Dorf so aufwühlte und er hatte seine eigene Frau in die Schranken gewiesen, als sie glauben wollte, Yaro habe seine Schwester getötet. Onkel Manani kam hinter seinem Tresen hervor. „Ich weiß es schon", sagte er beruhigend. „Sie erzählen es sich überall im Dorf. Du hättest in der Nacht eine Ziege gestohlen und den Kopf vor eurer Haustür entsorgt." Yaro liefen erneut die Tränen übers Gesicht. „Warum denken die so etwas?", fragte er leise nach, als er sich wieder etwas gefasst hatte. „Weil..." Onkel Manani hielt inne. „Weil es die einfachsten Lösungen sind. Und weil sie oft einfach das Erste glauben, das man ihnen erzählt." Yaro verstand nicht ganz. „Aber warum sollte ich eine Ziege stehlen?" Der Dorfkrämer legte ihm die Hand auf die Schulter und ergänzte dann fast sarkastisch bissig: „Und warum solltest du den abgetrennten Kopf dieser Ziege dann vor deine Haustür legen?" Nun verstand Yaro, was der alte Mann sagen wollte. „So ist es. Ich war das nicht. Ich habe auch meine Schwester nicht umgebracht. Ich habe Therese so lieb gehabt", weinte er. „Sie wissen es im tiefsten Inneren auch", sagte Onkel Manani nun sanft. „Sonst hätten sie längst die Polizei gerufen. Aber das trauen sie sich nicht, denn zu peinlich wäre es, wenn dann nichts dran ist und davon gehe ich doch aus!" Yaro zuckte. Zweifelte nun auch der letzte Vertraute an seiner Unschuld? „Aber natürlich. Es ist alles so gewesen, wie ich es immer wieder erzählt habe. Sie kamen und ich war im Garten hinter dem Haus. Einer hat mich im Garten abgelenkt und die anderen haben Therese umgebracht."

„Ich weiß, ich weiß", sagte Onkel Manani und fuhr fort: „Aber sie wollen die Geschichte nicht glauben. Sie haben Angst, dass neben dem seltsamen Moses auch ihre Kinder beteiligt gewesen sein könnten. Außerdem war die Schamanin für viele von ihnen eine Art lebende Heilige, die sie sehr verehrt haben. Dass sie einen Mord an einem kleinen Mädchen in Auftrag gegeben haben soll, das verkraften sie nicht. Verstehst du?" Yaro stimmte zu, auch wenn er sich nicht ganz sicher war, ob er alles begriff. „Die Medizinfrau hatte einen *ihrer* Jungen beauftragt, deine Schwester zu ermorden um aus den Haaren und den Knochen und der Haut Medizin herzustellen. Das ist schlimmer als es im Mittelalter war." Nun verstand Yaro nicht mehr, was Onkel Manani erklären wollte, aber er spürte in der Sanftmut seiner Stimme, dass er es gut meinte und ihn unterstützte. „Wenn nun aber du der Mörder warst, dann kann man die Geschichte auch ganz anders sehen. Die Medizinfrau hat die Leiche deiner Schwester nur genommen, weil du ihr eine Art Deal vorgeschlagen hast. Du opferst Therese für die Medizin der anderen Leute und bekommst das Geld dafür. Die Leute im Dorf können sich zusammenreimen, dass du, weil du das Geld haben wolltest, auf die Idee kamst, Therese an die Schamanin zu verkaufen. Sie hat dann nur für das Wohl der anderen eingewilligt. Dann kam das Ganze nicht von ihr. Das Motiv des Mordes wäre deine Geldgier." Yaro aber sagte nur trocken: „Ich mache mir nichts aus Geld." Manani ließ die Hand von seiner Schulter gleiten. Er musste es so erklären, dass es auch ein Kind verstand. Das hätte Adili so wunderbar gekonnt. *Ach, Adili…* Er setzte erneut an. „Weißt du, Yaro, sie wollen einfach eine ganz simple Lösung. In unserem Dorf muss Ruhe herrschen und wenn sie einen Schuldigen haben, dessen Familie etwas anders ist als die anderen, dann funktioniert das wunderbar." Ja, das wusste Yaro, anders waren sie und dafür wurden

367

sie immer wieder angestarrt. Ein weißer, alter Mann, dessen Haut und Haare in der Sonne glänzten wie Stroh, seine Frau, die seine Tochter hätte sein können, hübsch, aber ohne Stimme. Dann der Sohn, der so klug war und dennoch Außenseiter blieb. Später noch die Tochter, ein zweiter Zaubermensch im Dorf. Weiße Haut, weiße Haare, rote Augen. Diese Familie am Ende der Staubstraße war so anders und war so fremd. „Man erzählte sich früher die Geschichten, Zaubermenschen würden den Fluch aus dem Jenseits in sich tragen und Rache für ungesühnte Taten üben. Dein Vater lebte lange Jahre außerhalb des Dorfes." Diese Geschichten kannte Yaro von Adili. „Ich weiß das", sagte er nun kindlich trotzig. „Mein Großvater war der große Hatari." In den Augen des Krämers erkannte man nun einen feuchten Glanz, erinnerte er sich an diese scheinbar besseren Tage von einst. „Der große Hatari", wiederholte Onkel Manani leise nickend und voller Wehmut. Und dann ergänzte er: „Wie gut der uns heute täte. Ein Machtwort, es wäre so wichtig. Aber die Dorfältesten von heute wissen nicht, wie sie handeln sollen. Sie leben zwischen der Angst vor den Dämonen und dem Zorn ihrer Frauen. Sie sind hin- und hergerissen zwischen den Mythen und Sagen der Vergangenheit und der modernen Welt der Mobiltelefone." Yaro hatte keine Ahnung, was Onkel Manani damit genau meinte, aber es fiel ihm nun wieder ein, warum er in den Laden gekommen war. „Mama Kamaru hat mich gebeten, dich zu fragen, was ich mit dem Ding machen soll." Er deutete auf die schwarze Tüte, die er die ganze Zeit über fest in der Hand gehalten hatte. „Lass mich raten", sagte der Dorfhändler, „da ist der Kopf dieser Ziege drin." Yaro nickte. „Scheußlich", sagte der Alte dann wieder voller Sanftmut. „Was ist da genau passiert, heute Nacht?", wollte er wissen. „Es war ein Krach vor der Haustür. Mama Kamaru und ich sind beide schnell wachgeworden und haben vor der Tür nachgesehen. Es war zu dunkel um viel zu erkennen. Aber wir sahen jemanden weglaufen, die Staubstraße entlang. Wer es war, konnten wir nicht erkennen. Dann entdeckte Mama die kleine Blutlache vor dem Haus, in der Mitte lag der Kopf da." Yaro deutete erneut auf den Beutel. „Das macht der nur, um dich einzuschüchtern", sagte Onkel Manani. „Wer ist *der*?", wollte Yaro wissen. „Ich bin mir sicher, dass es Moses war oder Freunde von ihm, die er unter Druck setzt." Yaro war dankbar, dass Onkel Manani ihm glaubte und auch noch seinen Verdacht bestätigte. „Sollen wir Moses suchen gehen?", fragte Yaro wieder kindlich. „Lass' alles sein, was dich in Gefahr bringt", warnte Onkel Manani. Aber in Yaro war in der Zwischenzeit soviel Wut, dass er langsam einen Plan entwickelte. Er würde den verschwundenen Moses finden und zur Rede stellen. Er würde ihm alles heimzahlen - ohne Gewalt anzuwenden, so wie es Adili ihm immer gelehrt hatte.

Noch einmal wiederholte Onkel Manani seine Warnung an Yaro. „Tu' nichts, was dich am Ende in Schwierigkeiten bringt, Kleiner, hörst du?" Yaro verstand und wusste im Innersten doch, dass er sich einmal nicht daran halten würde können. Er musste seinen eigenen Frieden mit der Sache machen und das ging nicht, wenn er und Mama Kamaru in dauernder Angst lebten. Außerdem war es unerträglich, dass die ganze Dorfgemeinschaft zu glauben schien, dass in Wahrheit er der Mörder seiner eigenen Schwester war. „Warum sucht eigentlich die Polizei nicht nach Moses?", wollte er von Onkel Manani wissen. Der aber hatte darauf keine Antwort, weil dieselbe Frage auch er sich stellte. Die Polizei war aktiv geworden, nachdem er Anzeige erstattet und die Schamanin belastet hatte. Aber war das genug? Die Alte war tot und der Mörder der kleinen Therese lief frei herum. Es war doch offensichtlich, dass die von Krankheit ausgezehrte und geschwächte Medizinfrau nicht alleine in der Lage gewesen war, das Mädchen zu töten. Vermutlich hätte sie zu diesem Zeitpunkt den langen Fußmarsch durch's Dorf zu Adilis Haus gar nicht mehr geschafft, geschweige denn den Rückweg mit dem Leichnam der Kleinen aus dem Rücken... Und da war dieser eine Satz auf dem Totenbett, man solle sich bei Moses erkundigen. Aber war das wirklich ein Hinweis auf den Mörder? Warum hatte die Polizei aufgegeben nach dem Burschen zu suchen als dessen Eltern versichert hatten, dass er ausgebüxt war? Onkel Manani verstand es nicht. Der kleine Yaro verstand es noch viel weniger.

Onkel Manani nahm Yaro die Tüte ab. Endlich. Stellte sie in die Ecke des Raumes und bat Yaro zu gehen. „Lass dich von niemandem provozieren, Yaro", sagte er und fügte an: „Wenn du oder deine Mutter Schwierigkeiten habt, kommt zu mir in den Laden, ich helfe euch." Yaro bedankte sich und ging nach draußen.

Die Klageweiber standen noch immer unter der Akazie und debattierten. Als sie Yaro sahen, schwiegen sie erneut. Er konnte die Blicke kaum ertragen, ihm wurde schlecht bei dem Gedanken daran, dass sie ihn für einen Mörder hielten. Er fühlte tiefen Zorn in sich, wollte schreien und am liebsten einen Stein auf die Schwätzerinnen werfen.

Den Rest des Vormittags schlich Yaro gedankenverloren und traurig durch das kleine Dorf und fühlte sich einerseits furchtbar leer, auf der anderen Seite hatte er das Gefühl, irgendetwas tun zu müssen. Er wollte seine Ehre, die seiner Mutter und die des verstorbenen Vaters wieder herstellen und allen beweisen, dass er ein guter Junge war, der nicht gewissenlos die Schwester beseitigt hatte.

Yaro erreichte nach einiger Zeit den Brunnen, den der deutsche Ingenieur mit seinen Kollegen erbaut hatte. Ihm fiel auf, dass er lange nicht an dieser Stelle gewesen war. Alles erinnerte ihn an seinen Vater hier. Es war der Platz, an dem Adili Bekanntschaft mit Nikolas gemacht hatte. Er war der Einzige im ganzen Ort gewesen, der einen Freund in Europa hatte. Jetzt lebte Yaro vom Geld dessen Familie. Das fühlte sich falsch an, sogar für einen kleinen Jungen wie ihn. Adili hatte es eigentlich nicht gewollt, aber gewusst, dass es keine andere Chance für seine Kinder gab, als die Hilfe der reichen Familie aus Dar Es Salaam anzunehmen. Nun war nur mehr ein Kind übrig. Und das verdächtigte man, die eigene Schwester umgebracht zu haben. Wieder und wieder raste eine einzige Frage durch Yaros Kopf: *Warum glauben sie alle der Geschichte, die Moses in die Welt gesetzt hatte?*

Yaros Magen knurrte und er schlich zurück nach Hause. Seine Mutter hatte nichts gekocht. „Mama", rief Yaro. Er hörte kein Geklapper als Antwort. Es war Kamarus übliche Art, sich bemerkbar zu machen. „Mama", wiederholte Yaro erneut. Die Tür hinter dem Haus stand offen. Yaro lief hinaus aufs freie Feld, in den Gemüsegarten. Dort, wo er gewesen war, als sie sich Therese geholt hatten. Da stand Kamaru. Wie sooft in letzter Zeit wirkte sie entrückt. Seit dem Tod Adilis war es schwer, seit Therese' Ermordung kaum erträglich. Große Tränen rannen Yaro über die kindlichen Wangen. Er schluckte kräftig. „Mama, da bist du ja", sagte er voller Schmerz. Sie sah kurz zu ihm herab, dann deutete sie auf einen Punkt in der Ferne. Der Horizont war grau und braun und grün und unendlich weit entfernt und dazwischen lag das abfallende Terrain der Buschsavanne. „Was ist dort?", wollte Yaro von seiner Mutter wissen. Wieder fuchtelte sie mit dem Finger herum. Yaro folgte ihrem Finger aufmerksam. Aber er sah nichts. Oder doch? Irgendwo weit draußen bewegte sich ein winziger Punkt hinter Büschen. Weit genug weg um nicht mehr genau identifiziert werden zu können, aber doch noch zu erkennen. Selten nur trieben sich die Menschen aus dem Dorf dort draußen herum. Nur ab und an, wenn wilde Tiere im Dorf waren, kamen sie an dieses Ende des Weilers und versuchten mit kleinen Feuern oder lautem Getrommel die Tiere zu verscheuchen. „Da ist was, du hast Recht", sagte Yaro zu seiner Mutter, die in diesem Moment, ohne auf ihren Sohn zu achten wieder nach drinnen ging und sich auf ihren Lieblingsstuhl fallen ließ wie eine alte, schwerfällig Frau, an der die Mühsal des Lebens gezerrt hatte. Yaro verblieb auf dem Posten hinter dem Haus. Er hatte eine dunkle Ahnung, wer sich da so weit draußen im Busch herumtrieb, die Sträucher und Zweige der Dorngewächse als Schutz nutzend. *Moses, dieser Kindesmörder*, dachte er sich.

Bis zum Abend fand Yaro keine Ruhe. Wie ein aufgescheuchtes, junges Tier lief er im Haus auf und ab, mal ging er nach draußen, mal lief er ein Stück in das weite Ödland hinein - wohl wissend, dass er dort um diese Zeit nicht auf Moses treffen würde.

Mama Kamaru spürte Yaros Anspannung, hatte aber keine Kraft, ihn zu mahnen, beiseite zu nehmen und mit ihm zu kommunizieren. Sie blieb den Rest des Tages auf dem Stuhl in Adilis Zimmer sitzen. Wirkte wie eine leblose Statue, ein Relikt aus längst vergangenen Tagen. Waren da Falten in ihrem Gesicht? War es eine erste eingefallene Stelle auf der Stirn. Sie war doch noch so jung? Schon wieder ein verlorener Tag, an den letzten verlorenen gereiht. Sinn oder Sinnlosigkeit? Selbst daran konnte die Frau in diesen grauen Augenblicken keinen Gedanken verschwenden. Zäher Seelenschmerz überlagerte alle irdischen Gefühle auf brutalst mögliche Art und Weise. Hunger und Durst, das Gefühl, eine Notdurft verrichten zu müssen traten zurück und verblassten zusehends. Nicht einmal das tiefe mütterliche Verantwortungsgefühl ihrem Kind gegenüber schaffte es noch an die Oberfläche. Alles wirkte bleiern und schwer. Kamaru saß stumm da. Blickte in die Leere und hasste sich doch für diese Kraftlosigkeit. Sie sah, dass Yaro wütend wurde. Wütend auf das Leben da draußen, wütend auf die Tatsache, dass er tatenlos zusehen musste, wie man das Leben der Mutter zugrunde richtete, indem man seines vergiftete. So verstand es das Kind noch nicht, aber ein tiefer Stachel in der kindlichen Seele ließ es ihn doch erahnen. *Die wollen mir den Mord anlasten, diese Schweine, und dabei geht Mama Kamaru vor die Hunde.*

-XVIII-

Der darauffolgende Tag

Großes Geschrei im Dorf. Überall liefen die Leute zusammen. Alles, was nicht wichtigen Verpflichtungen nachkommen musste oder sich raushalten wollte, traf sich vor dem Laden von Onkel Manani. Der wäre am liebsten davon gelaufen, hätte den Laden zugesperrt und den Burschen zur Rede gestellt.

In aller Frühe hatten sie schon die Spur gesehen. Die ersten Frauen, die zum Wasserhahn gelaufen waren hatten sich erschrocken. Im hohen Gras wimmerte es. Ein schrecklicher Laut. Sie ließen die Gefäße stehen und liegen und suchten nach demjenigen, der den widerlichen Ton von sich gab. Es war ein schmerzhafter Ton voller Pein und entsetzlich entrückt. Dann rief eine der Frauen laut auf: „Hier ist Blut!" Die anderen folgten ihr und sie liefen die Blutspur ab. Sie führte einige Meter den Weg entlang. Dann verlor sie sich im Dickicht des Busches. Das Wimmern verschwand und wurde leiser. So wussten sie, dass das Blut zu dem Ton gehörte und dass der Mensch oder das Tier, denn menschliche Laute waren nicht unbedingt auszumachen, nicht weit von der Stelle entfernt liegen musste, wo das Wasser war.

Sie kehrten zurück zum Brunnen. „Seid leise",
mahnte die eine. „Hört genau hin", sagte die andere.
„Was mag das sein?", wisperte die Dritte. Eine vierte
voller Eifer: „Das sind die Sirenen des Wahnsinns aus
dem Jenseits." „Quatsch nicht so viel Blödsinn", wieder die Erste. „Da muss einer arg verletzt sein", erneut
die Zweite. „Seid doch endlich still", nun erneut die
Vierte. Sie alle stolperten mal leiser, mal aufgeregter
auf dem staubigen Platz herum, beäugten voller Neugier und dennoch mit Abscheu die Blutspur am Weg.
Dann schrie eine junge Frau entsetzlich auf. „Er ist
tot!" Stille, augenblicklich. „Wer ist tot?", fragten nun
die anderen. Die, die etwas gefunden hatte, aber vermochte nicht mehr zu sprechen, war stillschweigend
auf die Knie gesunken und hielt eine Hand entsetzt
vor den Mund, die andere auf etwas am Boden.

Neben dem vertrockneten Stamm eines umge-
stürzten Baumes lag etwas Zusammengekrümmtes.
Ein Mensch. Ausgezehrt und seltsam verdreht. „Der
ist nicht tot", krächzte die Älteste. „Woher willst du
das wissen", warf die Nächste ein. „Wenn ihr einmal
eure Schnäbel halten würdet, könntet ihr ihn wimmern hören", wiederholte die Alte. Sie packte den leb-
losen Körper, der mit dem Gesicht nach unten auf den
Boden gepresst lag, hob ihn ruckartig auf und allen
entfuhren Geräusche des Grauens. Der Mensch, den
man nun erkannte, wimmerte, jammerte, wand sich

und verlor Blut aus einer klaffenden Wunde am Kopf. Alles zwischen Auge, Nase und Kopf war grässlich angeschwollen, als wollte das Gehirn aus dem Schädel quellen. „Das ist...", sagte die Junge, die den Körper gefunden hatte, stockte dann aber wieder. „Moses!", fiel die Alte bestimmt, aber wenig erschrocken ein. „Richtig", nun alle im Chor.

Sie schleppten den schwer verletzten Burschen ins Dorf, trugen zu viert schwer an dem, was Mensch war und dennoch wie ein schlaffer Kadaver an ihnen hing.

Wohin damit? Was tun mit der Wunde? Einen Arzt zu rufen machte wenig Sinn, der würde Stunden brauchen um das Dorf zu erreichen. Bis dahin war der letzte Rest Blut aus dem Körper entwichen und der Jugendliche gänzlich tot.

Die Frauen brachten Moses unter lautem Wehklagen in die leerstehende Hütte der Schamanin. Dort lagen allerlei Heilmittel herum. Aber kaum eine von ihnen hatte Ahnung, was half. Eine alte Frau wurde gerufen. Die hatte einmal eine Zeit mit der Heilerin gearbeitet. Und wussten die Alten nicht immer Bescheid? „Er darf uns nicht sterben", sagten sie. Sie sprachen mit ihm: „Moses, was ist geschehen?" Aber der Junge war nicht in der Lage zu antworten. Die Augen waren tief in den Höhlen verschwunden und das

Gesicht wirkte nicht nur geschwollen, sondern seltsam entrückt. „Er klopft an der Tür des Todes", sinnierte eine Frau. „Rede nicht davon", bat die andere. „Wir müssen seine Mutter holen, bevor er wirklich stirbt", meinte wieder eine andere, die nicht aufhörte, Moses' Arm zu halten. Ein junges Mädchen, das sich neugierig zu den Frauen gesellt hatte und die scheußliche Szene beobachtete, lief augenblicklich los, um der Mutter die Nachricht zu überbringen, dass ihr Sohn aussah wie tot und einem ekelerregenden Monster glich.

Bald schon hatten sie die klaffende Wunde am Kopf gestillt. Die Schwellung war mit kühlendem Wasser zurückgegangen und aus dem halbtoten Wrack war erkennbar wieder Moses geworden, wenn auch leidend und sichtlich mitgenommen.

Seine Mutter war aufgebracht und zürnte: „Wer auch immer dir das angetan hat, er wird büßen!" Moses schwieg weiterhin beharrlich, denn das Reden wäre zu anstrengend gewesen. Aber er hatte in der Zwischenzeit die Augen geöffnet und sichtlich Gefallen gefunden an dieser Rolle. Aus dem vermeintlichen Mörder der kleinen Therese war ein Opfer eines unbekannten Täters geworden. Er hatte es geschafft, war am Ziel. Vom Gesuchten zum Treibenden. Zufrieden ließ er die Frauen an seinen Beinen und Armen zerren und nahm den stechenden Schmerz am Kopf in Kauf.

Sterben würde er nicht wegen dieser Wunde, auch wenn es knapp war. Es war nun an der Zeit, den Sack zuzumachen und den wahren Schurken zu bestrafen. Aber dafür würde nicht er sich die Hände schmutzig machen müssen. Es reichte zu reden. Und diesmal wäre es die Wahrheit!

Die Mutter wurde ungeduldig; würde Moses nicht bald sprechen, musste sie davon ausgehen, dass er es nie mehr würde. Das hatte die Schamanin immer betont und auch die Alte, die ihr einst geholfen und nun darauf gedrungen hatte, den Verletzten in die Hütte der Verstorbenen zu bringen, wiederholte es: „Sprich, mein Junge, es ist an der Zeit." Sie strich ihm eine Salbe ins Gesicht, die neben der erhofften Wirkung auch einen unangenehmen Schmerz auszulösen schien. Jedenfalls verkrampfte sich Moses' Gesicht noch einmal übel. Es brannte wie tausend Nadelstiche auf der Haut.

„Ich", begann er dann. „Ich", wiederholte er. „Ich war", dann sank der Kopf wieder ein Stück nieder und verlangte nach den Händen der Mutter.

*

Yaro hatte Angst auf dem Weg zurück. Er zitterte vor Kälte, zitterte am ganzen Leib. Würde Mama

380

Kamaru bemerkt haben, dass er fort gewesen war? Er öffnete sacht die hintere Tür des Hauses. Man hörte nichts im Inneren. Es war still. An die schweigsame Stille der Mutter war er gewöhnt, aber er hatte so sehr gehofft, dass er geschäftiges Klappern oder das Schrubben am Boden vernehmen würde. Es hätte ihm sogar nichts ausgemacht, wenn Mama Kamaru drohend in der Tür auf ihn gewartet hätte. Alleine der Blick *Ich weiß, du warst fort! Warum? Wo?* hätte ihm gereicht, denn all dies hätte Lebensmut bedeutet. Die Mutter war lebendig begraben im Sarg ihrer eigenen Seele.

Draußen war es hell geworden. Die Sonne schob sich über den Himmel, als orangefarbener Ball und mahnend, denn ihr entging keine Sünde. Sie streckte ihre Fühler nach Yaro aus. Aber anstatt zu zürnen und ihn zu bestrafen, wärmte sie den kleinen Körper, der sich huschend durch den Hauseingang drückte.

Mama Kamaru lag auf ihrem Bett. Sie war wach, das sah Yaro. Aber sie hatte das Gesicht von Yaro abgewendet, starrte an die Wand. In ihrem Blick waren braunes Mauerwerk und der Haken für die Kleidung. Kein Anblick, den es in sich aufzusaugen galt. „Mama", sagte Yaro leise. Vielleicht hatte sie gar nicht bemerkt, dass er die Nacht über verschwunden war. „Mama", wiederholte er etwas lauter, als von Kamaru keine Reaktion kam. „Mama", brüllte er sie dann an. „Hör mir endlich zu und werde wieder normal", flehte er. Über seine Wangen flossen Tränen. Er wollte sie nicht anschreien, denn Mama Kamaru war der letzte Mensch aus seiner Familie, der Yaro geblieben war. Er liebte seine Mama. Aber sie war so brutal entfernt, so kühl und hatte so wenig Kraft, sich seiner anzunehmen. Damit konnte der kleine Junge nicht umgehen. Von klein auf hatte er gelernt, mit ihrer Stille klarzukommen, aber dass nun überhaupt keine Reaktion mehr kam, machte ihn schier wahnsinnig.

Endlich drehte sich Kamaru mühevoll im Bett herum, sah ihren Sohn an. „Mama", wiederholte Yaro flehentlich, „bitte rede wieder!" Wenn er das sagte, dann meinte er nicht das übliche Sprechen. Er meinte diese spezielle Art des Redens, das er von Papa Adili und Mama Kamaru her kannte und das auch er nun anwandte. Es war ein Spiel mit den Augen, ein gestenreiches Einsetzen der Hände und in manchen Fällen auch die Kommunikation mittels Zettel und Stift.

Kamaru reagierte aber kaum auf das Flehen ihres Sohnes. Sie blieb stumm, setzte sich nicht einmal auf. Ihre Augen waren wässrig und so blieb der Ansatz einer Träne die einzige Nachricht an Yaro. *Mir geht es nicht gut, mein Sohn.* Yaro spürte, dass sie krank war.

Auch in seinem Alter hatte er eine Vorstellung davon, dass es für eine Seele kaum auszuhalten war, Mann und Tochter in so kurzer Zeit zu verlieren und dann auch noch damit konfrontiert zu werden, dass der eigene Sohn, keine zehn Jahre alt, verdächtigt wurde die Schwester ermordet zu haben. Die wenigen Male, an denen sie das Haus nach Therese' Tod noch verlassen hatte, waren Höllenqual gewesen für sie. Die Blicke der anderen Frauen! *Da kommt sie, die Stumme!* Manche starrten sie unverhohlen mitleidig an, trauten sich aber nicht, der Außenseiterin beizustehen. Andere wiederum hatten anfangs schon das Urteil gefällt: Da hat das Schicksal zugeschlagen! In der Familie des Zaubermenschen kommen solche Zornausbrüche der Ahnen nun einmal vor... Man mischte sich da am besten nicht ein. Und als dann das Gerücht gestreut wurde, dass Yaro der Mörder seiner Schwester sei, ging Kamaru gar nicht mehr raus.

Yaro putzte im Haus. Yaro kochte das Wasser. Yaro kaufte Essen bei Onkel Manani. Yaro mahnte seine Mutter, etwas zu essen und zu trinken. Mal schaffte sie eine Banane am Tag, mal ein paar Löffel Brei, den Yaro von Onkel Mananis Frau bekommen hatte. Er selbst ernährte sich entweder auch von dem, was Onkel Mananis Frau ihm zusteckte oder er kaufte sich vom Geld des reichen Mannes aus Dar Es Salaam eine Packung Nüsse oder Kartoffelchips.

Und nun stand er im Halbdunkel des Zimmers seiner Mutter, starrte auf die Leere in ihren Augen, erkannte die Tränen und wusste, er durfte ihr nicht erzählen, was in der Nacht zuvor passierte. Es würde ihr so das letzte Fünkchen Leben aushauchen. Aber er musste sprechen, alles wollte raus. „Ich gehe zu Onkel Manani, vielleicht kann ich mich im Laden nützlich machen", sagte er plötzlich ruhig und gefasst und verließ das Haus durch die vordere Tür in Richtung Staubstraße.

Onkel Manani sah Yaro finster an, als er ihn kommen sah. Er winkte den Jungen rasch zu sich heran und schloss dann die Tür des Ladens. Noch war nicht geöffnet. Es war früh am Morgen. Er schob Yaro einen Becher mit heißem Tee zu und sagte alsbald streng: „Yaro, sie haben heute Morgen draußen beim Wasserbrunnen Moses gefunden." Yaro zitterte innerlich und wirkte auch äußerlich wie versteinert. Er ahnte, dass der Kerl tot war und das machte ihn nun nicht nur bei den Leuten zum Mörder, sondern auch vor dem Gericht und vor Gott, denn nun war er ein wahrhafter Mörder. Er schämte sich so sehr.

„Er ist schwerverletzt", sagte Onkel Manani. „Gott sei Dank", sagte Yaro entlarvend. Da brauchte er nichts mehr zu sagen, Onkel Manani wusste Be-

384

scheid und setzte sich auf einen Schemel. Traurig sah er ihn an: „Hör mir zu, Yaro! Ich habe dir bislang immer geholfen. Aber ich habe dir gesagt, dass du nichts unternehmen sollst, was dir schaden könnte. Was ist heute Nacht passiert, Yaro?"

„Ich", sagte Yaro. „Ich", wiederholte er mit tränenerstickter Stimme. „Ich" und dann brach alles aus ihm heraus. „Ich konnte nicht mehr. Ich bin kein Mörder, Onkelchen, ich bin kein Mörder! Gestern Abend, das war mein Plan, wollte ich aus dem Haus schleichen und ihn suchen! Mama hat ihn gesehen. Sie deutete still auf einen sich bewegenden Fleck im Busch. Sie deutete nur darauf. Ich blieb stehen, dicht neben ihr und folgte dem Finger. Da sah ich im Busch etwas hüpfen. Es war kein wildes Tier. Es war ein Mensch und ich war mir so sicher, dass es Moses war. Er versteckte sich draußen im weiten Buschland und beobachtete unser Haus. Onkelchen, das war endgültig zu viel für mich. Ich bin kein Mörder! Er ist schuld, dass alle im Dorf glauben, ich hätte Therese umgebracht, aber ich bin kein Mörder", wiederholte er leise. Onkel Manani legte ihm den Arm um die Schulter. „Weiter", sagte er streng, aber ohne Wut oder Zorn in seiner Stimme. „Ich wollte ihn finden, da draußen im Busch. Dann bin ich abends - Mama lag schon im Bett - raus aus dem Haus." Yaro ließ sich wie ein kleines Kind auf den Boden fallen und fuhr im Sitzen fort zu

385

sprechen. „Ich bin kein Mörder, ich hab Therese so lieb gehabt!" Onkel Manani wusste dies und er hatte Mitleid mit dem Kleinen. Von Anfang an. Er war Adilis Sohn und Adili war ein ganz besonderer Mensch gewesen. Und auch seine Tochter war etwas Besonderes gewesen. Aber sie durfte nur drei Jahre alt werden. Dann riss man sie aus dem Leben und machte dafür nun ihren Bruder verantwortlich, weil es so einfach war, eine so andersartige Familie wie Adilis für alles verantwortlich zu machen, was in einem Dorf schiefging.

„Als Mama in ihrem Zimmer verschwunden war und es ruhig wurde, bin ich vorsichtig durch die Hintertür raus und habe mich in den Busch geschlichen."

„Hattest du Angst", wollte Onkel Manani wissen. „Ein bisschen schon", gab Yaro zu. „Es war ganz schon dunkel draußen", ergänzte er. „Überall knackten Zweige und ich musste ständig an das Geschwätz von den Geistern der Ahnen denken, die nachts auf einen warten und einem auflauern." Er machte eine kurze Pause. „Ich wusste anfangs nicht genau, wo ich suchen sollte, aber irgendwas trieb mich in Richtung des anderen Dorfendes. Aber mir war klar, dass Moses dort nicht direkt am Wasserbrunnen lauern würde. Also nahm ich einen Weg weit außen herum. Du weißt schon, Onkelchen, da draußen gibt es viele Pfade, die wieder ins Dorf zurückführen." Onkel Manani nickte eifrig. Irgendwie gefiel es ihm, wenn Yaro ihn Onkelchen nannte. „Weiter", sagte er dennoch rauh, um klar zu machen, dass Yaro zum Kern der Sache kommen musste. „Was ist dann geschehen?"

„Es dauerte Stunden, bis ich wieder auf dem Pfad in Richtung Dorf war, denn ich hatte schreckliche Angst da draußen. Einmal hat etwas grässlich geheult, da bin ich hinter einem Busch in Deckung gegangen und einfach dort geblieben. Als ich endlich einen Platz erreichte, wo man halbwegs wieder ins Dorf hineinschauen konnte, entschied ich mich, einfach zu warten, ob etwas passierte. Der Mond schien hell genug, um die Dinge zu erkennen. Im Dorf war alles ruhig. Ich erkannte die Schatten der Hütte der Schamanin und auch die anderen Häuser rings herum. Sogar deinen Laden schien ich auszumachen." Der Krämer wurde ungeduldig. „Yaro, das tut doch nichts zur Sache. Hast du Moses gefunden?"

„Erst einmal nicht", sagte Yaro kleinlaut. Aber plötzlich vernahm ich Stimmen irgendwo im Dorf. Es waren andere Kinder. Dann sah ich zwei Jungs. Ich kenne sie. Sie waren auch bei Papa Adili in der Schule. Beide noch jünger als ich. Sie waren nachts alleine auf der Straße." Onkel Manani schüttelte den Kopf: „Als ob du mit deinen knapp zehn Jahren nachts alleine in den Busch gehörtest, mein Freund."

„Ist ja schon gut", gab Yaro zurück. „Sie schlichen irgendwo hinter der Hütte der Schamanin herum. Dort konnte man nicht gut erkennen, was vor sich ging, denn das Mondlicht erhellte nicht den Zwischenraum zwischen ihrer Hütte und dem Haus daneben. Aber dort waren sie. Warteten. Ich schlich mich so leise es ging näher an die beiden heran. Sie saßen seitlich neben der Hütte und hatten die Beine in den kalten Sand gestreckt. Auf ihren Knien lag Essen. Sie warteten auf Moses, da war ich mir sofort sicher. Es waren zwei von seinen Jungs."

„Wer ist das, *seine* Jungs?", fragte Onkel Manani streng. „Das sind die Kumpels von Moses, die er fest in der Hand hat. Die machen alles, was Moses sagt. Wenn er denen sagt, sie sollen in den Busch gehen und drei Tage dort ausharren, dann gehen sie ohne Wasser und Essen drei Tage in den Busch und warten. Die sind ihm hörig." Der Ladenbesitzer nickte stumm. Und Yaro fuhr fort: „Aus einer ganz anderen Richtung kam ein dritter Mensch und setzte sich schweigend neben die beiden. Er nahm das Essen und trank aus einer Flasche. Ich musste genau hinsehen und noch näher heran kriechen, aber dann erkannte ich Moses genau." Onkel Manani hakte nach: „Bist du sicher?"

Yaro nickte. „Ganz sicher", wiederholte er. Es fiel ihm schwer an diesem Tag dem Krämer in die Augen zu sehen, er wusste, dass er Schuld auf sich geladen hatte. „Was war dann?", wollte Onkel Manani nun wissen und Yaro war froh darum, dass der väterliche Freund so unbeirrt blieb. „Ich habe mich ganz flach auf den Bauch gelegt. Wie eine Schlange sich in die Senke schmiegt. Bin langsam in ihre Richtung gekrochen. Sie sollten keinesfalls bemerken, dass ich in ihrer Nähe war. Moses redete mit ihnen. Ich wollte verstehen, worüber der Kerl sprach. Er hat meine Schwester um-gebracht, Onkelchen, verstehst du, er ist ein mieser Mörder!" Yaro senkte den Kopf, schon wieder stieg Wut in ihm hoch. War das nicht alles nun die gerechte Strafe für Moses gewesen? Sicherlich, ja, Adili hatte seinem Sohn gewaltloses Handeln gelehrt. Zu jeder Zeit. *Der Herr verlangt es so!* hatte er dem Sohn gesagt. Aber der Mensch bewies doch tagein, tagaus, dass er dieses göttliche Gebot mit Füßen trat. Mal mit Stei-nen, mal mit Messern oder Gewehren und oftmals mit Worten. Das bekam schon der kleine Yaro sooft zu spüren. Warum musste dann gerade er, der Junge, dem man alles genommen hatte, innehalten und sein Schicksal still erdulden? Er empfand zwar eine tiefe Schuld in sich, dass er nun Moses *aus dem Weg geräumt hatte* wie er dachte, fühlte dies aber auch als gerechte Strafe.

„Als ich nahe genug an Moses und den beiden Jungs dran war, konnte ich sie reden hören. Nur leise und ich verstand nicht jedes Wort, da sie flüsterten, aber ich hörte viel zu viel." Yaro setzte sich gerade auf, als müsste er nun feierlich zum eigentlichen Kern des Vorkommnisses ein heiliges Bekenntnis ablegen. „Moses sagte, dass er den beiden Freunden dankbar sei, dass sie ihm geholfen hatten. Er sagte: *Jetzt glauben im Dorf fast alle, dass der Zauberjunge schuld ist am Tod seiner weißen Schwester und uns lassen sie in Ruhe. Das haben wir gut hinbekommen.* Onkelchen, verstehst du, warum ich in genau diesem Moment einen Stein in die Hand genommen hatte?" Onkel Manani nickte stumm, legte erneut die flache Hand auf die schmale Kinderschulter. *Er ist dünn geworden*, dachte sich Onkel Manani. „Ich kann es nachfühlen", fügte er an.

„Sie bekräftigten sich gegenseitig, niemandem und zu keiner Zeit etwas zu sagen. Die beiden jüngeren waren ziemlich ängstlich. Ich auch, glaub mir. Aber ich war auch voller Wut. Am liebsten hätte ich mich aufgerichtet, wäre auf die drei losgerannt, hätte sie angeschrien und einen Stein nach dem anderen in ihre dreckigen Gesichter abgefeuert."

„Ich ahne, was dann passierte", sagte Onkel Manani nun beunruhigt. „Die beiden Jüngeren sind wieder los. Einer hatte sogar eine Taschenlampe bei sich, die leuchtete nach ein paar Schritten kurz auf." Yaros Augen leuchteten für einen Moment, eine Taschenlampe hätte er auch gerne besessen. „Und du", wollte der Krämer wissen, „bist ihnen hinterher geschlichen?"

„Nein", erwiderte Yaro knapp. „Ich habe weiter beobachtet, was Moses tut. Er blieb noch eine Weile sitzen, trank aus der Flasche und aß etwas. Dann stand er auf, sah sich nach allen Seiten um und sagte *Bald kann ich zurück*." Onkel Manani stutzte. „Zu wem sagte er das?" Yaro zuckte mit den Schultern. „Zu sich selbst, vermute ich", sagte er trocken.

„Er ist dann im Dunkel verschwunden. In Richtung der Straße, die aus dem Dorf herausführt. In einigem Abstand bin ich ihm gefolgt. Ich wollte ihn zur Rede stellen, wusste aber noch nicht wie und wo genau. Ich hatte riesige Angst vor Moses, weißt du, Onkelchen?" Wieder ein stummes Nicken und dann wurde Yaros Stimme etwas lauter und wieder kräftiger, er hatte sich gefasst. Nun musste alles ans Tageslicht, all die schreckliche Wahrheit der vergangenen Nacht. Das, was er mit Mama Kamaru so gerne besprochen hätte. Das, was er seinem Vater hätte beichten wollen um die gerechte Strafe von ihm zu erwarten ‑ in dem Wissen, dass Adili das Richtige getan und die richtigen

Worte gefunden hätte, um seinen Sohn zu tadeln und aufzubauen zugleich.

Er erzählte... gab seinen Bericht ab... gab zu Protokoll... brachte das Verhör zu einem Ende... *Moses war hinter einem Busch verschwunden. Stille überall im Busch. Die knackenden Geräusche und das Knistern in den Zweigen waren verschwunden. Als wüssten die beiden Jungen voneinander, als belauerten sie sich, schien der ganze Busch dem Spektakel zu folgen. Der Mond leuchtete die Szenerie aus, die Tiere reckten ihre Hälse, schoben sich aus ihren Bauten empor oder krochen auf allen Vieren zur Arena. Yaros Angst war verflogen. Er hatte das Heft des Handelns in der Hand. Es würde sein Überraschungsangriff werden. Moses, der Mörder seiner Schwester, sollte die gerechte Strafe für seine Taten erhalten. Yaro hatte gehört, was er zu den beiden anderen Kindern gesagt hatte. Sie waren in seiner Hand, seine ,Geiseln'. Yaro hatte sie erkannt. Sie gehörten zu Moses' Truppe. Es war aber nicht der dabei, der sich im Gemüsegarten darum gekümmert hatte, dass Moses in Adilis Haus sein brutales Geschäft verrichten konnte. Aber sie waren dabei gewesen. Hatten dem Mörder vielleicht den Sack gehalten. Hatten am Wegesrand Wache geschoben um zu sehen, wer dort entlangkam. Nicht, dass die Stumme Moses noch einen Strich durch die Rechnung machte.*

Keine Vögel schnatterten im fernen Buschland, obgleich es anfing in großer Ferne zu dämmern. Moses saß auf einem Stein und starrte ins Nichts. Er fühlte sich nicht wohl. Sein ganzes Dasein baute auf der falschen Geschichte auf, die er verbreiten ließ. Er war sich nicht sicher, wie lange er noch im Busch ausharren sollte, bis er zurück ins Dorf konnte. Er konnte doch nicht ewig hier draußen bleiben. Die Jungs hatten gute Arbeit geleistet. Aber stimmte das, was sie erzählten auch? War es wirklich so, dass das ganze Dorf nun glaubte, Yaro habe seine Schwester selbst umgebracht? Vor allem, was würde die Polizei glauben, wenn sie am Ende noch einmal ins Dorf zurückkam um sich der Sache anzunehmen. Sie hatten ihn gesucht! Dass es ihm in Haft ergehen könnte wie der alten Hexe, davor hatte er eine Riesenangst. Und würden sie am Ende das Geld finden, das sie ihm gegeben hatte? Das lag gut versteckt in einem Beutel und vergraben unter einem Stein, den nur er kannte, weit draußen im Busch.

Als er nachdachte, wie er den nächsten Tag im weiten Ödland verbringen konnte, knackte etwas in der Nähe. Noch war es zu dunkel um bereits genau zu erkennen, ob sich etwas bewegte. Aber es alarmierte Moses. Er blickte angestrengt in die Richtung, aus der der Laut gekommen war. Da bewegte sich doch etwas! In der Nähe eines gekrümmten Baumes erspähte er eine Bewegung. Nur war das nun ein Mensch oder war es ein Tier? Das konnte Moses nicht ausmachen. Er bewegte sich ein paar Schritte auf den Baum zu, langsam und sachte, als müsste er jeden Laut vermeiden und verhindern, auf eine heiße Glut zu steigen. Mit einem Mal riss sich das Etwas aus der Deckung. Ein entsetzlicher Schrei begleitete die *ruckartige Bewegung. Es dauerte lähmende Sekunden bis Moses die Laute begriff, die Worte als Stimme wahrnahm und einem ihm bekannten Menschen zuordnete. Da war es fast schon zu spät. „Du Dreckskerl...", hörte er und sah wie ein Mensch in vollkommener Rage auf ihn zustürzte. Hände vor an bahnten sich einen Weg durch die Dämmerung. Es war Yaro! Er hatte all die Wut in sich gestaut und wie bei einer Kanone die Zündung zum Ausbruch führt, seiner eigenen Zündung freien Lauf gelassen. Er hatte die halbe Strecke zwischen sich und Moses bereits überwunden als Moses sich wieder gefangen hatte und selbst loslief.*

Es war nun eine Frage der Geschicklichkeit und der Kraft. Moses war älter, aber weniger drahtig. Yaro war geschickt und gepardenflink. Moses schrie nun auch den Jüngeren an. „Wage es ja nicht, du Schwein!" Yaro brüllte: „Bleib stehen, du wirst mir ohnehin nicht entkommen!" Dann flog etwas durch die Luft. Es traf Moses wie eine langsame und viel zu große Gewehrkugel am Gesäß. Ein dumpfer Schmerz durchfuhr den Jugendlichen. Er strauchelte, fiel aber nicht. Es war der Stein, den Yaro die ganze Zeit in der Hand gehalten hatte. Yaro wusste, dass er den Anderen getroffen hatte, denn der schrie kurz auf. „Verflucht!" Aber er fiel nicht zu Boden und er blieb auch nicht stehen. Nur etwas langsamer wurde er. Yaros Chance, den Abstand wieder zu verkürzen. Moses lief in Richtung Dorf. Er suchte unbewusst den Schutz im Dorf. Es war keine Flucht, die er mit Verstand anging, es war ein Überlebenskampf. Fort hier! Weg von diesem Irren! Zwi-

schen den Häusern gab es Möglichkeiten, sich zu verstecken. Vielleicht würde er es auch in die Hütte der Heilerin schaffen. Wenn er diese verrammelte, konnte Yaro ihm nicht mehr so leicht etwas anhaben. Dann würden irgendwann am Tag Menschen vorbeikommen und die Belagerung beenden. „Es glaubt dir keiner, denn du bist ein Mörder!", rief er laut. Yaro hörte es, sein Gesicht war heiß und das Herz pulsierte. Aber die kühle Luft des frühen Morgens frischte ihn auf. „Wir können ehrlich sein, du Idiot!", schrie er nach vorne, den Widersacher keine Sekunde aus den Augen lassend. „Ich weiß, dass du sie umgebracht hast. Aus Geldgier! Du Schwein, du widerliches Schwein!" Dann Stille im Busch. Sie näherten sich einer kleinen Kuppe. Danach waren es nur noch wenige hundert Meter bis zum ersten Graben hinterhalb der neuen Wasserstelle. Dann hätte Moses das Dorf erreicht und wäre in Sicherheit. Der aufflammende Tag knipste ein rötliches Licht an und löste den Mondschein als Beleuchtung ab. Yaro rief noch einmal: „Du wirst deine Strafe bekommen! Ich weiß, dass du ein Mörder bist und du weißt es auch!" Moses aber sagte nichts mehr, er rannte nur, rannte um sein Leben. Yaro überlegte. Er erkannte auf der Erde einen Stein vor sich. Er war etwa so groß wie der erste Stein, den er geworfen hatte. Würde er stehenbleiben, um ihn aufzuheben, machte Moses wichtige Schritte gut und der Abstand würde sich vergrößern. Aber Yaro spürte, dass er das hohe Tempo nicht mehr lange durchhalten konnte. Er hatte nur eine Chance.

In diesem Moment unterbrach Onkel Manani die Ausführungen des Kindes. „Und Moses wusste zu diesem Zeitpunkt auch, dass du im Recht warst. Nicht nur du wusstest, dass er ein Mörder ist, er auch. Und das nagte schwer an ihm." Yaro sagte nichts dazu, fuhr fort, seine Geschichte zu erzählen.

Ohne weiteres Nachdenken bremste er ab, blieb stehen und bückte sich nach dem Stein. Dann nahm er all seine Kraft zusammen und rannte wieder los. Er hatte vielleicht zwei oder drei Sekunden verloren. Aber er rannte nun noch schneller. Mit letzter Kraft raste er dem Mörder seiner Schwester hinterher. Er würde dem Schwein eine Lektion erteilen, auch wenn Papa Adili es ihm nicht erlaubt hätte. Aber Yaro wollte in diesem Moment Rache nehmen. Yaro konnte es nicht ertragen, dass ein Junge seine Schwester umgebracht hatte und anschließend in seinem selbst gewählten Exil im Busch ohne Widerspruch das Gerücht verbreiten konnte, dass er, Yaro, selbst der Mörder seiner Schwester gewesen sei. Der Arm ging nach oben. Es fühlte sich leicht an. Der Arm schnellte im Lauf nach hinten. Yaro hielt an und fixierte einen Punkt, den genau musste er treffen. Es waren vielleicht fünfzehn Meter zwischen ihnen. Zu viel! Zu viel! Viel zu viel! Aber er schleuderte den Stein in Moses' Richtung. Und er hatte Erfolg. Der ohnehin schon vom Schmerz Geplagte lief plötzlich unrund und seitlich, die Hände riss er nach oben, fasste sich an Kopf und Hals, die Knie schienen nicht mehr in der Lage, den Körper zu tragen. Die aufkommende Morgen-

dämmerung nahm Moses kaum mehr wahr, es wurde wieder dunkel. Aber Dunkelheit und bunte Blitze vertrugen sich nicht. Ein dumpfer Schrei entfuhr seinem Mund. Fünfzehn Meter. Stille zwischen den beiden, keine Antwort auf den Schmerzensschrei. Zehn Meter. Yaro bremste nicht ab, lief in vollem Tempo auf den so Verhassten zu. Die Hand noch immer oben an Hals und Kopf, war Moses nicht in der Lage, sich zu drehen. Fünf Meter. Er stand vornübergebeugt am Rande der kleinen Kuppe. Sie war nicht einmal einen Meter tief. Aber der Überraschungsmoment würde auf Yaros Seite sein. Das wusste er in dem Moment. Zwei Meter. Er hatte keine Scheu mehr, ernst zu machen. Einen Meter. Er rannte unbeirrt weiter. Und erreichte Moses. Mit voller Wucht und beiden Händen voran stieß er Moses die kleine Bodenwelle hinab. Es war nicht tief. Aber es war effektiv. In genau diesem Moment dachte Yaro an seine Mutter, dann an seine Schwester. „Du Arsch!", rief er ihm nach, die beißenden Tränen im Zaum haltend, voller Wut und Hass.

Der andere sagte nichts. Lag da am Boden wie ein Stück Vieh. Es quoll Blut unter dem Kopf hervor. Yaro wagte nicht, sich umzudrehen. Er lief weiter. Aber er hörte, dass es nur mehr ein dumpfes Röcheln war, das aus dem Fleischberg drang, der leblos und zusammengefaltet an einem Stein lag. Nur einen knappen Meter tief, aber mit dem Kopf voran an einen Stein. „Er ist tot", sagte Yaro leise vor sich hin. Einerseits fühlte es sich an wie eine Erleichterung. Es war eine Rache für den Mord an seiner geliebten Schwester. Er hatte ihren

Mord gesühnt, aber noch während er rannte, flatterten in Gedanken die Bilder von seinem Vater vor seinem geistigen Auge hin und her. Mahnende Worte, dass nur die Gewaltlosigkeit den Frieden untereinander bewahren würde. Dass Kinder sich nicht zu schlagen hätten. Aber war Gewaltfreiheit zu rechtfertigen, wenn es um Mord ging? Yaro suchte nach einer Antwort, fand aber nur quälenden Seelenschmerz. Schritt vor Schritt, schnell, so schnell er konnte. Ohne Nachdenken am besten. Aber es ging nicht, jeder Schritt ein Gedankenstich an den eigenen Mord, den er nun begangen hatte. Mord aus Rache gegen Mord aus Habgier. Nichts war besser als das andere. Er hatte seinen Vater enttäuscht. Er hatte seine Mutter enttäuscht. Er hatte die tote Schwester trotz allem verraten. Wohin sollten ihn die flinken Füße denn tragen? Konnte er nach Hause? Er musste.

Yaro beendete seine Ausführungen und fand sich sodann schluchzend in Onkel Mananis Armen wieder. „Ich wollte das alles nicht, Onkelchen", sagte er wimmernd. Der überforderte Mann versuchte, das Kind zu trösten.

-XIX-

Später am Tag

Die Freundinnen der Medizinfrauen empfanden Genugtuung als das Fahrzeug der Polizei vor dem Laden auf dem Dorfplatz vorfuhr. Es stiegen zwei Beamte aus. Aber es waren nicht die, die schon einmal im Dorf gewesen waren um die Alte zu holen. Es waren zwei junge Kerle, vielleicht Ende zwanzig, sichtlich gelangweilt. „Wer hat uns angerufen?", fragte einer den ersten Passanten, der ihm über den Weg lief. Der Mann hatte keine Ahnung. „Das ganze Dorf steht Kopf seit diesem Mord. Es wird Zeit, dass ihr den Richtigen einsperrt", sagte er und ließ damit vollkommen offen, ob er damit nun Moses oder Yaro meinte.

Eine Frau stob aus der Menge auf die Beamten zu, streckte ihnen zur Begrüßung überschwänglich die Hand entgegen. Sie fuchtelte wild herum. „Ein Krieg in unserem Dorf, ich sage es euch", erklärte sie den Beamten, die keine Ahnung hatten, worum es geht.

„Langsam, die Geschichte bitte von Anfang an", sagte einer der Polizisten dann zu der Frau. Es war Moses' Mutter. Sie trug ein blaues, geblümtes Kleid und wirkte stattlich und stolz in diesem Moment. Ihr

Sohn, obgleich schwer verletzt, war rein gewaschen und freigesprochen. Der eigentliche Schuldige war überführt und hatte durch seine zweite Missetat bewiesen, zu was er fähig war. „Aber der Krämer da", sie deutete auf den Laden, „hält den Knaben in seiner Obhut und lässt niemanden zu ihm." Der Beamte nickte. „Und jetzt bitte die ganze Geschichte!", forderte er die Frauen streng auf, zu berichten. In der Zwischenzeit hatte sich eine ganze Menge um das offizielle Geländefahrzeug gebildet. Die Beamten bahnten sich mit Moses' Mutter einen Weg zur Hütte der Schamanin. „Wer wohnt hier?", wollten sie wissen. „Die Medizinfrau hat hier gewohnt. Aber sie ist gestorben, bei euch in der Arrestzelle." Die Polizisten nickten. „Davon wissen wir", sagte der zweite mit gerunzelter Stirn. Sein Blick fiel auf den Verwundeten, der auf der Pritsche am Boden lag. „Und er?", deutete er auf Moses, der in der Zwischenzeit wieder etwas zu Kräften gekommen war. „Mein Sohn", antwortete dessen Mutter ebenso knapp. „Warum siehst du so aus?", fragte der Polizist. „Das hab ich am Telefon doch schon gesagt", fiel ihm Moses' Mutter ins Wort. „Halt du die Klappe", fauchte Moses und niemand verstand, warum er plötzlich so aggressiv war. „Die Heilerin wollte das Zaubermädchen haben. Tot! Das wussten alle im Dorf. Dann starb das Mädchen. Sie hatte weiße Haare, weiße Haut und grässlich eindringliche, rote Augen."

„Weiter", sagte der Beamte ohne jede Regung. „Die Hexe hat auf dem Sterbebett meinen Namen genannt. Dann dachten alle, ich hätte ihr den Körper der Kleinen gebracht und sie umgebracht."

„Dem war also nicht so?", fragte der Beamte sicherheitshalber nach. „Natürlich nicht", log Moses.

„Weiter", wiederholte der andere Beamte mantraartig. „Ich bin in den Busch geflohen, als die Bullen das erste Mal hier waren." Nun wurde der zweite Polizist etwas ungehalten. „Wir sind keine Bullen, Bürschchen!", mahnte er Moses. „Entschuldigung, aber ich war in Angst, eure Kollegen würden mich mitnehmen und auch wie die Hexe in die Zelle stecken." Jetzt fiel eine der alten Frauen Moses ins Wort. „Die Schamanin war keine Hexe, Moses, etwas mehr Respekt hätten wir von dir erwartet!" Moses schwieg eine Weile, ignorierte den Einwand der Alten teilweise und wandte sich wieder an die Polizisten. „Wenn man von der Medizinfrau kurz vor ihrem Tod noch eines Mordes bezichtigt wird, ist es wohl klar, dass man der Frau dann nicht ganz freundlich gesinnt ist." Der Beamte hob die Hand und sagte erneut und ohne Regung nur: „Und weiter?"

„Ich war draußen im Busch. Meine Freunde haben mir etwas Essbares gebracht. Es war ein alter Mann, der Yaro gesehen hatte,..."

„Wer ist Yaro?", fragte der Polizist.

„Der Mörder", sagte nun Moses' Mutter.

„Der, den ihr für den Mörder haltet!", rief eine Männerstimme aus dem Hintergrund. Alle drehten sich um. Es war Onkel Manani, der seinen Laden verlassen hatte. Vor sich her schob er Yaro, dem es schwerfiel, einen Schritt vor den anderen zu setzen. Alle, die hier versammelt waren, vor und in der Hütte der Heilerin, dachten, er wäre der Mörder seiner Schwester. Und nun dachten auch noch alle, er wäre derjenige gewesen, der Moses töten wollte.

„So, weiter", sagte der Polizist. Moses saß mittlerweile auf der Pritsche. Sein Blick traf Yaro. Er war hasserfüllt und siegessicher zugleich. Ein bitterer Triumph in seinen Augen, der Yaro nicht nur an Jahren jünger, sondern auch um einiges kleiner und zerbrechlicher erscheinen ließ.

„Der alte Mann, den ich gerade erwähnte, hat mir selbst gesagt, dass er Yaro gesehen hatte. Vor der Hütte der Alten."

„Das ist doch kein Beweis!", fauchte der Polizist. „Und warum bringt mich das Schwein dann fast um?", fragte Moses zynisch auf Yaro deutend. „Das kann ich dir sagen", antwortete nun Yaro selbst. Ihm gab der Arm seines Vertrauten Stütze. Ohne Onkel Mananis Nähe hätte er das nie ausgehalten.

„Ich habe meinen Vater verloren", erklärte er den Polizisten. „Er war der Lehrer hier im Dorf. Ein

Zaubermensch mit weißer Haut. Aber ein angesehener Mann", fügte Onkel Manani hinzu. „Papa ist an einer Krankheit gestorben, für die es keine Medikamente gab. Dann haben sie mir meine Schwester, meine kleine Therese, geraubt. Moses und seine Kumpel waren das."

„Woher weißt du das?", fragte der Polizist.

„Ich stand im Garten und habe Tomaten geerntet. Einer von Moses' Freunden kam und hat mich abgelenkt und angepöbelt. In der Zwischenzeit hat Moses im Haus sein schreckliches Werk vollbracht."

„War das so?", fragte einer der beiden Beamten trocken.

„Natürlich nicht", sagte Moses eiskalt.

„Es war so", sagte Yaro. „Ich hab ihn noch gesehen. Er hatte sie in einen Sack gesteckt."

„Deswegen war die Polizei im Dorf", sagte Onkel Manani. „Sie haben die Schamanin mitgenommen, weil sie die Kleine wohl zerstückelt hat und zu Pulver verarbeitet oder eine Tinktur aus ihr gemacht oder eine Salbe erstellt hat. Was weiß ich!" Ein Raunen ging durch die Anwesenden. Keiner hatte bislang gewagt, die Taten der Heilerin so drastisch deutlich zu beschreiben wie Onkel Manani.

„Die alte Frau hat dann auf dem Sterbebett in der Stadt gesagt, man solle Moses fragen, wenn man wissen wolle, wie der Mord genau geschehen sei. Und daraufhin sind eure Kollegen hierher gekommen um ihn zu suchen. Da war der werte junge Mann aber schon im Busch verschwunden." Onkel Manani war wütend, wurde zynisch und merkte, dass das die Frauen um ihn herum verunsicherte. Auch der Polizist schien verwundert.

„Warum ist der dann verletzt", sagte er abwertend auf Moses deutend. „Das wird euch Yaro erklären", sagte Onkel Manani, fügte aber an: „Unter einer Bedingung. Ihr kommt in meinen Laden und die anderen Ankläger hier bleiben draußen." Er deutete einmal im Kreis und wies auf all die Frauen rund herum, die alle zu wissen meinten, dass Moses nun im Recht und Yaro der Mörder war.

Einige runzelten nur die Stirn, andere erhoben ihre schrillen Stimmen um zu einer Schimpftirade anzusetzen. Manche polterten los. Onkel Manani wusste, dass er in diesem Moment sehr klar Position bezogen und damit einige Kunden im Dorf verloren hatte. Wo waren die anderen Männer? Warum waren es nur die Frauen, die den missratenen Moses unterstützten und der Heilerin immer noch so nachtrauerten als sei es eine Heilige gewesen? Onkel Manani war verärgert, schob Yaro vor sich her in Richtung Laden. Die aufgebrachte Menge wäre am liebsten auf die beiden losgestürmt. Aber die Anwesenheit der beiden Polizisten hielt sie zurück. Die Uniformierten trugen Waffen und sahen absolut nicht danach aus, lange zu fackeln.

Onkel Manani schloss die Tür fest ab und streckte sich dann. Durch den handbreiten Schlitz zwischen Tür und Verkaufsraum konnte er sehen, dass draußen das ganze Dorf versammelt war. Sie scharten sich vor dem Laden und hielten ihr Scherbengericht ab. Schuldig im Sinne ihrer eigenen Anklage! Yaro, ein Mörder! Yaro, ein Gewalttäter! Yaro, Sohn des Weißen, Yaro, Bruder der Zaubergöre! Yaro, der Sonderbare! Yaro, Sohn der Stummen! Yaro, der Verurteilte.

„Setz dich", sagte Onkel Manani zu Yaro und ließ ihn auf dem Hocker Platz nehmen. Die Beamten und er selbst standen.

„Warum ist der Kerl jetzt verletzt?", fragte der Polizist mit Bart. Er trug einen feinen Oberlippenbart, der sich seltsam wippend auf dem rundlichen Gesicht abzeichnete. Insgesamt war er ein fetter Typ, der sicherlich kaum in der Lage war, einen Verbrecher zu jagen. Aber irgendwie hatte er trotzdem eine autoritäre Ausstrahlung. Yaro sah ihm kurz in die Augen. Würde der Beamte ihm glauben? „Die Wahrheit", befahl Onkel Manani streng.

„Ich hab es nicht mehr ausgehalten", sagte Yaro. „Mama redet nicht."

„Sie ist stumm", erklärte Onkel Manani.

„Das stimmt, aber sie redet auch auf ihre Art nicht mehr. Sie schaut nur mehr durch die Gegend. Ich halte das nicht mehr aus. Ich will meine Mama wiederhaben", sagte Yaro nun ganz wie ein Kind.

„Plötzlich haben im Dorf alle angefangen, diese Geschichte zu glauben, dass es einen alten Mann gab, der mich gesehen hatte. Wie ich Therese zur Hütte der Heilerin getragen hätte. Oder wie ich aus der Hütte kam. Ich weiß es nicht. Ich hab sie nicht umgebracht."

Der Fette nickte. Er musste auch Kinder haben. Das merkte Onkel Manani an seiner Reaktion. „Weiter, bitte, erzähl weiter!", sagte der Beamte und sein Bart wippte wieder.

„Sie haben mich angestarrt wie einen Mörder. Ich hätte Therese erstochen, weil ich das Geld der Schamanin haben wollte. Sie sagten, ich wollte etwas Besseres sein, weil Papa eine gute Schule für mich haben mochte. Sie sagten, ich wollte das Geld nehmen, um damit in Arusha die Schule zu bezahlen. Aber das stimmt gar nicht. Wir haben Geld von einem Bekannten aus Dar Es Salaam bekommen. Damit konnte ich die Sachen bezahlen, die wir so brauchen. Wir haben ja kein Geld mehr, seit Papa tot ist."

„Verstehe", sagte der Beamte. „Aber warum ist der Typ jetzt so zugerichtet?"

„Das war schon ich, das stimmt."

„Wie kam es dazu?", fragte nun der andere Polizist. „Ich hab es nicht mehr ausgehalten. Alle hielten mich für den Mörder, wollten mich entweder selbst umbringen oder zur Polizei schleppen. Und ich wusste, dass ich Moses finden musste. Dann bin ich gestern Nacht von zu Hause los um ihn im Busch zu suchen. Ich habe ihn am Abend herumstreifen sehen. Ich wusste, er ist da draußen. Und dann fand ich ihn." Erste Tränen auf Yaros Gesicht.

„Er saß zwischen der Hütte der Schamanin und der nächsten Hütte. Mitten im Dorf. Und zwei seiner Jungs waren bei ihm. Die sind jünger als er. Und sogar kleiner als ich."

„Wie alt bist du eigentlich?", fragte der Oberlippenbart. „Zehn wird er", antwortete Onkel Manani.

Die Beamten nickten.

„Moses hat die zwei erpresst. Sie waren beim Mord an meiner Schwester dabei, wussten davon. Sie haben Angst vor dem Knast. Sie machen alles, was Moses sagt. Ich hab alles gehört."

„Könntest du uns zu den beiden bringen?", fragte der Polizist. „Na klar", sagte Yaro.

„Wieso ist dieser Moses aber nun verletzt?"

Die Tränen hatten die beiden Wangen komplett benetzt.

„Ich bin ihm gefolgt, wollte Rache. Hab einen Stein auf ihn geworfen und getroffen. Er blutete wohl schon. Und er lief davon, einfach weg. Blieb nicht stehen, dieses Schwein! Warum stellt er sich nicht? Er läuft einfach weg. Ich war so wütend, könnt ihr das verstehen?" Der Oberlippenbart nickte, Onkel Manani auch. Der andere Beamte schwieg.

„Als ich ihn fast eingeholt hatte, war da dieses Loch im Boden, da hab ich ihn hineingestoßen. Moses fiel und ich habe Angst bekommen, bin davon gelaufen." Eine Hand fuhr über die eine Wange, die andere Hand über die andere Wange. Yaro sammelte sich. „Ich wusste, jetzt war auch ich ein Mörder. Und das Dorf hatte Recht, wenn es mich verurteilte."

„Bring uns zu Moses' Freunden, bitte", sagte der Oberlippenbart. „Aber sag nicht, was wir vorhaben, sonst folgt uns das ganze Dorf dorthin.

Draußen staunten die Menschen nicht wenig, als die Polizisten mit Yaro und dem Dorfkrämer im Schlepptau auf dem Platz erschienen und der Polizist eine klare Ansage machte: „Ihr bleibt alle hier, keiner folgt uns, sonst gibt es Ärger!"

Vor allem die engsten Freundinnen von Moses' Mutter und sie selbst waren sehr aufgebracht. War der

Mörder noch nicht in Ketten genommen worden, hatte das nichts Gutes zu bedeuten. Moses lag derweil noch immer in der Hütte der Schamanin und ließ sich von der Alten pflegen. Die Schwellung im Gesicht war dank einer Tinktur aus Kräutern stark zurückgegangen und der stechende Schmerz in der Zwischenzeit erträglich geworden. Nur die Gedanken waren nicht erträglich. Ging sein Plan auf, wovon er ausging, so würde Yaro auf alle Zeit in einem Gefängnis verschwinden. In Arusha eingesperrt wäre er keine Gefahr mehr für ihn. Allerdings musste er mit diesem schwarzen Loch in seiner Seele fertigwerden, das sich immer wieder an die Oberfläche seiner Gedanken fraß. Es setzte sich dann wie ein hässliches Geschwür in seinem Kopf fest. Es bestand nur aus zwei Wörtern, die ohne jeden Zusammenhang keinen Satz bildeten, aber so viel Sinn ergaben. *ICH. LÜGE.* Aber Moses war schon seit frühester Kindheit ein Meister des Verdrängens und sicher, dass er auch dieses Mal eine Strategie finden würde. Alkohol und Zigaretten heilten manche Wunde. Das ganze Dorf stand hinter ihm. Sie hatten seine Version der Geschichte geschluckt. Yaro war ein bestialischer Killer, der aus Habgier die eigene Schwester ermordet hatte. Es war so einfach gewesen. Und seine Jungs hatte er in der Hand, die waren so eingeschüchtert, hatten so Angst vor dem Knast, dass sie niemals ihren Mund aufmachen würden.

*

Die Beamten klopften an einem einfachen Haus. Ein Mann öffnete die Tür. Er war etwas älter, hatte einen krummen Rücken und trug eine ausgewaschene Mütze auf dem Kopf. „Polizei", sagte der Oberlippenbart trocken um von Anfang an die Wichtigkeit klarzumachen. „Wo ist dein Sohn?", wollte er von dem Mann wissen. Yaro flüsterte dem Beamten etwas zu. „Ah", sagte der Polizist knapp. „...dein Enkel?" Der Mann, der schlecht zu sehen schien, ging ein paar Schritte vor das Haus um die Beamten besser zu sehen. „Ich habe viele Enkel, mein Herr", sagte er und führte dann aber noch an: „Und was soll einer von ihnen mit dem Mörder hier zu schaffen haben?" Yaro bebte, blieb aber ruhig, denn er wusste, die Polizei würde ihm helfen. Er wusste, Onkel Manani und der Alte kannten sich ganz gut. Sein Onkelchen würde ihm schon alles erklären. Bei Zeiten.

„Wie heißt er?", bellte der andere Beamte barsch in Yaros Richtung. „Joseph", sagte der kaum vernehmbar. „Joseph", wiederholte der fette Polizist freundlicher. „Joseph ist ein ganz liebes Kind", sagte der Alte nun fast trotzig. „Das zweifeln wir auch nicht an", meinte der Beamte. „Trotzdem müssen wir mit ihm sprechen", bat er um Verständnis. Der Alte drehte sich um und verschwand im Haus. Es sah kaum anders aus als das von Adili. Yaro bemerkte, dass er Joseph zwar kannte, aber noch nie mit ihm so wirklich gespielt hatte. Papa Adili hatte ihn ja immer gewarnt, sich von den Kindern fernzuhalten, die viel mit Moses zu schaffen hatten. Joseph war vielleicht wirklich ein ganz liebes Kind, aber er hatte definitiv den falschen Freund.

Nach einer Minute kam eine Frau zurück, es war Josephs Mutter. Vor sich schob sie Joseph durch den Rahmen. „Was hat er angestellt?", wollte sie wissen. „Der Kleine ist heute sehr müde, bitte seid nett zu ihm." Beide Polizisten nickten gleichzeitig. Väterlich nahm der Fette den Jungen beiseite und führte ihn ein wenig von seiner Mutter, dem Großvater und den anderen beiden weg. Dann fragte er ihn: „Bist du müde, weil du heute Nacht heimlich draußen warst?" Der Junge blickte den Beamten erschrocken an. „Wie kommst du auf sowas?", wollte er wissen. Aber da wusste der Polizist schon Bescheid. Kinder konnten nicht gut lügen. „Du warst bei Moses, stimmt's?" Joseph hielt inne und überlegte kurz.

„Komme ich jetzt ins Gefängnis?"

„Nein", sagte der andere Polizist knapp.

„Du bist noch viel zu klein", ergänzte der erste daraufhin. „Das ist gut", nickte Joseph und fügte noch an: „Dann hat Moses ja gelogen."

„Wieso?", wollte der Oberlippenbart wissen.

„Er hat uns gesagt, wir müssten alle im Knast sterben, so wie die Heilerin, wenn wir ihn verpfeifen würden."

„Wieso verpfeifen? Und wer ist *ihr*?", hakte der Dicke nun etwas gereizt nach. Nun erzählte Joseph die ganze Geschichte von Anfang an.

Moses kam zu den Jungs. Joseph und Abasi saßen gelangweilt herum. Seit die Schule geschlossen war, gab es nicht mehr viel zu tun. Sie langweilten sich oft. Moses war ihr ‚großer' Freund. Er rauchte schon, trank Bier und war ein cooler Kerl. Er sagte ihnen, sie könnten Geld verdienen und sich dann viele Süßigkeiten kaufen oder mit dem Bus bis nach Arusha fahren und ins Kino gehen. Alles, was sie tun mussten, war auf den seltsamen Yaro und seine stumme Mutter aufzupassen. Den Rest erledige er. Moses wollte ihnen nicht sagen, was er zu tun vorhatte. Nur so viel wussten sie, Yaro war der Sohn des weißen Lehrers und der Bruder des Zaubermädchens. Mit denen stimmte etwas nicht. Und dann kam Moses schon bald wieder auf die Jungs zu. Der eine sollte Yaro ablenken, die anderen auf den Weg achten, dass die Stumme nicht nach Hause kommt, so notfalls ablenken. Dann hörten Joseph und Abasi einen hässlichen Schrei. Sie passten auf der Straße auf, dass niemand kam. Der Schrei klang markdurchdringend und stammte unmissverständlich von einem Kind. Es war die kleine Schwester. Moses kam mit einem Sack aus dem Haus, er hatte Blut an den Händen. „Hast du sie umgebracht", hatte Abasi gefragt. Moses verbat alle Nachfragen.

Erst vor der Hütte der Schamanin hatte er gesagt: „Ihr wisst,
wenn uns jemand auf die Schliche kommt, landen wir alle im
Knast. Das Mädchen ist für einen wichtigen und heiligen
Zweck gestorben." Dann gab er den Jungs etwas Geld. Als er
im Busch verschwunden war und Joseph und Abasi ihn zufäl-
lig fanden, sagte er ihnen, dass sie ihm helfen mussten. Er hat-
te die Geschichte mit dem alten Mann erfunden. Alle im Dorf
sollten es glauben. Und fast alle fielen darauf herein. Moses
drohte den beiden Kindern: „Wenn ihr sagt, was wirklich
passiert ist, kommt ihr ins Gefängnis, werdet dort verprügelt
und müsst verhungern." Joseph und Abasi hatten riesige
Angst. Sie brachten dem Freund heimlich Essen und stahlen
sich nachts aus ihren Elternhäusern davon um dem Großen
zu helfen. Sie erzählten überall die Geschichte herum. Der
alte Mann, vor der Hütte der Heilerin. Yaro mit dem Sack...
Und es funktionierte doch so gut.

„Also ist Yaro nicht der Mörder der Kleinen?",
hakte der Polizist noch einmal nach. „Nein, es war
Moses", sagte Joseph kleinlaut. Seine Angst vor dem
Gefängnis war zwar noch immer groß, aber der Oberlippenbart hatte ihm versprochen, dass es nicht soweit
kommen würde. „Du hast uns sehr geholfen", sagte der
andere Polizist. „Und wo wohnt Abasi, dein Freund?",
fragte er dann noch. Joseph zeigte auf ein Haus in der
Nachbarschaft. „Muss ich wirklich nicht ins Gefängnis?", fragte er noch einmal. Die Beamten schüttelten
beide den Kopf und bedankten sich bei der Mutter

und dem Großvater. Dann liefen sie weiter in Richtung Abasis Haus. Yaro starrte zurück auf Joseph, der mit leerem Blick den Gehenden hinterher starrte. Er hatte seinen großen Freund Moses verraten. Er hatte der Angst vor dem Polizisten nachgegeben. Aber er hatte auch den Weg der Wahrheit für den richtigeren gehalten und daher war es gut so, wie es kam. Würde Abasi auch sagen, wie es war?

Abasi sah erschrocken in das Gesicht des Polizisten. „Was ist los“, fragte er. „Sind deine Eltern auch zu Hause?“, wollte der Oberlippenbart wissen. Er schüttelte den Kopf. Abasis Mutter war mit den anderen Frauen zusammen rund um die Hütte der Heilerin und kümmerte sich geschäftig mit um Moses. Der Vater war auf der Weide und passte auf die Rinder auf. Abasi war mit seiner großen Schwester und dem ganz kleinen Bruder allein. Die Schwester erschien in der Tür und war ebenso verdutzt, was die Polizei vor ihrem Haus suchte.

„Wo warst du heute Nacht?“
„In meinem Bett“, log Abasi.
„Die ganze Nacht“, fragte der Beamte hartnäckig noch einmal nach.
„Die ganze Nacht“, nickte der Kleine.
„Wirklich?“, fragte nun plötzlich die Schwester.

„Warum fragst du das?", wollte der dicke Polizist wissen. „Weil ich gehört habe, wie mein Bruder in der Nacht aus dem Haus geschlichen ist. Ich will ihn nicht bei den Eltern anschwärzen, aber er war fort heute Nacht."

„Abasi", sagte der Polizist scharf, „lüge uns nicht an. Dein Kumpel Joseph hat bereits ausgepackt."

Abasi schwieg, wirkte verunsichert und stellte dann die für ihn entscheidende Frage: „Werde ich nun in den Knast geworfen und verprügelt?" Der Polizist beruhigte nun auch das zweite Kind und schüttelte den Kopf. „Nein, Kleiner, keine Sorge. Sag die Wahrheit, dann geschieht dir nichts." Nun begann auch Abasi zu erzählen. Und es war dieselbe Geschichte, die auch Joseph kurz zuvor schon erzählt hatte. „Ist die Wahrheit", beendete er seine Ausführungen und sah Yaro in die Augen. Dort erkannte er schreckliche Traurigkeit. „Tut mir leid, Yaro, es tut mir wirklich leid." Yaro konnte nicht verzeihen in diesem Moment. Er dachte, dass Abasi und er vielleicht sogar hätten Freunde werden können, wenn der nicht dauernd mit Moses abgehangen hätte. „Gut, Abasi, du hast uns sehr geholfen. Vielleicht müssen wir dich noch einmal befragen und vielleicht musst du sogar mitkommen in die Stadt. Dann nehmen wir das was du gesagt hast zu Protokoll und dein Vater muss das unterschreiben. Aber du musst nicht ins Gefängnis und wirst auch von niemandem geschlagen. Aber eines muss ich schon sagen", fügte er nun grimmig und sehr streng an, „ihr habt gelogen und einen Mörder gedeckt. Ihr habt euren Kumpel unterstützt, eine schlimme Tat zu begehen. Wenn ihr schon groß gewesen wärt und gewusst hättet, dass Moses die kleine Therese umbringen wollte, müsstet ihr wirklich lange ins Gefängnis. Du hast Yaro sehr geschadet, Abasi, weißt du das?" Der nickte stumm, Tränen kullerten als stille Zeugen des schlechten Gewissens seine Wangen herab und bewiesen so auch Yaro, dass Abasi etwas verstanden hatte. Auch Yaro weinte nun wieder still. „Ist schon gut", sagte Onkel Manani. „Ich will, dass das aufhört", schluchzte Yaro und der dicke Polizist legte ihm den Arm um die Schulter. „Ich denke, es ist so gut wie vorbei." Leider irrte er da gewaltig.

*

Die Menge starrte gebannt auf die beiden Beamten, die wieder zurück zum Dorfplatz kamen. Onkel Manani und Yaro etwas hinter ihnen. Yaro trug keine Handschellen. Das verunsicherte manche. Er wirkte auch erschreckend gelöst. Joseph und Abasi waren auch mit dabei. Sie hatten mitkommen müssen. Beiden war das sichtlich unangenehm. Aber sie hatten beide begriffen, dass es einen Ausweg aus der Situation nur gab, wenn sie nun die Wahrheit sagten. „Die beiden Jungs da haben etwas zu sagen", bahnte sich der

Oberlippenbart einen Weg durch die Menge. „So, meine Herren", forderte er Joseph und Abasi auf, zu reden. Die schwiegen eine Weile. Dann aber fand der kleine Abasi die richtigen Worte. „Wir haben gelogen. Moses wollte, dass wir für ihn lügen. Er hatte uns gesagt, dass wir ins Gefängnis müssen und dort geschlagen würden, wenn wir ihn verraten sollten. Er ist der Mörder von Therese. Er hat uns Geld gegeben, damit wir auf den Weg aufpassen. Ein anderer Freund von ihm hat Yaro im Gemüsegarten abgelenkt. Wir sollten nur schauen, ob die Stumme nach Hause kommt. Dann haben wir den Schrei gehört und gesehen, wie Moses wieder aus dem Haus kommt. In dem Sack war etwas. Dass es Therese war, haben wir gar nicht gleich kapiert. Aber Moses hatte Blut an der Hand. Wir haben dann vor der Hütte der Schamanin warten müssen. Später hat uns Moses ein bisschen Geld gegeben. Wir haben ihm Essen gebracht die letzten Tage. Immer nachts. Er war im Busch verschwunden. Sagte, er hatte Angst vor der Polizei. Er wollte nicht im Knast sterben. Yaro hat seine weiße Schwester nicht erstochen. Es war Moses." Abasi senkte den Kopf. „War das alles so, Joseph?", wollte der Polizist jetzt auch vom anderen Jungen wissen. Joseph, der still dastand und Abasi die ganze Zeit über beobachtet hatte, räusperte sich kurz. „Ja, war so", sagte er dann knapp.

Die Menge stand gebannt daneben. Es dauerte eine Weile, bis sich das Gesagte bei allen gesetzt hatte. Es war Moses' Mutter, die sich als Erste aus der Deckung wagte. „Lügner", rief sie laut und voller innerer Anspannung. „Wer ist die Frau?", fragte der Oberlippenbart in die Menge. „Es ist die Mutter des Mörders", antworte Onkel Manani ruhig. Der Beamte nickte. „Verstehe", sagte der andere und sie wandten sich ab. Yaro zupfte an der Uniform des Beamten, der beugte sich zu dem Jungen hinab. Yaro sprach sehr leise. „Du hast Recht, Kleiner", sagte der dann. Der dicke Polizist sprach dann mit seinem Kollegen und sie bahnten sich einen Weg durch die immer noch geschockte Menge. Die Leute starrten fassungslos auf die Kinder, Giftpfeile schossen aus manchen Augen. Dass in ihrem Dorf ein Mörder lebte, war grässlich genug. Aber wenn schon, dann musste dieser Mörder aus dem verzauberten Haus kommen. Da waren sich die meisten einig. In der Zwischenzeit hatten sich auch einige Männer vom Feld dazugesellt. Sie beobachteten die Versammlung und wunderten sich über den Auflauf vor Onkel Mananis Laden. Onkel Manani nahm Yaro an der Hand. „Komm, wir gehen mit den Beamten mit", sagte er. Er wusste, was auf den Jungen in den nächsten Tagen zukommen würde. Es würde unendlich viel Kraft kosten, die Blicke zu übersehen. Auch seine Mutter brauchte Kraft. Nur woher sollte diese kranke, stumme Frau noch Kraft nehmen? Ihr waren binnen kürzester Zeit Ehemann und Tochter genommen worden. Und der Sohn galt im Dorf als Mörder. Mit seinen zarten neun Jahren!

Die Beamten schritten schnellen Schrittes durchs Dorf. Der Oberlippenbart schnaufte heftig, denn der andere legte ein ordentliches Tempo vor. An der Hütte der Schamanin blieben sie kurz stehen. Einer der beiden Polizisten lief einmal außen um die Hütte herum. Vor der Hütte saß die alte Frau, die sich am Morgen als Medizinfrau versucht hatte. „Wie geht es ihm?", fragte der Fette bei ihr nach. „Er hat sich prächtig erholt. Die Wunde ist scheußlich, aber er ist wieder bei Verstand. Gott hat sich seiner erbarmt."

„Gut", sagte der andere Polizist.

„Wir müssen nochmal mit ihm reden", bekräftigte der Oberlippenbart.

Im Inneren der Hütte hatte Moses das Gespräch vernommen. Er sah noch nicht klar und durch das Dunkel der Hütte bahnte sich kaum Licht einen Weg. Es gab nur eine Öffnung auf jeder Seite und die war nicht der bei der Tür. Es waren die Stimmen der Polizisten. Moses' Herz schlug schneller. Kamen sie nun um die Verhaftung Yaros zu bestätigen? Er war sich seiner Sache ziemlich sicher. Nur ein kleiner Funke Zweifel umgab sein eisiges Herz in diesem Augenblick. Da knackte die Tür und wurde aufgestoßen.

„Kannst du aufstehen?", fragte der fette Beamte als er sich durch die Öffnung der Tür ins Innere der Hütte geschoben hatte. Langsam nur gewöhnten sich seine Augen an das dustere Licht in der Behausung. Er sah neben der Pritsche, auf der Moses lag, eine Art Schrank und einen Ofen aus Eisen. Daneben stand ein wackeliges Regal mit hunderten von Döschen und Gläschen. Das war die Wunderwerkstatt der Heilerin gewesen. Durch das Loch an der Seite der Hütte drang Licht ein und ließ die Staubkörnchen in der Luft tanzen. Es war heller Tag und hier drinnen schien die Nacht dennoch nie enden zu wollen.

„Nein", log Moses unbeirrt.

„Gut, dann holen wir die Ambulanz aus Arusha. Die Ärzte sollen dich untersuchen und ins Krankenhaus bringen." Moses war sich sicher, dass es ein gutes Zeichen war. Er vermutete, dass man die Schwere seiner Verletzungen herausbekommen wollte, um dann vor Gericht das Strafmaß für Yaro daraus ableiten konnte. Aber war Mord nicht schlimm genug? Fiel da dieser Steinwurf samt des wuchtigen Schubsers überhaupt noch ins Gewicht? Moses fast heitere Stimmung trübte sich augenblicklich ein. Seine Zuversicht wich endlosem Entsetzen. Mit einem Satz, den der Oberlippenbart folgen ließ, war alles aus. Sein Magen schnürte sich zu, er spürte eine bittere Kraft, die sein Herz umhüllte und zu zerdrücken versuchte.

„Vom Hospital aus werden wir dich dann direkt ins Gefängnis in Arusha verlegen lassen, Freundchen." Das hatte der Polizist gesagt. Barsch klang seine Stimme, deutlich war der Inhalt. Aber Moses wäre nicht Moses gewesen, wenn er nicht noch alles versucht hätte.

„Wieso mich?", fragte er scheinheilig.

„Yaro hat mich so zugerichtet", beteuerte er.

„Das stimmt schon", sagte der andere Polizist nun wieder ruhig und gelassen. „Aber frag' dich lieber mal, warum er das gemacht hat?"

„Weil du seine Schwester abgestochen hast - und das aus Habgier!", donnerte der Fette nun bedrohlich laut. „Das stimmt doch gar...", weiter ließen die Polizisten ihn nicht kommen. „Glaubtest du wirklich, deine kleinen Freunde Abasi und Joseph würden uns nicht die Wahrheit erzählen?", fragte der schlanke Polizist fast spitz. „Die Kinder?", ergänzte Moses nun ein wenig zynisch. „Die sind doch fest in Yaros Hand." Nun lachte der Oberlippenbart einmal laut auf. „Die sind vielleicht so alt wie Yaro oder noch ein wenig jünger. Sie haben uns alles erzählt. Und wir haben keinen Zweifel. Wir werden bei dir noch das Geld finden, das dir die Schamanin gegeben hat. Und noch viel mehr, wenn es darauf ankommt", drohte er nun unverhohlen.

„Ich", sagte Moses nun stockend. „Ich wollte", wagte er einen zweiten Anlauf, brach dann aber ab.

Seine Kehle war trocken und wie zugeschnürt. Er war ein Idiot gewesen. So leicht wie es ihm gelungen war, die beiden Jungs zu manipulieren, so leicht war der Polizei auch das Gegenteil gelungen. Sie würden nun, dachte Moses, der keine Ahnung von Recht hatte, wie er in den Knast wandern. Hatte er wirklich geglaubt, zwei Polizeibeamte, mit Waffen und Handschellen ausgerüstet, würden es nicht schaffen, Abasi und Joseph zum Reden zu bewegen? Sein Haus der Lügen war auf Sand gebaut gewesen. Es stürzte nun krachend zusammen. Nur, wo das Geld der Schamanin lag, das würde er ihnen nicht verraten. Das schwor er sich. Auch wenn sie ihn im Knast folterten. Falls er jemals wieder ins Dorf zurückkehren würde, wusste er unter welchem Stein die Kohle lag. Dass an anderer Stelle noch mehr Geld darauf wartete, gefunden zu werden, das wusste er nicht.

„Steh auf", herrschte der Polizist Moses an. Der versuchte es. Alles drehte sich und ihm wurde schwindlig.

-XX-
Mitte Februar 2010

Sie sah friedlich aus, wenn sie so schlief. Yaro starrte auf seine Mutter. Sie schlief in letzter Zeit häufiger. Meist tagsüber, nachts hörte er sie in ihrem Zimmer auf und ab gehen oder vor die Türe treten. Mama Kamaru hatte sich noch einmal verändert. Sie nannten sie im Dorf nun nicht mehr nur *die Stumme*, man rief ihr auch heimlich *die Verrückte* zu. Yaro wusste kaum, wie er helfen konnte. Sein kleines Herz brannte, wenn er sie so sah. Immer wieder hatte Mama Kamaru Phasen, die sie scheinbar weit forttrugen von dieser Welt. Ihre Augen zeugten von einer seltsamen Ferne. Dann schien es, als starrte sie direkt ins Reich der Ahnen. Oft machte sie verrückte Sachen. Yaro musste weinen, wenn er Onkel Manani davon erzählte. Mama Kamaru schüttete das ganze Wasser, das Yaro vom Wasserbrunnen geholt hatte in ihr eigenes Bett. Es war nass und Tage nicht brauchbar. Sie konnte aber auch nicht erklären, warum sie es getan hatte. Sie lief im Dorf herum und spuckte auf den Boden, sobald sie jemanden sah. Wenn die anderen Frauen sie dann beschimpften, machte sie ein, zwei rasche Schritte auf sie zu, als wolle sie sie bedrohen. Verängstigt und belustigt zugleich wichen die Frauen dann zurück. Mama Kamaru saß oft stundenlang im Gemüsegarten inmitten der

423

Tomatenpflanzen und kratzte mit den langen Finger-
nägeln die roten Schalen der Früchte ab, ehe sie sie in
hohem Bogen ins ferne Buschland schleuderte, als
wollte sie in den Sonnenuntergang hinein die Sonne
vom Himmel schießen. Onkel Manani riet Yaro die
restlichen Tomaten rasch zu ernten und zu ihm in den
Laden zu bringen. „Bevor du nichts mehr davon zu
essen hast", sagte er. Essen tat Mama Kamaru wenig.
Yaro musste sie zwingen. Wenn er nachmittags von
Onkel Mananis Laden kam, wo er in der Zwischenzeit
begonnen hatte, auszuhelfen, setzte er sich zu ihr und
redete solange auf sie ein, bis sie ein, zwei Bissen zu
sich nahm.

„Sie ist verrückt", sagte Onkel Mananis Frau
trocken, als sie einmal in Adilis Haus gegangen war, um
dort ein wenig zu putzen. „Mama ist nicht mehr von
dieser Welt", sagte der kleine Yaro da, wie ein Erwachsener es nicht treffender hätte formulieren können.
Und am selben Abend hatten Onkel Manani und seine
Frau ein langes Gespräch.

Am nächsten Tag wollte der Krämer mit dem
Jungen sprechen. Er nahm ihn im Laden beiseite. „Du
spürst, dass dich die Leute im Dorf immer noch miss-
billigend ansehen?", fragte er. Yaro nickte. „Ich lerne,
damit umzugehen", erwiderte er. „Aber manche hassen
dich. Ich habe Angst um dich, mein Junge", sagte On-

kel Manani daraufhin. „Sie werden dich nicht eher in Ruhe lassen, bis sie nicht Rache genommen haben. Für manche bist noch immer du der wahre Mörder deiner Schwester." Yaro verstand nicht. Der Mörder seiner Schwester war abgeführt worden und würde in Arusha vor Gericht gestellt. Moses war für lange Zeit aus seinem Leben verbannt worden. „Aber Moses hat noch immer Freunde im Dorf, seine großen Kumpel! Vergiss das nicht", mahnte Onkel Manani. „Und auch die Frauen im Dorf, die die Schamanin so verehrten, sind auf der Seite von Moses' Mutter, die immer noch tagein, tagaus gegen dich hetzt." Yaro verstand noch immer nicht. „Aber Abasi und Joseph sind doch sehr freundlich zu mir." Onkel Manani brachte ein gequältes Lächeln hervor. „Die beiden haben noch immer Angst vor der Polizei. Und sie sind klein. Aber es gibt ein paar Kumpel von Moses, die sind älter als du und die sind alles andere als glücklich über die Entwicklung der letzten Wochen." Yaro nickte, obgleich ihn das nicht störte. „Und dann ist da noch etwas", sagte Onkel Manani dann. „Was denn?", fragte der Junge nach.

„Deine Mutter ist nicht mehr bei Sinnen, du weißt es selbst."

„Was meinst du?", hakte der Junge verunsichert. „Mama Kamaru ist krank, Yaro, sie ist verrückt." Yaro wollte das nicht hören, obgleich er es selbst genau wusste. Onkel Manani fuhr fort: „Du hast ein wenig Geld von deinem Vater bekommen. Was hältst du davon, wenn du es nimmst und wir gemeinsam für dich eine gute Schule in Arusha suchen, auf der du endlich etwas lernen kannst?"

Yaro fühlte sich mit einem Mal schwer, bleiern legte sich ein unbeschreibliches Etwas auf seine Seele. „Das möchte ich nicht, Onkelchen", sagte er mit belegter Stimme. „Das kann ich nicht", bekräftigte er noch einmal. Onkel Manani ahnte, warum es Yaro so schwer zu fallen schien. „Ich weiß, sie haben erzählt, du hättest deine kleine Schwester umgebracht um auf eine Schule gehen zu können. Aber, Yaro, schau nur, jeder im Dorf weiß nun eigentlich, dass du nichts getan hast. Du kannst auf die Schule gehen und niemand wird dich hier mehr ärgern, keiner wird dir auflauern."

„Und was wird aus Mama?", fragte Yaro weiter, den Tränen nah. Onkel Manani hielt kurz inne. Diese Frage traf ihn unvorbereitet. Das Gespräch mit seiner Frau drehte sich hauptsächlich um die Frage, wie es mit Yaro weitergehen konnte. Dass Kamaru alleine ohne ihn zurechtkommen würde, das durfte aber durchaus angezweifelt werden. „Um deine Mama kümmern wir uns und wenn sie wieder auf die Beine gekommen ist, dann kommst du sie besuchen. Überleg es dir wenigstens einmal, bitte." Yaro versprach dem Krämer, dass er das tun wollte. Aber im Innersten war er sich sicher, dass er bleiben musste, um sich um seine Mama zu kümmern. Eine Aufgabe, der der Neunjährige kaum gewachsen war.

Er lief nach Hause, riss die Tür auf und rief nach seiner Mama. Mama Kamaru saß wie meist regungslos auf der Veranda und hielt den Blick starr auf das weite Buschland gerichtet. Da, wo sie neulich Moses gesehen hatte. Auf wen wartete sie diesmal? „Mama", sagte Yaro leise. Kamaru drehte sich sachte um, sie reagierte mit klaren Augen und schien bei klarem Bewusstsein zu sein. Yaro kniete sich vor seine Mutter, die ihre beiden Hände an seine Wangen legte und das Kind fest an sich drückte. Sie ahnte etwas. Ihre kranke Seele war aus dem tiefen Dämmerschlaf der Düsternis erwacht und bereit für einen Moment auf ihren Sohn zu hören. „Mama", sagte Yaro erneut. Sie nickte ihm zu. „Ich war bei Onkel Manani im Laden. Er hat gemeint, er würde mir helfen, eine gute Schule in Arusha zu finden. Ich will aber nicht fort. Ich will bei dir bleiben. Du brauchst mich hier!"

Die letzten Worte ihres Sohnes rauschten durch Kamarus Kopf wie ein Schuss, der auf einer stählernen Platte sein Ziel nicht getroffen hatte und nun umherirrte auf der Suche nach einer Möglichkeit, in ein Opfer einzudringen. *Du brauchst mich hier!* Sie nahm ihrem Sohn die Möglichkeit, ein freies Leben zu führen. Sie stand ihm im Weg. Wie ein Blitz den Erdboden traf, wurde ihr schlagartig bewusst, dass ihr Sinn des Lebens erloschen war. Kamarus Daseinsberechtigung war es gewesen, ihrem Mann Adili zwei Kinder zu schenken. Eines davon war der prächtige und gesunde Yaro, der Sohn eines Zaubermenschen. Das andere Kind war die verwunschene Therese. Ihr Mann, dem sie eine gute Ehefrau gewesen war, starb an einer heimtückischen Krankheit. Das Mädchen hatte ein habgieriger Junge aus dem Leben gerissen, weil eine Heilerin aus dem weißen Haar, der hellen Haut und den Knochen einen Sud brauen wollte, mit dem sie vermeintlich Kinderlose zum Glück verhelfen konnte. Und den eigenen, kleinen Sohn hinderte nun die Mutter am Glücklichsein. Er spürte, dass seine Aussage etwas in ihr lostrat, das er nicht beabsichtigt hatte. „Wenn du nur reden könntest", flehte er seine Mutter an. „Rede mit mir!", schrie er alsbald. Kamaru schwieg und weinte stille Tränen. Sie stand auf, ging in die Wohnstube zurück und holte Adilis Schreibblock. Viel konnte Yaro noch nicht lesen, aber Onkel Manani würde den Rest vorlesen. „Geh in die Schule, suche dein Glück. Kümmere dich nicht um mich. Bitte!" Das schrieb sie auf den Zettel. *Schule* konnte er lesen, mehr noch nicht.

Er rannte wieder zurück zu Onkel Mananis Haus, der las ihm vor, was die Mutter aufgeschrieben hatte. „Siehst du, sie möchte auch, dass du glücklich wirst", sagte Onkel Manani. Yaro aber fühlte sich unwohl bei dem Gedanken, alleine in der fremden Stadt zu leben, in einem Internat. Das Geld von Zuris Vater würde nicht ewig reichen und dann musste er zurück ins Dorf. Dort würden dann Moses' Freunde auf ihn warten und sich erst recht auf ihn stürzen.

In der folgenden Nacht schlief Yaro schlecht. Er träumte unentwegt von seiner späteren Rückkehr ins Dorf. Unter dem Arm hatte er ein Bündel mit alten, zerfledderten Schulbüchern. Er war nun ein gebildeter junger Mann, aber mittellos. Das Geld war ihm ausgegangen und Zuris Vater konnte ihm nichts mehr geben. Am Eingang des Dorfes standen sie, die bösen Kumpels von Moses. Sie hatten Steine in der Hand, reckten Holzlatten bedrohlich in die Höhe und riefen ihm üble Begrüßungen zu. Hinter ihnen lag auf dem Dorfplatz Onkel Mananis Laden. Der Krämer war alt geworden. Er saß auf einem klapprigen Stuhl vor dem Laden und rief ihm zu: „Ich bin alt, Yaro, du kannst meinen Laden übernehmen." Aber zwischen Yaro und dem Laden lag eine schier unüberwindbare Armee aus feindlich gesinnten Moses-Freunden. Sie fiel über den Rückkehrer her und jedes Mal, wenn die Latten auf ihn niederprasseln sollten, wachte Yaro auf.

-XXI-

Tags darauf

Der Tag begann mit einem glühend roten Sonnenaufgang. Sie hatte lange nachgedacht. Aber es war ein Entschluss, der nun nicht mehr umzuwerfen war. Er kostete sie die letzte Kraft, schmerzte sie bitterlich, denn sie wusste, dass sie das größte Opfer für ihren Sohn würde erbringen müssen, das sie nur erbringen konnte. Auch wenn dies ein riesiger Irrtum war. Kamaru stand auf, ging in Adilis Zimmer und begann wieder damit, einen Brief zu schreiben. Es sah etwas unbeholfen aus, aber die Worte kamen klar und verständlich daher. Sie war aus der entrückten Welt zurückgekehrt. Für einen klaren Moment der Entscheidung. Für einen letzten Moment. Sie schrieb und schrieb. Der Brief war so lange geworden, dass sie sich selbst fast wunderte. Die letzte Zeile war krakelig und unrund geworden. Aber die Worte konnten ihren Sohn erreichen. Nur so würde er am Ende das tun, was ihn glücklich machte, da war sie sich sicher.

Sie nahm einen zweiten Zettel und schrieb darauf: „Ich gehe zu Onkel Manani, gehe du Wasser holen." Dann ging sie zu Yaro. Das Kind schlief friedlich auf seiner Pritsche. Er sah so zerbrechlich aus und war doch schon so stark für sein Alter. Was hatte dieser Kleine schon alles durchgemacht? Sie legte den Zettel neben das Bett des Kindes und verließ das Haus. In der Hand hatte sie eine Schüssel. Sie nahm alles bewusst in sich auf. Klarheit durchströmte ihren Geist an diesem Morgen. Sie spürte, wie die Sandalen im staubigen Boden scharrten. Sie hörte die Vögel auf einem der Sträucher ihre piepsigen, aufgekratzten Lieder singen. Fast beschwingt fühlte sie den heißen Wind auf ihrer Haut brennen, als sie sich langsam dem Dorfzentrum näherte. Vorsichtig sah sie sich um. Es war noch still um diese Zeit. Ein paar Frauen waren am Wasserbrunnen. Kamaru dachte an den deutschen Ingenieur, den Freund ihres Mannes. Er würde helfen, wenn es darauf ankam. Sicherlich würde er helfen! Sie redete sich ein, dass alles gut würde und dass Yaro eines Tages ein gelehrter Mann sein würde. Adili war so klug und so ehrgeizig gewesen, so mild und so weise. Warum sollte das nicht auch dessen Sohn gelingen?

Hinter Onkel Mananis Laden stand in einer kleinen Senke, abseits von der Hauptstraße der alte Bus. Der fuhr früher zweimal die Woche nach Karatu. Jetzt stand er schon eine Weile kaputt herum, weil ein Reifen geplatzt war und der Ersatzreifen auch keine Luft mehr hatte. Niemand bemerkte erst, dass sich Kamaru an dem Wagen zu schaffen machte. Es war ganz einfach. Und als sie dann doch von einer Frau entdeckt wurde, war sie schon fertig. Die Frau rief ihr zu: „Hey, Kamaru, was machst du da?" Kamaru sah kurz auf und winkte. „Die ist verrückt", sagte die Frau leise vor sich hin und ging ihres Weges, als sie merkte, dass Kamaru vom Bus abließ. Kamaru aber war in diesem Moment nicht verrückt. Sie war klar wie selten in den Monaten zuvor.

*

Als Yaro aufgewacht war, fand er den Zettel seiner Mutter. Er reckte sich und stand dann auf. Dass er Wasser holen sollte, war nichts Ungewöhnliches, aber was wollte Mama bei Onkel Manani? Sicherlich wollte sie mit ihm noch einmal über die Sache mit der Schule in Arusha *sprechen*. Yaro ging in die Küche, sah, dass in der Wasserschüssel noch etwas Wasser, der Kanister aber fast leer war. So wusch er sich schnell, nahm den Kanister auf den Rücken und machte sich auf den Weg zur Wasserstelle. Eigentlich müsste er Mama Kamaru ja begegnen, dachte er sich, als er die staubige Straße in Richtung Dorfmitte entlang lief. Es war ungewöhnlich heiß an diesem Tag. Aber er traf nicht auf Mama Kamaru. Die Tür an Onkel Mananis Laden war verschlossen. Es sah fast so aus, als hätte der Krämer seinen Laden noch gar nicht geöffnet gehabt. Oder war er mit Mama darin? Er hatte auch bei einigen Gesprächen mit Yaro die Tür fest verschlossen.

Yaro bog ab und nahm den Weg zum Wasserbrunnen um den Kanister aufzufüllen.

Auf dem Rückweg würde er kurz beim Laden vorbeischauen um neugierig zu erfragen, was seine Mutter gewollte hatte.

Schwer trug er an dem vollen Kanister. Yaro hatte die Zeiten, in denen die Frauen zur Wasserstelle weit vor dem Dorf gehen mussten, gar nicht mehr richtig in Erinnerung. Für Yaro war es ewig her. Für die meisten Älteren im Dorf war es noch allgegenwärtige Erinnerung. Vor allem die Frauen mussten mehrere Kilometer mit den Kanistern auf dem Kopf gehen um das Wasser zweimal täglich frisch in die Häuser zu tragen. Yaro zog den Kanister hinter sich her. Er stellte ihn nie auf den Kopf. Das machte Mama Kamaru gelegentlich.

Onkel Mananis Laden war offen. Er zog gerade einen kleinen Stand mit Chips vor die Türe. Yaro winkte ihm zu. Auch Onkel Manani winkte. Yaro überlegte, ob er den Kanister stehenlassen und den Umweg ohne das schwere Ding machen sollte, aber entschied sich dann dafür, das wertvolle Wasser lieber mitzunehmen.

„Na, hast du mit Mama gesprochen?", fragte Onkel Manani, als Yaro den Laden betrat. *Der Junge wirkt heute kindlicher als sonst*, dachte sich der Krämer. „Habe ich, aber war Mama Kamaru nicht eben bei dir?" Onkel Manani schüttelte den Kopf. „Nein, war sie nicht." Yaro kramte den Zettel aus der Tasche und legte ihn auf den Tresen. „Da, Onkelchen", sagte Yaro, „da steht, sie wollte zu dir." Der Händler las die Zeilen und nickte dann. „Tatsächlich, aber Kamaru war heute Morgen noch nicht hier. Ich habe auch erst vor ein paar Minuten geöffnet", fügte er dann noch an. Yaro zeigte sich nur etwas verwundert, denn auch wenn er ein kleiner Junge war, so hatte er sich doch schon damit abgefunden, dass seine Mutter ab und an verrückte Dinge tat. Die belustigten ihn nie, beängstigten ihn aber auch immer seltener. „Ich habe mit ihr gesprochen. Ich habe Mama Kamaru aber auch gesagt, dass ich bleibe. Ich muss mich doch um sie kümmern." Onkel Manani blieb eine Weile nachdenklich hinter seiner Ladentheke stehen. Dann sagte er: „Ob das gut ist, Kleiner, das weiß ich nicht. Du hättest alle Chancen auf der Schule. Du bist so intelligent, du musst etwas lernen." Yaro brannte darauf, wieder in die Schule zu gehen und so traf ihn Onkel Mananis Aussage mitten ins Herz, aber er konnte und wollte Mama nicht alleine lassen. Onkel Manani spürte, dass der Junge verunsichert war und überlegte, ihn abzulenken. „Möchtest du mir helfen, die Pakte dahinten auszupacken. Wenn du fleißig hilfst, bekommst du eine Flasche Cola und etwas zu essen." Yaro überlegte kurz.

Zwar hatte ihn Mama zum Wasserholen geschickt, aber ein paar Augenblicke würde sie schon warten können. Es waren drei große Pakete mit Reis, Nudeln, Zucker und Ölflaschen. Er würde nicht lange fort sein. Und die Aussicht auf eine Flasche Cola war verlockend. Yaro nickte also und begann dem Krämer zu helfen. Er riss fleißig die Pakete auf und trug Flasche um Flasche Öl ins Regal. Er hatte keine Ahnung...

*

Die Frau rannte den Weg hinunter ins Dorf. Sie war alleine in ihrem Haus. Mann und Kinder waren mit den Rindern auf der Weide, weit vor dem Dorf. Was hätte sie alleine schon ausrichten können? Sie rannte einfach. In Richtung Dorfzentrum. Dort standen schon ein paar andere Frauen beisammen und blickten angestrengt in Richtung Dorfrand. War das Adilis Haus? Yaro und Onkel Manani kamen aus dem Laden gelaufen als ein kleiner Junge *Es brennt* gerufen hatte. Onkel Manani hatte sofort eine Ahnung. Eine düstere Ahnung. Ohne genau zu wissen, was geschehen war, sagte er stumm in die Dunkelheit des Ladens hinein zu sich selbst: *Der Junge wird wohl vorerst einmal bei uns schlafen.*

Yaro nahm die Beine in die Hand und lief. Der Rauch, den man da aufsteigen sehen konnte, kam von der Richtung seines Hauses. „Mama", schrie er laut als er näher kam und sah, dass es tatsächlich sein Haus war. „Mama", rief er wieder und wieder, laut und verzweifelt, erstickt und gequält. Außer Atem blieb er stehen. Männer und Frauen aus der Nachbarschaft waren zusammengelaufen. Yaro hatte den Kanister Wasser bei Onkel Manani vergessen. Aber hätte er damit ein ganzes Haus löschen können. Mama hatte sich bestimmt noch ins Freie gerettet und saß wie immer auf der Veranda hinter dem Haus, den Blick so abwesend starr in die Ferne gerichtet. Aber am Vortag war sie doch so klar gewesen? Yaro lief seitlich am brennenden Haus vorbei. Das knisternde Geräusch, die knackenden Balken, all das machte ihm jede Menge Angst. Hinter dem Haus, wenn man es noch als Haus bezeichnen konnte, war niemand. Zwei Männer kamen mit je einem Eimer Wasser aus dem Nachbarhaus, das gut hundertfünfzig Meter entfernt lag. Sie kippten das Wasser auf die Ruine des Hauses. Es zischte einmal kurz auf. „Wenn sie da drin war, hatte sie keine Chance mehr", sagte ein Mann zu Onkel Manani, als auch er am Unglücksort eingetroffen war. Er nickte stumm. *Der Junge wird wohl vorübergehend bei mir wohnen,* dachte er sich zum zweiten Mal.

Die Frau, die die Verrückte am Morgen gesehen hatte, erreichte nun auch den Unglücksort. Sie drängte sich nahe an Yaro und Onkel Manani heran.

„Ich hab deine Mutter heute Morgen am abgestellten Bus gesehen. Keine Ahnung, was sie da wollte. Sie hat an der Seite herumgefuchtelt. Wir wissen ja alle, dass sie manchmal etwas verrückt ist." Yaro liefen die Tränen über die Wange. „Lass es gut sein", fauchte Onkel Manani. In den Flammen verbrannte Yaros Vergangenheit. Er wusste sofort, dass seine Mutter in diesem Meer der Flammen gestorben war. Auch wenn das Kind noch klein war, so war der Junge groß genug, diese dramatische Endlichkeit zu erfassen. Papa Adili, Therese und nun auch noch die Mutter. Was konnte man einer Kinderseele antun? Die alte Frau, die Moses verarztet hatte und der Heilerin sehr nahe stand, blickte fassungslos auf die verkohlten Reste des Hauses, als sie die Ruine erreichte. Dann sagte sie: „Ein Zaubermensch hinterlässt nunmal nichts als Qualen. Ein schrecklicher Fluch lastet auf ihm." Ein anderer Mann fiel ihr ins Wort: „Yaro ist kein Zaubermensch, seine Haut ist wie unsre, seine Haare sind schwarz wie Kohle." Die Alte schwieg ein Weilchen, betrachtete aufmerksam das finale Knistern als würde sie es mit Genugtuung sehen, dass die orakelnden Verschwörungen eingetroffen waren. „Nicht der Junge, aber sein Vater. Der alte Hatari hätte einst den jungen Adili nicht ins Dorf lassen dürfen. Dann wäre all dieses Unheil niemals in den Ort gekommen."

„Was redest du da für einen Blödsinn", mischte sich nun auch Onkel Manani ein. „Das Unheil hat nur

Yaro befallen. Sie haben ihm seine ganze Familie genommen." Die alte Frau schwieg, holte Luft und sagte dann, weil sie wenig entgegenzusetzen hatte: „Das sehe ich anders. Die Schamanin würde noch leben, wenn es anders gekommen wäre und Moses säße nicht im Kerker." Nun lachten Onkel Manani und der andere Mann spitz auf ohne zu merken, wie sehr ihre Auseinandersetzung mit der Alten Yaro zu schaffen machte. „Unglaublich", fauchte Onkel Manani.

Der Junge musste mit ansehen, wie das Haus seiner Eltern, sein Haus, ein Raub der Flammen wurde. Hilflos kippten sie noch einige Eimer Wasser mehr auf die Holzbalken. Alles brannte nieder bis auf die Mauern. „Warum hat es gebrannt?", fragte Yaro nach einer Zeit völlig unvermittelt. „Ich weiß es nicht", log Onkel Manani.

Er rief den Besitzer des Busses zu sich. Er sollte nachsehen, ob am abgestellten Dorfbus etwas fehlte. Bald schon ergab alles ein schrecklich rundes Bild. Der Reservekanister des Busses, der in einer offenen Heckklappe des Busses stand, war nur noch zu einem Drittel gefüllt und auf dem steinigen Boden rund um die Klappe schimmerten Spuren von Diesel im Boden. Und Yaro fand im Tomatengarten eine metallene Schachtel. Darin waren ein Brief seiner Mutter, das Notizbuch des Vaters und Geld. Allem Anschein nach für die Verhältnisse der Menschen im Dorf recht viel Geld. Briefe und Fotos von Nikolas aus Deutschland an den Vater. Ein Taschenmesser und die aus einem Buch oder einer Zeitung herausgerissene uralte Seite. Damit aber konnte Yaro nichts anfangen. Er bat Onkel Manani den Brief zu lesen. „Du musst stark sein", hatte der gesagt. „Will ich sein, Onkelchen", antwortete Yaro und setzte sich ins Grün des Gemüsegartens während etwas oberhalb im Hang noch immer die letzten glimmenden Reste des Hauses vor sich hin kohlten.

Mein geliebter Sohn, Yaro, gutes Kind, las er vor. *Du musst dein Leben leben, Yaro. Ich habe alles verloren. Deinen Vater, meinen Mann und deine Schwester, meine Tochter. Es macht keinen Sinn, dass ich nun auch dich verliere, indem ich dich zwinge bei mir zu bleiben. Dein Leben... du bist jung. Ich habe den Verstand verloren, ich weiß das. Ich spüre das. Du sollst dich nicht um mich kümmern müssen, Yaro, mein Schatz. Geh, Yaro, Kleiner, geh in die Stadt, lebe das Leben, von dem dein großer Vater, der gute Zaubermensch - keiner kannte ihn so gut wie wir - für dich geträumt hatte. Werde weise wie er. Ach, Adili! Du fehlst. Deine Sprache! Deine Worte. Ich wünschte, ich hätte in meinem Leben das Sprechen gelernt. Nicht in diesem Leben. Yaro, der Herr hat's mir gewiesen. Es ist richtig so. Er beschütze dich! Deine Mama Kamaru.* Onkel Manani stockte an dieser Stelle und erfand eine Zeile hinzu, die da nicht stand. „Da steht noch, dass du bei mir Hilfe suchen sollst."

Yaro weinte bitterlich. „Wohin hätte ich denn auch sonst gehen sollen", schluchzte er. Eine Familie hatte Yaro nicht mehr zu diesem Zeitpunkt. Er hatte einen Abschiedsbrief, ein paar Bilder und ein kleines Taschenmesser. Das war der Rest seines Daseins.

Das ganze Dorf war in heller Aufregung. Dass Kamaru das Haus angezündet hatte, war wie ein Lauffeuer herumgegangen. Sie malten sich die wüstesten Geschichten aus. *Sie saß bestimmt seelenruhig auf einem Stuhl und hat gewartet, bis die Flammen sich ihrer annahmen,* mutmaßten einige. Andere entwickelten grausame Fantasiegeschichten. Onkel Manani nahm daran nicht teil. Er sperrte den Laden für den Rest des Tages zu. Dann ging er mit Yaro zu seiner Frau. „Wir müssen ihm etwas zum Anziehen kaufen. Er hat nur das, was er am Leib trägt." Sie nickte. „Wenn du mit ihm nach Karatu fährst, könntet ihr auch gleich wegen der Schule, du weißt..." Onkel Manani nickte. Yaro fühlte eine Leere. In diesem Moment erschien ihm die Möglichkeit, eine Schule zu besuchen wie eine riesige Last. Er fühlte sich schuldig. Er hatte zu Mama Kamaru gesagt, er müsse sich um sie kümmern. Sie wollte, dass er frei ist. Sie ist gegangen. Hätte er das nicht gesagt, wäre sie vielleicht geblieben. Es gab aber nun keine Möglichkeit mehr, sie noch einmal zu fragen. Das Rad der Zeit zurückdrehen, das hätte er so gerne gemacht. Einen Tag nur. „Mama, wenn du möchtest, dass ich gehe, gehe ich nach Arusha. Du wirst hier klarkommen." Wenn er das gesagt hätte, würde Mama noch leben, er war sich so sicher. Er sprach mit Onkel Manani darüber, denn es musste raus. Der aber hörte sich still an, was Yaro meinte, legte dann väterlich beide Hände auf die Schultern des Jungen und meinte: „Ich vermute, dann hätte deine Mutter dasselbe getan, Yaro. Sie war krank und verzweifelt. Aber sie schien gestern bei klarem Verstand gewesen zu sein, ihre Entscheidung, uns zu verlassen, hat sie also bewusst getroffen." Das verstand Yaro nicht ganz. Er wollte auch nicht glauben, dass Mama das Haus angezündet hätte, wenn er etwas anderes gesagt hätte.

Am nächsten Morgen glimmte die Asche noch immer. Yaro war früh aus dem Wohnhaus des Krämers geschlichen. Er hatte in einem kleinen Zimmer auf einer alten Matratze geschlafen. Kaum ein Auge hatte er zu bekommen. Zu viele tausend düstere Gedanken schwirrten durch seinen kleinen Kopf. Die Luft war noch frisch und der Himmel schwebte in Farben zwischen blau und rot. Ein paar Männer trieben die Rinder aus den kleinen Ställen. Yaro hörte das Muhen des Viehs. Er liebte dieses Dorf eigentlich über alles. Es war seine Heimat, bot ihm Sicherheit. Aber nun war es wohl an der Zeit, zu gehen. Während er in Richtung seines Hauses lief, erinnerte er sich an die Erzählungen seines Vaters. Damals hatte Adili vor dem Dorf gehaust und war dann mit den Engländern gegangen. Allein, weit fort. Und es war seine große Chance, die er genutzt hatte. Er war zurückgekehrt, als gebildeter Mann und hatte fortan die Achtung aller genossen. Und das, obwohl er ein Zaubermensch war.

Nun betrachtete der Junge die Reste seines Hauses. Das Haus seiner Familie, das, was einmal Geborgenheit, Kindsein ausmachte und jetzt in Schutt und Asche lag. Mama Kamaru hatte darin ihre letzte Ruhestätte gefunden. Es durchbohrte sein Herz. Er stand alleine vor dem Haus. Neugierig hatte sich aber Abasi angeschlichen. Er war auch früh am Morgen schon wach geworden, so wie kleine Kinder eben früh am Morgen wachwerden. Dann hatte er der Mutter geholfen, Feuer zu machen hinter dem Haus. Nun streifte er ein wenig ziellos umher. Das Feuer hatte ihn schon am Vortag magisch angezogen. Zweimal war er bei Yaros Haus gewesen. Einmal standen dort noch alle Erwachsenen beisammen und gafften neugierig in den rauchenden Schutt. Sie hatten die Kinder aber schnell vertrieben. Beim zweiten Mal waren nur ein paar Frauen in der Nähe, die ihren Tratsch hielten. Da konnte er noch ein paar Glutnester ausmachen. Und nun stand er hinter Yaro. Der spürte die Anwesenheit eines Anderen und drehte sich um. Abasi wusste, dass er damit rechnen musste, dass Yaro wütend würde. Aber Yaro blieb ganz ruhig, sagte kein Wort. Abasi hielt die Stille kaum aus. Nur das gelegentliche Knacken von Holz, das unter der Glut litt, war zu vernehmen.

Abasi durchbrach die Stille. „Deine Mama war da drin, stimmt's?", sagte er. Yaro nickte stumm. „Und jetzt ist sie bei Papa und Therese", sagte er nach einer Weile. Abasi versuchte, den Schmerz nachzufühlen, tat sich aber schwer. Er hatte seine Eltern und Geschwister immer um sich herum. Abasi konnte nicht ermessen, wie groß das Loch in der Seele sein musste, wenn alle fortgegangen waren. „Ich bin froh, dass Moses nicht mehr im Dorf ist", sagte Abasi dann, um etwas zu sagen und um das Thema zu wechseln. „Aber ich weiß, dass es genügend Leute gibt, die sagen, erst wenn auch du fort bist, wird wieder Ruhe im Dorf einkehren." Yaro nickte stumm. Dass Moses fort war, das war wirklich gut. Dann drehte er sich um, rief seiner Mama zu: „Mach's gut und umarme Papa und Therese für mich."

Mit Tränen in den Augen ging er zu Onkel Mananis Laden zurück. Abasi blieb zurück, spürte, dass er in diesem Moment Yaro nicht hätte folgen sollen.

-XXII-

Im Sommer

Nikolas hatte gerade das Essen auf die Terrasse getragen als Zuri aus der Küche kam. Sie hatte das Telefon am Ohr und sprach Swahili. „Dein Vater?", flüsterte Nikolas in ihre Richtung. Sie nickte nur und machte eine abwehrende Handbewegung. „Ich verstehe", sagte sie dann auf deutsch. „Ich mache mal laut, dann kann Niko mithören", ergänzte sie. Zuris Vater sprach langsam. „Ich weiß jetzt nicht, wo ich anfangen soll", erklärte er. „Es geht um das Kind, aber ich kann auch nicht wirklich viel für ihn tun, als etwas zu zahlen." Nikolas zuckte mit den Schultern, er hatte den Beginn des Gesprächs nicht mitbekommen und wusste nicht, worüber Vater und Tochter gesprochen hatten. „Paps, ich muss Niko erst einmal erzählen, worum es geht, wir rufen dich morgen wieder an, in Ordnung?", wimmelte sie ihren Vater ab, um sich dann Nikolas zuzuwenden.

„Pass auf", sagte sie. „Es gibt irgendwelche Probleme in dem Dorf von Adili." Nikolas zog die Augenbrauen hoch. Trotz der ernsten Situation, die Zuri beschreiben wollte, musste sie lachen. Sie liebte diese Geste an ihrem Mann. „Du kannst so herrlich dämlich gucken", zog sie ihn auf. „Was ist denn nun?", wollte

Nikolas wissen. „Es sind wohl ziemlich viele schreckliche Dinge passiert seit Adili gestorben ist." Sie setzten sich an den Tisch vor dem Haus. Die Sonne brannte vom Himmel. Deutsche Sommer waren anders als afrikanische. Aber sie waren sehr angenehm. Überall konnte man kühlende Ausflüchte finden, in Seen, an Flüssen, notfalls unter der Dusche. Das Bier war eiskalt und das Eis aus den italienischen Eisdielen war wunderbar. Die Blumen standen in voller Blüte und Zuri liebte die Rosen im Garten über alles. In Tansania war die Hitze manches Mal unerträglich. Sie schnürte einem den Hals zu, schlug wie ein feuriges Brett auf den Kopf ein. Der Boden war karg und staubig, der Sand brannte dann in den Augen und die Luft flimmerte. Auch das mochte Zuri, aber es war weniger angenehm als diese mitteleuropäischen Sommerabende.

„Dein Papa hatte Adilis Frau doch nach dem Brief von ihr noch einmal Geld geschickt und versprochen, es wieder zu tun, wenn sie sich melden würde?" Zuri nickte. Sie erzählte das, was ihr Vater ihr selbst gerade geschildert hatte, aber das war nicht viel und Nikolas unterbrach seine Frau. „Ich denke, es ist Zeit, dass wir wieder einmal nach Tansania fliegen, was meinst du, Schatz?" Sie lächelte ihren Mann an. Auch das war etwas, warum sie ihn so liebte. Er war so unglaublich spontan und empfand meist wie sie.

-XXIII-
Mitte August 2010

Zuris Vater setzte sich an den großen Tisch. Nikolas sah sich um. Immer wieder war er fasziniert vom Anwesen seines Schwiegervaters. Der Diplomat hatte Geschmack. „Hier ist es wunderschön, mir gefällt das Haus sehr gut." Zuris Vater lächelte. „Es sind alles Erinnerungen an Zuris Mutter. Alles hier hat sie arrangiert und ausgesucht. Sie hatte Geschmack." Zuri streichelte ihrem Vater sanft über die Wange. „Paps," sagte sie sanftmütig. „Ist ja schon gut, keine Zeit für Sentimentalitäten. Ihr seid hier, weil es viel zu erzählen gibt." Nikolas nickte und begann zu essen, er hatte einen Riesenhunger nach der langen Reise nach Dar Es Salaam. Auch Zuri begann mit dem Essen. Nur Zuris Vater schien keine Zeit zu haben für das Mahl. Er erzählte nun.

„Vor einigen Wochen fiel mir die Familie in dem Dorf droben in der Nähe von Karatu ein. Dem Mann haben wir Geld gegeben, weil er krank war. Dann ist er gestorben und ich hatte der Frau noch einmal Geld geschickt, nachdem ihr mich angerufen und erzählt hattet, dass der Mann gestorben ist. Nun dachte ich, wäre es an der Zeit, ein Lebenszeichen von ihnen zu bekommen. Aber wie sollte ich an die Familie

446

herankommen, ohne selbst in diese gottverlassene Gegend zu reisen? Ich versuchte es über den Lastwagenfahrer, dem ich das Geld gegeben hatte. Der aber sagte, er sei selbst schon einige Monate nicht mehr ins Dorf gefahren, weil er Schmerzen am Knie habe. Er habe einen Aushilfsfahrer engagiert. Er würde sich aber darum kümmern. Das war Anfang Juni. Zwei Wochen später rief ich den Mann wieder auf dem Handy an und fragte ihn, ob der Aushilfsfahrer etwas in Erfahrung hatte bringen können. Er erzählte mir, dass es große Probleme in dem Dorf gab und dass die Menschen dort in Aufregung seien. Manche sprachen davon, dass der Fluch des Zaubermenschen nun zurück gekommen sei in den Ort. Es sind schreckliche Dinge passiert. Hört zu, Zuri, passt auf, Nikolas, Dinge, die ihr euch in eurem fröhlichen Haus in Deutschland nicht vorstellen könnt. Dinge, die wir in diesem zauberhaften Palast hier nicht nachvollziehen können. Wir nutzen unsere Handys zur schnellen Kommunikation, überweisen Geld mit dem Internet von einem Land zum anderen. Wir sehen uns die Welt über's Satellitenfernsehen an oder fliegen von A nach B in wenigen Stunden. Die Menschen da oben in den kleinen dörflichen Siedlungen haben von all dem keine Ahnung. Sie glauben an Geister und Dämonen, an die Rache der Ahnen, an Flüche und Segnungen durch göttliche Fügung. Jedenfalls fühlt sich das absurd an in unserer heutigen Welt. Der arme Mann war also gestorben und die Frau stand alleine mit den beiden Kindern da. Das alleine schien schon zu viel gewesen zu sein. Sie war ja stumm, erinnert ihr euch?" Zuri nickte. „Ich habe mich mit Kamaru auch ohne Sprache gut unterhalten können", fügte Zuri gütig an. „Oh, sicher, mein Schatz, du weißt um die Sprache der Augen, der Gesten und kannst dich einfühlen in andere", sagte der Diplomat sichtlich stolz auf seine Tochter. „Aber die einfachen Frauen im Dorf dachten, sie wäre verwunschen und durch die Ehe mit einem Albino-Mann musste das alles noch viel schrecklicher geworden sein. Jedenfalls hielten sie sie für verrückt. Und kurz danach hat man ihr das kleine Töchterchen geraubt."

Kurze Stille am Tisch. Nikolas hatte Einiges über Albinismus in Tansania gelesen und eine düstere Ahnung, als der Schwiegervater so sprach. „Geraubt, das heißt?", fragte er dennoch nach. „Eine Medizinfrau, ein *altes Weib*, so hat sie der Fahrer genannt, habe ein paar kinderlosen Paaren zu ihrem Glück verhelfen wollen und in ihrer Vorstellung half nichts mehr als die Medizin, die man aus..." Er hielt inne. „Na, wie soll ich es sagen, die man aus der Haut, den Haaren oder den Knochen der Albinos gewinnt." Zuri stoppte das Essen und sah ihren Vater entsetzt an. „Albinos sind wie Gold", sage Nikolas, „das habe ich gelesen. Sie haben einen materiellen Wert für die Schamanen in der Gegend. Man vergöttert sie, aber nicht als Menschen, sondern wegen ihrer heilenden Wirkung. Ihrer angeblich heilenden Wirkung."

„So ist es", pflichtete ihm der alte Diplomat bei. „Und die Medizinfrau hat sich einen arbeitslosen Burschen kommen lassen, der für ein paar Tausend Schillinge das Mädchen geraubt und umgebracht hat."

Nun herrschte blankes Entsetzen am Tisch. Zuri und Nikolas ließen die Gabel fallen. „Du hattest schon angedeutet, dass es Probleme gibt", sagte Zuri, „aber, dass es so schlimm ist, das war mir nicht klar." Nikolas' Schwiegervater legte seine Hand auf die seiner Tochter und meinte dann: „Es wird leider noch schlimmer." Beide *Kinder* zogen die Augenbrauen hoch und warteten auf die Fortsetzung dieser bitteren Geschichte.

„Die Suche nach dem Mörder wäre wohl recht einfach gewesen, so schildert es der Lieferant. Sie hatten die Heilerin gefasst und die hat in Arusha gestanden, dass sie einen Jugendlichen beauftragt hatte, das Mädchen zu töten. Sie selbst starb kurz darauf im Gefängnis." Das sagte er trocken, als würde er eine Nachricht im Fernsehen verlesen. „Der Mörder aber versteckte sich im Buschland. Die Polizei fand ihn nicht, zog unverrichteter Dinge wieder ab. Irgendwie gelang es ihm dann sogar, die Aufmerksamkeit auf Yaro zu lenken. Der Junge muss Höllenqualen gelitten haben in dieser Zeit. Man erzählte sich im Dorf, dass Yaro seine Schwester umgebracht habe, um an Geld zu kommen. Für ein Studium in Arusha oder so. Wie alt ist Yaro?" Beide schwiegen. „Keine zwölf, vielleicht zehn?", mutmaßte Zuri. Und Nikolas nickte dazu. „Jedenfalls war das die Aussage von dem Dorfkrämer, der die ganze Geschichte dem Aushilfsfahrer des Lieferanten erzählt hat. Und mit dem habe ich telefoniert. Wer weiß, wieviel da in der Zwischenzeit noch hinzugedichtet worden ist." Die beiden nickten, hatten aber wenig Hoffnung, dass die Kernaussagen vielleicht am Ende gar nicht stimmten. Zuris Vater fuhr fort, nachdem er sich nun endlich auch etwas Essen in den Mund geschoben hatte. „Also der Junge wurde dann im Dorf gejagt. Als Mörder beschimpft und angefeindet. Zur gleichen Zeit wurde seine Mutter tatsächlich krank. Also nicht körperlich, psychisch. Im Dorf sagten sie, Kamaru wäre verrückt geworden. Noch verrückter als vorher schon." Zuri sah ihren Vater streng an. „Dich wundert es aber nicht, dass die Frau psychische Probleme bekommen hat, nachdem sie in kurzer Zeit ihren Mann an eine heimtückische Krankheit verloren und man ihr dann auch noch ihre süße Tochter genommen hat?" Der alte Mann sah erstaunt zu seiner Tochter: „Nicht im geringsten! War ich dir zu wenig diplomatisch in der Wortwahl?" Zuri nickte und Nikolas wollte, dass sein Schwiegervater fortfuhr. „Kamaru hat sich komplett aus dem dörflichen Leben zurückgezogen. Ihr Sohn lebte zwar weiter mit ihr im Haus des verstorbenen Vaters, aber man hatte im Dorf den Eindruck, er kümmere sich mehr um seine Mutter als die sich um ihn. Yaro war viel bei dem Krämer in dessen Laden, so wurde mir berichtet. Dort half er beim Einräumen von Waren und der Ladenbesitzer wurde eine Art Ersatzvater für ihn. Einige Zeit nachdem der eigentliche Mörder im Busch verschwunden war, muss Yaro allein auf die Suche nach ihm gegangen sein. Jedenfalls fanden sie den Kindsmörder irgendwo am Rande des Dorfes blutüberströmt. Yaro hatte ihn in seiner Wut ziemlich übel zugerichtet. Bevor der wütende Mob des Dorfs aber über ihn herfallen konnte, muss der Krämer eingeschritten sein. Als die Polizei wieder ins Dorf kam, gestanden zwei kleine Jungen, dass sie vom eigentlichen Mörder beauftragt worden waren, Lügenmärchen zu erzählen. Sie hatten Schmiere gestanden, als der das Mädchen holte. Sie hatten wohl Angst vor Strafe gehabt und ihren Kumpel daher geschützt. Der eigentliche Mörder verschwand in Arusha im Gefängnis. Yaro hätte nun Ruhe im Dorf haben können. Der Krämer aber wollte, dass der Junge in eine Schule geht. Er hatte das Gefühl, er sollte etwas lernen. Wie sein Vater. Er schlug Yaro also vor, von meinem Geld zu leben, jedenfalls eine Zeitlang und in Karatu oder Arusha eine Schule zu finden. Aber Yaro lehnte ab. Er musste dann zu seiner Mutter gegangen sein und ihr gesagt haben, dass der Ladenbesitzer ihm das vorgeschlagen hatte. Die arme Frau begriff wohl, dass sie ihrem Sohn im Weg stand. Er wollte nicht gehen - wegen ihr. Da hat sie in ihrem Wahn, so vermute ich, Benzin aus einem alten Bus geklaut und ihr Haus angezündet. Sie selbst, so hat man mir erzählt, war in dem Haus geblieben. Yaro hat alles verloren. Vater, Schwester und am Ende auch noch die Mutter."

Zuri schob den Teller beiseite. Nikolas schwieg beharrlich. Er fühlte eine innere Beklommenheit in seinem Bauch. „Und dann?", fand Nikolas die Sprache wieder. „Was passierte dann?" Zuris Vater wischte sich mit der Serviette den Mund ab. Er fuhr fort.

„Dann musste der Junge bei dem Ladenbesitzer einziehen, aber er wurde dort nicht froh. Er war noch immer ein Getriebener. Manche im Dorf drohten dem Kleinen offen, dass sie ihn vertreiben würden, wenn er nicht freiwillig verschwinden würde." Zuri sah ihren Vater fragend an. „Ja, Schatz, die Leute da oben in dem Dorf haben Angst vor dem Kind. Er war nun eine Art Bote des Bösen, jemand, der aus dem Jenseits die Flüche herüberbrachte. Die Leute glaubten wohl, der Bursche könnte nun auch den Rest der Ortschaft in Schutt und Asche legen. Und die Mutter des eigentlichen Mörders seiner Schwester hetzte viele Frauen gegen Yaro auf."

„Konnte denn der Krämer nichts dagegen machen?", wollte Nikolas wissen. „Ich weiß es nicht", sagte der Diplomat. „Und wo ist Yaro jetzt", hakte Zuri nach. „Das weiß ich nicht", sagte ihr Vater kleinlaut.

„Wir müssen da rauf", sagte sie an Nikolas gewandt. Der nickte nur stumm und ihr Vater willigte ein. Er würde aber lieber in Dar Es Salaam bleiben wollen, die Reise in das verlassene Nest war ihm zu anstrengend. „Ich stehe euch von hier aus mit Rat und Tat und gegebenenfalls auch mit ein paar Dollars zur Verfügung. Ist das in Ordnung?", wollte er wissen. „Na sicher, Paps", lächelte Zuri. „Danke", sagte Nikolas kurz und knapp.

Schon am nächsten Tag brachen die beiden auf in den Norden Tansanias. Bepackt mit Lebensmitteln für eine Woche, Decken und der Hoffnung, Yaro im Dorf zu finden. Die Fahrt der achthundert Kilometer langen Strecke würde zwei Tage in Anspruch nehmen. „Ihr wohnt erstmal eine Nacht bei meinem Freund Francis in Dodoma", darauf hatte Zuris Vater bestanden. Francis war ebenfalls ein alter Diplomat, der in Tansanias Hauptstadt lebte und dort ein herrschaftliches Haus besaß. Sie erreichten die Einfahrt erst am späten Abend und wurden von einer Haushälterin empfangen. „Kommen Sie herein", lud sie die beiden Gäste aus Deutschland ins Haus ein. Dort wartete ein kleiner, rundlicher Mann, der selbst im Haus einen edlen Gehstock trug. Er war sichtlich schon ziemlich alt, deutlich älter als Zuris Vater. Aber er war nicht weniger gewitzt. „Diplomaten helfen sich immer wieder gerne gegenseitig und wenn es auch um die schwierigsten Fälle geht. Seid ihr beide schwierige Fälle?", scherzte er. Zuri lachte. „Der da nicht, der ist Deutscher", dabei deutete sie auf Nikolas. „Und außerdem war er als Entwicklungshilfeingenieur oben im Norden aktiv." Der alte Mann lachte freundlich, streckte Nikolas die Hand aus und meinte trocken: „Kummer also gewohnt!" Zuri gab dem Freund ihres Vaters dann auch die Hand. „Ich kenne dich noch, da warst du ein kleines Mädchen, eine Windelpupserin sozusagen. Jetzt siehst du so aus, dass ich fast den Wunsch verspüre, selbst nochmal dreißig zu sein." Zuri sah ein wenig beiseite. „Das nehme ich mal als Kompliment."

„Solltest du auch! Sag, wie geht es meinem guten alten Freund Jacob?"

Dann musste Zuri erzählen, wie es ihrem Vater so erging, was sie selbst in Deutschland tat und wie sie den Mzungu da kennengelernt hatte. Es wurde ein herrliches Essen aufgetragen und Nikolas war froh, etwas Kühles zu trinken zu bekommen. Obgleich in Dodoma im August praktisch Winter war und es in diesen Wochen eigentlich nicht besonders heiß wurde, hatten sie einen augenscheinlichen Ausnahmetag erwischt und auf der Fahrt mächtig geschwitzt. Nikolas kippte die eisige Cola rasch runter und Francis bat die Haushälterin um Nachschub. „Da oben gibt's dann aber nur noch Wasser oder warme Limonade", lächelte er. „Ich hab' den Brunnen in dem Dorf selbst gebaut", sagte Nikolas stolz. „Du hast ihn bauen lassen, Schatz", ergänzte Zuri provokativ. „Wie dem auch sei, was führt euch genau dorthin, Jacob hat nur Andeutungen gemacht."

„Es geht um den Sohn eines Albinos", sagte Nikolas kurz und knapp, ehe Zuri ergänzte: „Er selbst ist kein Albino. Aber seine Schwester war es - wie der Vater." Francis blickte sie fragend an und es wurde ein langer, aber netter Abend, bei dem sie dem freundlichen Herrn alles erzählten, was sie wussten. Er wünschte ihnen viel Glück bei der Suche nach Yaro, wies ihnen ein Gästezimmer zu und verabschiedete sie noch am Abend. „Ihr solltet morgen zeitig aufbrechen, denn es ist ganz schön weit dort hinauf und die Straßen sind nicht immer in bestem Zustand. Immerhin ist Trockenzeit", sagte er und fügte an: „Und ihr werdet verstehen, dass ein alter Mann nicht aus den Federn fällt, wenn es noch nicht seine Zeit ist." Sie nickten, dankten ihm sehr für die Gastfreundschaft und legten sich in ihrem Gästezimmer schlafen.

Zuri konnte nicht einschlafen und auch Nikolas wälzte sich lange wach herum. „Was, wenn wir ihn finden?", fragte Zuri. „Denkst du dasselbe wie ich?", fragte Nikolas zurück. „Aber...", dann schwieg Zuri. „Sollten wir den Gedanken zuende denken oder erst einmal den ersten Schritt tun und zusehen, dass wir ihn finden?", meinte Nikolas an seine Frau gerichtet, die er sanft im Arm hielt. „Besser, wir sehen zu, dass wir ihn finden und dann schauen wir, wie es weitergeht." Irgendwann waren beide dann doch eingeschlafen.

Dodoma im August konnte eisig sein. Zuri bekam fast ein wenig Heimweh nach Deutschland, wo sie noch vor ein paar Tagen den herrlich milden Sommer genossen hatte. Aber auch hier würde sicher die warme Sonne bald durchkommen und die Luft erwärmen. Es war früh am Morgen als sie und Nikolas ihre Rucksäcke in den Wagen bugsiert hatten um in den Norden zu fahren. Sie würden wohl in Arusha schlafen, denn dort gab es viele Hotels. In Arusha tummelten sich zahlreiche Touristen auf dem Weg in die Serengeti oder den Ngorongoro-Krater. Aber sie waren meist eingesperrt in ihren Safari-Jeeps und bekamen die Dörfer der Einheimischen nur selten zu Gesicht. Wenn, dann machten sie einen kurzen Halt bei den Siedlungen der Massai, warfen einen Blick in die Manyattas oder kauften etwas vom handgemachten Schmuck. Die anderen Ortschaften hatten wenig vom Tourismus. Ab und an fanden Männer oder Frauen aus den Dörfern Arbeit in den großen Lodges. Dann schufteten sie für die reichen Gäste aus Amerika und Europa in den Küchen oder bedienten sie auf den Sonnenterrassen.

Zuri und Nikolas schepperten mit dem geliehenen Wagen eines Freundes von Zuris Vater in Richtung Norden. Auch wenn es ein Umweg war, von Dodoma nach Arusha zu fahren, nahmen sie dies in Kauf, denn Jacob hatte sie eindringlich davor gewarnt, in Karatu zu schlafen. „Da findet ihr nie ein vernünftiges Hotel", hatte er gemeint. Und weil Zuris Vater meist Recht hatte in solchen Dingen, fuhren sie über acht Stunden durch karges Steppenland in Richtung Arusha. Auch wenn Karatu durchaus Hotels aufzuweisen hatte.

Es war schon spät, als die beiden in Arusha ankamen. Jacob hatte ihnen ein kleines Stadthotel empfohlen und auch Francis war der Meinung, man könnte in diesem Haus gut nächtigen. Also parkten sie vor dem *McEllis* und erkundigten sich nach einem freien Zimmer. Man half ihnen mit den Koffern und Zuri fragte nach einem Restaurant in der Stadt. Der freundliche Mann am Tresen fragte, ob die Touristen denn geneigt wären, indisch essen zu gehen. Sie lachten. Durchaus, ja, nur Touristen waren sie eigentlich keine. Sie hatten eine klare Mission hier in Tansania und dass

Zuri nicht aussah wie eine Urlauberin, hätte ihm ja spätestens auffallen können, als sie Swahili mit ihm sprach. Indisch war gut. „Dann geht zu der Autowerkstatt dort", sagte der Mann und zeigte auf einem Stadtplan auf einen gewissen Punkt. „Der schraubt unter tags an Autos rum und grillt abends vor seiner Werkstatt das beste Tandoori außerhalb Indiens." Sie sahen sich an und nickten. Das würden sie ausprobieren.

Die Stadt wirkte lebendig und war auch noch nach Sonnenuntergang voller Betriebsamkeit. Zuri hakte sich kurz bei Nikolas unter und meinte: „Gut, dass wir hier sind, oder?" Er nickte und fügte an: „Wir finden Yaro sicherlich." Vor einer Autowerkstatt standen vier Bänke und ein Mann werkelte vor einem Holzkohlegrill. In einer Tonne buk er Naan-Brot und es roch verführerisch. Seine Frau gab den beiden Reis und Joghurtsoße auf einen Teller. Sie selbst nahmen sich Gemüse und dann gab es wunderbares Tandoori-Chicken aus dem Grill und dazu dieses herrlich frische Fladenbrot. Es fühlte sich in diesem Moment an wie Urlaub. Neben ihnen saßen zwei Chinesen, die sich innig im Arm hielten und ganz verliebt wirkten. „Auf Safari?", fragte Zuri. Sie nickte, er schüttelte den Kopf. Bald fanden sie heraus, dass das Pärchen aus Singapur stammte und auf Hochzeitsreise im östlichen Afrika war. Während für die junge Braut das Bestaunen der wilden Tiere in der endlosen Weite der Serengeti die Hauptattraktion der Reise war, galt es für ihn, den Kilimandscharo zu besteigen. „Ob die das schaffen?", fragte Zuri Nikolas später und musste kichern. „Ich weiß nicht, wie hoch die Berge in Singapur so sind, aber es wird schwer", lachte nun auch Nikolas.

Sie hatten einen unbeschwerten Abend und wussten, dass ihnen am nächsten Tag noch eine gut dreistündige Schüttelpartie bevorstand.

*

Es war bereits Mittag, als sie ihren Wagen auf dem Dorfplatz parkten. Es dauerte nur ein paar Augenblicke und der Jeep war umrundet von neugierigen Kindern, die alle erstaunt wissen wollten, wer der Besuch denn sei. Touristen kamen nie ins Dorf und ein Weißer war seltener Gast. „Das ist kein Zaubermensch", sagte ein kleines Kind und Zuri zischte ihm etwas entgegen. Ihr letzter Besuch war lange Zeit her und viele hatten damals auch gar nicht mitbekommen, dass ein Weißer in der Ortschaft war. Nikolas hatte bei seinem zweiten Besuch vor allem mit Adili zu tun gehabt und Zuri sich mit Kamaru befasst. Beide waren nun tot. Und das süße kleine Mädchen ebenfalls. Zuri musste den Gedanken abschütteln, als sie sich mit einer Traube Kinder den Weg über den Dorfplatz erkämpfte. Onkel Manani hatte die Ankömmlinge schon gesehen und war aus seinem Laden gekommen. Er hob die Hand zu einem freundlichen Gruß; der Ladenbesitzer wusste augenblicklich, um was es den beiden Fremden gehen würde. Er fühlte sich schlecht bei dem Gedanken, nicht alles für Yaro getan zu haben.

Zuri und Nikolas bahnten sich einen Weg durch die vielen Menschen, die sie nun umringten. Neugierde hatte die Männer, Frauen und Kinder zum Dorfplatz getrieben. Sie alle wollten wissen, wer da angekommen war. Und alle ahnten, dass es etwas mit der Zauberfamilie zu tun haben musste. Ein paar der Leute hatten Nikolas schon einmal gesehen. *Das war doch der, der damals den Brunnen gegraben hat!* Nikolas musste Hände schütteln und verstand nichts von dem, was man ihm sagte, konnte keine Frage beantworten. Zuri zog es vor, in diesem Augenblick zu schweigen und nicht zu antworten, denn sie würde nur eine weitere Welle neuer Fragen provozieren. Onkel Manani war der Traube ein Stück entgegen gekommen. Er sprach die beiden auf Englisch an. „Welcome friends", sagte er, denn größer war sein Englischrepertoire leider nicht. „Danke", sagte Zuri auf Swahili, „sind Sie der Besitzer des Ladens?", wollte Nikolas wissen und Zuri übersetzte. Onkel Manani nickte. „Können wir in Ruhe sprechen", fügte sie gleich noch an. Onkel Manani machte eine einladende Geste und winkte die beiden Fremden zu sich heran. Fast schon schob er sie vor sich her in den Laden, umringt von neugierigen Blicken und umströmt vom süßlichen Duft eines blühenden Frangipanibaums. Drinnen schloss er die Tür und bat die beiden durchzugehen in den von afrikanisch-winterlicher Kühle umschlossenen Innenhof. Seine Frau schickte der Krämer um einige saubere - so wie er es ausdrücklich betonte - Gläser, die er dann mit eisgekühlter Limonade oder Cola füllte. Auf zwei durchgesessenen Plastikstühlen sollten die weißen Gäste Platz nehmen, er selbst setzte sich auf einen Holzschemel, der viel zu klein war.

„Darf ich etwas zu trinken anbieten?", fragte er Zuri. Sie nickte. Es tat beiden nach der langen Fahrt gut, die perlende Cola zu spüren. Es fühlte sich fast elitär an in dieser gottverlassenen Gegend. Sie saßen in einem abgeschotteten Innenhof und wussten, dass draußen neugierige Menschen wissen wollten, was es zu besprechen gab. Aber Onkel Manani wusste auch, dass er mit den beiden alleine sprechen sollte. Zu viele Geschichtenerzähler würden das Erlebte nur verfälschen und am Ende würde aus der tragischen Geschichte des kleinen Jungen Yaro nur wieder das doch immer erwartete Schicksal eines vom Jenseits manipulierten Zaubermenschen.

„Ihr seid gekommen, weil ihr wissen wollt, was mit Yaro ist, stimmt's?", hakte Onkel Manani nach. Beide nickten erneut schweigend und noch immer mit ihrer Cola beschäftigt. „Dein Vater hat sich über unseren Lieferanten erkundigt, stimmt's?", wollte er sichergehen. Auch dies war korrekt. „Ich werde euch die Geschichte von Anfang an erzählen", sagte Onkel Manani und Zuri bat, er möge langsam sprechen, damit sie immer wieder für ihren Mann übersctzen konnte.

„Seine Mutter war in Adilis Haus verbrannt. Man hatte sie beobachtet, wie sie an einem abgestellten Bus hier im Dorf Benzin geklaut hatte. Niemand machte sich einen Reim darauf. Kamaru war nach dem Mord an Therese verrückt geworden." Onkel Manani hielt inne. Er wollte nicht, dass der Eindruck entsteht, er würde auch denken, irgendwelche Geister aus dem Reich der Ahnen hätten sich Kamarus Seele angenommen und sie verhext, auch wenn sie Mutter eines Zaubermenschen war und einen Zaubermenschen zum Ehemann gehabt hatte. Zuri und Nikolas tranken ihre Getränke aus und hörten zu, was ihnen der Krämer zu berichten hatte.

„Meine Frau und ich waren uns einig, wir mussten Yaro helfen. Ich hatte es Adili versprochen. Adili war ein guter Mensch gewesen, ein weiser Lehrer und ein sanfter Vater. Wir hatten ihn respektiert, auch wenn er so anders war. Sein Vater, der große Hatari, hat ihn anerkannt als seinen Sohn und so war es an uns, auch Adili zu akzeptieren. Die Schamanin hatte ein Problem damit. Und sie hatte später vor allem ein Auge auf die Kleine geworfen." Zuri wusste, was kommen würde und schüttelte sich. „Widerlich", sagte sie kurz und knapp. „Sicherlich", gab ihr Onkel Manani Recht, „aber hier draußen, wo die wenigsten lesen und schreiben können, wo der Glaube an Geister und Zauberer noch das tägliche Leben bestimmt und die Menschen ausschließlich von der Tradition geleitet werden, hatten es Leute wie Adili immer schwer." Beide nickten und Zuri fügte an: „Leute wie Adili und du, denn ich denke, du bist auch nicht empfänglich für den Glauben an die Heilung durch das Fleisch oder die Haut von Albinos." Onkel Manani schwieg. „Nein, aber selbst meine Frau ließ sich nur schwer davon überzeugen, dass der Mord an dem Mädchen Unrecht war." Nikolas seufzte. „Aber es ist geschehen. Niemand hatte es verhindert." - Stille. „Verhindern können", sagte Onkel Manani und Zuri ergänzte: „Nikolas will dir keinen Vorwurf machen." Der Krämer nickte still, ehe er fortfuhr.

„Wir haben Yaro zu uns ins Haus geholt nachdem er sein Haus nicht mehr bewohnen konnte. Ich vermute, er hätte es dort auch nicht mehr ausgehalten. Immerhin hat er darin seine Schwester verloren und seine Mutter. Er sollte bei uns bleiben. Jedenfalls einige Zeit. Wir hatten bereits kurz vor dem Brand mit Yaro über die Möglichkeit gesprochen, in Arusha nach einer Schule zu suchen. Es gab soviel Unfrieden im Dorf. Alle richteten ständig ihre Blicke auf den Jungen. Manche davon waren so missgünstig, so abfällig und gehässig." Es wehte ein laues Lüftchen durch den kühlen Hinterhof. Die beiden Besucher genossen das satte Grün der Büsche und Zuri empfand einen krassen Widerspruch zwischen dem Frieden, den der Ort ausstrahlte, der Ruhe und Gelassenheit, die ihr Gegenüber vermittelte und dem Drama, das ihnen berichtet wurde. Onkel Manani wirkte so aufgeklärt, als sei er selbst gar nicht Teil dieser Gesellschaft, die scheinbar noch nicht in der Lage war, sich von den grässlichen Schattenseiten der kulturellen und religiösen Traditionen zu befreien. Es gab ja auch so viel Gutes! Allein die Naturmedizin wurde mittlerweile in allen Teilen der Erde erfolgreich kopiert und zur Behandlung mancher Krankheiten angewandt. Trotzdem musste man davon ausgehen, dass die Vorstellungen der Schamanin, durch die Opferung eines Albino-Mädchens Heilung oder Linderung zu verschaffen, das Ende einer ganzes Familie bedeutet haben musste.

„Wir hatten Yaro gefragt, ob er in die Schule möchte. Er hat das ganz klar abgelehnt. Er hatte Schuldgefühle. Oh Herr, erbarme dich seiner Seele!

Der kleine Junge dachte schon zuvor, dass er nicht nach Arusha gehen könne, weil er seine kranke Mutter im Stich lassen würde. Der Idiot - verzeiht mir bitte diesen Ausdruck und versteht mich nicht falsch - hat seiner Mutter genau das gesagt. Er müsse bleiben, obwohl meine Frau und ich ihm vorgeschlagen hatten, ihm bei der Suche nach einer Schule in Arusha zu helfen. Es war noch Geld von eurem Vater da. Auch Adili hatte noch Geld beiseite gelegt. Aber Yaro hatte Kamaru gesagt, dass er bei ihr bleiben müsse, weil er sich so um sie kümmern könne. Die arme Frau hat dann beschlossen, ihrem Sohn nicht im Weg stehen zu wollen. Sie hat beschlossen, ihn ziehen zu lassen und ist selbst gegangen. Sie hat es aufgeschrieben. Yaro hat vor dem verbrannten Haus ein Kästchen gefunden. Darin waren Adilis Erinnerungen an früher, sowie das restliche Geld der Familie und ein Abschiedsbrief. Das war furchtbar. Und das ganze Dorf stand um das niedergebrannte Haus herum und glotzte wie gebannt auf die Rauchschwaden. Wir waren so hilflos. Ein paar Eimer Wasser, mehr war ja nicht machbar." Nikolas nickte. Er konnte sich gut vorstellen, dass die Häuser, bei deren Bau Holz als Material immer noch die wichtigste Rolle spielte, schnell brannten, zudem wenn es einer mit Benzin darauf anlegte, dass es auch schnell geht und gut klappt.

„Der Junge hat sich bei uns nicht wohlgefühlt. Die erste Zeit, dachten wir, wäre es die Trauer und der Schmerz gewesen, nun seine ganze Familie verloren zu haben. Yaro war krank geworden. Er zitterte am ganzen Körper. Hatte Fieber. Nachts schreckte er aus dem Schlaf, war schweißgebadet und rief wirres Zeug. Er musste schreckliche Träume gehabt haben. Meine Frau gab ihm alle Zuneigung, die man als Mensch für ein Kind nur aufbringen kann, das nicht das eigene ist. Aber Yaro war so verschlossen. Er hörte auf zu sprechen. Wir bekamen kein Wort mehr aus ihm heraus. Auch zu essen wollte er nichts mehr haben. Wir redeten mit Engelszungen auf den Kleinen ein, dass er doch etwas zu sich nehmen solle. Es waren schreckliche Tage und wir mussten mit dem Schlimmsten rechnen." Onkel Manani rutschte ein wenig auf dem Stuhl hin und her, es fiel ihm schwer, von diesen Tagen zu berichten, ohne selbst Schmerzen zu empfinden. Das Ganze nahm ihn immer noch arg mit.

„Wisst ihr, es gab Leute im Dorf, die sagten zu mir im Laden, dass es doch das Beste sei, wenn diese Familie nicht weiter im Leben in unserem Dorf herumspuken würde. Aber diese Menschen hab ich aus meinem Laden geworfen und gesagt, sie würden erst wieder etwas kaufen dürfen, wenn sie nicht mehr so sprechen würden. Ich musste Angst haben, meine Kunden zu verlieren. Meine Frau schimpfte mit mir.

Du kümmerst dich um den Kerl wie um deinen eigenen Sohn, hat sie zu mir gesagt, *ich mache das dir zuliebe auch, aber merkst du nicht, dass viele im Dorf uns nicht mehr ansehen deswegen!* Natürlich habe ich das gespürt. Und, glaubt mir, ich leide darunter bis jetzt. Jeden Tag, jede Stunde. Aber noch mehr leide ich darunter, dass Adilis Sohn so viele schreckliche Dinge durchmachen musste."

Nikolas sah Zuri an. Die junge Frau wirkte angespannt. Das war etwas, was ihr Mann gar nicht kannte. Nur selten waren ihre Blicke derart ernst und ihr Gesichtsausdruck so finster. „Bitte berichte weiter", forderte sie den Krämer auf.

„Meine Angst, dass Yaro sterben könnte, wenn er nichts mehr aß, war riesig. Er war mager geworden. Und das Fieber zehrte schrecklich an dem Kleinen. Meine Frau und ich entschieden uns, dass ich den Laden für zwei Tage schließen sollte und ihn mit dem Lieferanten nach Karatu begleiten würde - in die Krankenstation dort. Es war eine holperige Fahrt auf der Ladefläche. Yaro musste liegen. Er übergab sich mehrfach, obwohl sein Bauch so leer war. Es war zu eng vorne, dass er vernünftig hätte schlafen können. Wir brauchten zwei Stunden bis ins Hospital. Dort wollten sie Geld haben für eine Behandlung. Ich bezahlte die Ärzte von dem Geld, das Yaro noch besaß."

Und wie zur Entschuldigung fügte er an Nikolas gewandt an: „Wir haben ja selbst kaum Geld." Zuri nickte ihm wohlwollend zu. „Sie gaben dem Kind Medizin, hingen ihn an einen Schlauch und sagten, man bekäme ihn wieder fit. Erst vermuteten sie, ich sei sein Großvater. Dann wollten sie Papiere. Ich erklärte den Ärzten, dass ich nur ein Freund des verstorbenen Vaters des Kindes sei. Das reichte ihnen nicht. *Wer ist die Mutter?* fragten sie mich. *Wo sind seine Großeltern?* wollten sie wissen. Ich erzählte ihnen dann die ganze traurige Geschichte, dass Adili verstorben war, dass man die kleine Schwester des Kindes umgebracht habe und dass die Mutter ihr Haus angezündet hatte in dem sie dann selbst verbrannte. Es herrschte kurzes Schweigen, die Ärzte schluckten. Sie sagten daraufhin zu mir: *Der Junge ist ein Waise. Er kann nicht bei Ihnen bleiben, wir sollten ihn in ein Kinderheim geben.* Aber ich ahnte, dass Yaro das nicht wollte. Ich fragte, ob man ihn nicht zur Schule schicken konnte. Ein Arzt meinte, dass es kirchliche Missionsstationen gab, die sich um Waisenkinder kümmerten und ihnen auch eine Schulbildung ermöglichten. Ich wollte das nicht alleine entscheiden. Yaro wusste zu diesem Zeitpunkt nichts davon. Er lag in einem Krankenbett und erholte sich langsam von seiner Krankheit. Malaria sei es gewesen, sagten mir die Ärzte. Eine ganz normale Malaria. Die haben hier viele in ihrem Leben. Aber bei Yaro war es wirklich knapp, denn er war schon so geschwächt, weil er ja kaum mehr etwas aß, seit dem Tod seiner Mutter."

„Und wie ging es weiter, er blieb dort? Richtig? Ihr habt ihn dort gelassen?", sagte Zuri. Sie versuchte ihre Stimme sanft klingen zu lassen, um nicht den Anschein zu erwecken, sie wolle Onkel Manani einen Vorwurf machen.

„Ich habe mich dazu entschieden, wieder ins Dorf zurück zu fahren. Yaro sollte ungefähr eine Woche im Hospital bleiben. Im Dorf besprach ich mich erst mit meiner Frau. Sie sagte: *Er wird dort von vielen Leuten betreut, sie empfangen ihn mit offenen Armen und er wird auch noch ausgebildet.* Und sie hatte Recht damit. Wir selbst hatten ja vor dem ganzen Wahnsinn schon vorgeschlagen, dass er nach Arusha auf eine Schule gehen sollte. Damals aber hat seine Mutter noch gelebt, auch wenn sie schon völlig am Rande des Wahnsinns war. Ich selbst war hin- und hergerissen. Wisst ihr, ich wusste, dass Yaro sich Vorwürfe machen würde. Er fühlte sich Schuld am Tod seiner Mutter. Und nun würde er zur Schule gehen können, war herausgerissen aus der Umgebung, die er so gut kannte. Ich war mir einfach nicht sicher, ob er es überlebte, sich dort zu befinden, weit weg von den Seelen seiner geliebten Familie. Ihr hättet sehen müssen, wie er seine kleine Schwester vergöttert hat. Ach, der große Gott gebe ihnen Ruhe!" Onkel Manani stand auf. Er schritt ein wenig vor den beiden Gästen aus Deutschland auf und ab, hielt sich mit der flachen Hand den Rücken. Er ging ein wenig gebeugt.

„Die Dorfältesten hatten vor allem das Gemeinwohl im Blick. *Weißt du, Manani,* hatten sie zu mir gesagt, *vielleicht kehrt ja wieder Friede in unserer Ortschaft ein, wenn der Junge in der Mission ist und das Lesen und Schreiben lernt.* Sein Vater war auch auf einer Mission. Adili kehrte zurück als Lehrer unseres Dorfs. War dann ein respektierter Mann, auch wenn er so anders war als alle anderen. Ich denke, Yaro hätte eine Chance, auch einmal so zu werden wie sein Vater."

„Wo ist er denn jetzt?", wollte Zuri wissen.

„Das ist ja das Problem", sagte Onkel Manani, „warum ich keine Nacht mehr richtigen Schlaf finde."

„Berichte uns von dem Problem", forderte Zuri den Ladenbesitzer auf.

„Ich fuhr zusammen mit einem anderen Mann zurück ins Hospital. Zu meiner Freude ging es Yaro viel besser. Er wirkte nicht mehr so eingefallen und sprach wieder. Er lächelte, als er mich sah. Es bricht mir noch jetzt das Herz, wenn ich nur daran denke, was wir ihm dann erklärten. *Kann ich heute wieder mit dir zurück ins Dorf?* hatte er mich gefragt. Die Schwestern im Krankenhaus hatten mit einer Missionsstation weit draußen schon Kontakt aufgenommen. Es ist dieselbe Mission, an der schon Yaros Vater Adili gelernt hatte. Weit oben in Loliondo."

„Wo ist das?", wollte Nikolas wissen. Er kramte in seinem kleinen Rucksack nach einer Landkarte von Tansania. Der Krämer hatte noch nie so eine Karte benutzt, konnte selbst nur schlecht lesen, aber gemeinsam fanden die drei den kleinen Ort. „Das sind ja noch einmal gute zweihundert Kilometer von Karatu entfernt", entfuhr es Zuri, als sie den kleinen Flecken gefunden hatten.

„Yaro war sehr still, als wir ihm gesagt hatten, dass er dorthin kommen solle. Ich hatte wenigstens gehofft, dass er weinen, irgendetwas von sich geben würde, das mir ein klares Zeichen war. Nichts, nur ein teilnahmsloses Schweigen. Es macht mich heute noch fertig, wenn ich mich an diese Reaktion erinnere. Einen Tag später wurde ein Bus aus der Missionsstation geschickt und der sollte Yaro holen. Ich zahlte dem Krankenhaus noch etwas Geld für die Behandlung. Dann war fast alles aufgebraucht. Der Arzt hatte gelacht, als ich ihm gesagt hatte, dass das Geld eigentlich für Yaros Ausbildung gedacht war. Er sagte zu mir: *Hätte der Junge in einem Monat ein ganzes Studium absolvieren sollen? Damit kommt man in Arusha nicht weit und auch in Karatu reicht das nicht für lange Zeit.* Da wurde mir erst klar, dass auch ich blauäugig war. Wir im Dorf brauchen nicht viel Geld. Wir ernähren uns von unserem Gemüse aus den Gärten. Wir haben Vieh. Und das bisschen Geld, was wir haben, geben wir für Kleidung aus oder Reis oder Nudeln oder mal für einen Arzt."

„Ist Yaro dort oben nun in guten Händen?", wollte Nikolas wissen. „Er wäre dort in guten Händen", meinte der Krämer kryptisch. „Wieso wäre er es nur?" Zuri mahnte Nikolas zur Ruhe. Er solle Onkel Manani ausreden lassen. „Also wir haben ihn am nächsten Tag noch begleitet. Es kamen ein Fahrer und eine Nonne. Sie waren beide sehr nett. Wir erzählten ihnen, dass Yaros Vater einst selbst dort auf der Mission gelernt hatte und sie freuten sich darüber. Yaro aber schwieg beharrlich. Keine Silbe kam aus seinem Mund. So wie zu der Zeit, als er bei uns gewohnt hatte und krank geworden war. Nun war die Malaria fort, aber Yaro schwieg wieder. Als habe er sich das von seiner Mutter abgesehen. Nur hätte er ja sprechen können. Und er sagte auch so Sachen wie *Danke Ma'am* zu der Nonne, aber sonst hüllte er sich in Schweigen. Glaubt mir, es war ein Scheißgefühl, den Kleinen da einfach loszuschicken. Aber ich hatte keine andere Wahl. Das ganze Dorf hat es so gewollt. Die Menschen bei uns wollen, dass endlich wieder Frieden einkehrt. Und viele glauben eben, dass die Zauberkraft Adilis fortwirkt."

Nikolas wurde ungeduldig. Er wollte wissen, was passiert war, nachdem Onkel Manani den kleinen Yaro zur Missionsstation gegeben hatte. „Es muss einen Zwischenfall zwischen Yaro und einem älteren Jugendlichen gegeben haben. Der Pater konnte mir das nicht so genau beschreiben. Es war ohnehin alles so kompliziert. Die Station hat im Dorf angerufen. Es gab ja nur zwei Mobiltelefone. Onkel Manani hatte die Nummer eines Sohnes des Dorfältesten angegeben. Er wurde nun geholt. Da war Yaro gerade ein paar Tage auf der Station gewesen. Sie wollten wissen, ob Yaro bei uns sei. Ich war sehr erstaunt, denn ich dachte, er wäre auf der Mission sicher. Der Pater erklärte mir, dass es eben diese Auseinandersetzung zwischen Yaro und dem Jungen gegeben hatte. Den Leuten da oben war nicht klar, dass Yaro einen Vater hatte, der weiße Haut und weißes Haar hatte und dass auch seine Schwester unter Albinismus gelitten hatte. Es muss so gewesen sein, dass der größere Junge ein Albinomädchen geärgert hat. Daraufhin scheint Yaro dazwischen gegangen zu sein. Der Ältere habe ihn dann angeschrieen, dass *Frischlinge nichts zu melden* hätten. Der Pater sagte, das sei auf dem Hof geschehen. Yaro habe nichts weiter getan, als das kleine Mädchen zu beschützen. Als eine Schwester dann bemerkte, dass Yaro auf dem Hof umringt war von vier Größeren und sie dazwischen gehen wollte, war es schon fast zu spät. Yaro hatte einen kleinen Stein in der Hand und schleuderte ihn auf den Älteren. Es war nur ein Steinchen eigentlich. Der Bursche wurde nicht verletzt oder sonst was. Aber er war nun wie ein angegriffener Löwe, dem ein jüngerer das Revier streitig machte. Er würde fortan nicht mehr von ihm lassen, habe er gedroht. Und Yaro sei nun seines Lebens nicht mehr sicher. Die Schwester habe dann geschimpft und beide Streithähne getrennt. Am Abend sei das kleine Mädchen noch einmal zu Yaro um sich zu bedanken und auch der Pater selbst habe Yaro gesprochen. Er habe ihm klar gemacht, dass es richtig war, die Kleine zu verteidigen, aber dass es ein Fehler sei, mit Steinen zu werfen. Yaro habe wieder nicht gesprochen. Aber geweint. Sehr lange und sehr still. Den ganzen Abend über. Und am nächsten Morgen war er verschwunden. Die anderen Kinder hatten nichts bemerkt. Jedenfalls sagten sie das. Der Pater meinte, es könne auch sein, dass sie Yaro einfach nicht verraten wollten. Aber man würde alles versuchen, ihn ausfindig zu machen. Uns im Dorf baten sie, sich zu melden, wenn Yaro hier auftauchte."

Zuri und Nikolas überlegten kurz. „Sollten wir dort oben suchen?", fragte Zuri ihren Mann. Es war aber Onkel Manani der antwortete. „Es gibt dort nicht viele Straßen. Es ist nun aber schon wieder eine Weile her, dass Yaro verschwunden ist und wir wissen immer noch nicht, wo er ist. Ich habe noch zweimal auf der

Station angerufen. Ein kleiner Waisenjunge ist aufgewacht, als Yaro aus dem Schlafraum geschlichen ist. Aber er hatte sich tatsächlich erst Tage später zu dem Pater getraut, denn er fürchtete sich, Ärger zu bekommen von den Größeren. Es war so eine Art Ehrenkodex unter den Kindern, dass sie dichthalten, wenn einer abhauen möchte. Dabei ist die Missionsschule eigentlich sehr gütig und die Leute wirken alle so nett. Es war sicherlich nur dieser Streit mit dem anderen Schüler, der ihn so verletzt hatte und alte Wunden aufriss."

„Ich glaube auch nicht, dass Yaro gegangen ist, weil er dort schlecht behandelt wurde", fiel Zuri Onkel Manani ins Wort. „Er ist ein Ruheloser, ein Kind, das keinen Platz mehr hat. Wenn wir ihn nicht finden, werden wir aber nicht erfahren, ob es außer dieses Streits noch etwas gab."

Nikolas wurde nun konkret. „Wir haben zwei Wochen Urlaub genommen, mehr Zeit haben wir nicht. Ein paar Tage sind schon vorüber. Wir sollten keine Zeit verschwenden. Manani, bitte gib uns diese Handynummer aus dem Dorf, damit wir mit dir in Kontakt bleiben können. Gibt es ein Foto von Yaro irgendwo?" Onkel Manani zuckte mit den Schultern.

„Er hat keinen Pass. Wir haben nur diese Blechdose von ihm noch bei uns im Haus. Dort könnte ich nachsehen. Das waren die Dinge, die seine Mutter vor das Haus gelegt hatte, bevor sie es anzündete." Er stand mühevoll von seinem Schemel auf und ging in Richtung Wohngebäude.

Zuri und Nikolas überlegten kurz, wie sie es anstellen konnten, dort oben im Norden nach dem Jungen zu suchen. Wenn sie kein Bild hatten, das halbwegs aktuell war, konnten sie auch niemanden konkret nach Yaro fragen. Auch ihr eigener Besuch lag schon länger zurück. Das Kind hatte sich sicherlich verändert. Aber es deswegen gar nicht erst zu versuchen, das war für beide keine Alternative. Sie wussten, dass da ein Zehnjähriger irgendwo alleine war. Ein Junge, der seine gesamte Familie verloren hatte und kein Zuhause mehr zu haben schien. Ein junger Mensch, der es auf der Missionsschule nicht mehr aushielt, der sich bei Onkel Manani im Dorf nicht sicher fühlte, weil das halbe Dorf ihn immer noch jagte. Sie mussten etwas tun.

Onkel Manani kam mit der kleinen Kiste zurück. Darin war noch etwas Geld. Das gab er Nikolas. „Es ist der kümmerliche Rest dessen, was von eurem Vater noch übrig war. Ich habe die Ärzte davon bezahlt." Zuri gab dem Krämer die Scheine wieder zu-

rück und sagte. „Behalt es, es ist gut so." Onkel Manani dankte und schob das Geld fast unbemerkt in seine
Hosentasche. Es lagen ein paar Fotos in der Box, zusammen mit dem Brief, den Nikolas nach seiner
Hochzeit an Adili geschickt hatte. Es war das Foto dabei, das sie alle vor dem Haus Adilis zeigte. Adili, Kamaru, die kleine Therese und Yaro - zusammen mit
Zuri. Aber wie lange war das her? Es mussten vier Jahre
gewesen sein. Yaro war damals also sechs gewesen. Es
war schier aussichtslos, dass dieses Foto etwas bewirken würde. In diesem einen Moment wünschte sich
Zuri heimlich, Yaro wäre ein Zaubermensch gewesen,
so wie seine Schwester und sein Vater. Dann hätten sie
es um einiges leichter gehabt.

Gegen drei Uhr nachmittags brachen sie auf.
Sie mussten sich nun doch in Karatu eine Unterkunft
für die Nacht suchen. Von dort aus, so hatte Onkel
Manani gemeint, brauchte man fünf Stunden bis Loliondo. Das Dorf lag fast an der Grenze zu Kenia. Sie
mussten eine Weile durch den Ngorongoro-National-
park fahren und würden nicht schnell vorankommen.

*

Müde erreichten sie am frühen Abend die Ortschaft. Nikolas war erfreut, dass Karatu nicht ganz so
klein und tot war, wie es sein Schwiegervater behaup-

tet hatte. Auf den ersten Blick wirkte das alle recht freundlich. Zuri fragte einen Passanten nach einem guten Hotel und eine halbe Stunde später schlossen sie in der *Kudu Lodge* knarzend eine Zimmertür hinter sich. „Ich rufe mal bei Paps an, vielleicht hat der eine Idee, was wir machen können", meinte Zuri als sie sich beide auf ihrem weichen Bett ausgestreckt hatten. „Ich vermute", sagte Nikolas, „dieses Hotel wird für einige Tage das beste gewesen sein, genieß den Luxus, Schatz!" Er grinste seine Frau an und sie lächelte zurück. „Ich weiß, ich weiß, Honey, ich bin die verwöhnte Diplomatentochter, aber sei versichert, ich komme schon klar da oben." Er streichelte ihr sanft über die Wange. „Und wenn die Löwen kommen, rette ich dich!" Nun lachte Zuri lautstark auf. „Du?" Nikolas machte ein gespielt böses Gesicht. „Natürlich, ich, wer denn sonst?" Zuri zog die Augenbrauen hoch: „Bis du den Löwen erspäht hast, ist es zu spät und wenn du ihn rechtzeitig sehen solltest, bist du doch der Erste, der auf einem Baum sitzt und bibbert vor Schiss." Nikolas tat so, als sei er nun tief getroffen. „Weil du eine so perfekte Spurenleserin bist..." Sie legte ihren Finger auf den Mund um Nikolas zu zeigen, dass sie nun mit ihrem Vater sprechen würde.

„Hi Paps,... ja, soweit..." Nikolas stand auf und ging ins Bad. Er grübelte nach, wie man es anstellen konnte, ein Kind zu finden, das man selbst kaum kannte und von dem es einen einzigen Anhaltspunkt gab, nämlich, dass es vor einigen Wochen von einer Missionsschule ausgebüxt war. Vielleicht war Yaro ja sogar über die Grenze nach Kenia geraten. Nikolas konnte sich nicht vorstellen, dass die Grenze zwischen den beiden Ländern an allen Stellen komplett gesichert war. Vielleicht war Yaro auch einfach mit einem Trucker mitgefahren und saß mittlerweile als schuftender Sklave in einer Diamantenmine fest. Grässliche Vorstellung.

Als er zurück ins Zimmer kam, hatte Zuri das Gespräch mit Jacob gerade beendet. „Paps meint, wir hätten kaum eine Chance, den Kleinen zu finden. Das Bild ist zu alt und das Land zu weit. Aber die Gegend da oben ist recht dünn besiedelt, vielleicht finden wir ja doch jemanden, der etwas gesehen hat."

Sie schliefen unruhig in dieser Nacht und waren am nächsten Tag früh wach. Nikolas quälte der Gedanke, dass er sich nicht sicher war, ob es überhaupt richtig war, diese Suche zu unternehmen. Er hatte Adili zwei-, dreimal in seinem Leben besucht. Yaro war ein Junge, der schon zu alt war, um aus seiner gewohnten Umgebung gerissen zu werden. Deswegen war er vermutlich auch nicht auf der Missionsstation geblieben. Andererseits war da ein Kind, dessen Familie ausgelöscht worden war, das in seinem Dorf keine

Perspektive mehr hatte und ein neues Zuhause brauchte. Vielleicht konnte Jacob ja irgendwie helfen. Es musste ja gar nicht sein, dass Zuri und er den Kleinen nach Deutschland mitnahmen, auch wenn dies wie ein unausgesprochenes Gesetz über den beiden schwebte.

Die Fahrt strengte die beiden sehr an. Die Straße war in einem schlechten Zustand. „Diese B144 ist alles andere als eine Straße, das ist ein Feldweg", schimpfte Nikolas. „Ach komm, Schatz, du bist doch einiges gewöhnt!", munterte ihn seine Frau auf. „Übrigens hat mir Paps gestern erzählt, dass in Loliondo ein Wunderheiler leben soll, der mit einem Wundertrank die Menschen heilen könne." Nikolas winkte ab. „Diese Wunderheiler haben schon genug Unheil angerichtet", gab er barsch zurück. „Denk nur an Yaros Schicksal. Ohne die Wunderheilerin in seinem Dorf würde seine Schwester heute noch am Leben sein und ich bin ganz sicher, dass dann auch Kamaru noch hier wäre." Zuri nickte heftig.

„Aber Paps meinte, der Priester aus Loliondo habe den Menschen immer nur einen Sud aus Wurzeln und Kräutern gegeben und damit die schlimmsten Leiden geheilt. Sogar Aids."

„Und das glaubst du? Und was sagt Jacob dazu?"

„Ich glaube es nicht, aber mein Vater meinte, der Priester habe den Trank mittlerweile untersuchen lassen. Das Zeug ist ungefährlich und die Pflanzen, die er verwendet, haben eine positive Wirkung auf den Körper."

„Das ist ja nichts Neues. Pflanzen heilen. Das wissen wir auch. Da braucht man kein Wunderheiler zu sein. Was kann der Trunk denn nun?"

„Er kann Blutdruck senken und Entzündungen heilen..."

Nikolas unterbrach seine Frau: „Und bei allem anderen braucht es eine große Portion Glaube, richtig?" Zuri nickte und legte ihm sanft die Hand auf den Oberschenkel. „Richtig, da braucht man eine andere Einstellung als ihr Weißnasen." Sie lachte und Nikolas konzentrierte sich auf die staubige Fahrbahn.

Es war kurz nach Mittag als sie in Loliondo ankamen. Das Dorf war etwas größer als der Weiler aus dem Yaro stammte. Immerhin gab es eine Bank. Nikolas zweifelte, dass sie hier eine Unterkunft für die Nacht finden würden. „Notfalls schlafen wir auf der Missionsstation, die werden uns schon unterbringen", sagte Zuri. Sie öffnete das Fenster des Wagens und winkte eine junge Frau ans Auto heran. „Wo finden wir die Missionsschule?", fragte sie die Frau, die ein kleines Kind auf ihrem Rücken und ein Bündel Feuerholz auf dem Kopf trug. Sie zeigte schweigend in eine Richtung, erklärte dann in dürren Worten den Weg. Zuri dankte und die beiden bretterten weiter über die sandige Piste. „Die liegt wohl etwas außerhalb."

Nikolas war sich sicher, dass es eine Schnapsidee gewesen war, hier nach Yaro zu suchen. Zwar war der Weiler größer als das Dorf aus dem Yaro kam, aber hier war nichts und niemand, der ein Anhaltspunkt hätte sein können. „Jetzt wart's doch einfach mal ab", bremste Zuri ihren Zweifler ein. „Wir müssen erst einmal mit dem Pater sprechen von dem uns der Dorfhändler gestern erzählt hatte."

Der Vorplatz vor der Missionsstation war voller Steine und staubig. Dahinter lagen in U-Form ein paar Gebäude. Eine Kirche, ein Schulgebäude mit zwei Klassenräumen. Wäsche hing auf einer Leine. Kinder umringten den Wagen. Darunter eine Handvoll Jungs und Mädchen mit Albinismus. Das war Nikolas sofort aufgefallen. Zuri erspähte eine Schwester, die aus einem der Wirtschaftsgebäude kam. „Hallo Ma'am", rief die Zuri schon freundlich winkend zu. Bald waren die Gäste aus Europa umringt von einer Kinderschar und ein paar Schwestern. „Der Pater, der die Station leitet, wird gleich da sein, er betet in der Kirche", sagte eine Schwester. „Ihr seid gekommen um den Jungen zu finden, der davongelaufen ist?", fragte eine der Schwestern. Zuri nickte stumm.

„Wir versuchen hier seit Generationen Kindern aus einfachsten Verhältnissen Bildung zu ermöglichen. Unsere Lehrer kamen früher aus England, heute haben wir nur noch drei Weiße auf der Station. Einen Arzt und eine Kinderpflegerin und den Pater. Die Lehrer sind aus der Region, manche kommen aus Arusha für ein paar Monate zu uns. Das Leben hier ist schwieriger geworden. Wir leben von Spenden aus der Kirchengemeinde in England, die die Mission hier einst ins Leben gerufen hatte."

Der Pater kam aus der Kirche und breitete seine Hände freundlich zum Gruß aus. Er sprach Englisch. „Pater Tadeo, meine Freude, dass Sie hier sind", stellte er sich vor. „Sie sind gekommen wegen des Jungen?", fragte auch er. „Kommen Sie mit mir, gehen wir in den Speisesaal, da ist es kühl und Sie sehen aus, als hätten Sie Hunger. Sind Sie der Fahrer gewesen, mein Herr?", fragte er Nikolas. Pater Tadeo erwies sich als ausgewiesene Plaudertasche. Er war ein witziger, lebensfroher Mann, Ende sechzig. Er stammte aus einem Dorf nahe Sevilla in Andalusien. „Wie kommen Sie dann in die anglikanische Kirche?", hakte Zuri nach. „Ach, das ist hier alles gar nicht so kompliziert. Darf ich Ihnen, meine Gäste aus Europa - wie mich das doch freut - einen Rotwein anbieten?" Zuri schüttelte den Kopf und auch Nikolas war eher nach einem kühlen Softdrink zu Mute als nach Wein zu Mittag. „Ich war auf einer Reise nach Tansania zu einer katholischen Mission weit unten im Süden. In Tabora. Da habe ich viele Kinder gesehen, die auf den Feldern hart gearbeitet haben, die schutzlos waren, weil ihre Eltern nicht mehr lebten. Und ich wollte bleiben. Aber die Mission dort brauchte niemanden. So reiste ich ein wenig durch das wunderbare Land. Man sieht all die Herrlichkeiten nur mit offenem Herzen. Wissen Sie die meisten Europäer lieben die wilden Tiere und das Abenteuer und verachten die Menschen hier dennoch. Sie halten sie für faul und dumm. Sie lieben ihre Rückständigkeit und verklären das als Romantik. Aber wenn Sie mit offenen Augen durch dieses Land gehen, werden Sie so reich beschenkt. Ich habe dann diesen alten Glaubensmann kennengelernt, der mit einem Pickup in Karatu auf einem Parkplatz kämpfte. Das Ding wollte nicht anspringen und er fluchte was das Zeug hielt. Wir kamen ins Gespräch und er verriet mir, dass er noch eine Wegstrecke von gut vier, fünf Stunden vor sich hatte. Hinauf in einen Weiler namens Loliondo. Dort müsse er zurück auf seine Missionsschule. Das fand ich interessant. Wir stellten einander vor. Er war ein fröhlicher alter Mann damals. Das ist nun schon wieder vierzehn Jahre her, wie die Zeit rennt. Ich bin geblieben. Er ist gegangen. Nicht zurück. Zum Herrn, ist er." Der Pater lächelte. Zuri spürte, dass hier jemand seine Bestimmung gefunden hatte. „Nach dem

Essen zeige ich Ihnen die Mission. Dann reden wir auch über den kleinen Yaro. Eine Schande, dass wir nichts tun konnten, ihn zu halten. Ich bete jeden Abend für seine Seele. Es lauern so viele Gefahren auf die Kinder in dieser gottverlassenen Gegend." Er lächelte und blickte in Zuris Augen. „Ich weiß, meine Liebe, ich weiß, Sie denken nun, wie kann ein Mann Gottes eine Missionsstation leiten, mit Krankenstation, Schule und Kirche und dann sagen, die Gegend wäre gottverlassen. Wissen Sie, manchmal überkommen uns hier Zweifel, ob wir das noch weitermachen können. Wir haben nicht viel Geld und das Leben hier ist hart. Wollen Sie nicht doch einen Schluck Rotwein? Trinken Sie ein klitzekleines Gläschen - und wenn Sie es nur für mich und meinen Vorwand zu einem bisschen weltlichen Genuss tun?" Nikolas schmunzelte. „Das ist gut gesagt. Na gut, einen winzigen Schluck."

Der Pater winkte eine Schwester heran und flüsterte ihr etwas zu. „Ein guter Wein aus Andalusien. Einmal im Jahr kommt meine Schwester aus der Heimat. Im Koffer hat sie dann immer ein paar Flaschen davon und ich trinke sie nur zu besonderen Anlässen. An Weihnachten, zu meinem Geburtstag, an Ostern. Aber ich finde, der Besuch von Weißnasen aus Europa ist auch ein guter Anlass." Zuri sah ihn fragend an. „Sie sind auch eine Weißnase, weil Sie hier nicht leben.

Nehmen Sie mir das nun übel?" - „Aber nein", lachte Zuri.

Die Schwester trug das Essen auf. Es war einfach, aber ausgesprochen wohlschmeckend. Das Gemüse schmeckte frisch und die beiden fühlten sich sehr wohl bei Pater Tadeo. „Wo können wir hier in der Gegend übernachten", fragte Nikolas. „Wenn Sie mit der Einfachheit unserer Mission zurecht kommen, bleiben Sie heute meine Gäste. Wenn Sie in ein Hotel wollen, kann ich Ihnen den Weg zu einer Lodge außerhalb der Ortschaft zeigen. Seit der Wunderheiler hier seine Wirkungsstätte hat, pilgern die Menschen ja zu Millionen zu uns in den Ort. Seitdem gibt es auch ein paar Hostels. Die sind meist schäbig. Aber bitte, ich würde mich sehr freuen, wenn Sie blieben."

Nikolas und Zuri wechselten kurz zwei Blicke. Er wollte in die Lodge, sie wollte dem Pater zuliebe bleiben. Zuri setzte sich durch. „Danke vielmals für Ihr Angebot. Ich denke, wir nehmen es an." - „Sie wissen gar nicht, was für eine Freude Sie mir damit machen", entgegnete der Pater und wischte sich mit dem Handrücken den Mund ab. Nikolas versuchte seinen Unmut nicht zu zeigen, zumal Pater Tadeo wirklich ausgesprochen nett war und sie in den kommenden Tagen sicherlich auf seine Hilfe angewiesen sein würden.

„Nun erzählen Sie aber endlich einmal von sich! Was treibt Sie an, sich dieses armen Jungen anzunehmen?", hakte der Pater nach. Zuri holte aus und erzählte. Von Nikolas' Arbeit im Dorf. Von der ersten Begegnung am Brunnen. Von den Gesprächen mit dem weißhaarigen Lehrer, der eine viel jüngere Frau hatte. Von dem Besuch im Dorf. Dem kleinen Yaro, der sich so über die Süßigkeiten gefreut hatte. Von Zuris eigener Begegnung mit Kamaru im Haus. Auch von den Schwierigkeiten mit der stummen Frau zu kommunizieren.

Der Pater goss allen dann doch noch ein weiteres Glas Wein ein und lauschte mit einer ganz besonderen Aufmerksamkeit, die Zuri sehr imponierte. „Das ist eine große Aufgabe, die Sie sich gesetzt haben", sagte Tadeo dann. „Bitte denken Sie nicht, dass wir den Jungen aufgegeben hätten. Aber unsere Mittel sind begrenzt. Ich habe mit der Polizei gesprochen. Die haben gesagt, es gibt keine Möglichkeit, einen Jungen zu finden, der ohne Eltern irgendwo unterwegs ist, wenn wir keinerlei Ansatzpunkte hätten, die wir liefern könnten. Ich sagte dem Officer dann, dass wir doch immerhin wüssten, wann Yaro verschwunden war und von wo aus er weggelaufen sei. Das war gleich am Tag nach seinem Verschwinden. Aber es ist wohl nichts passiert. Wie Sie wissen, habe ich zudem mit dem Herrn in Yaros Dorf telefoniert, der sich nach dem Tod der Mutter um Yaro gekümmert hatte. Ich hatte ja die Hoffnung, dass Yaro getrieben von Heimweh nach Hause wollte. Aber er kam dort wohl bislang nicht an." Zuri und Nikolas nickten; das war ja auch ihr Kenntnisstand.

„Wenn ich Ihnen helfen kann, dann will ich das gerne tun", sagte Pater Tadeo. „Aber Sie haben hier ja eine ganze Mission zu verwalten", entgegnete Zuri um diese unausgesprochene Einschränkung nicht dem Pater zu überlassen. Der nickte stumm und wirkte dabei so unglücklich, dass man ihm ehrlich abnahm, dass trotz all der verschmitzten Lebensfreude, die er ausstrahlte, das Abhandenkommen des Jungen schwer auf ihm lastete.

„Darf ich Sie einladen, sich mit mir ein wenig die Beine zu vertreten", beendete der Pater das Mittagessen. Nikolas war froh, aufstehen zu können, denn die Stühle im Speisesaal der Mission waren zu klein für den langen Mann. Sie traten in die Hitze vor das Gebäude. Die Kinder hatten sich alle verzogen. Man hörte Lachen aus einem der Klassenräume. Dort wurde scheinbar wieder unterrichtet. Etwas weiter unten in einer Senke erkannte Zuri Kinder und zwei Schwestern in einer Art Garten. Sie arbeiteten dort. „Bauen Sie dort etwas an?", fragte sie den Leiter der Missionsstation. Der nickte. „Es ist immer problematisch wegen des chronischen Wassermangels. Aber wir versuchen es. Ein bisschen Gemüse..." Nikolas nickte. Mit Wasser kannte er sich aus. Vielleicht sollte er einmal wieder ein Projekt in Afrika ankurbeln und hier bei dieser Missionsstation einen Brunnen graben.

Sie liefen über den staubigen Vorplatz zur kleinen Kirche. „Ich weiß bis heute nicht, woher die Glocken in dem kleinen Turm kommen, sie müssen irgendwann einmal von einem Vorgänger hier aufgehängt worden sein", sagte Tadeo nicht ohne Stolz. Hinter der Missionskirche ging es ein Stück bergauf. Das Land flachte danach wieder ab und man hatte einen Blick weit hinein ins endlose Buschland.

Nikolas fiel ein verwittertes Grab auf. „Ist das hier der Friedhof der Mission?", fragte er den Pater. „Ja, ich habe oft nachgedacht, ob eines Tages auch *Pater Tadeo* auf einem der Kreuze stehen wird." Er zeigte auf die Kreuze. Ein mit Steinen umrandetes Grab war größer, Blumen standen darauf. „Hier liegt eine ganze Familie. Pete, Barbara und Therese Williams. Er leitete die Mission vor vielen Jahren. Seine Frau war aus England gekommen um mit ihm zu bleiben. Sie starb aber kurz nach der Ankunft und auch die kleine Tochter wurde von der Malaria dahingerafft. Wir haben sein Tagebuch in der Station gefunden. Williams hat hier viel bewirkt. Zusammen mit dem Stationsarzt ist er durchs Land gereist und hat Kinder gesucht, die für die Missionsschule in Frage kamen." Zuri lauschte gespannt. Sie empfand dies als eine sehr beachtenswerte Leistung. Fernab der eigenen Heimat anderen zu helfen war zweifelsohne eine überaus respektable Aufgabe. Nikolas sah es etwas kritischer. Die Missionare waren oftmals entweder die Vorposten der Kolonialisten gewesen oder deren willfährigen Unterstützer. Da hatten sie schon manches Mal einen Disput gehabt, aber Zuri ließ das in der heutigen Zeit nicht mehr zu. „Das war früher. Heute sind das Helden - in meinen Augen."

„Wie sollen wir nun die Suche nach Yaro beginnen", fragte Nikolas in die Runde. Pater Tadeo zuckte kurz mit den Schultern. „Im Dorf wollte niemand etwas gesehen haben, als ich fragte. Die Polizei.... Wie gesagt..." Zuri wollte sich aber so schnell nicht geschlagen geben. „Wir gehen morgen früh ins Dorf und fragen alle Leute. Pater, wissen Sie, was Yaro bei sich hatte?"

Der Pater musste nicht lange überlegen. „Er hatte ja fast nichts bei sich als er bei uns ankam. Eine kleine Tüte mit einem Hemd und zwei Shirts. Dann das, was er am Leibe trug. In der Hosentasche hat er ein Taschenmesser gehabt und ein Feuerzeug. Das war alles. Mehr besaß er nicht. Wir hatten ihn ja direkt im Hospital übernommen."

„Wissen Sie, was auf dem Shirt aufgedruckt war, welche Farbe es hatte? Ist das vielleicht ein Ansatz?" - Zuri erwies sich als sehr hartnäckig und das war gut so. „Wir haben ihm Feuerzeug und Messer abgenommen. Ich habe nicht gefragt, ob es noch in der kleinen Kiste liegt, die jeder Schüler besitzt. Dorthin geben wir ihre persönlichen Sachen, die sie besser nicht dauernd besitzen sollten. Sie wissen, unsere Schüler sind in einem gefährlichen Alter und ich selbst habe gesehen, wie leicht reizbar Yaro war. Möchte mir nicht vorstellen, was noch alles passieren könnte. Wir finden es gut, wenn die Kinder keine Messer bei sich tragen."

„Schon gut, Pater, ich denke, das Messer ist auch kein Erkennungsmerkmal. Aber vielleicht seine Kleidung. Welche Farbe hat seine Hose?"

„Die Hose war rot. Eine knallrote Trainingshose und auf einem Shirt, das war grün, da bin ich mir sicher, stand *Heros don't die.* Das hatte er an, als wir ihn in der Stadt abgeholt hatten. Mir ist das aufgefallen. Denn es war ein Spruch, der mir gefiel. Es machte so ein kleines bisschen Hoffnung. Wissen Sie, diese Waisenkinder überall im Land haben doch kaum eine Aussicht auf ein glückliches Leben. Die meisten werden kaum älter als dreißig."

„Hat Yaro dieses Shirt getragen als er davon ist?", wollte Nikolas wissen.

„Das weiß ich nicht", gab der Pater zu. „Wir müssten die Schwestern fragen, die Yaros Sachen in einen Beutel gegeben haben."

Also gingen die drei zurück zur Missionsstation und suchten nach einer Schwester, die diese Fragen beantworten konnte. „Irgendwie werde ich das Gefühl nicht los", flüsterte Nikolas seiner Frau zu, „dass die hier gar nicht richtig nach Yaro gesucht haben." Zuri nickte traurig. „Ich vermute, aus so einer Mission hauen ab und an mal Kinder ab und für die ist das einfach Routine. Immerhin hat der Pater ja die Polizei informiert und scheinbar auch selbst in Loliondo herumgefragt. Und er hat Manani im Dorf angerufen. Ich glaube, das ist mehr als man erwarten kann." Nun nickte Nikolas. Wahrscheinlich hatte Zuri recht und wahrscheinlich würden sie nach ein paar Tagen der Suche enttäuscht aufgeben und Yaro nie wieder sehen. Aber auf der anderen Seite müssten sie sich dann nicht vorwerfen, nicht wenigstens alles versucht zu haben.

Die Schwester, die sie fanden, hatte an dem besagten Morgen als Yaro verschwand krank Bett gelegen. Also suchten sie nach einer anderen. Die erinnerte sich aber nur mehr schwach. „Ist ja doch schon wieder einige Zeit her", sagte sie entschuldigend. „Aber er hat seine Sachen nicht aus dem Schrank geholt. Und seine persönlichen Gegenstände haben wir noch immer hier." Pater Tadeo nickte. „Dann trug er also die rote Hose und das grüne Hemd mit der *Hero*-Aufschrift?", hakte Zuri nach. Die Schwester kramte in einem Schrankfach herum, zog ein paar Kleidungsstücke hervor. „Der Bursche hatte ja fast nichts. Ja, wie Sie sagen, diese Dinge hatte er an."

Pater Tadeo begleitete das Paar wieder nach draußen. „Ich zeige Ihnen nun ihr Zimmer. Es ist sehr einfach. Aber ich freue mich, dass Sie bei uns bleiben wollen. Um sechs Uhr gehen wir normalerweise zur Abendandacht und danach gibt es Essen. Morgen in der Früh werde ich Sie ins Dorf begleiten und wir suchen nach dem Jungen." Zuri war nicht zufrieden. Sie kniff Nikolas in die Seite als sie sich auf den Weg in den Wohntrakt machten. „Es ist kurz vor drei und wir vergeuden hier einen halben Tag. Wir könnten doch hernach schon mal ins Dorf fahren und etwas herumfragen, was meinst du?" Nikolas nickte. „Machen wir."

Der Pater selbst zeigte ihnen das Zimmer. Einfach möbliert, quietschendes Bett, ein Krug lauwarmes Wasser auf einer kleinen Kommode. Kein Schrank. Nikolas ließ sich - nachdem sich Pater Tadeo mit einem knappen: „Ich ziehe mich zurück" verabschiedet hatte- auf das Bett fallen. Beinahe, so hatte er das Gefühl, wäre das Bett auseinander gebrochen. Allerdings spürte er bald, dass die eisernen Federn nicht so leicht zu zerstören waren, sich aber unangenehm in seinen Rücken bohrten. „Lass uns ein Nickerchen machen, Honey, dann fahren wir ins Dorf und fragen jeden, der uns über den Weg läuft, einverstanden?" Zuri nickte. „Wahrscheinlich hast du Recht und ein paar Augenblicke Schlaf tun uns ganz gut."

Als sie wieder aufwachten, dämmerte es bereits. Von irgendwoher drang der Geruch eines Holzkohlegrills an Zuris Nase. Sie stand vorsichtig auf, da Nikolas noch schlief. Die letzten Tage waren anstrengend gewesen für ihn. Er hatte darauf bestanden, den größten Teil der Strecke selbst zu fahren und ließ seine Frau nur einmal ans Steuer, als er zu müde geworden war. Sie beobachtete ihn kurz wie er da friedlich ausgestreckt auf dem wackeligen Eisengestell samt Matratze lag. Dann trat sie sachte vor die Türe. Sie hörte eine Schar Kinder in der Ferne singen. Es mussten Schüler der Mission sein, die vom Feld zurückkamen. Das fröhliche Singen, die klaren Stimmen in der ebenso klaren Abendluft, das weckte in Zuri Kindheitserinnerungen. Auch wenn sie lange Zeit ihrer Kindheit und Jugend im Ausland verbracht hatte, weil Papa Jacob als Diplomat unterwegs war, so riefen diese Momente eine ganze besondere Stimmung in ihr hervor.

Es waren die Ruhe und das reduzierte Tempo des Lebens hier, das sie so berührte. Das fehlte ihr ab und an in Deutschland, auch wenn sie all die tausend Vorteile der modernen Welt so sehr schätzte. Afrika war immer in ihrem Herzen und selbst Nikolas, der weder hier aufgewachsen war, noch länger als ein paar Wochen in Afrika gelebt hatte, spürte dieses ganz besondere Gefühl immer wieder dann, wenn er in Afrika ankam. Auch er, so sagte er mehrfach, sei von diesem Virus gepackt worden. *Du kannst es nur lieben und dem Virus verfallen oder aber du wirst nicht mehr zurückkommen,* sagte er einmal zu einer Freundin in Bonn. Ja, so würde Zuri das unterschreiben. Und auch wenn die weite Ferne der unendlichen Landschaft, die weit über den Horizont hinauszureichen schien, so paradiesisch anmutete und die Lockerheit der Menschen so ansteckend wirkte, so bitter konnte das Leben hier sein. Der Gedanke an Yaro riss sie aus den schwärmerischen Gefühlen und brachte sie zurück zum eigentlichen Grund ihres Besuchs in dieser verdammten Einöde. Sie waren keine Touristen auf den Spuren des Missionars, der diese Station einst ins Leben gerufen hatte. Sie wollten ein verschollenes Kind ausfindig machen, dessen Vater ein so mutiger und kluger Mann gewesen war.

Nikolas war aufgewacht und kam aus dem kleinen Haus geschlichen. „Verdammt", sagte er, „es ist ja schon fast dunkel." „Egal", entgegnete Zuri, „los, wir fahren gleich ins Dorf."

Sie stiegen in ihren Wagen und wollten gerade vom Vorplatz der Missionsstation los rollen, als Pater Tadeo ihnen aus dem Schulgebäude aus aufgeregt zuwinkte. Er schien in Sorge zu sein. Nikolas kurbelte das Fenster herunter. Tadeo kam an den Wagen heran. „Wohin wollen Sie denn um alles in der Welt in dieser Dunkelheit noch fahren?", fragte er die beiden. „Wir möchten wenigstens eine Stunde noch nach Yaro suchen", erklärte Nikolas. „Machen Sie das für Ihr Gewissen, aber ich sage Ihnen, so schmerzlich das ist, da werden Sie heute nicht mehr viel erreichen. Ich habe Ihnen zu Ehren ein Huhn auf den Grill legen lassen. Schwester Krittika kommt aus Indien und macht das beste Chicken Curry, das Sie sich vorstellen können. Wir leben hier trotz der Abgeschiedenheit in einer Art isolierter Globalisierung." Pater Tadeo brummte ein freundliches Lachen in Richtung Fahrerkabine, klopfte an die Seitenwand des Wagens und verabschiedete die beiden. „Kommen Sie heil wieder hier an. In knapp zwei Stunden gibt es Abendessen. Möge der Herr euch den richtigen Weg zu dem Jungen weisen."

Zuri und Nikolas, die beide kaum Zugang zu Glaube und Kirche hatten, waren dennoch still beeindruckt von der Glaubensfestigkeit dieses Mannes, der sich bei all den Widrigkeiten der Wildnis seinen Humor und seine spanische Lebensart bewahrt hat. Ein Spanier an der Spitze der Mission und eine indische Christin an den Fleischtöpfen... Nikolas fand allmählich Gefallen an der Missionsstation.

Der Wagen bahnte sich holpernd und klappernd einen Weg durch das Grasland. Die Spur hinunter zur Straße, die ebenfalls nur aus Sand bestand, war kaum mehr auszumachen. Zuri und Nikolas mussten sich sehr konzentrieren um nicht irgendwo steckenzubleiben. Zwar gab es zwischen den Grasbüscheln ausgetretene Pfade und auch eine Reifenspur, aber das Gras stand dazwischen hoch auf und die Dunkelheit machte die Orientierung schwer. Bald aber sahen sie unterhalb einer kleinen Biegung die ersten Lichter von Loliondo aufblitzen. Teilweise waren es offene Feuer vor den Häusern, an denen die Menschen saßen und kochten. Andere Häuser hatten Strom.

An einer Straßenbiegung rief Zuri plötzlich: „Bleib da mal stehen!" Sie hatte einen Parkplatz entdeckt und ein etwas größeres Gebäude, vielleicht eine Art Supermarkt. Die Hauptstraße machte an dieser Stelle einen scharfen Knick nach rechts, eine Stichstraße nach links führte zu diesem Gebäudekomplex. „Das ist ein Supermarkt oder so etwas", sagte sie zu Nikolas und deutete auf das Werbeschild des Ladens und der Bank. „Dieses Dorf hier ist gar nicht so klein, wie wir gedacht haben", sagte Nikolas dann. „Stimmt, Paps hat es wohl mit Arusha oder Dar Es Salaam verglichen. Wahrscheinlich war er auch noch nie hier."

Sie parkten den Wagen auf dem Parkplatz des Supermarkts. „Wollen wir drinnen erst einmal etwas einkaufen für unseren Gastgeber und für uns vielleicht zwei kalte Cola heute Abend", fragte Nikolas seine Frau. „Dass ihr Männer immer nur ans Trinken denken könnt", lachte sie und willigte dann aber ein.

Dass Zuri eine Afrikanerin war, machte es für Nikolas einfacher. Sonst wäre er sicherlich angestarrt worden, was ein Mzungu in dieser Gegend verloren hatte. Touristen kamen sicherlich nicht oft in die kleine Stadt nördlich des Ngorongoro-Kraters. „Du bist eine Attraktion hier drinnen", lachte Zuri als sie durch den kleinen Laden schlenderten. Er war nicht schlecht ausgestattet und viel größer als der Kramerladen von Onkel Manani. Sie fanden eine Flasche französischen Rosewein für umgerechnet sieben Euro. Die packten sie ein. Und eine Tafel englische Schokolade. „Selbst im fernsten Winkel Afrikas bekommt man alles", lachte Zuri. „Denke an die Worte von Pater Tadeo: die Globalisierung der besonderen Art." Beide lachten an der Kassen und scherzten. Zuri fragte die junge Frau, da keine weiteren Kunden hinter ihnen warteten, wo man denn am besten eine Suche nach einem Kind beginnen müsste, das von der Missionsstation davongelaufen sei. Die zuckte erst einmal nur mit den Schultern, begann dann aber doch nachzudenken. „Also die christliche Mission liegt ja außerhalb von Loliondo. Und unweit von der Abzweigung dort fährt der Bus los, der alle zwei Tage nach Arusha und zurück fährt. Da würde ich als Ausreißer hin und verschwinden. Hier in der Stadt findet man jeden sofort. Hat die Mission nach dem Jungen gesucht?" Zuri nickte, schränkte dann aber ein. „Der Pater war bei der Polizei. Aber die meinten, sie könnten wenig ausrichten." Die Frau an der Kasse, vielleicht Anfang dreißig, Mutter von ein paar Kindern vermutlich, mitten im Leben stehend, lachte sanft. „Das ist vermutlich der Fall." Nikolas wollte wissen, ob die Frau wisse, wann die Busse nach Arusha losfuhren. „Puh", seufzte die, „wartet mal." Sie stand auf und rief etwas in den Verkaufsraum hinein. Ein junger Mann, kaum achtzehn vielleicht, kam hinzu. Nun begannen die Kassiererin, er und Zuri ein Gespräch auf Swahili, dem Nikolas nicht mehr folgen konnte. Zuri nickte. Sie schien ganz aufgeregt. „Sehr gut, sehr gut", sagte sie zweimal in Nikolas' Richtung. „Das ist doch schon mal was", fügte sie an und bemerkte gar nicht, dass ihr Mann nicht verstand, was die anderen da besprachen.

„Was redet ihr?", fiel ihr Nikolas irgendwann ins Wort. „Ach sorry, Honey", sagte Zuri. „Also pass auf, der Bus fährt jeden zweiten Tag nach Arusha und am Folgetag wieder zurück. Normal fährt er um acht Uhr morgens ab und ist dann gegen sechs Uhr abends hier. Je nachdem wie oft sie an den Kontrollstellen angehalten werden und bezahlen müssen." - „Und", hakte Nikolas nach, „kommt er heute oder fuhr er heute?"

„Der junge Mann ist sich ziemlich sicher, dass er heute ankommt, weil sein Kumpel gestern nach Arusha gefahren ist." - „Klingt gut", sagte Nikolas. „Also müssen wir jetzt zur Haltestelle und bis sechs Uhr warten um den Fahrer zu finden." Zuri nickte. Sie bedankten sich herzlich bei den beiden und verstauten ihre Einkäufe in ihrem Wagen. Langsam fuhren sie zurück aus Loliondo heraus. Es war mittlerweile stockfinster und eigentlich keine gute Zeit mehr um mit dem Auto unterwegs zu sein. „Vermeiden Sie Fahrten bei Dunkelheit steht auf der Internetseite des Auswärtigen Amts", lachte Nikolas, „da halten wir uns ja mal perfekt dran." - „Wir tun es für eine gute Sache und du bist ja sehr vorsichtig", beschwichtigte Zuri. Sie suchten beide den Straßenrand ab nach einem Hinweis auf die Bushaltestelle. Es waren vielleicht fünfhundert Meter zwischen dem Dorfende und einem Platz am Wegrand, an dem drei Männer und zwei Frauen standen. Es wäre etwa ein Kilometer vor dem Abzweig zur Mission. „Wartet ihr auf den Bus hier?", fragte Zuri. Sie nickten alle. „Sehr gut!" Nikolas parkte den Wagen am Straßenrand und wollte erst gar nicht aussteigen. Aber Zuri machte ihm klar, dass man auch die hier Wartenden sofort nach Yaro befragen sollte. Also stieg Nikolas widerwillig aus und gesellte sich zu seiner Frau, die sofort alle Leute in eine Unterhaltung verwickelt hatte. Alle wussten über vieles zu berichten, aber niemand hatte auch nur ansatzweise einen Anhaltspunkt, wo Yaro sein könnte. Niemand hatte den Jungen je gesehen. Und tatsächlich stiegen hier auch zahlreiche Menschen in den Bus ein und wieder aus. Warum sollte da ein Junge auffallen, der das vor ein paar Wochen auch getan hatte? „Aber der Busfahrer weiß vielleicht etwas", versuchte eine Frau Hoffnung zu machen. „Es ist zehn nach sechs", sagte Nikolas, als der Bus noch immer nicht da war und mittlerweile fast zwanzig Menschen warteten. „Du willst mir jetzt nicht mit deutscher Pünktlichkeit kommen", mahnte Zuri ihren Mann. „Ich nicht, Schatz, aber ich vermute Pater Tadeo mit spanischer Pünktlichkeit." Nikolas lachte. „In Spanien essen die Menschen spät zu Abend", grinste Zuri und verbuchte den Punkt für sich.

Es dauerte bis kurz nach sieben als sie endlich die Lichter des Busses erkannten. Es war ein alter, klappriger Überlandbus, der es in Europa kaum mehr als ein paar Kilometer auf der Straße schaffen würde, ehe ihn die Polizei ein für allemal stillgelegt hätte.

Zahlreiche Menschen drängten aus dem Bus, manche wurden abgeholt und freudig begrüßt, andere machten sich alleine auf den Weg in die kleine Ortschaft. Am Ende blieben nur mehr drei Männer übrig. „Seid ihr die Fahrer?", wollte Zuri wissen. Die Männer beäugten das Paar misstrauisch. Was wollten diese Frau und ihr weißer Mann von ihnen? Zuri erklärte ihnen den ganzen Vorgang. Einer der drei, der Jüngste, wehrte gleich heftig ab. Da könne er sich an nichts erinnern. So viele Fahrten, so viele Gäste und außerdem gebe es noch zwei weitere Kollegen, die die Tour abwechselnd führen. Der zweite meinte, auch er wisse nichts. Mehr war ihm nicht zu entlocken. Der Älteste aber, der am Steuer saß, winkte die beiden in den Bus. „Einen Jungen sucht ihr? Warum?"

„Er ist Waise. Sein Vater starb letztes Jahr und seine Mutter hat sich vor ein paar Monaten das Leben genommen. Er hat niemanden mehr. Mein Vater hat der Familie ein paar Mal geholfen. Wir sind Freunde des verstorbenen Vaters. Er war Lehrer in einem Dort unten bei Karatu. Wir wollen dem Jungen nun auch helfen."

„Warum ist er dann von der Mission verschwunden? Wenn er eure Hilfe wollte, wäre er doch noch da, oder?", fragte der Fahrer kritisch nach. „Falsch verstanden. Er ist dort gewesen, weil wir nicht da waren. Er wusste nicht, dass wir kommen wollten. Die Leute auf der Missionsstation haben uns gesagt, er hatte Streit mit einem anderen Jungen. Yaros Vater war Albino." Der Fahrer zuckte kurz und sah Zuri streng an. „Ein Zaubermensch?" Sie nickte. „Der Junge auch?" Zuri schüttelte den Kopf. „Also passt auf, vor ein paar Wochen war ein Junge hier an der Haltestelle. Er sagte, er müsse nach Karatu. Er habe aber keinen einzigen Schilling bei sich. Ich hab ihn wieder verscheucht und ihm gesagt, er könne wiederkommen, wenn er das Geld hätte. Zwei Tage später stand er wieder hier und hatte Geld. Nicht alles, aber er hatte ein paar Tausend Schillinge für die Fahrt. Ich hab ihn hinten einsteigen lassen. Er saß die ganze Zeit still herum. Hat mit niemanden auch nur ein Wort gewechselt. Bei der ersten Pause blieb er sitzen. Ich hab ihm etwas zu essen gegeben. Er hat mir Leid getan. Er hat sich nicht mal wirklich bedankt. Nur mit dem Kopf genickt und still gegessen. Komischer Kerl, hab ich mir gedacht. In Karatu habe ich ihn aussteigen lassen. Er hatte kein Gepäck bei sich, nichts. Dass der Kleine aus der Mission abgehauen ist, kann gut möglich sein. Er hat es mir nicht erzählt, ich hab nicht gefragt."

„Und deine Kollegen?", wunderte sich Zuri, „warum haben die nichts gesehen?"

Jetzt wurde der Fahrer leiser. „Der eine war da nicht dabei und der Junge ist zu doof, bis drei zu zählen. Er geht bei Weißen immer sofort in Deckung. Er hat Angst, sie würden ihn für seine kleinen Gaunereien in den Knast bringen." - „Verstehe", nickte Zuri. Sie mussten nun noch auf Nummer sicher gehen. „Weißt du noch, was der Junge trug?" Der Busfahrer schloss kurz die Augen, überlegte, überlegte noch einen Moment, einen weiteren und den dritten Augenblick zu lange, als dass Zuri Hoffnung gehabt hätte, dass er sich noch erinnern könnte. „Nein", sagte der Fahrer dann knapp. „Ich glaube, sein Hemd war rot oder grün oder die Hose." Zuris Gesicht hellte sich auf. „Das würde passen. Vielen, vielen Dank!"

Zuri klatschte Nikolas ab und gab ihm einen dicken Kuss. Sie waren einen großen Schritt weiter. Es gab ein erstes Anzeichen dafür, dass man Yaro finden könne. Bald saßen die beiden gelöst an Pater Tadeos Tisch und genossen das indische Curry von Schwester Krittika.

„Es freut mich für Sie, dass Sie ein Lebenszeichen von Yaro haben", sagte Tadeo, der sich über die kleinen Geschenke sehr gefreut hatte. „Auch beruhigt es mein schlechtes Gewissen", fügte er etwas stiller an und dann noch stiller: „Und es beunruhigt mich, wie wenig die Polizei zustande gebracht hat." Nikolas nickte stumm, ehe er bekräftigte: „Sie meinten wohl: zustandebringen *wollte*!" Sie alle erhoben das Glas auf den hoffentlich glücklichen Ausgang der Suche nach dem verlorenen Jungen. Die beiden Gäste dankten für das herrliche Mahl und planten, sich früh zurückzuziehen, um am nächsten Morgen kurz nach Sonnenaufgang wieder nach Karatu zu reisen.

Schwester Krittika schüttelte kräftig die Hände der beiden Gäste, die von so weit hergekommen waren. „Gott möge Sie und den Jungen beschützen." Dann hielt sie kurz inne, senkte den Kopf. Sie hatte bereits viele graue Haare. Ein Silberkreuz an einer Kette hing verloren lange über das blaue Kleid. Ihre Brille saß etwas schräg auf der Nase. Sie wirkte beunruhigt. „Ich möchte Ihre Hoffnung auf einen Erfolg nicht trüben, denn vorbestimmt ist das Ende ohnehin vom Schicksal. Aber..." Nikolas und Zuri sahen die Schwester aufmerksam an. „Aber was?", hakte Zuri ein, nachdem die Schwester nicht weitergesprochen hatte. „Karatu hat fast zwanzigtausend Einwohner. Wenn Yaro nicht im Waisenhaus der kleinen Stadt gelandet ist, wird das sehr schwer, ihn dort zu finden. Sie haben einen Ansatz, aber noch keine echte Spur. Verstehen Sie? Es ist so schwer. Es ist die Suche nach der Stecknadel. Ich wünsche Ihnen so sehr, dass Sie Erfolg haben. Ich wünsche es dem Jungen! Vor allem dem Jungen!" Mit diesen Worten drehte sie sich um und ging zurück ins Gebäude. Zuri und Nikolas sahen sich an. Ihre ganze Euphorie war dahin, vor allem Zuri wirkte geknickt. Nikolas fand aber bald zurück zur Hoffnung:

„Wir haben Yaros Spur hier in Loliondo gefunden. Warum sollte das in Karatu nicht funktionieren?"

Er nahm Zuri an der Hand und sie gingen schlafen. „Immerhin haben wir den Tipp mit dem Waisenhaus bekommen", fügte er noch an.

-XXIV-

Die folgenden Tage

Im Dunkeln würden sie in Karatu nicht mehr viel ausrichten können. So entschieden sich Nikolas und Zuri wieder bei der *Kudu Lodge* vorzufahren. Die Begrüßung war beim zweiten Besuch bereits sehr familiär. Nikolas allerdings fühlte sich einfach nur müde und ausgelaugt nach der langen Fahrt. Fast apathisch saß er am Tisch und aß sein Abendessen. Zuri beobachtete ihren Mann mit großer Sorge. „Du wirkst erschöpft", sagte sie zu ihm mit feiner Sanftmut in ihrer Stimme. „Weißt du, Honey", begann Nikolas eine Erklärung. „Wir haben uns da womöglich verrannt. Gesetzt den Fall, wir finden Yaro irgendwo in dieser Gegend, was soll dann geschehen? Wir können ja nicht einfach ein Ticket buchen und sagen, der Junge kommt jetzt mit uns mit?" Zuri nickte stumm. „Wenn wir ihn finden sollten, können wir ihn in ein Waisenhaus geben, in eines, von dem wir wissen, dass es gut ist. Vielleicht weiß dein Vater da Rat. Er könnte in Dar Es Salaam ab und an etwas für den Kleinen tun. Aber er bliebe immer der Sohn des Mzungu-Lehrers. Weißt du was ich meine? Ein Kind ohne Eltern! Ein kleiner Junge, der ohne Wurzeln aufwächst, der schnell lernen muss, was es heißt, sich mit Händen und Fäusten durchzusetzen." Nun widersprach ihm Zuri: „Ich vermute, Schatz, das hat Yaro in den zurückliegenden Monaten längst gelernt. Einer, der beide Eltern und seine Schwester in so kurzer Zeit verliert, der muss das Kämpfen lernen."

„Du hast Recht und das, was der Krämer uns erzählt hat, lässt auch darauf schließen, dass er ein cleverer Kerl ist. Nur werden seine Chancen eben in einem Waisenhaus in Tansania nicht größer." Zuri stimmte ihrem Mann zu. „Zumal er ja auch nicht mehr ins Dorf zurückkehren können wird. Dort betrachten sie ihn als den Abkömmling eines Zaubermenschen, der den ganzen Ort in Aufruhr gebracht hat."

„Nur was können wir tun?", sagte Nikolas. „Ich denke, es stand bislang unausgesprochen zwischen uns, dass wir versuchen würden, Yaro mit nach Deutschland zu nehmen, oder?", ergänzte er fragend. Zuri nickte. „Eine wahnsinnige Herausforderung. Er ist zehn und spricht kein Wort Deutsch. Er geht nicht zur Schule und hat fast nichts gelernt."

„Aber es deswegen gar nicht erst in Betracht zu ziehen..." - „ist keine Alternative, du hast Recht", ergänzte nun Nikolas. „Glaubst du, dein Vater kann uns bei den Papieren helfen?" Zuri war sich sicher, „Paps kann da was machen und wird uns helfen."

Am nächsten Morgen fragten die beiden an der Rezeption, ob es in Karatu ein Waisenhaus gäbe. Die nette Lady wirkte etwas verwundert. Zuri erzählte ihr dann die ganze Geschichte. Bald schon fuchtelte die Frau mit einem alten Stadtplan herum, der an allen Ecken und Enden zerfleddert war. Hier abbiegen oder doch besser erst dort... vielleicht noch ein Stückchen weiter geradeaus. „Am besten wird es sein, wir fragen noch einmal in der Stadt nach", sagte Zuri, als sie ein wenig später in den Wagen einstiegen.

Als die beiden das Waisenhaus endlich gefunden hatten, begrüßte sie ein friedvoll-beigefarbener Bau mit der Aufschrift *Shalom Waisenhaus Karatu.* „Sieht eigentlich sehr freundlich aus", sagte Nikolas, als er ausstieg. Eine Frau kam den beiden Fremden bereits entgegen und winkte. Sie hielt ihre Hand an die Stirn um gegen die Sonne besser sehen zu können, wer da den Weg zum Waisenhaus gefunden hatte. „Guten Morgen", begrüßte Zuri die Leiterin der Einrichtung. „Wir kommen aus Deutschland", sagte sie dann auf Swahili, was die nette Dame mit dem bunten Kleid zu einem kurzen Lachen verleitete. „Du sprichst gut Swahili, mein Mädchen, und siehst nicht aus wie eine Deutsche", fügte sie an. Nun war es an Zuri wieder einmal den ganzen Familienhintergrund zu entwirren.

Dann fügte sie sogleich noch die Geschichte von Yaro an. „Yaro", sagte die Waisenhausleiterin gibt es hier keinen. „Aber alles was du sagst, passt auf ein anderes Kind. Sie haben den Jungen an der Hauptstraße aufgegriffen. Das war vor vielleicht zwei Wochen gewesen. Ein paar Männer hatten ihn beim Stehlen beobachtet. Er hat in einem der kleinen Läden an der Straße Obst geklaut und eine Flasche Wasser. Die Männer wollten ihn zuerst vertreiben, aber einer der Älteren hat ihn dann zu sich geholt. Der alte Mann bezahlte im Laden das Obst, das Wasser und noch eine Packung Kekse. Dann begann er den Jungen auszufragen. Irgendwie brachte er aber nicht viel aus ihm heraus - außer dass er nicht aus Karatu stammt und alleine ist. *Keine Eltern mehr* - das muss wohl alles gewesen sein, was der Junge gesagt hat. Dann kam der Alte mit dem Knaben zu uns. Wir hatten alle Mühe aus dem Jungen etwas herauzubringen." Zuri kramte nach dem alten Foto von Yaro. „Könnte er das sein?" Die Leiterin betrachtete das Foto eine Weile. „Ich würde ihn heute auf acht oder neun Jahre schätzen, maximal zehn. Das Foto muss älter sein. Schwer zu sagen, sehr schwer." Zuri nickte. „Ja, das Foto ist schon älter. Yaro ist zehn." Die Leiterin fiel Zuri ins Wort. „Aber er sagte uns, er heiße Adili, nicht Yaro. Von daher bin ich mir nicht sicher, ob er wirklich der Junge ist, den ihr sucht." Nikolas' Stimmung hellte sich schlagartig auf. „Er ist es, ganz sicher, er ist es!" Die Waisenhausleirin stutzte einen Moment lang. „Woher wollt ihr das wissen?", wandte sie sich nun an Nikolas. „Ganz einfach. Sein Vater hieß Adili. Er ist gestorben. Adili war ein Bekannter von uns. Das ist auch der Grund, warum wir uns um den Kleinen Sorgen machen. Adili war Lehrer in einem Dorf hier im Distrikt. Er war ein sehr intelligenter Mensch - mit weißer Haut und weißen Haaren. Aber überall respektiert und auch geschätzt. Den Platz musste er sich in der Dorfgemeinschaft erst hart erkämpfen. Aber er war als Lehrer eine Respektsperson." Die Waisenhausleiterin atmete einmal tief ein. „Ein Zaubermensch", sagte sie dann besorgt. Zuri nickte. „Dann ist es vielleicht wirklich der Junge, den ihr sucht. Aber warum nannte er sich Adili?" Zuri überlegte kurz. „Wir haben keine Ahnung. Es kann viele Gründe geben. Yaro war von der Missionsschule in Loliondo fortgelaufen. Dorthin hatte man ihn gebracht, nachdem seine Mutter Suizid begangen hatte." Zuri wunderte sich selbst über ihren seltsam offiziellen Tonfall. Normal war sie so voller Einfühlungsvermögen und Sanftheit und jetzt klangen ihre Sätze wie ein juristisches Schriftstück. Aber die Diplomatentochter hatte eben von Papa Jacob vieles gelernt und schien diese Wortwahl in genau diesem Moment für die richtige erachtet zu haben. „Oh wie schrecklich", antwortete die Frau und hielt sich die Hand vor den Mund. „Wohin wollte er denn?", hakte sie nach. „Wir wissen es nicht. Wir können nur vermuten, dass er zurück ins

Dorf seiner Eltern wollte. Dort, wo Vater, Mutter und die kleine Schwester ihre letzte Ruhe fanden", sagte nun Nikolas. „Aber hat er dort noch Verwandte?", fragte die Waisenhausleiterin. Nikolas zuckte mit den Schultern. „Nicht, dass wir wüssten", sagte Zuri. „Es gibt in dem Dorf einen Krämer, der sich ein wenig um den Jungen gekümmert hat, aber das war wohl nichts auf Dauer."

„Nun gut, also sind wir uns sicher, dass unser Yaro euer Adili ist", sagte Zuri. „Nur, wo ist er jetzt?", wollte sie dann wissen.

Die Leiterin des Shalom-Waisenhauses senkte den Kopf. Sie wirkte auf einmal seltsam still. „Kommt herein, ich würde euch das gerne ausführlicher erzählen." Weder Zuri noch Nikolas hatten bemerkt, dass in der Zwischenzeit eine Schar kleiner Kinder erschienen war, die sich alle um die fremden Gäste scharten.

Auf einer Veranda nahmen die drei Platz. Es war angenehm kühl hier. Eine junge Frau brachte Wasser und winkte dem Weißen verstohlen zu. Nilolas schmunzelte. „Es kommen nicht viele Mzungus hier her?", fragte er die Leiterin. „Doch, doch, wir werden von einigen NGOs aus dem Ausland unterstützt und haben immer wieder mal Besuch. Aber es ist halt etwas Besonderes für die Kinder und Jugendlichen hier." Nikolas nickte. Zuri drängte. Sie wollte weiter nach Yaro suchen und sie sah, dass es scheinbar das nächste Problem gab, denn der Junge war hier und schon wieder fort.

„Also, Adili, nein Yaro, war nur drei Nächte hier. Dann war er eines Morgens verschwunden. Die anderen Kinder meldeten es beim Frühstück. Er sei in der Nacht aus dem Zimmer geschlichen. Ein Junge hätte ihn gefragt, warum er aufstehe. Er sagte, er müsse mal dringend. Der andere Junge ist dann wieder eingeschlafen. Yaro aber scheint die Nacht über nicht mehr zurückgekommen zu sein. Wir wussten ja nichts von ihm. Gar nichts. Ein Kind ohne jede Geschichte. Da tut man sich immer schwer, die Sache einzuschätzen. Wir suchten das ganze Gelände ab. Erst dachten wir, dass er vielleicht krank war und in der Nacht irgendwo umgekippt war und nun dort lag und vielleicht schlief. Aber wir fanden nichts. Meine Mitarbeiterinnen und ich fragten in der Stadt herum. Aber niemand will etwas gesehen oder bemerkt haben. Ich suchte auch den alten Mann auf, der mir den Jungen gebracht hatte. Aber auch bei ihm war Adili... Yaro nicht aufgetaucht. Verschwunden. Wir sind davon ausgegangen, dass er ein Auto oder einen Laster angehalten hat um mitzufahren. Aber wir haben auch keine Ahnung in welche Richtung. Wenn er wirklich nach Hause in sein Dorf wollte, dann müsstet ihr immerhin die Richtung zusammenbringen."

Zuri lauschte aufmerksam und spürte einen Stein in der Magengrube. Auch Nikolas hatte das Gefühl, gerade an ein fest verschlossenes Tor gelangt zu sein, umgeben von fieser Dunkelheit.

„Was sollen wir nun tun?", fragte Zuri verzweifelt in die Runde. „Keine Ahnung, Honey", sagte Nikolas und nahm vorsichtig die Hand seiner Frau. „Wir fahren in die Lodge und überlegen." Sie bedankten sich bei der netten Frau. Nikolas gab ihr etwas Geld. Sie sah ihn strafend an. „Was soll ich mit dem Geld?", fragte sie ihn, denn sie vermutete plötzlich ein ganz anderes Geschäft hinter der Sache. „Oh, nein", entschuldigte sich Nikolas. „Ich habe in der letzten halben Stunde das Gefühl gewonnen, Sie leisten hier eine herausragende Arbeit für diese Kinder. Und Sie haben ja auch für den Sohn meines verstorbenen Freundes drei Tage lang gut gesorgt. Ich wollte Ihnen das als Spende für das Waisenhaus überlassen." Nun hellte sich das Gesicht der Leiterin wieder auf. „Ah!", sagte sie erleichtert, als ihr klar wurde, dass sie sich nicht in den beiden Fremden getäuscht hatte. „Dann danke ich euch von ganzem Herzen und wünsche euch viel Glück für die weitere Suche."

„Das ist doch Ironie des Schicksals. Wir waren vor zwei Tagen hier in Karatu im Glauben, wir müssten unbedingt nach Loliondo. Dabei war Yaro hier. Wir hätten uns den ganzen Trip da rauf an die keniansiche Grenze eigentlich sparen können", meinte Nikolas fast sarkastisch. „Aber die Spur haben wir erst dort bekommen." Nikolas nickte. „Lass uns in der Lodge etwas essen, dann rufen wir deinen Vater an und fragen ihn, was er tun würde."

Das Gespräch mit Zuris Vater aber verlief relativ ernüchternd. Er meinte lapidar, dass die beiden einfach wieder nach Dar Es Salaam zurückkommen sollten und dort vor ihrem Rückflug noch ein paar Tage verbringen könnten. Zuri war enttäuscht. „Ich hatte gehofft, Paps hätte einen guten Rat. Er weiß doch sonst immer zu allem etwas beizutragen. Wie kann er hier so kalt sein?" Nikolas versuchte, den Schwiegervater in Schutz zu nehmen. „Er ist in seinem langen Leben schon an so manche Stelle gekommen, wo er mit klarem Verstand mehr erreicht hat, als mit pochendem Herzen. Vielleicht ist das nur der Ausdruck seines Realitätssinns." Zuri sah Nikolas erschrocken an. „Ist das dein Ernst? Hörst du dir selbst zu, wenn du so redest?" Er hatte nicht bemerkt, dass etwas Seltsames in seinem Gesagten hätte liegen können. Und noch ehe er sich rechtfertigen konnte oder wollte, fiel Zuri ein, dass sie selbst ja erst über sich erschrocken war, weil sie so nüchtern und sachlich klang. „Entschuldige, Schatz", sagte sie. „Du hast ja Recht. Ich will nur nicht, dass diese Reise umsonst war und wir den Rest unseres Lebens immer wieder auf diesen bitteren Gedanken stoßen werden: Wir haben dieses Kind im Stich gelassen, obwohl wir hätten helfen können."

„Nein", ging Nikolas entschieden dazwischen, „das ist falsch. Wir haben dann eben nicht helfen können, weil es der Suche nach der Nadel im Heuhaufen gleicht, hier in diesem endlos weiten Land ein verschollenes Kind zu finden." Zuri stand wie angewurzelt da. „Endlos weites Land. Das ist es!" - Ihr Mann starrte sie verdutzt an. „Was meinst du?", wollte er wissen. „So endlos weit ist das Land im Grunde gar nicht. Die Frau aus dem Waisenhaus hat uns doch schon den richtigen Tipp gegeben. Klar ist Tansania ein weites Land und logisch, hier gibt's eine riesige Wildnis. Aber wo wird sich so ein kleiner Junge durchschlagen?" Nikolas zuckte mit den Schultern. „Ich weiß nicht?", sagte er zaghaft. „Na, entlang der Hauptstraßen. Wir müssen nur versuchen, der Spur zu folgen."

„Aber das machen wir doch schon die ganze Zeit", sagte Nikolas nun recht schmallippig. „Und?", gab Zuri fast schnippisch zurück. „Es war megaerfolgreich. Egal, wo wir aufgetaucht sind, wir haben an jedem Punkt eine Spur gefunden. Jetzt wissen wir nur nicht mehr, wo es von Karatu aus für Yaro weiterging. Aber wenn wir einfach bei der Vorstellung bleiben, dass er heim wollte, dann gibt's ja nur eine Richtung.

Die in sein Dorf!" Nikolas verstand nicht, warum Zuri plötzlich wieder so euphorisch war. „Es gilt, überall nach Spuren zu suchen. Wie die Buschmänner es machen, wenn sie durch die Weite streifen und mit ihrem scharfen Blick am Boden nach den wilden Tieren suchen. Sie sehen mehr als jeder andere wahrnehmen könnte. Wenn wir es wie sie machen und die Augen und Ohren überall offen halten, können wir ihn finden. Nur dann. Aber wir müssen in jedem Weiler halten, egal wie beschissen klein der auch sein mag. Wir müssen jeden Menschen am Straßenrand fragen. Nonstop, egal wie ermüdend das ist." Nikolas zog die Augenbrauen hoch. „Das ist doch nicht machbar", bremste er Zuri ein wenig ein. „Nur wer anfängt, seine Chancen zu begreifen, wird am Ende auch wirklich eine Chance haben, oder?" - „Ja, ja, ja", gab Nikolas klein bei. „Also morgen früh fahren wir zurück in Richtung Dorf und davor fragen wir hier in Karatu auf der Polizeiwache und im Supermarkt oder wo auch immer nach Yaro, versprochen?" Nikolas nickte.

Am nächsten Morgen erschienen die beiden auf der lokalen Polizeiwache und fragten nach Yaro. Sie trafen auf einen Beamten, der widerwillig der Geschichte folgte und dann in schallendes Gelächter ausbrach. „Einen jungen Burschen sucht ihr, der verschwunden ist und der irgendwann vor ein paar Wochen irgendwohin ist. Na klar, wir haben seine Spur verfolgt - bis auf's Scheißhaus im Hof. Ganz ehrlich, meine Liebe", sprach er Zuri auf Swahili an, „du hast zu lange in Europa gelebt. Wir haben keinen blassen Schimmer, wo der Kerl steckt." In diesem Moment betrat ein fülliger Polizist die Station und der Unfreundliche brüllte ihm vor Lachen die Geschichte entgegen. „Witzig was, glauben die beiden echt, wir wüssten, wo dieser... Wie heißt er nochmal?", wandte er sich an Zuri. „Yaro!", sagte sie trocken, kein Verständnis für den Polizisten aufbringend. „Yaro, wo dieser sich versteckt." Der füllige Beamte schnaufte tief ein, wischte sich dann mit der Hand den Schweiß aus dem Gesicht und grummelte etwas. „Kommen Sie mal mit", sagte er an Zuri und Nikolas gewandt. Er wies ihnen den Weg in ein spärlich möbliertes Büro. Ein Holztisch, ein klappriger, abgesessener Schreibtisch, drei Holzstühle vor dem Tisch. An der Wand das Bild des Präsidenten Tansanias. „Nehmen Sie Platz und verzeihen Sie das Verhalten meines Kollegen." Zuri war dankbar um diese Worte, nickte und setzte sich. Die weitere Unterhaltung fand auf Swahili statt, sodass Nikolas gespannt abwartete, bis ihm Zuri übersetzte, worum es ging. Der dicke Beamte erzählte ihr, dass er von einem Jungen namens Yaro schon einmal gehört hatte in diesem Jahr. „Es war Jahresanfang. Da gab es in einem Dorf hier im Distrikt eine ziemliche Auseinandersetzung. Ich war selbst vor Ort." Dann erzählte er die ganze Geschichte. Zuri erklärte dem Beamten ihr Anliegen und der Polizist nickte oftmals verständnisvoll. Dann griff er zu seinem Funkgerät und informierte alle Beamten, die in ihren scheppernden Jeeps in der Gegend unterwegs waren, die Leute zu fragen, ob sie eine Ahnung hätten, wo Yaro abgeblieben sein konnte. Im Dorf dürfte er kaum angekommen sein, sonst hätte sich Manani längst bei Zuri und Nikolas oder Jacob gemeldet. Nur, und da nahm nun der füllige Polizist Zuri wieder die Hoffnung, lagen zwischen Karatu und dem Dorf zwar viele staubige Kilometer Straße, aber nur zwei, drei Weiler, etwa so groß wie das Dorf aus dem Yaro kam. „Wenn er da rauf wollte, musste er lange auf eine Mitfahrgelegenheit warten. Zu Fuß hätte er keine Chance gehabt, wenn er nicht viel Wasser bei sich trug."

„Wohin kann er dann sein?", fragte Zuri den Polizisten. „Keine Ahnung. Weiß er von Ihnen?" Die beiden sahen sich an. Sie hatten keine Ahnung, ob Adili seinen Sohn über die Geldgeschenke von Jacob informiert hatte. Der letzte Besuch im Dorf ist Jahre her. Es gab ein paar Briefe und Bilder. Was hatte Yaro davon wohl mitbekommen? „Kann sein", sagte Zuri schließlich. „Ich wenn ein kleiner Junge in seinem Alter wäre, ich würde nach Arusha oder nach Dar Es Salaam wollen. In die Schule. Etwas lernen! Einen Beruf haben wollen, Geld verdienen." Der Polizist hatte Recht.

„Gehen Sie zurück in Ihr Hotel und genießen Sie Ihren Urlaub. Kommen Sie morgen früh wieder. Dann kann ich Ihnen sagen, ob wir eine Spur von dem Kleinen haben." Zuri bedankte sich bei dem Beamten. Auf dem Weg zum Auto fragte Nikolas seine Frau, warum dieser Polizist so anders war als die anderen. „Das ist doch unüblich. Ich hatte mich damit abgefunden, dass hier kein Beamter einen Finger krümmt, wenn ein zehn Jahre alter Waisenjunge irgendwo verschwindet." Zuri hatte auch keine wirkliche Antwort parat. „Vielleicht ist er selbst Vater von einem kleinen Jungen und außerdem hat der Mann Yaro ja bei den Vorfällen im Dorf erlebt. Vermutlich hat er ihm da Leid getan."

Die beiden überlegten, was sie nun mit dem Tag anfangen sollten, denn *Urlaub* war das ja nun keiner, den sie hier verbrachten. Ziellos, anders konnte man das nicht nennen, streiften sie durch die kleine Stadt, beäugten die Menschen vor den Häusern und wurden von ihnen beäugt. In Karatu kamen durchaus Touristen vorbei. Die aber bretterten meist mit ihren Geländewagen durch die kleine Stadt hindurch auf dem Weg in die Serengeti.

Auf einem kleinen Schemel vor einem Laden, in dem man Zigaretten kaufen konnte, Getränke und

Handykarten saß ein Mann. Irgendwie erinnerte das alles an Onkel Mananis Laden, nur dass der Laden nicht auf einem staubigen Dorfplatz lag, sondern direkt an einer geteerten Straße. Der Mann rauchte gemächlich eine Zigarette. Nikolas beschloss, zwei Cola für sich und Zuri zu kaufen und ging zu dem Mann. Zuri sprach ihn an und erzählte ihm die Geschichte von Yaro. Der Mann nickte. Ein Junge sei ihm hier neulich tatsächlich aufgefallen. Er sei einen ganzen Vormittag vor den kleinen Läden an der Straße auf und ab marschiert. Niemand habe mit ihm gesprochen und er auch nicht mit den Ladenbesitzern. „Der war sehr seltsam und nicht von hier." Zuri fragte nach: „Einen ganzen Vormittag? Sind Sie sicher?" Es kam ihr lange vor, denn die Leiterin des Waisenhauses hatte ja gesagt, dass sie bald nach dem Verschwinden Yaros angefangen hatten, nach ihm zu suchen. „Genau kann ich das nicht mehr sagen, ist ja schon ein paar Tage her."

„Haben Sie mitbekommen, wo der Junge dann hin ist?" Der Verkäufer gab Nikolas die Cola-Dosen und kassierte ab. „Nicht genau. Ich meine mich zu erinnern, dass er in einen dunkelbraunen Lastwagen eingestiegen ist. So ein Baustellending. Hatte hinten Sand drauf. Doch, doch. Der Fahrer hat hier gehalten, weil Sand aus der Seite rausgerieselt kam. Der Kerl hat mächtig geflucht. Der Junge hat den Laster die ganze Zeit angestarrt. Die standen hier nahe an meinem La-

den. Ich weiß es nicht mehr genau. Warten Sie mal."
Dann ging er zu einem anderen Mann, der in der Nähe
einen Stand mit Obst hatte. Keine zwanzig Meter weg.
„Hey, erinnerst du dich noch an das Kind, das hier
rumgelaufen ist. Wir hatten doch gedacht, dass der
gleich in irgendeinem Geschäft was klauen will." Der
Mann nickte. „Was ist mit dem Burschen? Suchen der
Mzungu und die Ma'am das Kind?" Der Alte nickte.
„Richtig. Weißt du noch, wo der hin ist. Der ist doch
auf diesen Sandlaster, oder?" Der Obstverkäufer nickte. „Aber das ist schon wieder eine Zeit her. Aber, jetzt
wo du's sagst, der Kleine ist mit dem Fahrer mit. Der
hat doch hier Sand verloren, weil die Seitenklappe
nicht mehr ganz dicht war. Und dann ist der Junge auf
den Sandhaufen geklettert und sie sind losgefahren."
Zuri strahlte über das ganze Gesicht. Wenn man nur
sucht ohne das Finden erzwingen zu wollen, findet
man von ganz alleine. „Sie haben uns sehr geholfen",
bedankte sie sich. „In die Richtung nehme ich an?"
Zuri deutete in Richtung Arusha. Denn man musste
der B144 Richtung Arusha bis zu einer Kreuzung folgen, wenn man ins Dorf wollte. Der Mann nickte. Das
passte. Yaro wollte wahrscheinlich wirklich zurück ins
Dorf. Nur warum war er dort nicht angekommen?

*

Am nächsten Morgen erschienen die beiden wieder auf der kleinen Polizeistation. Der Dicke wartete bereits auf den Weißen mit seiner schönen Frau. „Da sind Sie ja", sagte er, als wäre eine genaue Zeit ausgemacht gewesen. Europäische Pünktlichkeit hätte Nikolas in dieser Gegend Afrikas nicht erwartet und war überrascht. „Ich habe gute Neuigkeiten für Sie." Zuri spürte wie sich ihr Herz öffnete und schneller schlug. Er hatte etwas herausbekommen. Er hatte Nachrichten über Yaro. „Es gibt eine kleine Spur."

Ein Motorradtaxi hat den Jungen ein Stück mitgenommen. Der Fahrer habe ihn an der A104 aufgegriffen. Der Junge war im Gesicht etwas verletzt. Er wirkte auf den Fahrer wohl verängstigt. Adili war sein Name. Also nicht Yaro." Wieder hatte sich Yaro nach seinem Vater benannt. „Das ist er, das ist er", rief Zuri. „Sein Vater hieß Adili." Der Beamte nickte. Der Fahrer hat ihn knapp hundert Kilometer von hier - etwas weiter im Süden - aufgegriffen. Er hat ihn auf dem Motorroller mitgenommen. Er hatte ihn gefragt, was passiert war, dass er eine Wunde im Gesicht habe. Das war vor fünf Tagen. Der Junge habe aber geschwiegen. Als der Mann ihm dann gesagt habe, er würde ihm helfen wollen, denn auf der Straße sei es gefährlich, sei der Kleine noch verschreckter gewesen." Yaro wollte doch bestimmt ins Dorf. Was machte er so weit im Süden? Und warum war er verletzt? Zuri und Nikolas fühlten

Beklommenheit. Sie rochen auf einmal die tausend Gerüche auf dieser Polizeistation. Es moderte, roch nach altem Holz, nach säuerlichem Papier, nach dem Schweiß der Beamten und von draußen drang süßlich der Duft von Blumen herein. „Weiter, berichten Sie weiter!", bat Zuri den Polizisten. „Der Taxifahrer hat Adili oder Yaro, wie er nun auch heißen mag, gesagt, er fahre jetzt mit ihm nach Madukani. Dort könnte man sich eben mal seine Wunde ansehen, wenn er das wolle. An der Straßenkreuzung der A104 mit der B141 blieb er stehen, weil er am Straßenrand zwei Kumpel erkannte, die auf irgendeine Mitfahrgelegenheit warteten. Man beratschlagte im Stehen, ob man beide noch auf das Motorrad brachte. In dem Moment sprang Yaro ab und lief davon. Er musste schnell gewesen sein. Der Fahrer scheint ihm noch hinterher gebrüllt zu haben, dass Yaro ihm doch noch Geld schulde für die Fahrt." Zuri konnte es nicht glauben. „Und die drei Männer haben ihn nicht mehr eingeholt?" Der dicke Beamte zögerte eine Weile. „Wissen Sie", sagte er dann mit monotoner Stimme, „ich gehe davon aus, dass ihm schnell klar geworden war, dass er die paar Schillinge abschreiben konnte. Seine beiden Freunde wollten ins Dorf. Das gab ein wenig Geld. Warum sich um einen Jungen kümmern, der ohnehin kein Geld gehabt haben dürfte."

Nikolas wurde skeptisch. „Woher wissen Sie das nun?" Der Beamte wischte sich nun erneut den

Schweiß aus dem Gesicht. „Das ist im Grunde purer Zufall. Der Cousin des Taxifahrers ist Polizist. Er arbeitet in Endagikot. Und dem hat er von dem Vorfall berichtet. Aber Endagikot ist wieder eine Stunde von Madukani entfernt. Hier sind die Entfernungen so groß. Da dauert es eine Weile. Der Cousin des Taxifahrers war recht skeptisch, dass man den Jungen finden würde. Außerdem sagte er, dass der Knabe sicherlich in den Süden - Richtung Dodoma - unterwegs war und nicht in Richtung Endagikot. Das wäre abwegig.“

Dabei machte der Polizist aus dem kleinen Weiler aber einen entscheidenden Fehler. Yaro war sein ganzes Leben noch nicht aus dem Dorf herausgekommen. Der Aufenthalt in Karatu in der Klinik, die Tage auf der Missionsstation in Loliondo und im Waisenhaus in Karatu, das waren für ihn Reisen um die halbe Welt. Er dürfte keine Ahnung gehabt haben, wo es lang ging. Vielleicht war er auch deshalb gar nicht mehr auf dem Weg ins Dorf unterwegs, dachte sich Nikolas. „Und der Beamte da in Endagikot hat sich nun bei Ihnen gemeldet?“ Der dicke Polizist schnaufte. „Er war gestern auf einer Besprechung in Arusha und da kam wohl meine Anfrage an und er hat dann die Dinge zusammengezählt und sich gedacht, das könnte der Junge sein.“

Zuri fasste zusammen: „Also Yaro wurde vor fünf Tagen an der Straße Richtung Dodoma von einem Mann gesehen. Der hat ihn ein Stück mitgenommen. Yaro hatte eine Verletzung. Dann ist er dem Mann entkommen, weil er nicht mit ihm in dessen Dorf wollte und weil er den Taxifahrer nicht bezahlen konnte. Richtig? Danach verläuft sich die Spur wieder." Der Polizist nickte stumm. „Warum er verletzt war, das wissen wir nicht", sagte Nikolas, „und auch nicht, was er die Tage dazwischen gemacht hat." Keiner hatte bislang eine genaue Zeitangabe machen können. Jeder sprach davon, es sei *Wochen her* oder liege *einige Zeit zurück*. Nun hatten sie immerhin wieder eine Spur gefunden und die lag nur fünf Tage zurück. Aber andererseits waren fünf Tage auch soviel Zeit, dass man das ganze Land durchqueren konnte. Zuris Gemütszustand pendelte zwischen stiller Euphorie und Niedergeschlagenheit. Sie fühlte sich müde. „Wie lange brauchen wir da runter bis in dieses Dorf?", fragte sie den Polizisten. Der überlegte. „Es gibt eine Route über die B144 und die A104. Das war die Strecke, die Yaro mit irgendwem zurückgelegt hatte. Das sind vielleicht drei Stunden mit ihrem Wagen. Über die B141 brauchen sie vier oder fünf Stunden. Die Straße ist schlecht, teils sogar sehr schlecht."

Zuri erzählte dem Polizisten nun auch, was Nikolas und sie am Vortag noch in Erfahrung gebracht haben. „Das ergibt doch ein Bild", resümierte der Dicke trocken. „Ich sage dem Kollegen in Endagikot Bescheid, dass sie in drei, vier Stunden in Madukani sind. Er soll seinen Cousin einpacken und Sie an der Wegkreuzung treffen. Er wird warten. Warten tun wir hier in Tansania alle, lange Zeit und oft. Von daher, beeilen Sie sich nicht. Ihre Mzungu-Hetze gefährdet nur Sie und andere Verkehrsteilnehmer, ja?" Zuri lächelte. „Ich war zu lange im Ausland, nicht wahr?" Der Dicke grinste breit und freundlich. Er gab beiden die Hand und sagte dann zu Nikolas auf Swahili: „Passen Sie auf diese Frau auf, sie ist ein Diamant." Nikolas verstand kein Wort, aber Zuri lächelte freundlich. „Ich übersetze es dir im Wagen", sagte sie und funkelte mit den Augen. Sie hatte neuen Mut geschöpft. Sie würden Yaro finden, da war sie sich nun auf einmal wieder ganz sicher.

Sie fuhren also los in den Süden. „Immerhin ist es halbwegs die richtige Richtung", sagte Nikolas. „Nach Dar Es Salaam?", hakte Zuri nach. Er nickte stumm. Während der Fahrt sprachen sie diesmal recht wenig. *Ungewöhnlich*, dachte sich der Ingenieur, denn eigentlich entwickelte sich zwischen den beiden für gewöhnlich immer ein lebendiges Gespräch. Aber an diesem Vormittag hingen beide einfach nur ihren Gedanken nach. *Wenn wir den Kleinen finden, wird es eine Belastungsprobe für uns.* Da war sich Nikolas sicher. *Wie wird Yaro in Deutschland leben können?* Zuri zweifelte nicht daran, dass sie es versuchen würden und am Ende auch Erfolg haben sollten. Aber *wie* würde der Junge in Deutschland aufwachsen. Sie kannte diese typischen Hollywood-Streifen. Dort kamen die Waisenkinder immer als Babys zu den dann meist amerikanischen Adoptiveltern. Die waren immer schon älter und hatten meist selbst keine Kinder. Bei ihnen war das noch nicht Thema. Das Kinderkriegen war aber für die nächste Zeit durchaus geplant. Dann würde da aber zuvor ein nicht leibliches Kind in die Familie kommen und zwar in einem Alter, in dem Kinder schwierig wurden. *Oder hatten Kinder in Tansania keine Pubertät?* Zuri verwarf diesen Gedanken sofort. Sie konnten diese Dinge nicht planen. So wie der erste Anlauf, ein eigenes Kind zu bekommen vor einem Jahr schiefging und Zuri ein paar Monate tief bestürzt war, so konnten sie nun nicht Pläne mit Yaro schmieden. Er war noch nicht einmal gefunden und Zuri überlegte schon, ob sie ihm das Kinderzimmer in ihrem Haus in Deutschland überlassen konnte.

Draußen zog monoton die savannenartige Landschaft vorbei. Alles recht karg, wenig Bäume, ab und an Dornensträucher und Gräser. Zuri ließ den Blick in die Ferne streifen. Es war das Land ihrer Eltern. Wie sehr es noch ihr Land war, konnte sie in diesem Moment gar nicht ermessen. Sie war lange fort und hatte im Ausland gelebt. Aber immer dann, wenn sie zurückkam, spürte sie, dass ein ganz unglaublich starkes Gefühl der Verbundenheit seinen Platz einforderte. Stärker in Dar Es Salaam, der Stadt ihres Vaters, dort, wo die Familie war. Aber auch hier in der Einöde. Es war so, als spürte sie eine magische Anziehung zwischen der kargen Erde und ihrem pochenden Herzen.

„Schatz, könntest du dir vorstellen, eines Tages hier zu leben?", fragte sie Nikolas unvermittelt. „Wie kommst du denn da drauf?", gab er erstaunt zurück. „Sei ehrlich?" - Er schwieg eine Weile. Dann betrachtete auch er die Landschaft. Ab und an zogen einfache, runde Hütten an ihnen vorbei. Die Straße war schlecht und die Landschaft geprägt von Brauntönen, durchbrochen von gelegentlichem Grün. „Wenn ich ehrlich bin, eher nicht", sagte er. Zuri nickte stumm. Nikolas hoffte, sie mit der ehrlichen Antwort nicht verletzt zu haben. „Ich glaube, es fällt einem Europäer schwer, sich ein Leben in dieser Einöde vorzustellen." Zuri verstand das. „Das geht mir auch so. Ich könnte hier auch nicht mehr leben. Vielleicht in der großen Stadt oder auf einer der privaten Lodges, aber hier sicherlich nicht." Nikolas war beruhigt. Bald darauf erreichten sie eine Straßenkreuzung, an der ein Polizeiwagen stand. Davor lehnten zwei junge Männer an dem klapprigen Jeep mit der Aufschrift *Police* und rauchten. „Sind wir da?", fragte Nikolas. Sie waren nur etwas mehr als zwei Stunden unterwegs gewesen. Der dicke Beamte in Karatu hatte doch von viel mehr gesprochen. Sie hielten an und Zuri fragte die beiden. Straßenschilder, die den Weg ins Dorf gewiesen hätten, gab es keine. Aber als sich die beiden auf den Wagen zubewegten und freundlich nickten, wusste Nikolas sofort, dass sie richtig waren. „Hi", sagte er vorsichtig.

Leider erwies sich das Gespräch als wenig aufschlussreich. Alles, was die beiden zu berichten hatten, wussten Nikolas und Zuri schon von dem dicken Beamten aus Karatu. Zuri fragte nach der Wunde, wollte wissen, was Yaro anhatte und in welche Richtung er verschwunden sei. Der Taxifahrer deutete die Straße hinab. „Da runter", da war er sich sicher, „ist er gelaufen." Er beschrieb den beiden, warum er Yaro mit ins Dorf nehmen wollte. „Die Wunde sollte man verbinden, das hab ich mir gedacht. Und wenn so ein junger Kerl allein in der freien Wildnis rumläuft, ist das alles andere als gut für ihn."

Zuri nickte. Sie bedankten sich und fuhren weiter. „Fünf Tage ist das her", schnaubte Nikolas. „Ganz schön lange, um Yaro bald zu finden", stimmte Zuri ein. „Die haben nichts weiter unternommen. Der Taxler sagt es dem Polizisten in der Familie und gut ist es", machte Nikolas seinem Unmut Luft. „Das ist nicht wie in Deutschland, wo eine Großfahndung durch's ganze Land gehen würde, wenn ein kleiner Bub verloren geht." Nikolas gab seiner Frau Recht und stimmte mit ein: „Zumal Yaro ja auch von niemandem so wirklich vermisst wurde." Welch Wechselbad der Gefühle. Eben hatten die beiden noch Hoffnung, die Suche bald zu beenden, schon schienen sie wieder an die Grenzen des Machbaren geraten zu sein. Nikolas fuhr in Richtung Süden. Es war bereits Mittag und sie mussten einen Plan für den Tag schmieden. „Wenn ich die Landkarte vorher richtig studiert habe, gibt es bis Dodoma nichts zu sehen, keine vernünftigen Städte, nur ein paar kleine Ortschaften", sagte Nikolas. „Entweder wir fahren bis Dodoma durch oder wir müssen uns unterwegs was suchen", meinte Zuri. Sie fuhr mit dem Finger über die A104 auf der Landkarte. „Babati, da könnte man was finden, das ist ein etwas größerer Ort, aber da sind wir in einer Dreiviertelstunde."

Nikolas entschied ohne großes Nachdenken. „Was wollen wir da. Komm, wir fahren durch." Zuri nickte stumm. Sie kramte nach ihrem Handy und rief erneut bei Jacob an. Auch er fand es besser, wenn die beiden zurück nach Hause kommen würden.

Nikolas bemerkte, dass ihnen ein Motorrad folgte und zwar in hoher Geschwindigkeit. Es war der junge Mann, der ihnen die Informationen über Yaros Verbleib gegeben hatte. Was wollte er noch? Nikolas bremste den Wagen langsam ab und blieb am Straßenrand stehen. Der Mann winkte den beiden zu. Er wirkte so als habe er eine gute Nachricht für die beiden. „Wartet", rief er, „wartet einen Moment." Nikolas stieg aus und ging auf den Mann zu. Erst jetzt bemerkte er, dass der Motorradfahrer ein Kind vor sich auf dem Motorrad sitzen hatte. *Ganz schön gefährlich - noch dazu mit der Geschwindigkeit*, dachte er sich. „Habt ihr noch etwas herausgefunden", fragte nun Zuri. Der Mann nickte und deutete auf den kleinen Jungen. „Der hat unweit der Stelle an der wir uns getroffen haben auf mich gewartet." Der Junge wirkte schüchtern, war vielleicht in Yaros Alter und starrte den Mzungu an. Nikolas lächelte freundlich. „Erzähl mal", sagte Zuri an den Jungen gerichtet. „Ich habe vor vier Tagen den Jungen gesehen. Jedenfalls glaube ich, dass ich ihn gesehen habe. Ich war da an der Kreuzung, da wo ihr euch vorher getroffen hattet. Hab dort auf meinen Onkel gewartet. Da stand ein Junge, den ich im Dorf noch nie gesehen hatte. Er stand die ganze Zeit da und hat sich keinen Millimeter bewegt. Im Gesicht hatte er eine Wunde. An der Stirn." Der Taxifahrer nickte eifrig. „Das passt doch, das passt! Das ist das Kind, das ihr sucht." „Wieso kommst du erst jetzt mit dieser Geschichte?", fragte Zuri den Jungen. „Naja, für mich war das nicht wichtig, wer da rumsteht. Nur habe ich vorher gesehen, wie ihr an der Kreuzung geredet habt und dann hab ich Mike angehalten und gefragt, was der Mzungu mit der schönen Frau von ihm wollte." Der Taxifahrer - offensichtlich Mike - grinste, scheinbar fand auch er Zuri ausgesprochen hübsch. „So war das Ma'am." Zuri nickte. „Weiter", forderte sie den Jungen auf. „Was passierte dann?" Nikolas kramte aus seiner Tasche eine kleine Packung Gummibärchen und gab sie dem Jungen. Der strahlte über's ganze Gesicht. „Weiß doch, wie man kleine Jungs glücklich macht", sagte er auf deutsch zu Zuri. Sie grinste und der Junge begann zu erzählen. „Also, der Fremde stand eine ganze Weile da. Als ein Auto vorbeikam, winkte er. Aber es hielt nicht." Zuri wurde ungeduldig. „Was ist passiert, erzähle es uns!" Der Junge schien Gefallen am großen Auftritt gefunden zu haben. „Ich hab ihn gerufen. Aber der Kerl hat nicht geantwortet. Dann kam wieder ein Auto. Es war mein Onkel. Ich bin eingestiegen. Wir konnten aber nicht gleich wieder auf die Straße zurück, weil ein großer Baustellenlaster von hinten kam. Dem winkte der Junge wieder. Er hat angehalten. Wir sind an dem Laster vorbei und ich hab gesehen, wie der fremde Junge in den Laster geklettert ist." Zuri nickte. „Danke!", sagte sie. „Danke, Kleiner, du hast uns sehr geholfen." Nikolas aber hatte noch ein paar Fragen. „Weißt du, wie der Lastwagen ausgesehen hat. Kannst du lesen? Hast du den Namen der Firma auf dem Baustellenlaster gelesen?" Der Junge schüttelte den Kopf. „Ich kann nicht lesen. Aber der Lastwagen war orangefarben. Das hab ich mir gemerkt. Und sie sind da lang..." Er deutete in Richtung Süden, Richtung Dodoma. „Also los", sagte Nikolas zu

Zuri, drängte sie einzusteigen. Vielleicht schaffen wir es bis zum Einbruch der Dunkelheit noch irgendwie bis dahin. „Puh", sagte sie. „Das wird knapp, aber wir müssen es versuchen." Sie bedankten sich noch einmal bei dem Motorradtaxifahrer und dem Jungen. Dann drehten die wieder ab. Nikolas preschte los. Der Staub am Straßenrand spritzte nur so auf. Sie richteten nun die Augen auf alle Fahrzeuge, die wie orangefarbene Baustellenlaster aussahen. „Weißt du, wie viele Abzweigungen es von der Straße bis Dodoma gibt?", fragte Nikolas Zuri. Die schüttelte den Kopf, versprach aber auf der Karte zu zählen. Sie kam auf dreiunddreißig Abzweigungen bis Dodoma. „Dann stehen unsere Chancen eins zu dreiunddreißig", sagte Nikolas ernüchtert. „Wir können ja nicht bei jeder Abzweigung von der Hauptstraße abfahren." Zuri legte ihrem Mann die Hand auf den Oberschenkel. „Nein und außerdem geht es bei den meisten Abzweigungen sowohl rechts als auch links weg." Nikolas nickte. Sie beschlossen, in Babati einen Stop einzulegen und etwas zu essen und dort noch einmal nach Yaro zu fragen.

Nachdem Nikolas ordentlich aufs Gaspedal getreten hatte, erreichten sie bald schon die Provinzstadt. „Das ist ja viel größer als ich gedacht hätte", gab Zuri unumwunden zu. Bald fanden sie heraus, dass Babati über dreihunderttausend Einwohner hatte und damit riesig war. An der Hauptstraße gab es ein paar

Restaurants. Nikolas parkte den Wagen vor einem der kleinen Lokale. Sie waren die einzigen Gäste. Es war kurz nach ein Uhr geworden. Noch blieb Zeit, Dodoma bei Tageslicht zu erreichen. Sie bestellten bei einer lebensfrohen jungen Frau zwei Omelettes und fragten sogleich, wie lange es noch bis Dodoma sei. „Gut drei Stunden müsst ihr rechnen", sagte sie. „Vor allem kurz vor der Stadt ist immer recht viel los." Zuri war beruhigt. Bis sechs Uhr konnten sie es schaffen und kurz vor der Stadt wäre es auch nicht mehr so schlimm, wenn es dunkel würde. Aber Überlandfahrten bei Nacht, das wollte sie unbedingt vermeiden.

Sie fragten die Frau nach dem Lastwagen mit dem Jungen. Aber sie lachte nur. „Hey, ihr zwei, seid mir nicht böse, dass ich euch da nicht helfen kann, aber hier donnern Tag für Tag hunderte Trucks durch. Ich merke mir keinen davon." Nikolas konnte das gut verstehen und auch Zuri sah ein, dass es kaum eine Chance gab, sich vier Tage lang etwas zu merken, was nicht wirklich aus dem Alltagstrott herausstach. Die Stadt war einfach zu groß.

Sie aßen ihre Omelettes und zahlten rasch um dann weiterzufahren. Es waren quälend lange Kilometer entlang einer kargen Landschaft. An ihnen zogen flache Dornbüsche vorbei. Ab und an ein paar Hütten, Menschen mit Lasten am Wegesrand. In der Ferne eine Baumgruppe. Ein kleines Waldstück. Da! Ein Vogel stob auf und flatterte davon. Dort! Ein Hund am Straßenrand. Nikolas fuhr schnell, schneller als es vermutlich erlaubt war. Zu schnell um einen sanften, verständnisvollen Blick auf die Landschaft zu bekommen. Sie konnten sich nicht fallenlassen in die Eintönigkeit dieser Savanne. Vielleicht hätten Zuri und Nikolas dann sogar Gefallen gefunden an dem, was sie sahen. So hetzten sie an gegen die Uhr des Sonnenuntergangs und waren unter Druck, weil sie links und rechts des Wagens nur Ausschau hielten nach einer einzigen Sache: Einem Hinweis auf Yaro! Der orangefarbene Baulaster! Nur wo, wo um alles in der Welt, sollten sie den hier finden? Und wer sagte denn, dass dieser Lastwagen noch immer eine Spur zu Yaro war? Vielleicht war der Junge einfach mit dem Fahrer ein Stück in Richtung Süden mitgefahren. Vielleicht hatte er mittlerweile erkannt oder gesagt bekommen, dass die Strecke nach Dodoma meilenweit entfernt war vom Weg in sein Dorf. Vermutlich saß Yaro mittlerweile unter dem schattigen Baum bei Onkel Manani und ließ sich von dessen Frau die Wunde auf der Stirn verarzten. Die Frauen würden ihn zwar missmutig beäugen, aber sicherlich auch nicht ganz unglücklich darüber sein, dass der Sohn des Zaubermenschen am Ende doch wieder wohlbehalten zurück war. Oder Yaro saß in einem der Dörfer am Straßenrand und wartete auf eine weitere Mitfahrgelegenheit. Nur: die meisten Dörfer lagen etwas abseits der A104. Da konnten sie ja nun nicht überall nachsehen. Zuri versuchte sich vorzustellen, was dem Kleinen auf der Irrfahrt durch halb Tansania bereits alles widerfahren sein musste. Woher kam diese verdammte Wunde, die sie da gesehen hatten? Was, wenn der Lastwagenfahrer nichts Gutes im Schilde führte? Sie malte sich das Schlimmste aus und versuchte dann doch das Gute im Menschen zu sehen und daran zu glauben, dass man Yaro nichts tun würde.

Plötzlich nahm Nikolas den Fuß vom Gas. Vor ihnen wurde die Straße schlechter. Der brüchige Teerbelag war komplett verschwunden. Das Auto holperte über eine Schotterpiste. „Fahr langsamer", bat Zuri ihren Mann. Der begann mit einem Arm zu wedeln. „Schau mal", sagte er und deutete auf die andere Straßenseite. „Dort sind Baufahrzeuge", brachte er freudig hervor. „Eine Baustelle!", jubilierte nun auch Zuri. „Vielleicht unsere Chance!" - „Fahr langsam, Schatz, bitte!" Sie schlichen über die Straße. Nun kamen noch mehr Baufahrzeuge am Wegesrand. Und dann begann auch die Baustelle. Es wurde enger. Menschen schufteten im Straßengraben. Sie gruben, sie schoben Steine auseinander, sie werkelten an Kabeln und rührten Beton an. Über die beiden legte sich eine fast nicht auszuhaltende Spannung. Yaro? Verdammt, Yaro, steckst du hier bei diesen Arbeitern?

Am Ende der Baustelle angelangt, atmete Nikolas einmal tief aus. Es war die Enttäuschung. Wieder nichts. Kein Yaro. Kein Zeichen, dass hier irgendwo ein Kind sein konnte. Er wollte gerade Gas geben, um verlorene Zeit aufzuholen, da schrie Zuri: „Das ist er!" In diesem einen Augenblick wirkte alles surreal. Als wäre das, was da geschah Teil eines Films mit einem besonderen Drehbuch. Neben einer Frau, die am Straßenrand saß und eine rote Fahne schwenkte um dem Gegenverkehr die Baustelle anzuzeigen, saß ein Junge. Er war vielleicht neun oder zehn Jahre alt. Er trug ein grünes Hemd, ziemlich dreckig. Er hockte auf einem Stapel Reifen. Seine Füße steckten in Plastiksandalen, die an kaum einer Stelle noch nicht zerschlissen waren. An seiner Stirn konnte man beim langsamen Vorbeifahren einen Schnitt erkennen. Sie hielten an. Sie stiegen aus. Sie bewegten sich langsam auf den Jungen und die Frau zu. „Yaro?", fragte Zuri laut, aber zögerlich. „Yaro?", fragte sie noch einmal, jetzt lauter. Die Frau sah auf, wunderte sich über den Auftritt dieses ungleichen Paars. Der Weiße blieb hinter der eleganten Schwarzen zurück. Was wollte die von dem Jungen? Yaro sah erschrocken auf. Er sprang auf. „Adili, wer ist das?", fragte die Frau den Jungen. Der zuckte mit den Schultern. „Yaro!", rief Zuri, „Du bist es wirklich!" Die Frau mit der Fahne stutzte erneut. „Wieso nennt dich die Ma'am *Yaro*." Yaro blieb stehen, wie angewurzelt. Dann liefen ihm Tränen über die Wange. Er blieb einfach nur stehen und ein Meer aus Tränen bahnte sich den Weg über sein Gesicht. Zuri ging auf den so vertrauten Fremden zu und nahm Yaro vorsichtig in den Arm. „Der Junge heißt Yaro", sagte Zuri vorsichtig an die Frau gerichtet. „Sein Vater war Adili, ein Lehrer aus einem Dorf weiter oben im Norden." Die Frau sah immer noch verblüfft aus. „Er hat Vater und Mutter verloren, ist in Not geraten und dann aus einer Missionsstation in Loliondo geflüchtet." - Die Frau hielt inne. „Stimmt das alles?", hakte sie ungläubig bei Yaro nach. Der nickte nur und hielt Zuris Umarmung.

-XXV-

Dar Es Salaam

Dar Es Salaam war eine furchtbar große und
wirre Stadt. Yaro staunte jeden Augenblick. Er hatte
bis auf sein Dorf noch nichts gesehen bevor er das erste Mal in Karatu war. Und schon dieses Provinzstädt-
chen kam ihm riesig vor und nun dieses Moloch mit
seinen fast sechs Millionen Menschen. „Warst du
schon mal am Meer?", wollte Zuri wissen, als sie durch
die Stadt fuhren. Yaro schüttelte den Kopf. Das Meer...
Sie hatten ihm davon berichtet. Sein Vater hatte ihm
in der Schule etwas darüber beigebracht. Aber auch
Adili war nie dort gewesen. Er hatte auf der Mission
etwas darüber gelernt. „Wir sind gleich an der Küste,
dann zeigen wir dir das Meer", versprach Zuri.

Yaro fühlte sich einerseits frei und sicher. Er
wäre nie wieder ins Dorf zurückgekehrt, andererseits
hatte er eine Menge Angst vor dem was kam. Sein Leben war bislang immer bestimmt gewesen vom Trott
des Dorfes. Auch wenn es im letzten Jahr vollkommen
aus den Fugen geraten war, so war es doch ein Leben in
bekannten Grenzen. Hier schien alles wild durcheinander zu gehen. Nikolas sprach in einer unverständlichen Sprache mit ihm und Zuri plapperte so viel, dass
Yaro der Kopf brummte. Es freute ihn schon arg, in

diesem Auto sein zu können. Die Arbeit auf der Straßenbaustelle war hart und der Lohn war nur etwas zu Essen und zu Trinken gewesen. Der Lastwagenfahrer davor war zudringlich geworden. Yaro hatte ihn gebissen und dafür einen heftigen Schlag kassiert, der für die blutige Wunde oberhalb des Auges gesorgt hatte, weil er ans Armaturenbrett geknallt war. Das aber hatte er Nikolas und Zuri nicht erzählt. Er sei gestürzt, als er aus dem Truck gesprungen war, sagte er. Das musste für die neugierige Zuri reichen. Er wusste, dass das die guten Menschen waren, von denen sein Vater immer gesprochen hatte. Er hatte beide wiedererkannt. Sie waren die auf den Bildern in Adilis Briefumschlag. Damals hatte der alle Kinder aus der Schule nach Hause geschickt um sich in Ruhe auf den Brief zu konzentrieren. Yaro aber bekam die Bilder natürlich zu sehen. Sie lagen in dem Kästchen, das Mama Kamaru vor die Hütte gelegt hatte, bevor alles in Flammen aufging. Yaro schluckte. Er spürte, dass dieses alte Leben im Dorf beendet war. Und er wusste, dass es auch gut war. Seine Angst, dort weiterhin als Mörder verfolgt zu werden, war riesengroß. Er wollte dort nie wieder den gehässigen Blicken der Frauen ausgesetzt sein, die ihn immer noch nur als den Sohn eines Zaubermenschen betrachteten. Yaro konnte sich nicht einen Moment lang vorstellen, wieder die staubige Sandstraße entlang zu gehen, an deren Ende das Haus stand, das Papa Adili errichtet hatte. Für sich, seine Frau und die Kinder.

Und alle bis auf Yaro waren nun im Reich der Ahnen. Er wischte sich vorsichtig eine Träne aus dem Auge und hoffte, Zuri hatte nicht bemerkt, dass er weinte.

Nur, das kam ihm dann noch in den Sinn, Onkel Manani würde er vermissen. Den guten Onkel Manani. Nun aber konzentrierte er sich auf den Blick nach draußen, fing die Verkaufsstände ein, an denen es alles zu erstehen gab, was man sich nur vorstellen konnte. Erspähte die hohen Gebäude, die aussahen wie die in den Filmen aus Amerika. „Sind wir in Amerika?", fragte er dann erstaunt bei Zuri nach. Die lachte kurz auf. „Aber nein, Dar Es Salaam ist in Tansania, Yaro." Und dann hinter drei Wolkenkratzern und zwei Palmen wurde der Blick frei auf eine Promenade. Dahinter lag glitzernd und ewig der Ozean. „Das Meer", sagte Nikolas und deutete in die Ferne. Dort schaukelten friedlich ein paar kleinere Boote, weiße, Yaro unbekannte Vögel kreisten über den Wellen und Menschen spazierten auf dem Sandstrand entlang.

Zuri schnappte sich das Handy und rief ihren Vater an. „Paps, kannst du zum Beach Club kommen, wir fahren mit Yaro dorthin." Jacob war einverstanden. Zuri dirigierte ihren Mann zu einem kleinen Parkplatz neben einem Garten am Meer. Dort waren zwei, drei kleinere Gebäude angeordnet, die alle sehr modern wirkten und Yaro nur staunen ließen. Er kletterte aus dem Wagen und blieb stehen. Er hörte das Meer rauschen und spürte die Seeluft in seinem Gesicht. Zum ersten Mal in seinem Leben. Alles so fremd. Hin- und hergerissen zwischen der aufkeimenden Lebensfreude und der Angst vor dem Neuen, wagte er sich Schritt für Schritt in Richtung Strand.

Lange starrte das Kind in die Weite des Ozeans. Bis ans Ende des Horizonts reichte die weite, silberne Fläche. Fast so wie die Steppenlandschaft bei ihm im Dorf. Yaro stand unbeweglich still. Alles war so fremd und neu. Und er ahnte, dass noch vieles Neues, Fremdes auf ihn zukommen konnte.

Ein älterer Mann legte ihm die Hand auf die Schulter. Er wirkte sehr freundlich, aber auch ein wenig streng. „Ich bin Jacob", sagte er. „Bin der Vater von Zuri", fügte er an und deutete auf die junge Frau, die sich in der Zwischenzeit auf den Sand gesetzt hatte und ebenfalls verlegen aufs Meer blickte.

„Hallo Jacob", sagte Yaro und dachte bei sich, dass der Großvater ein bisschen war wie Onkel Manani und die Fältchen rund um die Augen erinnerten ihn an die seines Vaters. Nur eben nicht so hell. Nicht weiß. Kein Zaubermensch. Er gab dem Mann die Hand und nickte ihm zu. Jacob grinste ihn freundlich an. „Willkommen in unserer Familie", sagte er dann.

Zuri wischte sich eine Träne aus dem Auge. Ihr Vater hatte das so selbstverständlich gesagt. Es tat Zuri gut, zu wissen, dass Paps helfen würde. Nikolas stand neben seinem Schwiegervater und sagte nur leise *thank you, Jacob, Danke!* Dann lud der ehemalige Diplomat alle zum Essen in den Beach-Club ein. „Es gibt ja doch viel zu besprechen."

Epilog

Yaro lernte schnell. Er fühlte sich bald in dem großen Haus heimisch. Die Hausangestellte, die für Jacob kochte, ihm den Haushalt machte und so eine Art Beraterin in allen Lebenslagen war, verwöhnte den Kleinen nach Strich und Faden. Yaro fing an, das Leben im Dorf auszutauschen gegen das in der großen Stadt. Nur nachts wachte er ab und an schweißgebadet auf und musste gegen die grässlichen Bilder ankämpfen, die ihn quälten. Dann sprach er leise zu Mama Kamaru und Papa Adili, trauerte still um seine Schwester Therese. Es war gut, dass er aus der Missionsschule getürmt war, dachte er sich. Es war noch viel besser, dass er nicht im Waisenhaus in Karatu geblieben war. Aber irgendwie vermisste er das Leben in seinem Dorf. Freunde! Dort hatte er Gleichgesinnte, die wie er mit nackten Füßen durch den Sand flitzten. Aber dort war auch diese Missgunst gewesen. Hier war alles fein und edel.

Jacob kümmerte sich um den Papierkram. So hatte er das immer wieder gesagt. Und er hatte Yaro gesagt, dass Zuri und Nikolas wiederkommen würden und ihn dann nach Deutschland bringen würden. „Wo ist Deutschland?", wollte Yaro wissen. Jacob zeigte es ihm auf einem alten Globus und beschrieb dem Jungen das Leben in Deutschland. Dann irgendwann kam der Anruf von Zuri. Es war alles geregelt. Nikolas würde kommen und ihn holen. Yaro fühlte eine unheimliche Spannung...

Nadine Morgenbrink

LANDREFORM

Roman

Die junge Irin Dana hat ein Faible für Afrika.
Ein Besuch bei ihrer Freundin Enya in Namibia wird
für sie zum Schicksal, das sie schlussendlich ins Nach-
barland Simbabwe führt.
Dort lernt sie Farmer Erik kennen und erlebt nicht
nur einen wunderbaren Sommer, sondern auch die
dramatischen Folgen der Landreform.

572 Seiten, 16,99 Euro
oder als e-Book 9,99 Euro

ISBN: 978-3738-621884

Nadine   Morgenbrink

Kakerlakenkind

Roman

Kagabo kehrt zurück nach Ruanda. Der Genozid liegt
über zwanzig Jahre zurück. Heute ist er Arzt und es
geht ihm gut. Er wird geliebt und hat einen kleinen
Sohn. Die Vergangenheit hat er komplett verdrängt.
Aber die Kiste mit den Erinnerung bahnt sich doch
ihren Weg an die Oberfläche.

268 Seiten, 9,99 Euro
oder als e-Book 7,49 Euro

ISBN: 978-3833491795